IRVING WALLACE

Die Frauen von Briarwood

Aus dem Amerikanischen übersetzt
von Michael Görden

BASTEI-LÜBBE-TASCHENBUCH
Band 10 430

Deutsche Erstveröffentlichung
Titel der Originalausgabe: THE CHAPMAN REPORT
© 1960 by Irving Wallace
© für die deutsche Ausgabe:
Gustav Lübbe Verlag GmbH, Bergisch Gladbach
Printed in Western Germany 1984
Einbandgestaltung: Manfred Peters
Satz: Fotosatz Froitzheim, Bonn
Druck und Verarbeitung: Ebner Ulm
ISBN 3-404-10430-7

Der Preis dieses Bandes versteht sich einschließlich
der gesetzlichen Mehrwertsteuer

1

Jeden Morgen, genau um zehn vor neun, fuhr ein Stadtrundfahrten-Bus den Sunset Boulevard hinauf und dann durch Briarwood, einen Vorort von Los Angeles. Der uniformierte Busfahrer zog das Mikrofon an die Lippen und sagte: »Ladies und Gentlemen, wir fahren jetzt durch die Briars...«

Bei den Fahrgästen, die bereits durch den Anblick der Luxusvillen der Filmstars in Beverly Hills und Bel Air gesättigt waren, löste diese Ankündigung wenig Aufregung aus. Sie sahen sofort, daß die Briars keine exotischeren Wunder beherbergten als die besseren Viertel der Städte in Pennsylvania, Kansas, Georgia oder Idaho, aus denen die Businsassen stammten. The Briars waren, jedenfalls äußerlich, ein Modell für vollkommene Normalität.

Viele Fahrgäste nutzten die Gelegenheit, um sich eine Zigarette anzuzünden und ein paar Worte mit ihrem Sitznachbarn zu wechseln, während sie darauf warteten, daß der Bus den Pazifischen Ozean und das interessantere Malibu erreichte. Einige wenige Frauen mit jungen Gesichtern und alten Händen bewunderten die Schönheit des Vororts und fragten sich, wie das Leben dort aussehen mochte und wie man wohl Mitglied dieses exklusiven Kreises werden konnte.

Viele Busse wie dieser fuhren jeden Tag durch die Briars. Und stets bot sich den Besuchern ein Bild der Ruhe, des Friedens und der Konventionalität. Die Briars waren für Los Angeles, was Lake Forest für Chicago und Scarsdale für New York waren.

Sie erstreckten sich über acht Quadratmeilen zu beiden

Seiten des Sunset Boulevard, zwischen Westwood im Osten und den Pacific Palisades im Westen. Die zumeist einstöckigen Häuser waren groß und mindestens sechzig Fuß von den Bürgersteigen der breiten Straßen entfernt. Fast jedes Haus lag hinter einem Ring aus Eukalyptusbäumen, hinter Hibiskushecken oder hohen Steinmauern verborgen.

Es gab ein einzelnes größeres Einkaufszentrum, das den Namen The Village Green trug, und zahlreiche Kirchen. Am Rand des Village Green standen ein Postamt, ein Haus des Frontkämpferbundes, ein Optimisten-Klub und das modernisierte gotische Ziegelsteingebäude der Frauenvereinigung von Briarwood.

Die meisten Häuser in den Briars waren im Besitz derer, die darin wohnten. Die Besitzer dieser Häuser verdienten zwischen 20 000 und 100 000 Dollar im Jahr und waren in der Regel relativ jung oder mittleren Alters. Obwohl sie politisch überwiegend liberal eingestellt waren, wirkten sie doch gesetzt und konservativ genug, um Leute aus der Unterhaltungsindustrie davon abzuhalten, in den Briars zu siedeln. Mitglieder des Filmgeschäfts blieben in der Üppigkeit von Beverly Hills, und die Beschäftigten des aufstrebenden Fernsehens gaben der Aktivität und dem Trubel städtischerer Gebiete den Vorzug.

Örtliche Grundstücksmakler schätzten, daß etwa 14 000 Männer, Frauen und Kinder in den Briars lebten. Im Telefonbuch standen die Berufe der Einwohner: ein Inhaber eines Bekleidungshauses, ein Ingenieur, ein Psychiater, ein Architekt, ein Schriftsteller, ein Motel-Besitzer, ein Universitätsrektor, ein Kunsthändler, ein Rechtsanwalt, ein Bankier, ein Zahnarzt.

Das waren die Männer, und wenn diese morgens zu ihren Arbeitsplätzen in die Stadt fuhren, wurden die Briars zu einer Siedlung der Frauen.

Neidisch betrachteten die weiblichen Businsassen jene Vertreterinnen ihres eigenen Geschlechts, die sie in den Briars erspähten. Die vorbeigleitenden Bilder einer Blondine, die in einen Jaguar einstieg, einer attraktiven Matrone, die an der Haustür mit ihrem Gärtner schwatzte, einer sonnengebräunten Frau am Steuer eines Lincoln Continental, den sie in eine Parklücke vor den Geschäften rangierte.

Was die Fahrgäste in dem Bus nicht sahen, malten sie sich in ihrer Phantasie aus. Sie konnten sich sehr genau vorstellen, wie diese Frauen in den Briars lebten. Am Morgen schickte die weibliche Bevölkerung der Briars ihre Kinder mit Mietbussen in teure Schulen; blätterte während des von farbigen Dienstmädchen servierten Frühstücks in der neuesten *Vogue;* lag in BHs und Shorts in der Sonne. Und nachmittags durchstreiften sie große, exklusive Modegeschäfte, oder sie entspannten sich in Schönheitssalons, oder sie besuchten Tee- oder Gartenpartys.

Und wenn sie abends nicht mit Mann und Freunden in Palm Springs, Las Vegas oder Sun Valley unterwegs waren, besuchten sie in der Stadt ein Kino, ein Theater oder einen Nachtklub. Manchmal überwachten sie zu Hause ein intimes Dinner oder empfingen Gäste und tranken zuviel und lachten über Sexwitze, während laute Musik aus teuren Stereoanlagen ertönte. Am nächsten Morgen schliefen sie ihren Rausch aus, während ein Dienstmädchen sich um Mann und Kinder kümmerte. Wenn sie endlich aufwachten, bedauerten sie, daß sie keine Zeit mehr hatten, sich auf ihren Abendkurs in Kunstgeschichte vorzubereiten.

So stellten sich die Insassen des Rundfahrten-Busses das Leben der Frauen von Briarwood vor, und so lebten diese Frauen auch tatsächlich.

Doch die Außenstehenden, die nicht teilhatten an diesem vielbeneideten Leben, konnten nicht begreifen und sich nicht vorstellen, daß sogar die 14 000 in den Briars Sorgen und Probleme kannten. Insgeheim und nach außen nicht sichtbar herrschte bei den Frauen in den Briars ein Klima der Monotonie, der Langeweile und der Unsicherheit. Dieses Leiden war typisch für verheiratete amerikanische Frauen, aber die Frauen von Briarwood glaubten, ausschließlich sie selbst seien von ihm befallen. Wenn sie auch nur selten offen darüber sprachen, gelang es ihnen doch nicht völlig, ihre innere Unruhe mit materiellem Wohlstand zu überdecken.

Als die Frauen von Briarwood noch unverheiratet gewesen waren, hatten sie sich nach einem Mann und einem wohlbehüteten Leben gesehnt. Sie hatten sich gewünscht, in einem Paradies wie diesem zu leben. Und nun waren sie seit zwei, fünf oder fünfzehn Jahren verheiratet, behütet und führten ein sicheres, von allen bewundertes Leben. Und doch war das alles irgendwie nicht genug. Irgend etwas fehlte ihnen, aber was es war, konnten sie niemandem erklären, nicht einmal sich selbst. Und so verloren sie sich in einem verwirrenden Netz unwichtiger Beschäftigungen, Zusammenkünfte, Wohltätigkeitsveranstaltungen, Wochenendreisen; und um nicht an das denken zu müssen, was nicht da war, betäubten sie ihre Sinne mit Wodka, Schlaftabletten, Transquilizern und sexuellen Experimenten. Auf diese Weise wurde jeder neue scheußliche Morgen erträglich. Das Leben schleppte sich als immer gleiches Vakuum dahin. Zeitlos, mit Ausnahme jener Augenblicke, in denen man ein graues Haar entdeckte (das schnell weggetönt wurde), in denen man merkte, daß die Festigkeit der Brüste nachließ (was hastig mit dem neuesten Büstenhalter korrigiert wurde), in denen man feststellte, daß die

Elastizität des Fleisches auf den Hüften nachließ (was durch Massagen behoben wurde), in denen einem wieder einmal auffiel, daß die Kinder größer und größer wurden (der Feind Zeit triumphierte also doch noch, denn es ließ sich nicht abstreiten, daß das Leben kürzer und kürzer wurde).

Kathleen Ballard winkte ein letztes Mal ihrer vierjährigen Tochter Deirdre zu, die jeden Morgen von einem Kombiwagen abgeholt wurde, der sie in den modernen Kindergarten von Westwood brachte.
Als der Kombiwagen außer Sicht war, spazierte Kathleen noch einen Moment im Torweg ihres großen, einstöckigen Hauses herum. Sie warf einen Blick auf das Beet mit den gelben Rosen, besonders auf die von Mehltau befallenen Sträucher. Ihr fiel wieder ein, daß sie Mr. Ito nach einem geeigneten Sprühgift fragen mußte. Sie hatte den Zustand der Rosen vor ein paar Tagen zum ersten Mal bemerkt, ihn aber schnell wieder vergessen, weil er sie an ihre eigene Verfassung erinnerte: Die äußere Blüte verbarg die tiefe innere Krankheit der Wurzel, die erst bei genauerer Betrachtung auffiel.
Als sie über die grüne Wiese hinweg durch das dichte Laubwerk blickte, das sie vor allem schützte, außer vor sich selbst, konnte sie gerade noch den vertrauten Stadtrundfahrten-Bus davonfahren sehen. Sie hatte ihre Armbanduhr nicht um. Albertine hatte heute ihren freien Tag. Kathleen hatte schlecht geschlafen und im Morgengrauen noch eine Tablette genommen und dann verschlafen, so daß kaum noch Zeit gewesen war, in den Morgenrock zu schlüpfen und Deirdre für den Kindergarten anzuziehen. Aber jetzt wußte sie durch den Bus, daß es nach neun Uhr war, und daß sie tun mußte, was sie Grace Waterton am Abend zuvor versprochen hatte.

Widerstrebend ging sie, vorbei an den großen, in Kübel gepflanzten Zypressen, zurück in das große, leere, elegante Haus und dachte widerwillig an die Stunde, die ihr nun bevorstand. In der Küche goß sie sich eine Tasse dampfenden Kaffee ein. Dann nahm sie eine Schachtel Zigaretten und die Mappe, die Grace ihr dagelassen hatte, vom Regal und stellte das Telefon vor sich auf den Eßtisch. Nach einem Schluck wärmenden Kaffees folgte das Ritual der ersten morgendlichen Zigarette. Sie atmete den Rauch tief ein und aus und wurde ruhiger. Sogar ihre schlanken Finger, die dort, wo sie die Zigarette hielten, nikotinverfärbt waren, zitterten nun weniger stark. Nach einer Weile drückte sie die halb angerauchte Zigarette aus.
Der Kaffee war jetzt nur noch warm, und sie trank ihn in einem Zug aus. Solchermaßen gestärkt, öffnete sie die Mappe. Zwei Bögen Papier befanden sich darin. Auf dem ersten Bogen standen, von Grace akkurat mit Schreibmaschine getippt, die Namen von zwölf Mitgliedern der Frauenvereinigung. Kathleen erkannte sie alle als Freundinnen, Bekannte oder Nachbarinnen.
Als Grace die Mappe am vergangenen Abend vorbeibrachte, hatte sich Kathleen sofort der aufdringlichen, aggressiven Herzlichkeit der älteren Frau hilflos ausgeliefert gefühlt. Grace Waterton war Ende fünfzig. Sie war klein, quirlig und geschwätzig. Nachdem ihre Kinder aus dem Haus waren, war sie zwei Jahre lang von einem Psychiater zum nächsten gerannt, bis sie den Vorsitz der Frauenvereinigung übernahm, die nun ihr ganzes Leben ausfüllte. Irgendwo in einer Bank gab es einen Vizepräsidenten namens Mister Grace Waterton.
Obwohl Grace Kathleen schließlich überredet hatte, die Mappe zu nehmen, hatte Kathleen doch zunächst Widerstand geleistet. Sie sei erschöpft, hatte sie vorgeschoben, und habe zudem viel zu tun. Außerdem habe sie seit

mehreren Monaten keine der Frauen gesehen, nicht seit der letzten Zusammenkunft der Frauenvereinigung, und die Telefonate würden deshalb lang und weitschweifend werden. »Unsinn«, hatte Grace mit ihrer schneidenden, rechthaberischen Stimme gesagt. »Du sagst einfach, du müßtest noch ein Dutzend andere Frauen anrufen. Außerdem glaube ich, daß es dir guttun wird. Es gefällt mir nicht, daß du dich hier abkapselst wie ein Eremit, Kathleen. Das ist nicht gesund. Wenn du schon nicht weggehen willst, um Leute zu sehen, rede wenigstens mit ihnen.«

Kathleen erzählte niemandem, auch Grace nicht, daß nicht das, was mit Boynton geschehen war, sie zu einer Einsiedlerin hatte werden lassen – oder vielleicht doch, aber dann aus anderen Gründen, als die übrigen Frauen vermuteten. Während ihrer Ehe, als er so oft zu Hause gewesen war, hatte sie den ständigen Drang gehabt, aus dem Haus zu fliehen und sich in der lauten Gesellschaft der Frauen zu verlieren, obwohl das im Grunde gegen ihre Natur war. Aber in dem einen Jahr und vier Monaten nach Boyntons Tod war keine Flucht mehr nötig gewesen. Sie führte wieder jenes einsame und unabhängige Leben, das sie schon vor ihrer Heirat geführt, geliebt und gehaßt hatte.

Plötzlich hatte sie bemerkt, daß Grace weitersprach. »Glaube mir, Kathleen, wir alle wissen, was du durchgemacht hast. Aber niemand kann dir helfen, wenn du dir nicht selbst hilfst. Du bist jung und schön, und du hast eine hübsche Tochter. Das ganze Leben liegt noch vor dir. Wir brauchen dich. Du bist noch immer eines unserer wichtigsten und einflußreichsten Mitglieder. Und ich möchte die Anrufe von zwanzig unserer respektiertesten Mitglieder machen lassen, weil das den Anrufen mehr Gewicht gibt. Glaube mir, Darling, wir müssen alle auf

unserer Seite haben. Besonders, wenn die Kirchen Schwierigkeiten machen. Ich weiß nicht, ob sie das tun werden, aber es gibt Gerüchte.«
Kathleen war so damit beschäftigt gewesen, einer unliebsamen Aufgabe auszuweichen, daß sie noch gar nicht richtig mitbekommen hatte, um was für eine Art von Veranstaltung es eigentlich ging. Als sie noch einmal nachgefragt und Grace es ihr stolz und aufgeregt erklärt hatte, war sie noch beunruhigter gewesen. Sie verspürte keine Lust, sich einer Gruppe Frauen anzuschließen, die einem Mann lauschten, der einen Vortrag über die sexuellen Gewohnheiten der Amerikanerinnen hielt. Schlimmer noch, ihr wurde plötzlich klar, was auf den Vortrag folgen würde. Sie war nicht darauf vorbereitet, Fremden ihre privaten Geheimnisse zu enthüllen, sich quasi vor einer Gruppe gaffender Voyeure zu entkleiden.
Die ganze Sache war verrückt, abstoßend. Doch Graces Enthusiasmus war groß (»es wird die Briars berühmt machen. Deswegen hat Mr. Ackerman es auch arrangiert«). Kathleen spürte instinktiv, daß ihr Widerspruch auf kein Verständnis stoßen und sie sich nur sexuell verdächtig machen würde. Also hatte sie sich nicht länger gesträubt und die Mappe genommen.
Und nun saß sie da mit dieser verdammten Mappe. Hastig zündete sie sich noch eine Zigarette an. Sie legte die Namensliste auf die Seite und studierte das Blatt Papier darunter. Es war eine Pressemitteilung, datiert für den folgenden Tag und unterzeichnet von Grace Waterton. Sie enthielt, wie Grace ihr versichert hatte, alle Informationen, die Kathleen für die Telefonate brauchte. Kathleen las:
»Am Freitag, dem 22. Mai, morgens um 10.30 Uhr, wird Dr. George G. Chapman, weltberühmter Sexualforscher von der Reardon Hochschule in Wisconsin und Autor des

Bestsellers *Eine Sex-Studie über den amerikanischen Junggesellen*, einen Vortrag vor der Frauenvereinigung von Briarwood halten. Dieser Vortrag wird sich mit dem Sinn seiner gegenwärtigen Studie über die verheiratete Frau befassen. Nach dem Vortrag werden Dr. Chapman und seine Assistenten Dr. Horace van Duesen, Mr. Cass Miller und Mr. Paul Radford zwei Wochen lang die verheirateten oder verheiratet gewesenen Mitglieder der Frauenvereinigung befragen.

»Vierzehn Monate lang sind Dr. Chapman und sein Team durch die Vereinigten Staaten gereist und haben mehrere tausend verheiratete Frauen nach ihren sexuellen Gewohnheiten befragt. Die Frauen stammten aus allen Schichten und repräsentierten alle wirtschaftlichen und religiösen Gruppen sowie alle Altersgruppen. Laut Dr. Chapman werden die Frauen von Briarwood die letzten Interviewpartner sein, ehe die Ergebnisse der Umfrage ausgewertet und im nächsten Jahr veröffentlicht werden. ›Der Zweck dieser Untersuchung‹, sagt Dr. Chapman, ›ist, etwas offenzulegen, was lange verborgen war: die sexuellen Gewohnheiten der amerikanischen Frau. So können wir möglicherweise mit Hilfe der Statistik Licht in einen Bereich des menschlichen Lebens bringen, der lange ignoriert wurde und im Dunkeln blieb. Wir hoffen, daß zukünftige Generationen amerikanischer Frauen von unseren Ergebnissen profitieren werden.‹

›Mrs. Grace Waterton, Vorsitzende der Frauenvereinigung von Briarwood, hat sich in einem Telegramm an Dr. Chapman für die große Ehre seines Besuches bedankt und versprochen, daß sein Einführungsvortrag vor vollem Hause stattfinden werde. Mrs. Waterton ist überzeugt, daß die Mehrzahl der 220 Mitglieder der Frauenvereinigung sich nach Dr. Chapmans Vortrag bereitwillig für die Befragung zur Verfügung stellen wird, um so dem wissenschaftlichen Fortschritt zu dienen. Besonders da die Untersuchung noch weitaus anonymer ist als die von Pionieren wie Gilbert Hamilton, Alfred Kinsey, Ernest Burgess oder Paul Wallin durchgeführten Umfragen. Die Frauenvereinigung, die vor fünfzehn Jahren gegründet wurde, verfügt in den Briars über ein eigenes Klubhaus und einen Saal. Sie widmet sich sozialen und karitativen Aufgaben sowie der Verschönerung des westlichen Los Angeles.‹«

Als sie fertig gelesen hatte, starrte Kathleen voller Abneigung auf das Papier. Sie fühlte sich auf irrationale Weise durch die Worte beleidigt und fragte sich: Was für eine Art von Voyeur ist dieser Dr. Chapman wohl?

Natürlich hatte sie schon von ihm gehört. Jeder hatte von ihm gehört. Sein letztes Buch war eine Sensation gewesen. Alle Frauen, die sie kannte, hatten es begierig gelesen. Trotzdem hatte Kathleen sich nicht einmal eines ausgeliehen. Die Ergebnisse seiner Forschungen füllten schon seit einigen Jahren die Seiten der Zeitungen, und wenigstens ein Dutzend Magazine hatten sein Bild auf der Titelseite abgedruckt.

Doch was, fragte Kathleen sich, brachte einen Menschen dazu, in dem geheimen Geschlechtsleben von Männern, Frauen und Kindern herumzuschnüffeln? Die ständige Floskel vom »wissenschaftlichen Fortschritt« konnte doch nur dazu dienen, unter dem Deckmantel des Dienstes an der Menschheit krankhafte und lüsterne Bedürfnisse zu befriedigen. Oder, was genauso schlimm war, als Vorwand für die kommerzielle Ausschlachtung sexueller Tabuthemen. Zu Dr. Chapmans Gunsten erinnerte sich Kathleen, gelesen zu haben, daß er nichts von seinen beträchtlichen Einkünften für sich behielt. Trotzdem, in dieser Gesellschaft ließ sich ein berühmter Name jederzeit in klingelnde Münze umsetzen.

Vielleicht ging sie zu hart mit ihm ins Gericht, überlegte Kathleen. Vielleicht lag der Fehler bei ihr. Vielleicht war sie steif und altmodisch geworden, falls das mit achtundzwanzig überhaupt möglich war. Trotzdem stand ihre Überzeugung unerschütterlich fest: Die Fortpflanzungsorgane einer Frau gehörten ganz allein ihr selbst, und ob und wie sie genutzt wurden, ging nur sie selbst, ihren Partner und ihren Arzt etwas an.
Sie runzelte die Stirn bei dem Gedanken, daß sie nun für etwas Reklame machen mußte, an das sie nicht glaubte, für etwas ganz offensichtlich Geschmackloses und Unanständiges. Sie drückte ihre zweite Zigarette aus, legte die Liste mit den Namen wieder vor sich hin und wählte die Nummer von Ursula Palmer.

Ursula Palmer war eine aggressive Fragenstellerin und Licht-ins-Dunkel-Bringerin. Wenn sie fragte »Wie geht es dir?«, wollte sie ganz genau wissen, wie es einem heute ergangen war und gestern und vorgestern. Vage Allgemeinsätze stellten sie nie zufrieden. In der von ihren leuchtenden, großen Augen durchforschten Welt mußte alles klar, vernünftig und erklärbar sein.
Die eine Hand noch immer auf der Schreibmaschine, während die andere den Hörer hielt, quälte sie Kathleen nun schon mehrere Minuten mit Detailfragen zu Dr. Chapmans Expedition in die Briars.
»Wirklich, Ursula«, sagte Kathleen mit unterdrückter Gereiztheit, »ich habe nicht die geringste Ahnung, warum Dr. Chapman sich für seine letzte Umfrage gerade uns ausgesucht hat. Ich weiß nur, was in der Mitteilung steht.«
»Gut, dann lies sie mir vor«, sagte Ursula. »Ich will genau über alle Fakten Bescheid wissen.«
Ursula hörte konzentriert zu, während Kathleen mit ihrer heiseren Stimme den Text vorlas. »Ich denke«, sagte

Ursula, als Kathleen fertig war, »das klärt alles. Armer Dr. Chapman. Er wird enttäuscht sein.«
»Wie meinst du das?«
»Ich meine, von diesem Haufen frigider Ziegen kann er doch nicht mehr viel Neues erfahren. Ich stelle mir gerade vor, wie er Teresa Harnish nach ihrer bevorzugten Stellung fragt. Wetten, sie antwortet, das sei die Stellung als Frau eines Kunsthändlers!«
»Ich glaube, daß wir uns nicht sehr von irgendwelchen anderen Frauen unterscheiden.«
»Mag sein«, sagte Ursula zweifelnd.
»Kann ich Grace also sagen, daß du zu dem Vortrag kommst?«
»Natürlich. Ich möchte ihn um nichts in der Welt verpassen.«
Nachdem sie eingehängt hatte, bedauerte Ursula, daß sie Kathleen brüskiert hatte, wie schon so oft. Es war zu schade, denn sie respektierte Kathleen aufrichtig und wollte ihre Freundschaft. Von allen Frauen in den Briars, die sie kannte, war ihr allein Kathleen intellektuell ebenbürtig. Zudem besaß Kathleen jene schwer zu beschreibende Aura, die eine Frau zu einer Lady machte. Eine wohlerzogene Gelassenheit, die man gemeinhin als Klasse bezeichnete. Dazu kam der Glanz von Reichtum. Jedermann wußte, daß Kathleen von ihrem Vater ein kleines Vermögen geerbt hatte. Sie war unabhängig. Sie brauchte nicht zu arbeiten. Einmal hatte Ursula in einem ihrer monatlichen Artikel für *Houseday* über die typische, wohlhabende Vorstadt-Ehefrau geschrieben und dabei Kathleen als Modell benutzt. Sie beneidete Kathleen um ihr blendendes Aussehen: das glänzende schwarze Haar; die aufreizenden grünen Augen; und dazu dann der Modigliani-Hals auf einem hochgewachsenen, jungenhaften, graziösen Körper.

Als sie ihren Stuhl wieder der Schreibmaschine zudrehte, warf Ursula einen Blick in den Wandspiegel und schwor sich, wieder ernsthaft ihre Diät einzuhalten. Und doch wußte sie, daß das hoffnungslos war. Sie war nicht dafür geschaffen, wie Kathleen Ballard auszusehen. Sie hatte kräftige Knochen, von den Wangen über die Schultern bis zu den Hüften, und würde immer hundertfünfunddreißig Pfund wiegen. Einmal hatte ihr ein Betrunkener auf einer Party gesagt, sie ähnele einer übergewichtigen Charlotte Brontë. Sie war sicher, daß das kam, weil sie ihr dunkelbraunes Haar mit einem geraden Mittelscheitel trug. Auf jeden Fall gefiel ihr die literarische Anspielung. Für eine Frau von einundvierzig Jahren sah sie noch recht gut aus, und außerdem gefiel sie Harold so, wie sie war.

Sie fuhr fort, die Schreibmaschine zu bearbeiten. Sie hatte noch eine Stunde Zeit, ehe sie zum Flughafen mußte, um Bertram Foster und seine Frau Alma zu treffen. Obwohl Foster in vielerlei Hinsicht nicht ihrem Idealbild eines Verlegers entsprach – seine Grobheit und Vulgarität waren oft erschreckend, und sein übergroßes Interesse in die ausschließlich kommerziellen Aspekte von *Houseday* waren manchmal enttäuschend – hatte er sie doch zur Herausgeberin der West-Ausgabe seines weitverbreiteten Familienmagazins gemacht.

Als Ursula ihren Bericht fertiggetippt hatte, zog sie das Blatt aus der Maschine und las es durch. Der Bericht war klug darauf angelegt, ihre Arbeit in einem guten Licht erscheinen zu lassen und Fosters finanzielle Vorurteile zu beschwichtigen.

»Liebling?« Das war Harolds Stimme.

Ursula blickte auf, als Harold Palmer ein Tablett mit Eiern, Toast und Kaffee brachte. »Du solltest besser etwas essen, sonst bekommst du noch Kopfschmerzen.«

Obwohl er an jedem Morgen seit ihrer Hochzeit das

Frühstück machte und diese Gewohnheit auch noch beibehielt, als sie längst ein Dienstmädchen angestellt hatten, schaffte er es jedesmal, daß es wie eine außergewöhnliche Gefälligkeit wirkte. Er war ein großer, zögerlicher, stiller Mann mit fahlem Gesicht und zwei Jahre jünger als sie. Er hatte das Gehabe und Aussehen eines Buchhalters, und das war auch in der Tat sein Beruf.

Er setzte sich in den Ledersessel ihr gegenüber. »Wie lange werden sie bleiben?« fragte er.

»Zwei Wochen, denke ich. Danach reisen sie weiter nach Honolulu.«

»Das nenne ich ein Leben.« Er trank seinen Kaffee. »Wenn ich heute mit Berrey einig werde, können wir nächstes Jahr vielleicht auch auf Hawaii Urlaub machen.«

Ursula war mit ihren Gedanken woanders. »Wer ist Berret?« fragte sie pflichtschuldig.

»Berrey«, wiederholte Harold. »Ihm gehört die Berrey-Ladenkette. Es gibt zehn in dieser Gegend. Er wäre ein wichtiger Klient für mich. Ich habe ihn einige Male getroffen, als ich noch bei der alten Firma war.«

Die alte Firma war die Keller Company in Beverly Hills, ein großer Bienenstock voller unterbezahlter Buchhalter, bei der Harold seit seinem Universitätsabschluß gearbeitet hatte. In einem uncharakteristischen Anfall von Freiheitsdrang hatte er dort vor drei Monaten gekündigt, um sein eigenes Büro zu eröffnen. Zwei kleine Klienten hatte er mitgenommen. Aber seitdem mußte Ursula alle Rechnungen bezahlen.

»Dann viel Glück«, sagte Ursula.

»Ich kann es brauchen«, gestand Harold besorgt. »Ich treffe ihn um fünf in der Stadt. Vielleicht komme ich ein bißchen später zum Abendessen.«

»Harold, bitte. Du weißt doch, daß wir mit den Fosters zu Panero gehen. Du mußt pünktlich sein.«

»Oh, das werde ich. Aber Mr. Berrey ist ein wichtiger Mann...«
»Foster ist wichtiger. Du kommst rechtzeitig!«
Harold widersprach nicht. Er räumte den Tisch ab und ging mit dem Tablett zur Tür. Ursula wandte sich wieder ihrem Bericht zu. An der Tür zögerte er.
»Ursula.«
»Ja?«
»Kannst du mir am Freitag helfen, Möbel für mein Büro auszusuchen?«
»Freitag gebe ich dieses riesige Mittagessen für die Fosters, mit all den wichtigen Leuten und den Schauspielern...« Plötzlich schlug sie die Hände zusammen. »Mein Gott, ich habe Kathleen Ballard versprochen, Freitag morgen zu dem Vortrag von Dr. Chapman zu kommen. Dabei kann ich doch gar nicht!«
»Dr. Chapman? Der Sex-Experte?«
»Ja. – Ich erzähle es dir später. Ich muß nachdenken.«
Harold nickte und verschwand in die Küche, wo Hally, das farbige Mädchen, gerade den Kühlschrank abtaute. Ursula schloß die Augen. Dr. Chapman wäre sicher sehr unterhaltsam gewesen, aber jetzt wurde er zum Ärgernis. Sie war eine berufstätige Frau, und sie hatte keine Zeit für dieses Sexgeschwafel. Sie würde einfach Kathleen oder Grace anrufen und sich wegen einer wichtigen geschäftlichen Verabredung entschuldigen. Schließlich war Foster wichtiger.
Trotzdem war sie nicht zufrieden. Sie zündete sich eine Zigarette an. Dr. Chapman interessierte sie doch stark. Sie ging zum Bücherregal und suchte *Eine Sex-Studie über den amerikanischen Junggesellen* heraus. Sie nahm den schweren Band aus dem Regal. Langsam überflog sie die Seiten. Genau wie damals, als sie das Buch zum ersten Mal gelesen hatte, war sie fasziniert. Nicht von dem statisti-

schen Material, sondern von dem Blick hinter fremde Schlafzimmertüren, den es ermöglichte.
Schon als sie das Buch ins Regal zurückstellte, hatte sie den Titel ihres Artikels klar vor Augen. Er würde lauten: »›Der Tag, an dem Dr. Chapman mich befragte‹, von einer Vorstadt-Hausfrau.« Natürlich würde Ursula selbst die Vorstadt-Hausfrau sein. Das war wie geschaffen für *Houseday*. Foster würde zufrieden sein. Sein Bild von ihr als fachkundige, clevere und doch weibliche Frau würde bestärkt werden.
Sie sah schon Fosters fröhliches Grinsen, wenn sie ihm die Einzelheiten des Artikels enthüllte. Sie war sich jetzt ganz sicher. Sie mußte Dr. Chapmans Vortrag beiwohnen und sich als eine der ersten freiwillig melden. Wenn Foster erst einmal erfuhr, wie sie sich für ihn und sein Magazin opferte, würde er ihr erlauben, zu spät zu seinem Mittagessen zu kommen. Sie sah sich schon, wie sie ihren Arbeitgeber und die staunenden Gäste mit ihrer Sex-Story unterhielt. Foster würde sie noch mehr bewundern als je zuvor. Vielleicht würde ihr das den Weg nach New York ebnen.

Draußen vor dem Küchenfenster hupte der Bus zweimal. »Entschuldige einen Moment, Kathleen«, sagte Sarah Goldsmith ins Telefon. »Da ist der Schulbus.« Sie legte die Hand über die Sprechmuschel und rief dem neunjährigen Jerome und der sechsjährigen Deborah zu: »Beeilung! Der Bus ist da. Es ist schon spät. Und vergeßt eure Butterbrote nicht!«
Sam Goldsmith legte den Geschäftsteil der Zeitung aus der Hand und streckte die Arme aus, als zuerst Deborah und dann Jerome ihm einen Kuß gaben.
Beide Kinder nahmen ihre Butterbrotdosen, drückten hastige Küsse auf Sarahs Gesicht, liefen zur Haustür und

schlugen sie laut hinter sich zu. Sarah stellte sich auf Zehenspitzen und sah aus dem Fenster. Sie beobachtete, wie Jerome und Deborah über die gepflasterte Garagenzufahrt rannten und in den Bus kletterten. Als der Bus davonfuhr, wandte sie sich wieder vom Fenster ab und nahm die Hand vom Telefonhörer.
»Tut mir leid, Kathleen. Es ist jeden Morgen dasselbe.«
»Oh, ich kenne das.«
»Also, wegen dieses Vortrags. Du sagst, alle kommen?«
»So hat es Grace mir gesagt.«
»Gut. Dann will ich mich nicht als einzige ausschließen. Ich nehme an, es *ist* wichtig.«
»Für den ›wissenschaftlichen Fortschritt‹, um Dr. Chapman zu zitieren.« Kathleen machte eine Pause. »Natürlich ist es alles freiwillig, Sarah.«
»Ich werde tun, was die Mehrheit tut«, sagte Sarah. »Ich habe sein letztes Buch gelesen. Ich glaube schon, daß es eine gute Sache ist. Es ist nur – nun, ich finde es ein bißchen peinlich. Ist es wirklich anonym?«
»So steht es jedenfalls in der Pressemitteilung.«
»Ich meine, ich habe einmal in einem Magazin einen Artikel über diese Umfragen gelesen. Über ihre Geschichte und darüber, wie geheim das Material gehalten wird. Ich erinnere mich, daß sogar Kinsey einem bei der Befragung direkt gegenübersaß und einem die Fragen ins Gesicht stellte. Dabei würde ich mich schrecklich unangenehm fühlen.«
»Ja«, stimmte Kathleen automatisch zu. Doch obwohl sie mit Sarahs Standpunkt sympathisierte, wußte sie, daß sie ihr nicht recht geben durfte. »Soviel ich weiß, macht Dr. Chapman es anders. Bei seiner Methode soll es völlig anonym zugehen. Wie es genau geht, weiß ich nicht, aber Grace sagte mir, er würde das alles in seinem Vortrag erläutern.«

»In Ordnung. Ich werde dasein.«
Nachdem Sarah eingehängt hatte, warf sie Sam einen Blick zu. Sie fragte sich, ob er überhaupt etwas von dem Telefongespräch mitbekommen hatte. Er war noch immer völlig in die neuesten Aktienkurse vertieft und schien nichts um sich herum wahrzunehmen. Wie so oft in letzter Zeit fragte sie sich, die rechte Hand aufs Herz gelegt (wo jenes geheime Ding hauste), ob er sie, wenigstens gelegentlich, noch so sah, wie er sie gesehen hatte, als sie sich zum ersten Mal trafen. Sie dachte, daß er vermutlich ziemlich überrascht gewesen wäre, wenn er sie einmal näher betrachtet hätte.
Sarah Goldsmith trug ihr dunkles Haar zu einem Knoten zusammengebunden. Obwohl ihre schwere, schwarz umrandete Brille sie ein wenig streng wirken ließ, war ihr Gesicht früh am Morgen, wenn sie die Brille noch nicht aufgesetzt hatte, bemerkenswert romanisch und weich. Sie war fünfunddreißig, und ihre üppigen Brüste und vollen Hüften waren noch immer fest und jung. Sie war sehr stolz darauf, daß sie sich, im Gegensatz zu Sam, nie hatte gehenlassen. Selbst nach zwölf Ehejahren und zwei Schwangerschaften hatte sich ihr Gewicht nur um ganze fünf Pfund verändert.
Mit einem Seufzer goß sie sich eine Tasse Tee ein und setzte sich ihrem Mann gegenüber. Mitleidig blickte sie an der Zeitung vorbei auf seine dicken Wangen. Obwohl er nur vier Jahre älter war als sie, war er, wenigstens in ihren Augen, zu einem übergewichtigen Dummkopf geworden. Sie hatte lange vergessen, wie geborgen sie sich in den ersten Ehejahren durch seine Solidität gefühlt hatte, und wie sehr sie seinen beharrlichen Kampf für ihre materielle Sicherheit gebilligt hatte. Ihr fiel nur ein, daß er nach zwölf Jahren zu einer schwerfälligen, unsensiblen, langweiligen, gesetzten Figur geworden war. Zu einem

Objekt, das wenig Interesse an seiner Umwelt zeigte, mit Ausnahme einer fast besessenen Sorge um seine Kinder, seinen Garten und seinen Liegesessel vor dem Fernseher. Die Liebe absolvierte er als Pflichtübung, einmal wöchentlich, sonntags, schwer atmend und ohne Sarah zu befriedigen. Das hätte sie noch ertragen, dachte Sarah, wenn etwas Romantik dabeigewesen wäre, oder wenigstens ein bißchen Spaß. Aber es war für ihn zu einer jener monotonen Notwendigkeiten geworden, wie Essen, Schlafen und Arbeiten. Oh, er war ein *guter* Mensch, natürlich, und stets *freundlich*, daran bestand kein Zweifel. Aber er war gut und freundlich auf jene schlaffe, sentimentale, jüdische Art. Zu schnell, um sich zu entschuldigen oder zu weinen oder dankbar zu sein. In einer lebendigen Welt war er eine Art Tod.

»Schon halb zehn!« hörte sie Sam rufen. Er sprang auf, schob den Knoten seiner Krawatte hoch. »Es ist schlecht fürs Geschäft, wenn ich spät dran bin.« Er ging ins Wohnzimmer und kam mit seinem Flanellmantel zurück. »Aber wer geht schon gerne, wenn es zu Hause so behaglich ist? Ich liebe meine Frau und meine Kinder. Ich liebe mein Heim.« Er stand vor Sarah und rückte den Mantel zurecht. »Ist das ein Verbrechen?«

»Natürlich nicht«, sagte Sarah.

»Vielleicht liegt es nur daran, daß ich langsam alt werde.«

»Warum machst du dich immer älter, als du bist?« sagte Sarah schärfer, als sie beabsichtigt hatte.

»Stört dich das? Gut, dann bin ich eben wieder süße sechzehn.« Er bückte sich, und ihr Gesicht wartete mit geschlossenen Augen. Sie spürte seine trockenen Lippen auf ihrem Mund. »Dann bis um sechs«, sagte er, sich aufrichtend.

»Gut.«

»Was gibt's heute abend? Ach ja, den dicken Komiker um

sieben. Vielleicht sollten wir im Wohnzimmer zu Abend essen, dann können wir dabei fernsehen.«
»Ist gut.«
Er ging zur Tür. »Hast du heute etwas Besonderes vor?«
»Einkaufen, nach der Schule mit Jerry zum Zahnarzt – hundert Dinge.«
»Mach's gut.«
Sie saß sehr still da, hörte auf seine Schritte auf dem Zement, auf das Knarren der Autotür. Dann sprang der Motor des Wagens an. Er fuhr rückwärts aus der Einfahrt und brauste davon.
Schnell trank sie ihren Tee aus, räumte das Geschirr ab und ging ins Schlafzimmer. Sie blieb vor dem Spiegel stehen. Ihr Haar war in Ordnung. Sie nahm Lippenstift und Puder aus ihrer Strohhandtasche. Sorgsam schminkte sie ihre Wangen und bemalte dann ihre Lippen karminrot. Sie betrachtete sich erneut im Spiegel und ging dann zu dem Telefon auf dem Tischchen zwischen beiden Betten. Sie wählte hastig eine Nummer und wartete. Dreimal tutete es, dann meldete sich seine Stimme.
»Hallo?«
»Hier ist Sarah. Ich komme gleich.«
Sie hängte ein und ging ins Badezimmer. Sie öffnete die Schublade neben dem Waschbecken, langte tief hinein und holte die blaue Dose mit dem Pessar hervor. Sie warf die Dose in ihre Handtasche, nahm eine rosa Kaschmirbluse aus der Schublade und hastete durch das Haus zur Garage.

Mary Ewing McManus war noch keine zwei Jahre verheiratet. Sie wußte, daß es ihrem Vater gefiel, wenn sie beim unterschreiben das *Ewing* weiter mitbenutzte. Sie saß auf dem zerwühlten Bett, die langen, dünnen Beine unter ihrem blauen Seidennachthemd überkreuzt.

»Das ist ja toll, Kathleen«, sagte sie ins Telefon. Sie konnte vor zehn Uhr morgens noch überschwenglich sein, denn sie war erst zweiundzwanzig, unkompliziert und liebte ihren Mann. »Du kannst ein dickes Ausrufezeichen hinter meinen Namen machen. Um nichts in der Welt möchte ich den Vortrag verpassen.«

»Prima, Mary. Ich wünschte, alle wären so begeistert.«

Mary war überrascht. »Wie kann man Dr. Chapman nicht hören wollen? Ich meine, es gibt schließlich immer noch etwas zu lernen.« Als Mary Ewing Norman McManus heiratete, war sie ein gesundes, fröhliches, jungfräuliches Mädchen.

Obwohl sie mit viel Einsicht und Zuneigung erzogen worden war, war sie doch, in gewisser Weise, stets behütet aufgewachsen, und alles, was auf die Hochzeitsnacht folgte, war neu für sie gewesen. Sie war ebenso neugierig, die Rätsel des Sex zu erkunden und seine Techniken zu erlernen, wie sie neugierig war, neue Kochrezepte zu versuchen und Nähen zu lernen. Zu Beginn ihrer Ehe hatten sie und Norman voller Freude und Aufregung eine ganze Nacht damit zugebracht, ihre verschiedenen erogenen Zonen zu erkunden.

»Dr. Chapman wird keinen Unterricht erteilen«, sagte Kathleen. »Er wird hier ernsthafte Forschungen betreiben.«

»Oh, ich weiß«, sagte Mary, jetzt mit ihrer wichtigen, erwachsenen Stimme. »Es ist ein historischer Augenblick. So, als käme Sigmund Freud in die Briars, um über Psychiatrie zu reden, oder Karl Marx, um über Kommunismus zu diskutieren. Etwas, das wir später unseren Kindern erzählen können.«

»Nun«, sagte Kathleen unsicher. »Ich nehme an, daß es so etwas ist.«

»Wie geht's Deirdre?«

»Gut, danke.«
»Sie ist so süß. Fein, daß du angerufen hast. Wir sehn uns bei dem Vortrag.«
Mary hängte ein und stellte das Telefon zurück auf den Nachttisch. Sie war ganz aufgeregt wegen der Einladung und hatte plötzlich den Wunsch, Norman davon zu erzählen. Sie hob den Kopf und lauschte. Noch rauschte im Badezimmer hinter ihr die Dusche. Wenn er mit duschen fertig war, würde sie ihm die Neuigkeit berichten.
Sie ließ sich zurück aufs Kissen fallen. Sie fühlte sich glücklich und voller Leben. Die Dusche lief noch, und sie stellte sich Normans von kaltem Wasser umspülten Körper vor. Das offene, schöne Gesicht mit den blitzenden dunklen Augen, seine behaarte Brust, den flachen Bauch und die langen, muskulösen Beine. Es schien ihr noch immer wie ein Wunder, daß er unter all den anderen, viel hübscheren Mädchen ausgerechnet sie ausgewählt hatte. Mary Ewing McManus machte sich keine Illusionen über ihre eigene Schönheit. Sie war lebhaft und extrovertiert, und schlechte Laune war ihr völlig fremd, aber was ihr Äußeres betraf, gab sie sich keinerlei Täuschung hin. Sie war ein großes, knochiges, athletisches, langbeiniges Mädchen. Ihre braunen Augen saßen zu dicht beieinander. Ihre Nase war ziemlich groß. Ihr Mund war klein, aber immerhin waren ihre Lippen voll und die Zähne regelmäßig. Sie war flachbrüstig und schmalhüftig. Und doch fühlte sie sich nicht reizlos. Sie war im Mittelpunkt einer großen Familie aufgewachsen, stets bewundert und umsorgt. Ihr sonniges Gemüt ließ manches hübschere Mädchen neben ihr farblos wirken, und sie hatte immer einen Freund gehabt. Und als sie einen Mann gewollt hatte, war Norman erschienen und hatte jugendliches Verliebtsein durch reife Liebe ersetzt.

Von dem Augenblick, als sie sich zum ersten Mal begegneten, war Norman zum Mittelpunkt ihres Universums geworden. Harry Ewing war auf seine sanfte, dezente Art zunächst nicht einverstanden gewesen, wegen Marys Jugend und Normans Armut (Norman hatte gerade erst seine Zulassung als Rechtsanwalt erhalten). Aber da Harry Ewing wußte, daß er seiner Tochter nichts abschlagen konnte, hatte er schließlich sein Einverständnis gegeben. Er wußte, sie würde Norman ohnehin heiraten. Harry hatte nur eine einzige Bedingung gestellt, die die beiden sofort und dankbar akzeptierten: Solange sie noch nicht auf eigenen Füßen stehen konnten, sollten sie die leere Suite im Obergeschoß des Ewingschen Heimes beziehen. Um die Ehe seiner Tochter auf eine sichere finanzielle Basis zu stellen, ging Harry Ewing noch weiter. Als Norman gerade mit dem Gedanken spielte, mit seinem alten Schulkameraden Chirs Shearer eine Anwaltspraxis in einer ärmeren Gegend von Los Angeles aufzumachen, erhielt er von seinem Schwiegervater ein generöses Angebot. Harry produzierte vorgefertigte Gebäudeteile, und in seiner Rechtsabteilung waren vier Anwälte beschäftigt. Einer davon wollte gehen, und Harry bot Norman den freiwerdenden Posten an, mit einem Anfangsgehalt von 150 $ die Woche.

Norman spürte, daß er etwas von seiner Unabhängigkeit preisgab, wenn er die Offerte annahm. Außerdem schien es eine größere Herausforderung zu sein, als wirklich vor Gericht kämpfender Anwalt gemeinsam mit Chris in einer Gegend zu arbeiten, die Hilfe brauchte. Doch dann sagte er sich, daß es töricht sei, ein solches Angebot auszuschlagen, daß sein Traum vom Anwalt für arme Leute romantisch und unpraktisch sei und daß er schließlich auch an Mary denken müsse. Vom Enthusiasmus seiner Frau angesteckt, nahm Norman die Stelle in Harrys Firma an.

In den vergangenen eineinhalb Jahren wurde Mary klar, daß Norman sich als Schreibtischanwalt langweilte. Sie hatte deshalb ihren Vater gebeten, Harry etwas von der Arbeit bei Gericht tun zu lassen. Ihr Vater hatte versprochen, das bei nächster Gelegenheit zu tun. Doch seitdem waren mehrere Monate vergangen, und nichts war geschehen.
Jetzt, als sie auf die elektrische Uhr schaute, sah Mary, daß es zwanzig vor zehn war. Ihr Vater würde um zehn mit dem Frühstück fertig sein. Er würde erwarten, daß Norman dann bereit war, denn sie fuhren jeden Morgen gemeinsam in Harrys Cadillac zur Fabrik. Sie hatte sich gerade entschlossen, Norman an die Zeit zu erinnern, als die Dusche plötzlich abgedreht wurde.
Schnell ging Mary barfuß zur Badezimmertür. Sie preßte den Kopf gegen die Tür. »Norm?«
»Ja?«
»Es ist zwanzig vor zehn.«
»Okay.«
Kathleens Anruf fiel ihr ein. »Denk dir nur, wer angerufen hat.«
»Was?«
»Ich sagte: Denk dir nur, wer angerufen hat.«
»Ich verstehe dich nicht. Komm herein. Die Tür ist auf.«
Sie trat ein. Er stand nackt auf einer gelben Matte in der Mitte des Badezimmers und schrubbte sich mit einem Handtuch seinen muskulösen Rücken. Sie starrte ihn an und dachte an letzte Nacht. Er hatte sie besessen, und es war wundervoll gewesen. Plötzlich bekam sie Herzklopfen.
Er drehte sich um und lächelte sie an. Stolz und besitzergreifend berührte ihr Blick seinen schlanken Körper. »Hi, Liebling«, sagte er. »Ich dachte, du wolltest noch schlafen.«

»Jemand hat angerufen«, erklärte sie außer Atem. »Dr. Chapman hält am Freitag einen Vortrag bei der Frauenvereinigung.«
»Chapman? Der Sexforscher?«
»Ja. Er will uns interviewen.«
»Gut. Verheimliche ihm nichts.«
»Soll ich ihm sagen, daß du der beste Liebhaber auf der ganzen Welt bist?«
»Woher willst du das denn wissen?« neckte er sie. »Oder erzählst du das allen deinen Männern?«
Sie stand sehr still da. »Ich liebe dich, Norm«, sagte sie.
Sein Lächeln verschwand. Er zog sie an sich. »Ich will dich, Schatz«, flüsterte er ihr ins Haar.
»Ja«, hauchte sie. Dann fiel ihr ein, wie spät es war, und sie versuchte, sich loszumachen. »Nein, Norm. Nicht jetzt. Dad wartet und...«
»Zur Hölle mit Dad«, sagte er und küßte ihren Hals.
»Sag so etwas nicht«, mahnte sie fast unhörbar. Dann sank sie neben Norman auf die gelbe Matte. Sie legte sich auf den Rücken und spürte, wie seine Finger ihr Nachthemd hochschoben. Sie gab sich ihm hin und dachte nicht mehr an ihren Vater, der unten auf Norman wartete.

Auf einer Party bei Ursula und Harold Palmer hatte man vor einiger Zeit einmal das Wortassoziationsspiel gespielt. Als Ursula, die die Liste der Wörter einem männlichen Gast vorlas, zum Wort *antiseptisch* kam, hatte der Gast unwillkürlich geantwortet: »Teresa Harnish.« Das löste große Heiterkeit und eine angeregte Diskussion aus. Als man Teresa, die nicht auf der Party gewesen war, später davon berichtete, schlug sie das Wort im Lexikon nach. Dort las sie, daß es bedeutete: »Gegen Sepsis und Fäulnis wirkend.« Damit gab sie sich zufrieden. Der wahre Grund, warum man gerade dieses Wort mit ihrem Namen

assoziierte, kam ihr überhaupt nicht zu Bewußtsein. Nun stand sie in ihrem Studierzimmer, lehnte sich gegen das Regal, das nicht etwa Bücher, sondern präkolumbianische Skulpturen auf kleinen Marmorsockeln beherbergte, und lauschte Kathleens Bericht über Dr. Chapmans bevorstehenden Besuch.
Mit ihren sechsunddreißig Jahren war Teresa Harnish die perfekte Verkörperung von Tugend. Nichts Rauhes oder Reales – Schweiß, zum Beispiel, oder Schmutz oder Bakterien – hatte jemals ihren makellosen Teint beeinträchtigt, oder jedenfalls schien es so. Das blonde, lockige Haar war tadellos frisiert. Ihr ovales Gesicht, die großen Augen, die Patriziernase, die dünnen Lippen sahen ständig aus wie eine verschreckte Chrysantheme. Ihre Größe und Figur waren in jeder Hinsicht durchschnittlich. Ihre Erscheinung und ihr Benehmen gaben ihr einen intellektuellen Touch, den sie sehr pflegte. Sie hatte eine Menge Bücher gelesen, aber ihr Textverständnis ging nicht sehr tief, und die Originalität ihrer Gedanken war eher bescheiden. Wenn sie sich unterhielt, benutzte sie häufig klassische Anspielungen und war kaum zu verstehen. Beim Sex liebte sie es einfach und direkt. Wenn sie ein Erlebnis überstand, ohne anzuecken oder verwirrt zu sein, war sie zufrieden. Sie fand Lord Byron vulgär, Gauguin abstoßend, Stendhal lächerlich und Rembrandt schmierig. Henry James und Thomas Gainsborough mochte sie sehr. Sie bewunderte Louise de la Vallière und (ein wenig schuldbewußt) die arme Lady Blessington. Es gehörte für sie zu den Lasten des Ehelebens, die Hochachtung ihres Mannes für so bedeutungslose expressionistische Maler wie Duchamp, Gris und Kandinsky erdulden zu müssen.
»Ja, Kathleen. Für Geoffrey und mich ist Dr. Chapman ein Phänomen, ein Apostel der Aufklärung.«
Geoffrey Harnish beugte sich über den großen, reich mit

Schnitzereien verzierten Medici-Schreibtisch. Bei der Erwähnung von Dr. Chapmans Namen blickte er auf. Sie schenkte ihm ein Lächeln, und er hob überrascht die buschigen Augenbrauen. Geoffreys kleine, kompakte Gestalt lehnte sich in dem zerbrechlich wirkenden Stuhl zurück. Dr. Chapman hatte sein Interesse geweckt. Geoffrey glättete sein schütter werdendes, rotblondes Haar und strich sich über den mächtigen, fehl am Platze wirkenden Schnurrbart. Er fragte sich, ob sich Dr. Chapman wohl dazu überreden ließ, das Vorwort für Geoffreys neuen Kunstkatalog zu schreiben.

Teresa sagte gerade: »Natürlich haben Geoffrey und ich sein letztes Buch gelesen. Wir waren geradezu überwältigt von dieser *wissenschaftlichen* Betrachtungsweise der Sexualität. Das Buch war einfach olympisch, Liebes. Oh, natürlich ist es nicht frei von Fehlern. Jedem Leser mit gewissen soziologischen Vorkenntnissen fällt das sofort auf. Am stärksten hat uns gestört, daß Chapman den Sex ganz auf das rein Biologische reduziert, ohne auf die menschliche Gefühlswelt einzugehen. Aber andererseits, Kathleen, wie will man schon Dinge wie die Freuden der Liebe oder den Augenblick, in dem man zum ersten Mal im Louvre der Mona Lisa gegenübersteht, wissenschaftlich beschreiben?«

Hinter seinem Schreibtisch bekundete Geoffrey mit einem weisen Kopfnicken seine Zustimmung. Doch Kathleen am anderen Ende der Leitung war so früh am Morgen nicht auf einen Vortrag zu Dr. Chapmans Methode vorbereitet.

Ungeduldig wand sie sich in ihrem Küchenstuhl – warum hatte sie sich nur von Grace zu dieser gräßlichen Telefoniererei überreden lassen? – und wußte nicht, was sie sagen sollte. Schließlich fragte sie lahm: »Du interessierst dich also für Dr. Chapmans Arbeit?«

»Es wird ein unvergeßliches Erlebnis werden, meine Liebe.«
»Dann können wir auf dich zählen?«
»Schätzchen, eher würde ich eine Vorlesung Coleridges über Milton und Shakespeare bei der Philosophischen Gesellschaft versäumen.«
Kathleen interpretierte dies als Annahme der Einladung und machte erleichtert ein Kreuz hinter Teresas Namen. Nachdem Teresa den Hörer zurück auf die Gabel gelegt hatte, steckte Geoffrey einige Papiere in die Tasche und begleitete seine Frau zu dem kanariengelben Thunderbird-Kabriolett, das vor kurzem den alten Citroën ersetzt hatte. Sie glitt hinters Steuer. Geoffrey, der selbst nicht fuhr (»Ich würde es ihm nicht erlauben«, erklärte Teresa oft. »Es wäre gefährlich. Er schwebt mit seinen Gedanken immer in den Wolken. Stellt euch vor, Goethe würde in Los Angeles autofahren.«), nahm auf dem Beifahrersitz Platz.
Die tägliche Fahrt zu Geoffreys Kunsthandlung in Westwood Village dauerte vierzehn Minuten. Über Dr. Chapman sprachen sie als über jemanden, der ein weiteres kulturelles Ereignis in ihrem an solchen Ereignissen reichen Leben darstellte. Wenn Geoffrey, mit Teresas Hilfe, seine Memoiren über seine Jahre zwischen Kunst und Künstlern schrieb, würde es amüsant sein, darin eine Seite Dr. George C. Chapman zu widmen, dem Liebesstatistiker.
»So, da sind wir«, sagte Teresa.
Sie bogen in eine belebte Seitenstraße des Westwood Boulevard ein. Teresa ließ den Motor laufen, als sie an ihrem Mann vorbei auf die beiden Schaufenster des kleinen, aber wunderschön eingerichteten Ladens blickte. In einem Fenster stand immer noch die Bronze von Henry Moore, im anderen das große Ölgemälde von D. H. Lawrence. Ein Plakat mit einem dadaistischen Rahmen lud

Interessenten zum allwöchentlichen Mittwochabendtee und Literatentreff ein.
»Ich kann diesen Lawrence nicht mehr sehen«, sagte Teresa. »Er paßt einfach nicht hierher. Er gehört in Buchläden, nicht in eine Kunsthandlung.«
»Als Kuriosität hat er seinen Zweck erfüllt«, sagte Geoffrey und dachte daran, daß ihm das Bild immerhin vor zwei Wochen einen kleinen Artikel in einer Sonntagszeitung eingebracht hatte.
»Du solltest besser den neuen Marinetti ins Fenster hängen«, sagte Teresa. Ihr Mann hatte kürzlich einen italienischen Händler für das Bild einer Lokomotive überbezahlt, das 1910 von Filipo Tommaso Marinetti, dem Vater des Futurismus, gemalt worden war. Teresa hatte dieses Bild für das Schaufenster vorgeschlagen, um Geoffrey zu demonstrieren, daß sie genauso progressiv und intellektuell war wie er.
»Ja, der Marinetti«, sagte Geoffrey und öffnete die Wagentür. »Große Geister, et cetera. Ich wollte ihn sowieso morgen ausstellen.« Er stieg aus, schlug die Tür zu und blickte hinab zu seiner Frau. »Fährst du zum Strand?«
»Nur für eine Stunde. Zum Sonnenbaden.«
»Ich bin hier nicht vor halb sieben fertig.«
»Ich werde da sein, Liebling. Bitte, überarbeite dich nicht.«
Als er im Laden verschwunden war, lenkte Teresa das Kabriolett um den Häuserblock zum Wilshire Boulevard und fuhr Richtung Santa Monica. Nach fünfundzwanzig Minuten Fahrt erreichte sie den Pacific Coast Highway, auf dem zu dieser Stunde kaum Verkehr war. Sie fuhr durch die salzige Seeluft, bis sie an ihr Ziel gelangte, eine Meile vor Malibu.
Ihr Ziel war ein kleines, felsiges Fleckchen Erde, das sich waghalsig über den breiten Sandstrand erhob und dessen

runde Nase sich den von weißem Schaum gekrönten Brechern entgegenstreckte. Nun schon seit mehreren Jahren verbrachte Teresa zuerst gelegentlich, dann einmal in der Woche und neuerdings zwei- bis dreimal wöchentlich ihre Vormittage an diesem einsamen Strand. Obwohl es ein öffentlicher Strand war, hatte sie ihre Bucht ganz für sich allein. Es gab hier keine Sporttaucher, picknickende Familien oder akrobatische Muskelmänner.

Die Entdeckung dieses Ortes der Ruhe war für Teresa wie ein kleines Wunder gewesen. Geoffrey hatte die Stelle Constables Bucht getauft, als er sie das erste und einzige Mal gesehen hatte (nach John Constables »Weymouth Bay« in der Nationalgalerie). Bald nachdem sie und Geoffrey entschieden hatten, daß manche Menschen nicht dazu geschaffen waren, Kinder zu haben – Kannibalen an Leben und Kunst – waren die Vormittage für Teresa unerträglich geworden. Die Nachmittage gingen. Es gab immer etwas zu tun, zu Hause, im Village Green oder mit ihren Freundinnen. Und die Abende waren voller gesellschaftlichem Leben, aber an den Vormittagen schien die Nacht zu weit weg zu sein. Und dann, während einer ruhelosen Autofahrt, hatte sie Constables Bucht entdeckt. Seitdem kehrte sie immer wieder dorthin zurück, um sich zu sonnen, um zu träumen oder um, begleitet vom ständigen Rauschen des Meeres, zu lesen.

Nachdem sie geparkt und die Handbremse angezogen hatte, öffnete sie den Kofferraum des Kabrioletts und holte eine Decke und einen kleinen Gedichtband von Ernest Dowson hervor.

Mit der Decke in der Hand und dem Buch unter den Arm geklemmt, kletterte sie hinunter zum warmen Sand, ihre freie Hand schützend vorgestreckt, falls sie ausrutschen sollte. Sie trottete durch den Sand, legte das Buch hin, breitete sorgfältig ihre Decke aus und ließ sich darauf fallen. Einen Moment genoß sie mit geschlossenen Augen die Sonnenstrahlen und den Seewind. Schließlich öffnete sie die Augen, stützte sich auf einen Ellbogen, schlug das Buch auf und begann zu lesen.

Als sie die ersten drei Gedichte gelesen hatte, riß sie eine Stimme, die beinahe wie ein Nebelhorn klang, in die Realität zurück. »Na los, los, los – lauf vor – gib ab – ich bin auf der zwanzig-Yard-Linie – spring!«

Teresas Kopf ruckte hoch, und sie suchte nach dem unverschämten Störenfried. Näher beim Wasser, in vielleicht fünfzig Yards Entfernung, wo der Strand zuvor völlig menschenleer gewesen war, waren vier Männer. Sogar aus dieser Entfernung konnte Teresa sehen, daß es hünenhafte junge Männer waren. Zwei standen sich Schulter an Schulter gegenüber und schoben und zerrten aneinander wie zwei wütende Elefanten. Die beiden anderen spielten mit einem Fußball. Der eine warf dem größten der vier den Ball zu, und dieser rannte durch den davonstiebenden Sand, um ihn zu fangen.

Über die Störung die Stirn runzelnd, beobachtete Teresa sie weiter. Wie Automaten trieben sie ihr Spiel mit dem Ball, begleitet von lautem, kaum verständlichem Geschrei. Einmal kam der größte von ihnen bis auf zwanzig Yards an Teresa heran. Für einen so muskelbepackten Mann sprang er mit erstaunlicher Leichtigkeit hoch und fing den Ball aus der Luft. Beim Aufsetzen fiel er auf die Knie. Langsam stand er auf, keuchend. Sie konnte ihn jetzt klar und deutlich sehen. Er hatte ein offenes, rotes Kaliforniergesicht und kurzgeschnittenes dunkles Haar. Ein ausgebleichtes graues T-Shirt bedeckte seinen mächtigen Brustkorb, der zu einem schmalen Unterkörper auslief. Er trug eine unanständig knappe Badehose. Seine Oberschenkel waren muskulös, die Waden überraschend schlank.

Er blickte hoch und bemerkte, daß Teresa ihn anstarrte. Er

grinste. Beleidigt wandte sie sich ab und hob ihr Buch. Nach einem Moment blickte sie über die Schulter. Er ging zurück zu seinen Freunden, den Ball mit einer Hand hochwerfend und wieder auffangend.
Entschlossen, diese vorübergehende Invasion von Constables Bucht zu ignorieren, beschäftigte sie sich wieder mit Dowson. Sie las das dritte Gedicht fünfmal, aber die Worte verschwammen und gaben keinen Sinn. Sie hörte den Lärm der vier Ballspieler, und ihre Gedanken beschäftigten sich stärker mit Dr. Chapman als mit Dowson. Welche Fragen stellte er überhaupt? Welche Antworten erwartete er von den Frauen? Welche Normen gab es für Sex? Doch sie sagte sich, daß Dr. Chapman dies nicht wissen konnte. Er konnte nur statistische Werte liefern, nicht sagen, was am besten war. Zum ersten Mal stellte sie eine Beziehung zwischen Chapmans Umfrage und ihr selbst, ihrem Fleisch, ihrem Bett her, und eine Vorahnung von Gefahr befiel sie.
Sie blickte auf. Alle vier beteiligten sich nun an dem Ballspiel. Nach ein paar Minuten erkannte sie, daß der größte zugleich auch der geschickteste war.
Plötzlich stand sie auf. Sie war erst eine halbe Stunde am Strand. Doch jetzt wollte sie nach Hause, in die Sicherheit der abstrakten Ölgemälde und seltenen alten Bücher. So weit als möglich weg von Schweiß, körperlicher Gewandtheit und Muskeln. Hastig packte sie ihre Decke zusammen, schüttelte sie kaum aus und ging, den Blick starr auf den Sand vor ihr geheftet. Am Fuß des Pfades, der hinauf zu ihrem Auto führte, blieb sie kurz stehen und warf einen Blick hinüber zu den vier Barbaren. Der größte stand breitbeinig da, die Hände in die Hüften gestemmt, und starrte ihr dreist hinterher. Plötzlich winkte er ihr, fast schon unverschämt, zu. Sie schauderte, drehte sich weg und hastete den Pfad hinauf, zu ihrem Wagen.

»Ja, ich verstehe, Kathleen«, sagte Naomi Shields, während sie sich tiefer in das heiße Badewasser gleiten ließ. Den Hörer hielt sie auf eigentümliche Weise hoch, damit er nicht naß wurde. »Aber ich habe wirklich absolut kein Interesse. Ich pfeife auf diesen Dr. Chapman. Ich denke gar nicht daran, mich vor irgendeinem angeblichen Wissenschaftler auszuziehen.«
»Du redest über ihn, als sei er ein Scharlatan.«
»Oh, ich weiß. Ich habe über ihn gelesen. Er ist Jesus H. Christus persönlich. Dank ihm wissen nun alle verheirateten Frauen, daß sie so oft ins Heu hüpfen dürfen, wie es ihnen gefällt und daß sie deswegen keine Gewissensbisse zu haben brauchen, weil es ja alle tun.«
»Darum geht es nun aber wirklich nicht, Naomi.« Kathleen kannte Naomi nicht so gut wie die anderen Frauen. Bei Naomis seltenen Besuchen der Frauentreffen waren sie einander hin und wieder begegnet. Aber wenn von den Gerüchten, die sie über Naomi gehört hatte, auch nur die Hälfte wahr war, dann war sie im Umgang mit dem anderen Geschlecht alles andere als prüde. Sie beschloß, Naomi noch eine Chance zu geben, ehe sie ihren Namen ausstrich. »Vielleicht denken noch andere von uns über diese Umfrage so wie du. Trotzdem bin ich von Dr. Chapmans guten Absichten überzeugt und glaube, daß sie etwas Positives bewirken können.«
»Können sie bewirken, daß Frauen nicht mehr altern oder Männer nicht mehr rücksichtslos sind?«
»Nein. Aber Grace sagt...«
»Diese alte Schachtel.«
»Also wirklich, Naomi, sie meint es doch gut. Was den Sex angeht, gibt es noch immer viel zuviel Unwissenheit. Informationen können da entkrampfend wirken, normalisieren. Als wir Kinder waren, sagte man uns doch überhaupt nichts...«

»Das sagst du! Hör mal, Katie, als ich zwölf war, lebte bei uns zu Hause ein Onkel von mir, ein geiler Bastard. Einmal, als mein Vater nicht zu Hause war, hatte dieser Onkel getrunken, packte mich und zog mir den Schlüpfer herunter...« Sie brach ab, von der verhaßten Erinnerung überwältigt. »Oh, verdammt«, sagte sie, »warum mußte ich dir das nur erzählen! Ich weiß nicht, was ich rede. Ich habe heute morgen schreckliche Kopfschmerzen.« Ihre Schläfen schienen in einen Schraubstock eingespannt zu sein, der sich fester und fester schloß. Die zwei Tabletten, die sie genommen hatte, bevor das Telefon klingelte, wirkten noch nicht.
»Wenn du dich nicht wohl fühlst...«, begann Kathleen.
»Ich fühle mich so wie immer«, sagte Naomi. »Es geht schon wieder. Morgens um zehn ist immer meine schlimmste Zeit.«
Kathleen, der Kummer und Sorgen bestens vertraut waren, empfand Mitleid und Verständnis. »Laß gut sein, Naomi. Es kann dich schließlich niemand zwingen zu kommen. Dr. Chapman wird genug Versuchskaninchen haben. Bleib einfach zu Hause.«
»Danke, Katie, aber ich denke, ich werde hingehen. Ich habe der menschlichen Rasse noch nicht den Rücken gekehrt.«
In letzter Zeit neigte sie dazu, gegenüber allem, was man ihr vorschlug, zunächst eine ablehnende, negative Haltung einzunehmen, und dann schließlich doch noch zuzustimmen. »Dieser Professor soll keinen falschen Eindruck von den Briars bekommen. Wenn er nur Leute wie Grace Waterton oder Teresa Harnish befragt, wird er noch denken, wir hätten hier draußen einen Zölibatskult. Das wäre unser Ruin. Ich habe schließlich Bürgerstolz. Nein, du kannst auf Naomi zählen. Ich will für ein ausgewogenes Bild sorgen.«

»Du kommst also doch ...«
»Bestimmt, Schatz. Ich habe Havelock Ellis und Krafft-Ebing versäumt, weil ich damals zu jung war. Aber Chapman werde ich mir nicht entgehen lassen.«
Nachdem sie aufgelegt hatte, schrubbte Naomi ihren Körper mit einem Schwamm. Dann zog sie den Stopfen heraus und stieg aus der Wanne.
Während sie sich langsam vor dem großen Spiegel abtrocknete, betrachtete sie fasziniert ihren kleinen, fast perfekten Körper. Sie hatte eine lange Affäre mit diesem Körper gehabt, eine Affäre, gemischt aus Selbsthaß und Selbstliebe. Fernab aller Logik gab sie ihrem Körper die Hauptschuld an ihrem zügellosen, verpfuschten Leben. Sie war attraktiv, und sie war immer schon attraktiv gewesen. Auch jetzt noch, mit einunddreißig Jahren, strahlten ihre Frisur, die dunklen Schlehenaugen, die kleine Nase und der volle Mund eine geheimnisvolle Erotik aus. Ihr Körper war perfekt proportioniert, nur die Brüste waren übergroß. Sie hatten abnorm dicke Brustwarzen, die Männer zu hilflosen Sklaven werden ließen und Naomi ein Gefühl der physischen Überlegenheit gaben.
Sie besprenkelte ihre Haut mit Talkum und massierte es sorgfältig ein. Dann sprühte sie sich Parfüm hinter die Ohren und zwischen die Brüste. Sie ging nackt ins Schlafzimmer und zog einen weißen Frisiermantel über. Ihr Bett war völlig zerwühlt. Die blaßrosa Bettdecke bildete einen zerknüllten Hügel. Im Aschenbecher häuften sich die Zigarettenkippen. Die Ginflasche neben dem Döschen mit den grünen Pillen war fast leer. Der ganze Raum stank nach Zigarettenasche und Alkohol. Kein Fenster war geöffnet, denn Naomi hatte eine panische Angst vor Einbrechern. Wieviel hatte sie in der letzten Nacht getrunken? Vielleicht die halbe Flasche Gin. Vielleicht mehr. Sie

erinnerte sich nur noch, daß die zwei Tabletten keine
Erleichterung gebracht hatten. Daraufhin hatte sie ein
Glas getrunken, und dann noch eins und immer weiter.
Sie hatte geschlafen wie tot, doch das zerwühlte Bett
bewies, daß sie noch immer heftig träumte.
Sie öffnete ein Fenster, um zu lüften. Dann ging sie in die
Küche und überlegte verzweifelt, was sie mit dem langen
Tag anfangen sollte. Mit zitternden Händen setzte sie
Kaffeewasser auf. Während sie auf das Wasser wartete,
ging sie in der Küche auf und ab, sich einsam und
heimatlos fühlend. Sie wußte nicht, was sie tun sollte,
aber sie wußte, was sie auf keinen Fall tun würde. Sie
würde nicht trinken. Doch der Gedanke an den Alkohol
war eine Krücke, auf die man sich stützen konnte. Schnell
ging sie hinüber zum Küchenschrank und betrachtete die
Reihe der Flaschen. Da war noch eine volle Flasche Gin.
Sie hatte noch den Geruch des Schlafzimmers in der Nase
und ekelte sich vor der Flasche. Sie nahm den französischen
Brandy und ein Glas und ging ins Eßzimmer. Sie
füllte das Glas, hielt es sich unter die Nase, inhalierte den
stechenden Geruch und trank hastig.
Sie hörte, daß in der Küche das Kaffeewasser kochte. Sie
trank aus, füllte das Glas hastig wieder und ging zurück in
die Küche. Sie schaltete den Ofen aus. Dann lehnte sie
sich gegen die Spüle und trank den Brandy. Das Brennen
in der Kehle war jetzt kaum noch zu spüren, und ihre Stirn
fühlte sich warm an. Sie leerte das Glas und füllte es
erneut. Sie trank langsam, fest entschlossen, nach diesem
Glas aufzuhören. Da war dieser junge Filialleiter in dem
Lebensmittelmarkt im Village Green. Ein netter Junge,
und stets sehr freundlich. Vielleicht hatte er ernsthafte
Absichten. Vielleicht sollte sie ihn ermuntern. Sie könnten
heute abend zusammen ins Kino gehen. Vielleicht wurde
das der Anfang von etwas, das Sinn hatte. Warum nur

war sie in dieser dummen Schule so dumm gewesen? Warum nur war sie mit diesem halben Kind, diesem Schüler, in den Hinterhof gegangen? Es war so schwer, sich zu erinnern. Auf jeden Fall war dieser Junge schon in der Examensklasse gewesen, und sie war damals schließlich noch jünger. Ihr Mann war bis zehn Uhr abends im Labor gewesen. Oder bis neun Uhr? Sie hatte Mühe, ihre Gedanken zu ordnen.
Sie warf einen Blick auf das Glas in ihrer Hand. Es war leer. Dabei hatte sie nur ein paar kleine Schlucke getrunken. Vielleicht hatte sie den Rest verschüttet. Sie schaute auf den Boden. Nein, da war nichts. Sie nahm die Flasche und goß nach. Sie würde langsam trinken und dann zur Drogerie fahren. Der Mann an der Kasse war immer so nett. Er war auch mehr ihr Typ. Er mochte sie wirklich. Vielleicht war er zu schüchtern, um sich mit ihr zu verabreden. Natürlich war er schüchtern. Wie rot er geworden war, als sie ihn vorige Woche nach Tampons gefragt hatte. War das nicht alles sehr komisch?
Die Türglocke läutete. In ihren Ohren rauschte es, und deshalb horchte sie aufmerksam, um ganz, ganz sicher zu sein. Es war die Türglocke. Sie stand auf – wann hatte sie sich eigentlich hingesetzt? – und ging mit geübten, vorsichtigen Bewegungen am Kühlschrank vorbei durch die Küche zum Lieferanteneingang. Sorgfältig entriegelte sie die Tür.
»Morgen, Ma'am.« Er beugte sich zur Seite, denn er trug eine große Flasche mit Quellwasser auf der Schulter. Er war so groß, daß er sich den Kopf gestoßen haben würde, hätte er sich nicht zur Seite gebückt. Sie betrachtete sein Gesicht. Ein brauner Haarschopf. Augen zu eng beieinander. Nase zu lang. Die Lippen zu voll. Von allem zuviel. Aber er lächelte. Er war freundlich. Er mochte sie. Er war groß.

»Es wird heute wieder ein schöner Tag«, sagte er. Sie stand hinter der Tür und öffnete sie weiter. Er trat ein und stellte die Flasche auf den Boden.
»Sie sind neu«, sagte sie heiser.
»Ich muß heute beide Touren fahren. Hank hat die Grippe.«
»Oh.«
Er wischte die Flasche sauber, öffnete sie, hob sie scheinbar mühelos hoch und sah befriedigt zu, wie das frische Wasser in den Tank gurgelte.
»So«, sagte er. »Das reicht wieder für die nächsten zwei Wochen.«
»Sehr gut«, sagte sie. Sie bemerkte, daß er sie merkwürdig anstarrte. Ihr fiel ein, daß sie unter ihrem Frisiermantel weder BH noch Schlüpfer trug. Aber die Falten verhinderten, daß der Mantel ganz durchsichtig war. Worauf starrte er also überhaupt? Vielleicht war es, weil sie ihm gefiel. Guter Junge.
»Nun«, sagte er.
»Bekommen Sie jetzt Geld von mir?« fragte sie.
»Ich denke ja, Ma'am.«
»Gut. Kommen Sie mit.«
Sie ging schwankend in die Küche. Sie hörte, wie er ihr folgte. Sie betrat das Eßzimmer.
»Soll ich hier warten, Ma'am?«
Sie war beleidigt. »Ich heiße Naomi.«
»Ja...«
»Folgen Sie mir. Mein Portemonnaie ist...«
Sie gingen durch das Wohnzimmer und die Diele ins Schlafzimmer. Sie sah ihn an. Er stand im Türrahmen und wußte nicht, wohin mit seinen Händen. Er war sehr groß. Er lächelte sie an. Sie lächelte zurück. Sie nahm ihr Portemonnaie von der Kommode und hielt es ihm hin.
»Hier«, sagte sie. »Nehmen Sie sich das Geld.«

»Aber...«
»Egal, wieviel es kostet.«
Unbeholfen ging er zu ihr, nahm die Geldbörse, öffnete sie, fummelte in ihr herum und fand nur eine Fünf-Dollar-Note.
»Ich habe Wechselgeld«, sagte er. Er gab ihr das Portemonnaie zurück und suchte in der Jackentasche. Sie warf das Portemonnaie aufs Bett und setzte sich auf die Bettkante, direkt neben der zerknautschten Decke. Sie sah zu, wie er das Geld wechselte.
Sie überkreuzte die Beine. »Ich mag dich«, sagte sie. »Wie heißt du?«
Er blickte von dem Geld auf. Ihr Negligé war zurückgeglitten, und er konnte ihre Schenkel sehen. Er errötete.
»Johnny«, sagte er.
Hastig hielt er ihr das Wechselgeld hin. Sie faßte danach, ergriff aber statt dessen sein Handgelenk. »Komm her«, sagte sie. »Ich will nicht das Geld.«
Sie zog ihn zu sich heran und stand dabei auf. Die Kordel an ihrem Hals löste sich, und der Frisiermantel war offen. Sie sah, wie seine Augen kugelrund wurden und sein Adamsapfel hüpfte. Sie wußte, daß er ihre braunen Brustwarzen sah und der Tag schön werden würde.
»Ich will dich«, sagte sie lächelnd.
Er war entsetzt. »Das darf ich nicht, Ma'am. Ich werde Ärger bekommen...«
»Sei nicht albern.« Sie verringerte den Abstand zwischen ihm und ihr, indem sie ihre Arme um seinen Hals schlang. »Küß mich.«
Er wollte sie wegschieben, doch statt auf ihren Rippen kamen seine Hände auf ihren großen Brüsten zu liegen. Er zuckte zurück, als habe er ins Feuer gefaßt.
»Ich bin verheiratet«, stöhnte er. »Ich habe Kinder.«
»Küß mich; liebe mich...«

»Ich kann nicht!«
Er faßte nach hinten und riß sich aus ihrer Umarmung los. Dann wirbelte er herum und stürzte mit langen, grotesken Schritten aus dem Raum, rannte beinahe.
Sie stand wie erstarrt und hörte, wie er die Lieferantentür hinter sich zuschlug. Das darf doch nicht wahr sein, dachte sie. Dreckiger kleiner Mistkerl. Bestimmt kastriert oder impotent. Was wußte der schon von Liebe? Sie blickte hinunter auf ihre straffen Brüste. Sie fühlte sich nüchtern und elend und spürte den Brandy hoch oben in der Kehle.
Seit drei Wochen war es nun nicht mehr passiert, und jetzt wäre es beinahe passiert. Warum? Was war nicht in Ordnung? Sie spürte Tränen auf ihren Wangen und ihr Körper wurde von heftigem Schluchzen geschüttelt. Ihr wurde übel. Sie taumelte ins Badezimmer und übergab sich. Nach langen Minuten kehrte sie bleich und schwach in die Küche zurück. Sie schaltete den Ofen wieder ein. Während sie auf das Kaffeewasser wartete, schaute sie aus dem Fenster. Vögel sangen, und irgendwo bellte ein Hund. Es würde heiß werden heute. Sie fragte sich, was sie tun sollte.

Kathleen Ballard saß am Küchentisch und blickte auf die Liste mit den Namen. Nach dem Gespräch mit Naomi hatte sie einige Minuten schweigend dagesessen und geraucht. Gerade als sie nun den noch warmen Hörer wieder aufnehmen wollte, klingelte das Telefon. Verwirrt zog sie ihre Hand wieder zurück. Dann, nach dem dritten Klingeln, griff sie erneut nach dem Hörer.
»Hallo?«
»Katie, Süße? Hier ist Ted.«
»Ted, wie geht's? Wann bist du angekommen?«
»Vor fünf Minuten. Bin noch im Dienst. Ich mußte deine Stimme hören, ehe ich zu Metzgar gehe.«

»War es schön?«
»Da, wo ich war, sah Nordafrika aus wie Carswell Base in Texas. Wie ist es dir denn ergangen? Hast du mich vermißt?«
»Natürlich.«
In Wahrheit hatte sie ihn überhaupt nicht vermißt. Als Ted ihr vor zwei Wochen gesagt hatte, daß er für Radcone einen vom Strategic Air Command finanzierten Testflug nach Afrika durchführen mußte, war sie erleichtert gewesen. Seit Boyntons Tod vor sechzehn Monaten fungierte Ted Dyson als ständiger Besucher und Freund. Er und Boy, wie ganz Amerika Boynton Ballard zu nennen pflegte, waren schon lange vor dessen Ehe mit Kathleen befreundet gewesen. Ted und Boynton hatten Tragfläche an Tragfläche über dem Yalu mit MIGs geflirtet. Sofort nach dem Koreakrieg war Ted dann zu J. R. Metzgar und den Radcone-Flugzeugwerken nach Van Nuys gegangen. Als Boynton später ebenfalls einen Job als Testpilot bei Radcone annahm und seine ganze Popularität mitbrachte, nahm Ted für sich das Verdienst in Anspruch, Boynton nach Van Nuys geholt zu haben.
Nach Kathleens Heirat mit Boynton war es nur natürlich, daß Ted Dyson die Rolle des Hausfreundes übernahm. Er kam oft zu Besuch und ging auch schon einmal mit Kathleen ins Theater, wenn Boynton keine Zeit hatte. Als Boynton verunglückte, wurde Ted zum offiziellen Tröster der Familie. Die ganze Nation trauerte, Metzgar und der Präsident im Weißen Haus trauerten, aber Ted hatte ältere Rechte. Zuerst war er nur unregelmäßig erschienen, aus Rücksicht auf Kathleens Schmerz, aber er gab ihr stets das Gefühl, daß er in der Nähe war, wenn er gebraucht wurde. Doch dann änderte sich Teds Benehmen allmählich. Als Freund des Helden wurde er auch der Erbe von dessen Mantel. Er wurde zum Cheftestpiloten von Rad-

cone befördert, Boyntons früherem Job. Etwas von Boyntons Ruhm und Popularität übertrug sich auf ihn. Und bald hielt er sich für den einzigen Mann, der fähig war, Boyntons Witwe zu besitzen und zufriedenzustellen. Er war der Nachfolger und fing an, sich auch so aufzuführen. Seine Besuche wurden häufig und regelmäßig. Seine Vertraulichkeit aufdringlicher. Und bei ihrer letzten Verabredung vor seiner Afrikareise hatte er Kathleen, ermutigt durch etliche Drinks, vor der Haustür einen Abschiedskuß gegeben, und dann hatten seine Hände plötzlich auf Kathleens Brüsten gelegen. Sie hatte sich schnell losgemacht, und er hatte sie nicht weiter bedrängt. Es war beiden stillschweigend klar gewesen, daß er zuviel getrunken hatte. Und nun war er zurück.
». . . wird die Sache wahrscheinlich so laufen«, sagte er gerade.
Sie hatte überhaupt nicht zugehört. »Das ist schön, Ted«, sagte sie schnell.
»Na, jedenfalls bin ich wieder da, und ich habe dir eine Menge zu erzählen. Wann können wir uns sehen?«
»Ich . . . ich weiß nicht. Ich habe so viel zu tun . . .«
»Dann wirst du jetzt eben noch mehr zu tun haben.«
Sie wußte, daß sie ihm nicht würde absagen können. Bis vor drei Wochen war seine Gesellschaft nicht unangenehm, ja sogar willkommen gewesen, denn so hatte sie jemanden, der mit ihr ins Kino ging. Wenn Ted nur nicht durch seinen Annäherungsversuch alles verdorben hätte. Aber schließlich *war* er betrunken gewesen. »In Ordnung«, sagte sie. »Donnerstag. Du kannst mit Deirdre und mir zu Abend essen. Danach können wir ja in eine Show gehen.«
»Großartig, Katie. Bis dann.«
Das Gespräch mit Ted Dyson weckte in ihr wieder einmal die Erinnerung an jenen regengrauen Nachmittag vor

sechzehn Monaten, an dem Boynton abgestürzt und zum Helden einer ganzen Nation geworden war.
Es gab nicht viele solcher Helden. Die meisten lebten zu lange. Ein Deutscher, Goethe vermutlich, hatte einmal gesagt: »Jeder Held wird zu guter Letzt langweilig.« Das stimmte. Aber ein Held zu sein und im Zenit der eigenen Popularität den Heldentod zu sterben, das verhieß Unsterblichkeit.
Natürlich hatte sie geweint, an jenem Nachmittag, und Kummer empfunden. Doch wenn es eine Meßskala für Gefühle gab, dann war dieser Kummer nicht größer gewesen, als er es beim Tod irgendeines Ungarn auf einer umkämpften Straße, beim Tod eines Peruaners in einem Zugunglück, beim Ertrinken eines Kindes in irgendeinem Swimmingpool von Bel-Air gewesen wäre. Es war Kummer über die Unbarmherzigkeit des Schicksals, das Menschen mitten aus einem hoffnungsvollen Leben riß. Nur diesen allgemeinen Kummer empfand sie, mehr nicht. Was den Menschen betraf, der gestorben war, Boynton Ballard, weinte sie nicht Tränen der Trauer, sondern Tränen der Erleichterung. Wer würde das schon begreifen?

2

Ratternd brauste der Zug durch eine Kurve. Paul Radford klopfte seine Pfeife aus. »Glauben Sie, daß Los Angeles der Abschluß der Umfrage wird?«

Dr. George G. Chapman, der ihm gegenübersaß, blickte von seinen Papieren auf. »Ich kann es nicht mit Sicherheit sagen, Paul. Wahrscheinlich. Wir haben ein Telegramm von dieser Frau bekommen – Mrs. Waterton – Vorsitzende der... der...« Er versuchte, sich zu erinnern.

»Der Frauenvereinigung von Briarwood«, ergänzte Dr. Horace van Duesen.

Dr. Chapman nickte. »Ja, richtig; sie versprach, daß alle Frauen der Briars mitmachen würden.«

»Alle werden sich niemals beteiligen«, sagte Cass Miller säuerlich.

Niemand antwortete. Paul Radford rieb nachdenklich den warmen Kopf seiner neuerlich entzündeten Pfeife. Horace van Duesen nahm seine Hornbrille ab und hielt sie gegen das Licht. Cass Miller kaute unaufhörlich an seinem Kaugummi und starrte auf den abgewetzten Teppichboden des Zugabteils.

Sie werteten gerade das in East St. Louis gesammelte Material aus. »Also dann«, sagte Dr. Chapman und strich sich über sein glattes graues Haar, »machen wir weiter.« Sie beugten sich wieder über ihre Aufzeichnungen.

»Interessant«, sagte Chapman nach einer Weile, »wie nahe die Zahlen von East St. Louis beim nationalen Durchschnitt liegen.«

»Die Frauen sind eben überall gleich«, sagte Cass.

Horace wandte sich Cass zu. »Und wie erklärst du dir diese einseitigen Prozentzahlen in Connecticut und Pennsylvania?«

»Das war kein regionaler Unterschied«, erklärte Cass. »Diese Frauen gingen öfter fremd, weil ihre Männer zur Arbeit pendelten. Außerdem hatten sie zuviel Geld und nichts anderes zu tun. Es war sozial und ökonomisch bedingt.«

»Langsam, Jungs«, sagte Dr. Chapman schnell. »wir wollen hier noch keine Analysen aufstellen...«

»Ich habe die Einkommensstatistik der Briars gesehen«, fuhr Cass fort. »Ich wette zehn zu eins, daß es dort heiß hergeht, was den außerehelichen Geschlechtsverkehr betrifft.«

»Ich mag dieses Gerede nicht«, sagte Dr. Chapman mit fester Stimme zu Cass. »Wir sind Wissenschaftler, keine Schuljungen.«

Cass biß sich auf die Lippe und schwieg.

Dr. Chapman betrachtete ihn einen Augenblick schweigend und sagte dann in milderem Ton: »Wir sind alle übermüdet. Ich weiß das. Erschöpfung macht ungeduldig, und wenn man ungeduldig ist, geht die Objektivität über Bord. Wir müssen achtgeben. Wir dürfen uns nicht zu vorschnellen Urteilen hinreißen lassen. Nur die Fakten zählen, einzig und allein die Fakten.«

Paul warf einen Blick zu Cass, der die Bemerkung mit einem erzwungenen Lächeln quittierte. »Ich bitte um Entschuldigung, Herr Lehrer«, sagte Cass schließlich.

Dr. Chapman schnaubte und wandte sich den Unterlagen vor ihm zu. »Wo waren wir?«

Sein plumper Finger fuhr über das Blatt und fand schließlich die gesuchte Frage. Er las sie laut vor. »Frage: Hat die Betrachtung des unbekleideten Mannes auf diesem Foto aus einem Nudistencamp Sie erregt? Antwort: Zehn Pro-

zent sind stark erregt, siebenundzwanzig Prozent ein wenig und dreiundsechzig überhaupt nicht.« Er sah zu Paul. »Korrekt?«
»Korrekt«, erwiderte Paul.
Horace hob den Kopf und reckte seine steifen Muskeln. »Wissen Sie«, erklärte er Dr. Chapman, »diese Fragenkategorie ist schwieriger als alle anderen. Die Antworten lassen sich oft nicht eindeutig interpretieren.«
»Geben Sie uns ein Beispiel«, verlangte Dr. Chapman.
»Als wir letzten Monat in Chicago waren, fragte ich eine Testperson, ob die Kunstfotografien oder Gemäldedrucke von nackten Männern, die ich ihr vorlegte, bei ihr etwas auslösten. Na, diese Frau, sie dürfte um fünfunddreißig gewesen sein, sie erzählte mir, daß Nackte in der Kunst auf sie keinerlei Wirkung hätten, außer einer Statue im Kunstmuseum – ein nackter Mann aus dem klassischen Griechenland. Wenn sie den ansehe, meinte sie, müsse sie sofort nach Hause und es mit ihrem Mann treiben.«
»Man sollte meinen, daß man daraus auf eine Ansprache durch Stimuli schließen kann«, meinte Dr. Chapman. »Wie haben Sie die Antwort bewertet?«
»Ich wollte sichergehen, daß diese Statue nicht durch irgendeine persönliche Erinnerung zu etwas Besonderem geworden war. Also überprüfte ich die Angelegenheit durch Kreuzfragen. Schließlich fand ich heraus, daß sie mit sechzehn einen olympischen Schwimmer in einer engen Hose in einem Magazin entdeckt hatte. Sie schnitt sich das Bild aus und versteckte es in ihrem Schrank, um es als Masturbationsvorlage zu benutzen. Aber außer diesem Bild und der Statue gab es keine andere bildliche Darstellung, die sie je erregt hätte. Das macht es schwierig, sie exakt ...«
»Ich hätte sie in die Gruppe der ›stark Erregten‹ eingeordnet.«

»Ja, habe ich ja auch. Aber oft ist es schwierig...«
»Natürlich«, sagte Dr. Chapman. »Wir haben es eben nicht nur mit Schwarz und Weiß, sondern genauso oft mit Grau zu tun. Menschliche Emotionen lassen sich nicht einfach mathematisch erfassen – und doch entziehen sie sich nicht der Klassifizierung, wenn ein erfahrener und intelligenter Interviewer am Werk ist. Unfehlbar sind wir natürlich nicht, auch wenn die Kritiker und Laien gerne so tun, als sei das unsere Aufgabe. Irrtümer werden sich immer einschleichen, weil einige Frauen zu prüde sind, um ehrlich zu antworten oder sich Dinge selbst nicht eingestehen, aber auch, weil sie übertreiben. Doch ich glaube, Horace, daß unser System von sich wiederholenden Kontrollfragen gute Sicherungen eingebaut hat. Bei ernsthaften Zweifeln können Sie immer noch auf den Double Poll zurückgreifen. Dr. Julian Gleed hat fast vierzig Jahre lang für seine Double-Poll-Studie verheiratete Paare analysiert, um eine statistische Basis für die wahrscheinlichste Abweichung von wahren Selbstaussagen zu finden. Sein Werk ist eine Goldgrube, die wir viel zu oft mißachten. Wir alle wissen sicherlich inzwischen, wann ein Interview zwecklos ist und abgebrochen werden muß.«
Paul fiel auf, daß Dr. Chapman diese kleine Rede jedesmal hielt, wenn einer von ihnen auch nur indirekt die Erhebungsmethode in Frage stellte, was sie in der letzten Zeit häufiger taten als zu Beginn der Untersuchung. Erstaunlicherweise funktionierte diese Beruhigungsmethode immer. Dr. Chapman umgab eine Aura messianischer Autorität, die alles richtig und bedeutend erscheinen ließ, was sie taten. Trotz aller Probleme wußte Paul, daß sein Vertrauen in Dr. Chapmans Methoden und sein Glaube an ihre wissenschaftliche Mission noch immer unerschüttert waren. Er wußte auch, daß es Horace nicht anders

ging; Cass war wahrscheinlich der einzige potentielle Dissident. Aber bei Cass konnte man sich nie sicher sein, mit welchen Impulsen sich sein komplexes Nervensystem gerade herumschlug.
Dr. Chapman fuhr mit der Fragendurchsicht fort. Paul versuchte sich auf die Blätter vor ihm zu konzentrieren, aber obwohl er mit der Bleistiftspitze den von Chapman vorgelesenen Fragen folgte, wanderten seine Gedanken immer wieder ab. Er starrte über die Auswertungsbögen hinweg auf Dr. Chapman. Wie schon viele Male vorher wunderte er sich über Dr. Chapmans persönliches Sexualleben. Im allgemeinen wich er solchen Fragen aus, wenn sie ihm in den Sinn kamen. Eine Königin hat keinen Unterleib, war die einzige passende Antwort, die ihm immer dazu einfiel. Natürlich wußte Paul, daß in einem Banksafe in der Universitätsstadt Reardon unter tausenden von anderen Fragebögen auch einer lag, der Dr. Chapmans Sexualleben enthüllte. Wer hatte Dr. Chapman befragt? Ja, wer? Wer erschuf Gott? Wer analysierte Freud? Am Anfang war immer der Schöpfer. Gott erschuf Gott; Freud analysierte Freud; und Dr. Chapman hatte sich selbst befragt.
Dieses Projekt hatte sein eigenes Testament und seine Bücher der Offenbarung, ja sogar seine eigene Genesis. Vor sechs Jahren – um genau zu sein, vor sechs Jahren und zwei Monaten – war Dr. George G. Chapman noch ein weitgehend unbekannter, einundfünfzig Jahre alter Professor für Humanbiologie am Reardon College in Südwisconsin gewesen. Außer einem Aufsatz über das Paarungsverhalten von Menschenaffen hatte auch die Fachwelt nie etwas von ihm zu lesen bekommen. Er besaß ein komfortables Einkommen, lebte mit der Familie seiner jüngeren Schwester gemütlich in einem großen Haus und wurde auf dem Campus freundlich respektiert. Irgend-

wann hatte es einmal eine Mrs. Chapman gegeben, aber von der war nur ein verstaubtes altes Foto geblieben. Er hatte sie jung geheiratet, und sie war schon nach vier Ehejahren jung gestorben. Danach schienen Frauen in seinem Leben keine Rolle mehr gespielt zu haben.

Das änderte sich erst wieder, als vor sechs Jahren einer seiner kleinen Neffen zu ihm geschickt wurde. Der Dreizehnjährige hatte Fragen zum Sexualleben, und da Chapmans Schwester ihn offenbar als Humanbiologen für den geeigneten Aufklärungsexperten hielt, schickte sie ihren Ältesten zu ihm. Der Professor merkte bald, daß dem jungen Mann mit wissenschaftlichen Vorträgen nicht gedient war. Deshalb suchte er nach geeigneter Lektüre für ihn. Ob er sie fand, weiß niemand genau; sicher ist, daß Chapman bei dieser Gelegenheit entdeckte, wie wenig wissenschaftliche Arbeiten es über das Sexualleben der Amerikaner gab. Dieser Mangel schien ihn fasziniert zu haben, denn er wurde zum Pionier auf dem Gebiet der statistischen Untersuchung des Sexualverhaltens.

Wie vielen Pionieren, die sich mit ihrer wissenschaftlichen Arbeit tabuisierten Bereichen zuwandten, stieß er zunächst auf wenig Unterstützung und Gegenliebe. Auf dem Campus machte man Witze über ihn. Nach den ersten Veröffentlichungen beschwerte die örtliche Geistlichkeit sich bei der Universität, und schließlich fand er in Reardon kaum noch Interviewpartner. In dieser Phase mußte er sogar auf Familienmitglieder, Freunde und sich selbst zurückgreifen.

Das änderte sich, nachdem »*Das Sexualverhalten des amerikanischen Junggesellen*« erschienen war und die Bestsellerlisten erstürmte. In der breiten Öffentlichkeit sprach man über das Buch nur als vom »*Chapman Report*«. In kurzer Zeit wurden eine halbe Million Exemplare verkauft. Die Tantiemen aus dem Buch und seinen plötzlich überall im

Land heißbegehrten Vorträgen steckte Dr. Chapman in sein nächstes Projekt. Diesmal ging es um »*Das Sexualverhalten der verheirateten amerikanischen Frau*«, schon jetzt als der »*Chapman Report II*« bekannt. Auch wenn von dieser Untersuchung noch nichts veröffentlicht war, verfolgte die amerikanische Öffentlichkeit das Projekt mit größter Aufmerksamkeit und den unterschiedlichsten Erwartungen.
Dabei war die Untersuchung selbst sterbenslangweilig, sagte Paul sich; doch sie machte auch Spaß. Der Spaß bestand darin, im Rampenlicht zu stehen und an einem Projekt mitzuarbeiten, das jedermann für wichtig hielt. Und es war natürlich auch ein Vergnügen, Geheimnisse zu kennen, hinter denen die halbe Bevölkerung herhechelte. Das war wirklich aufregend, das und nicht der Sex. Wenn er irgendwo eingeladen wurde, bekam Paul immer von irgendwelchen Graduierten oder sogar Dozenten, die es besser hätten wissen sollen, dumme Fragen gestellt, wie stimulierend es sei, von so vielen Frauen intime Fragen beantwortet zu bekommen. Es war überhaupt nicht stimulierend. Er, Horace und Cass erging es wie Gynäkologen, die sich jede Woche Hunderte von Vaginas ansehen mußten, unbeteiligt, gefühllos und routinemäßig. Die unzähligen Intimgeständnisse, die sich in ihre Ohren ergossen, hatten jede individuelle Bedeutung verloren, und waren so erregend wie anatomische Zeichnungen in einem Biologiebuch. Trotzdem hatte Paul in East St. Louis am letzten Tag ihres Aufenthalts dort in einer teuren Bar eine kleine dunkelhaarige Italienerin mit großen Brüsten kennengelernt, und eine Stunde später lag er neben ihr in einem Hotelbett und genoß ihren Körper, aber das war auch alles, woran er Freude fand.
Wenn er jetzt hier im Zugabteil saß und versuchte, sich auf Dr. Chapmans monotone Stimme zu konzentrieren, erinnerte er sich auch wieder, wie er selbst zu diesem

Projekt gestoßen war. In diesem Augenblick, während sie sich der Siedlung Briarwood bei Los Angeles mit ihren zweihundert weiteren Frauen und dem Ende der Untersuchung näherten, schien es ihm, als ob er schon immer dabeigewesen war. Aber in Wirklichkeit waren es nur knapp drei Jahre.

Damals war er zweiunddreißig Jahre alt gewesen und kein knappes Jahr am Reardon College. Er unterrichtete englische Literatur. Es war seine dritte akademische Anstellung, nachdem er zuvor an einer privaten Mädchenschule in der Schweiz und später an einem Lehrercollege in Illinois unterrichtet hatte. Ein Nebenergebnis seines Europaaufenthaltes und eines Besuches beim Vatikan, der ihn auf den katholischen Bücherindex aufmerksam machte, war ein wissenschaftliches Buch über zensierte Autoren von Tyndale und Rabelais bis Cleland und Joyce. Das Buch erschien in einem Universitätsverlag der Ostküste, während Paul sich noch mit den Junglehrern von Illinois herumschlug. Es brachte ihm einen gewissen akademischen Ruf und einige interessante Lehrangebote. Eines aus Reardon. Obwohl Paul seine wahre Berufung immer als Autor gesehen hatte und den Lehrberuf nur als Broterwerb, befand er sich in einer finanziellen Lage, die ihm nicht erlaubte, die großzügige Reardon-Offerte auszuschlagen. Er brauchte ein festes Einkommen, um in Ruhe sein nächstes Buch schreiben zu können. Also akzeptierte er die Stelle in Südwisconsin.

In Reardon wurde Paul schnell populär. Zuerst bei seinen Studenten, denen seine respektlosen Bemerkungen über literarische Berühmtheiten gefielen, dann bei den Ehefrauen der Kollegen, die ihn wegen seines Äußeren und seines Status als Junggesellen mochten. Paul war einsachtzig groß, und seine leicht vorgebeugte Haltung betonte die Größe noch. Sein schwarzes Haar war bereits

leicht angegraut, was ihm das Flair einer interessanten Vergangenheit gab, und sein attraktives Gesicht von interessanten Falten gezeichnet.
Schon in seinen ersten Tagen in Reardon erfuhr Paul, welche Studien sein Kollege Dr. George G. Chapman betrieb. Doch zu Gesicht bekam er ihn erst ein halbes Jahr später, denn Dr. Chapman und sein damaliges Team waren ständig unterwegs, um die amerikanischen Junggesellen zu interviewen. Der berühmte Chapman eilte nur hin und wieder über den Rasen des Campus zu den Büros seines Studiencenters für Massenuntersuchungen, das außer von der Universität von einigen Werbeagenturen finanziert wurde, für die Chapman hin und wieder Marktforschungsstudien ausführte.
Wenn man ihn zum ersten Mal sah, wirkte Dr. Chapman groß, obwohl er, wie Paul später feststellte, nicht besonders hochgewachsen war. Aber der breite Oberkörper und der große Schädel vermittelten den Eindruck eines mächtigen, fast vierschrötigen Mannes. Das graue Haar war immer streng gescheitelt und glatt gekämmt. Das Gesicht war breit und leicht gerötet.
Durch Dr. Horace Van Duesen lernte Paul schließlich Dr. Chapman näher kennen. Horace war ein junger Professor für Gynäkologie, der sich nicht nur für dieses begrenzte Gebiet interessierte, sondern bei statistischen Studien nach akademischer Abwechslung suchte. Dr. Chapman hatte ihn als Teilzeitmitarbeiter für seine Junggesellenstudie gewonnen. Horace war dünn und knochig, so daß man den Eindruck hatte, es müsse knirschen, wenn er aufstand. Sein Gesicht mit dem fliehenden Kinn unter der Hakennase hatte etwas Unsicheres, das an einen verschreckten Elf erinnerte. Die wässrigen Augen betonten noch den verschwommenen Eindruck. Horace schien sich dieser Wirkung auf andere bewußt zu sein, denn er

versuchte sich mit gestärktem Kragen, strengen Marinekrawatten und dunklen Anzügen ein besonders beeindruckendes Aussehen zu geben. Tatsächlich war er mehr, als er zu sein schien. In seinen Ansichten war er aufrichtig und gradlinig, im Herzen ein Puritaner, und er hatte sich ganz dem Glauben verschrieben, daß die einzige Realität, das einzig Vergleichbare und Kommunizierbare exakte Zahlen waren.

Paul fühlte sich sofort zu ihm hingezogen, weil Horace kompetent war und ihm ebenbürtig. Außerdem, stellte Paul fest, gab es bei ihm nie Mißverständnisse. Sie wurden auf natürliche Weise miteinander bekannt gemacht. Sie waren beide einsam – das heißt, weil sie keine festen Bindungen hatten, hielten die Gastgeberinnen sie für einsam. Paul erfuhr schnell, daß Horace für kurze Zeit verheiratet gewesen war und seine Frau ihn verlassen hatte – oder daß er sie fortgeschickt hatte. Jedenfalls befanden sie sich in Scheidung, und sie lebte jetzt in Kalifornien. Es hatte eine Art Skandal gegeben. Paul kam nie ganz dahinter, und Horace sprach nie von seinen seelischen Narben. Doch Paul hörte einige Professorengattinnen mit Abscheu und Ärger von der früheren Mrs. van Duesen sprechen. Da dieser Abscheu immer von Frauen geäußert wurde, während Männer nur zurückhaltend von ihr sprachen, kam Paul zu dem Schluß, daß die verflossene Mrs. van Duesen gutaussehend und für Männer attraktiv gewesen sein mußte.

Als sie näher miteinander bekannt wurden, erzählte Horace von Dr. Chapmans Projekt, und Paul erzählte ihm von seinen Buchplänen. Eines Abends bat Horace ihn, sich Pauls Buch über zensierte Schriftsteller leihen zu dürfen. Ein paar Tage später erzählte er Paul, daß er es an Dr. Chapman weitergegeben hätte. Kurz danach fing Horace Paul begeistert nach einer Vorlesung ab und

berichtete ihm, daß Dr. Chapman ihn gern kennenlernen würde.
Und so traf Paul schließlich den bereits berühmten Dr. Chapman. Horace fuhr mit Paul zu einem schwedischen Restaurant in der Stadt, wo Dr. Chapman sie bereits in einer Sitzecke erwartete. Sie aßen zusammen und unterhielten sich. Sie fuhren zurück zur Universität, und Dr. Chapman zeigte Paul die Büros der Forschungsgruppe und erklärte, was sie im einzelnen dort taten. Später gingen sie auf dem Campus spazieren, Paul bemüht, mit Dr. Chapman Schritt zu halten, und Horace immer einen Schritt hinter ihnen.
Es war eine schwindelerregende und stimulierende Nacht, und für Paul war sie wunderbar. Er stellte fest, daß Dr. Chapman schlagfertig war, nur völlig humorlos in bezug auf seine Arbeit, so belesen wie Paul selbst und ein hypnotischer Redner. Nicht nur, was seine dröhnende und lautstarke Beredsamkeit anging, sondern auch in seiner Konzentration auf die Sache war Dr. Chapman fanatisch. Er sprach von den Männern und Frauen, die seine Untersuchungsobjekte waren, mit der gleichen unbeteiligten Gefühllosigkeit, mit der man über Hagebutten spricht, und er sprach von Sex mit der gleichen Beiläufigkeit, mit der andere Möbelstücke oder Kleidermoden erwähnen.
Während sie über den Campus liefen, wurde Paul bewußt, daß Dr. Chapman keinerlei Gefühl oder Bewußtsein für die Dinge besaß, die um ihn herum vorgingen. Er war auch nicht an Menschen als Individuen interessiert, sondern einzig und allein daran, welchen Beitrag sie für seine wertvollen Statistiken und Auswertungen leisten konnten. An diesem Abend hatte Paul sich zum ersten Mal über Dr. Chapmans persönliches Sexualleben gewundert. Später hatte Horace ihm von der lange zurückliegen-

den kurzen Ehe erzählt und von einem Gerücht über eine hübsche Frau mittleren Alters in Milwaukee (nur ein Gerücht, denn er fuhr mehrfach im Monat nach Milwaukee und immer allein), aber wenn daran etwas war, mußte es sich um eine rein körperliche Liebesaffäre handeln.
Während des ganzen Abends wartete Paul ängstlich darauf, daß die entscheidende Frage kam. Ängstlich deshalb, weil er sich über seinen akademischen Status nicht im klaren war, denn er war nur ein Dozent ohne Professur, und manchmal hatte er seine Zweifel, ob er wirklich dazugehörte. Schließlich kam die Frage, und Paul fühlte sich nicht überrascht.
»Es ist eine Schande«, hatte Dr. Chapman gesagt, »aber ich fürchte, ich muß Dominik gehen lassen.«
»Ein guter Mann«, fuhr Chapman fort, nachdem sie sich Zigaretten angezündet hatten. »Aber er hat ein katholisches Mädchen geheiratet, und sie und ihre ganze Familie bedrängen ihn, die Finger von diesem unmoralischen Projekt zu lassen. Er will wieder zu seinem alten Fachgebiet zurück, der physiologischen Chemie, aber er fühlt sich mir auch persönlich sehr verpflichtet. Er hat die ganzen Junggesellen-Interviews überall im Land mitbetreut. Aber jetzt ist er ungeduldig und nervös, keine gute Voraussetzung für Befragungsgespräche.« Plötzlich sah er Paul durch den Zigarettenrauch scharf an. »Sie sind nicht katholisch, oder?«
»Meine Mutter bekannte sich zu den Lehren von John Calvin, mein Vater hielt es mit Bob Ingersoll«, erklärte Paul. »Ich bin... na, ich nehme an, ich halte es mit Voltaire.«
Dr. Chapman starrte eine Weile über den Rasen. »Gehen wir zurück ins Büro«, sagte er.
Sie gingen sehr langsam, und Dr. Chapman resümierte: »Wir befinden uns im letzten Stadium der Untersuchung,

und die Auswertung, die wir jetzt vornehmen, muß in einen wissenschaftlichen Text umgesetzt werden, der trotzdem die rein biologischen Implikationen übersteigt. Wir müssen unsere Ergebnisse in einem sozialen, psychologischen und philosophischen Kontext darstellen.« Er warf einen Seitenblick zu Paul. »Etwa so weitläufig wie in Ihrem Buch.«
Und so wurde Paul noch vor Ablauf der Woche Teilzeitmitarbeiter des Teams. In den nächsten Monaten wurde die Veröffentlichung der Studie vorbereitet. Je enger Paul mit Dr. Chapman zusammenarbeitete, desto mehr bewunderte er ihn und entdeckte in ihm eine Vaterfigur. Chapman besaß alle Qualitäten, die Paul sich bei seinem Vater gewünscht hätte – Zuverlässigkeit, Entschiedenheit und Autorität.
Als die Junggesellen-Studie zum Bestsellererfolg wurde, befand sich die Untersuchung über verheiratete Frauen bereits in der Vorbereitung. Aber die üppig fließenden Tantiemen und eine großzügige Honorarvorauszahlung erlaubten jetzt, dem neuen Projekt einen erheblich erweiterten Rahmen zu geben. Paul wurde ein fester Job als bezahlter Mitarbeiter des Interviewteams angeboten. Sein Gehalt war höher als am College. Aber auch ohne den finanziellen Anreiz hätte er sich diese Gelegenheit nicht entgehen lassen. Er kündigte als Dozent für englische Literatur und wurde hauptamtlicher Erforscher der weiblichen Sexualität.
Bei der Frauenstudie hatte Dr. Chapman sich entschlossen, mit einem kleinen Interviewerteam möglichst viele unterschiedliche soziale Gruppen zu befragen, nicht wie zuvor mit einem großen Team relativ ungezielt vorzugehen. Diesmal waren sie zu viert, dazu kam eine Sekretärin. Dr. Chapman, Horace, Paul und ein aufstrebender junger Psychologe namens Dr. Theodore Haines bildeten

das Team. Benita Selby, ein blasses, zurückgezogenes flachshaariges Mädchen von neunundzwanzig, arbeitete mit nahezu fanatischer Effizienz als ihre Sekretärin. Sie flog jeweils zwei Tage vor dem Team in die Stadt, in der die nächste Erhebung durchgeführt wurde, und richtete dort ein Büro für die Papierarbeit ein. Die vierzehnmonatige Tour begann in Minnesota, führte von dort nach Vermont und im Zickzack durch das Land, um in Kalifornien zu enden. Einen Monat vor dem Start kündigte Dr. Theodore Haines. Man hatte ihm einen Regierungsjob in Washington angeboten – ein Ergebnis seiner Verbindungen mit Dr. Chapman –, und für diesen Job mußte er unabhängig sein.

Dr. Chapman versuchte vergeblich, ihn zu halten. Haines verabschiedete sich – und Cass Miller nahm seinen Platz ein.

Dr. Chapman war nach Chicago geeilt, um dort Stellenbewerber zu interviewen, und Cass hatte ihm auf Anhieb gefallen. Cass war Zoologe an einem kleinen College in Ohio mit gutem Ruf. Er arbeitete an seiner Promotion und seine wilde Entschlossenheit, die Dr. Chapman in der Eile mit Hingabe verwechselte, wirkte beeindruckend. Nach vierundzwanzig Stunden von Dr. Chapmans eindringlichen Fragen und einer oberflächlichen Überprüfung seines persönlichen Hintergrundes wurde Cass der vierte Mann im Team.

Eine Woche später befand Cass sich bereits in Reardon und wurde Tag und Nacht eingearbeitet. Horace fand ihn akzeptabel, aber Paul war sich nicht so sicher. Cass war klein, aber athletisch und gut proportioniert. Gut aussehend und dunkelhaarig, hatte er in seiner etwas düsteren Art Ähnlichkeit mit einem Hamletdarsteller. Das Haar war gelockt und dunkel, die Augen schmal, die Lippen voll, seine Kleidung war immer frisch gebügelt und äußerst korrekt. Bei der Arbeit war er ausdauernd und unermüdlich, aber oft wortkarg. Seine Verschwiegenheit hielt Paul zunächst für versteckte Weisheit. Cass neigte zu Zynismus, Brutalität (verbaler selbstverständlich nur, denn physische Gewalt verabscheute er), gelegentlichen Drinks und langen schweigsamen Spaziergängen. Man muß ihn schon sehr gut kennen, dachte Paul oft, um ihn als Menschen unsympathisch zu finden.

Während der vergangenen anstrengenden vierzehn Monate hatte Paul ihn gut genug kennengelernt. Wenn Paul die Persönlichkeit seines Kollegen bewertete, was er nur in Gedanken für sich selbst tat, störte ihn Cass' Einstellung zu Frauen und zum Sex am meisten. Da sie alle tagtäglich mit der Untersuchung des intimsten Sexualverhaltens von Frauen befaßt waren, wirkte jede Abweichung von einer rein wissenschaftlichen Betrachtungsweise beunruhigend. Dr. Chapman stand einfach über allen privaten Männergesprächen, Frauen interessierten ihn nur als wissenschaftliche Studienobjekte. Horace wirkte apathisch, so als habe er seine letzten Emotionen in die Frau investiert, die ihn verlassen hatte. Paul stellte sich vor, daß Horace einen niedrigen Sex-Quotienten hatte und daß er im allgemeinen Zuflucht in einer privaten Phantasiewelt suchte. Paul selbst hatte laut Dr. Chapmans Junggesellen-Studie normale Bedürfnisse und eine dem Durchschnitt entsprechende sexuelle Aktivität, bevor er sich dem Team anschloß. In letzter Zeit hatte er jedoch seine Sexbedürfnisse mit Arbeit sublimiert. Er hatte herausgefunden, daß er sehr gut wochenlang ohne eine Frau auskam. Die erschöpfende Interviewroutine, die nächtelange Fragenbogenauswertung, die ständigen Reisen, das alles in Verbindung mit Alkohol und vermehrtem Schlafbedürfnis wurde zum befriedigenden Ersatz für körperliche Liebe. Doch schließlich fand sich immer

irgendwo eine Frauenstimme, Beine oder Brüste, und plötzlich erwachte sein Verlangen.
Da die Mitglieder des Teams ständig im Blickpunkt der Öffentlichkeit standen und ihre Arbeit von moralischen Anwürfen jeder Art begleitet wurde, mußte ihr Privatleben über jeden Zweifel erhaben sein, hämmerte ihnen Dr. Chapman täglich ein. Paul ging auf Nummer sicher. Er suchte sich seine gelegentlichen Partnerinnen in der Anonymität überfüllter Bars oder ließ sie sich von alleinstehenden Kollegen einer Gastuniversität vermitteln. Liebe gab es dabei nicht, aber eine gewisse Befreiung und Entspannung. Wahre Liebe (was immer das sein mochte) hatte Paul nie kennengelernt, und er würde sie sich auch nicht erlauben. In dieser Beziehung war er wie Cass, vermutete er, aber es unterschied ihn doch etwas von seinem Kollegen, denn Cass, war Paul sich sicher, haßte Frauen.
Dr. Chapman, der sonst seiner Umgebung sehr aufmerksam und scharfsinnig gegenüberstand, war zu sehr beschäftigt, um diese Tatsache zu bemerken. Doch Paul war sicher. Cass' Neurose war zu Beginn der Untersuchung noch nicht so hervorgetreten, als sein Zynismus noch von Humor gemildert wurde. Aber in den letzten Monaten hatte Cass, besonders wenn Dr. Chapman nicht in der Nähe war, eine wütende, ja brutale Art, über Frauen zu reden. Bei ihm hatte man das Gefühl, sie hätten sich nicht über die Tiere hinaus entwickelt, die er als Zoologe sezierte.
Paul wußte, daß Cass viele Frauen brauchte, Frauen der unterschiedlichsten Art, und daß er sich diese Frauen in fast jeder Stadt aufgabelte, in der sie arbeiteten, manchmal ohne jede Rücksicht auf seine Stellung. Wollte er damit mehr aus sich machen – oder wollte er alle Frauen erniedrigen? Paul konnte es nicht sagen. Aber er spürte,

daß Cass nicht mit Frauen schließ, sondern sie beschlief. Das war der grundsätzliche Unterschied zwischen Cass und ihm selbst. Cass machte seine Liebe ohne jede Hoffnung. Paul hoffte selbst beim wohlberechneten Abenteuer, daß mehr daraus werden könnte, suchte immer nicht nur den Sex, sondern die umfassende Liebe, ohne sie jemals zu finden.

Undeutlich hörte Paul seinen Namen. Er löste sich schnell aus seinen Gedanken und kehrte in die Realität des Zugabteils zurück.

Dr. Chapman hatte ihn angesprochen, aber nur, um seine Materialdurchsicht abzuschließen. »So viel also zu East St. Louis. Morgen geht es früh los, da müssen wir frisch und ausgeschlafen sein. In Briarwood steht uns noch einiges bevor.«

Horace stand auf und reckte sich. »Hat es schon viel Aufsehen über unsere Befragung gegeben?«

»Oh, ich glaube schon«, meinte Dr. Chapman.

»Ich hasse es, mein Foto in den Zeitungen zu sehen«, knurrte Horace. »Ich bin nicht der Typ dafür. Ich sehe immer aus, wie auf meiner Konfirmation.«

Dr. Chapman lachte. »Der Preis des Ruhms«, sagte er zufrieden. »Gute Nacht für heute.«

»Gute Nacht«, erwiderte Horace.

Er verließ das Abteil. Paul und Cass standen auf und folgten ihm. Sie nickten Dr. Chapman kurz zu, der die Blätterberge in seine braune Aktentasche stopfte. Sie waren schon draußen im engen Gang, als Dr. Chapman hinter ihnen herrief: »Paul, können Sie noch einen Augenblick hierbleiben – nur eine Minute?«

»Natürlich.« Paul sah hinter Horace und Cass her, die durch den schmalen Gang balancierten. Es würde ihre letzte Nacht unterwegs sein, beim nächsten Mal ging's nach Hause. Paul war nach Feiern zumute. »Cass«, rief er

ihnen nach, »wenn du noch einen zum Einschlafen trinkst...«
»Das werde ich sicher«, antwortete Cass.
»... dann warte auf mich.«
Er wandte sich ab, während die beiden dem Speisewagen zusteuerten, und kehrte in Dr. Chapmans Abteil zurück.

»... es wird Ihnen nicht gefallen, aber ohne Männer wie Ackerman wäre unsere Arbeit zehnmal schwieriger, vielleicht sogar unmöglich«, erklärte Dr. Chapman.
Er nahm einen Schluck Gin Tonic, und Paul, der ihm gegenüber saß, trank seinen Scotch.
Chapman hatte ihnen Drinks kommen lassen und dann eher beiläufig über den Fortgang des Projekts gesprochen, über die Kontakte zu der Frauenvereinigung von The Briars und über ihr Auftreten dort. Jetzt war das Gespräch bei Emil Ackerman angelangt, dem Millionär aus Los Angeles, der schon vor Jahren Dr. Chapman bei der Suche nach Interviewpartnern geholfen hatte und für diese Studie den Kontakt zu Briarwood hergestellt hatte.
»Was macht er eigentlich?« erkundigte Paul sich.
»Ich habe keine Ahnung«, meinte Dr. Chapman. »Er ist einer von den Leuten, die ihre Finger überall drin haben. Sehr reich. Häuser in Bel Air, Palm Springs, Phoenix. Sein Hobby ist Politik. Vielleicht ist es auch seine Hauptbeschäftigung. Vielleicht verdient er damit sein Geld – managt einen Gouverneur oder einen Bürgermeister, mischt sich als Interessenvertreter in die Steuergesetzgebung. Er hält sich immer im Hintergrund, kandidiert nie selbst. Ich würde sagen, sein eigentlicher Beruf ist es, anderen Leuten einen Gefallen zu tun. Diesen Gefallen müssen sie ihm dann irgendwann zurückzahlen, und damit erkauft er sich seinen Einfluß.«
»Was können wir ihm für den Gefallen zahlen?«

Dr. Chapman sah in sein Glas. »Nichts, vermute ich. Ich bin sicher, daß er von uns nichts erwartet.« Er sah auf und lächelte. »Wie Cass sagen würde, vielleicht möchte er ein paar Telefonnummern.«
»Das würde mich nicht überraschen.«
»Nein, mal im Ernst, ich glaube, für ihn bin ich einfach ein Privatvergnügen. Er findet es wohl aufregend, an unserer Arbeit irgendwie beteiligt zu sein. Er kann so tun, als sei diese Studie auch sein Werk; das ist etwas, was man nicht kaufen kann.«
»Das würde einen Sinn ergeben«, stimmte Paul zu. »Wie sind Sie an diesen Burschen geraten?«
»Sie kennen ja unsere Vorgehensweise inzwischen gut genug«, antwortete Dr. Chapman. »Wir stoßen zunächst immer auf Widerstand. Diesmal haben wir uns deshalb entschlossen, gleich mit Gruppen statt mit Individuen zu arbeiten, weil der einzelne sich in der Gruppe mutiger und weniger schüchtern fühlt. Unser Problem war also, an kirchliche und private Gruppen heranzukommen. Das war nicht einfach. Sie direkt anzusprechen, erwies sich als fast unmöglich. Man traute uns nicht. Wer waren wir? Was wollten wir wirklich? Also dachte ich mir, der einzige Weg, um das Vertrauen solcher Gruppen zu gewinnen, führt über akademische und politische Autoritäten, denen sie vertrauen. Ich stützte mich deshalb weitgehend auf unsere Verbindungen zu anderen Universitäten. Diesmal ist es natürlich einfacher gewesen als beim ersten Mal. Damals wandte ich mich an die Universität von Kalifornien, und dort verwies mich jemand an Ackerman. Wir trafen uns, und er versprach mir jegliche Unterstützung. Er ist ein richtiger alter Bock. Hat, glaube ich, für Stanford Football gespielt, und nichts von seinem Universitätsgehabe verloren, aber es macht ihm Spaß, sich unter das gewöhnliche Volk zu mischen. Ist ein smarter Typ, und er

kennt jeden – und jeder schuldet ihm irgend etwas. Drei Telefonanrufe, und wir hatten drei Gruppen. Ich habe ihm eine Buchausgabe mit persönlicher Widmung geschickt, und er hat sich darüber gefreut wie ein Kind. Als wir dann die neue Studie in Angriff nahmen, schrieb ich ihm, was wir brauchten. Er hat alles in Briarwood arrangiert. Fragen Sie mich nicht, wie.«
»Ich bin gespannt, ihn kennenzulernen«, meinte Paul.
Dr. Chapman wirkte plötzlich gedankenverloren. »Sie werden ihn treffen«, meinte er abwesend. »Er wird beim Vortrag sein, da bin ich sicher.« Er starrte Paul einen Augenblick an. »Und außerdem ist da noch jemand, von dem ich wünsche, daß Sie ihn treffen – jemand, der für uns im Augenblick viel wichtiger ist.«
Jetzt kommt endlich das, worauf er hinauswill, dachte Paul. Er schwieg und trank seinen Whisky aus.
»Bevor ich darauf eingehe«, fuhr Dr. Chapman fort, »sollte ich Ihnen besser noch etwas erklären. Es ist sehr wichtig, und ich weiß, daß ich mich auf Ihre Diskretion verlassen kann.«
Paul nickte.
»Es geht um uns beide.« Chapman überlegte einen Augenblick, wie er am besten fortfahren sollte. »Ich glaube, Sie wissen, auch ohne daß ich es Ihnen gesagt habe, wieviel Respekt und Zuneigung ich Ihnen entgegenbringe.«
»Vielen Dank.«
»Ich verschwende nicht viel Worte. Die Sache geht mir schon länger durch den Kopf, aber ich mußte mich damit zurückhalten, bis wir unsere Tour abgeschlossen haben. Ein Team kann man nur zusammenhalten, wenn alle sich gleichwertig fühlen, keine Bevorzugungen, keine Ausnahmen; es muß demokratisch zugehen. Aber es gibt einen Zeitpunkt, von dem an man sich nicht mehr auf drei

Männer verlassen kann, sondern einen heraussuchen muß. Horace ist der Senior. Er ist gut, sehr gut. Wir alle mögen ihn. Er ist verläßlich, ein Arbeitstier. Aber er hat kein Phantasie, keine Begabung für öffentliche Auftritte, kein Charisma. Er ist nicht dynamisch. Er spiegelt nur die Ergebnisse unserer Erhebung. Und was Cass angeht, um ehrlich zu sein, bei dem langt es einfach nicht. Er gehört nicht zu dieser Arbeit. Ihm fehlt die Distanz des Wissenschaftlers. Und er hat persönliche Probleme. Das ist mir schon einige Zeit klar. Natürlich verrichtet er seine Arbeit ordentlich, er ist sogar ein guter Mitarbeiter, aber ich muß ihn nach Abschluß des Projekts loswerden.«
Paul war von Dr. Chapmans scharfer Beobachtungsgabe wieder einmal überrascht. Soviel also zu Horace, und Lebewohl, Cass! Da blieb nur noch ein kleines Negerlein.
»Was mich zu Ihnen bringt«, erklärte Dr. Chapman. »Ich habe Sie genau beobachtet – in jeder Hinsicht. Ich freue mich, sagen zu dürfen, daß Sie mich nie enttäuscht haben. Ich glaube, Sie haben Spaß an dieser Arbeit...«
»Sehr viel sogar.«
»Ja. Und Sie arbeiten gut. Ich habe mich entschieden, daß Sie es sind, auf den ich mich verlasse. Sehen Sie, Paul, bei meiner Arbeit gibt es nicht nur die wissenschaftliche Seite. Ich habe das sehr schnell lernen müssen. Der wissenschaftliche Teil ist der wichtigste Teil, aber er ist nicht genug. Die Öffentlichkeit verlangt mehr. Um meine Position zu wahren, muß ich ein zweites Gesicht haben. Das gesellschaftliche Gesicht, das politische Gesicht – wie soll ich sagen? Am besten vielleicht so: es reicht nicht, seine Arbeit zu tun, man muß sie auch gut verkaufen könnnen. Verstehen Sie das?«
»Ich glaube schon.«
»Wenn ich nur ein Wissenschaftler wäre, ohne jedes andere Talent, dann gäbe es unser Projekt heute nicht –

und wenn es dennoch existieren würde, dann verschwände unsere Studie in den Universitätsbibliotheken; sie würde keinerlei öffentliche Wirkung haben.«
Ein vages Gefühl stieg in Paul auf. Enttäuschung wäre ein zu hartes Wort dafür gewesen, aber irgendwie wurde die Sache peinlich. Doch selbstverständlich war das eine vernünftige Betrachtungsweise, Dr. Chapman war immer vernünftig.
»Ich verstehe, worauf Sie hinauswollen«, sagte Paul.
»Das wußte ich«, bedankte sich Dr. Chapman. »Nur wenige Männer haben die Qualifikation, ein Projekt wie dieses zu führen. Zufällig bin ich einer.« Er schwieg einen Augenblick. »Und Sie sind auch einer.«
Paul war sicher, daß er die Augen weit aufriß. Er wußte nicht, was er sagen sollte. Er erwiderte Dr. Chapmans Blick und wartete.
»Ich muß Ihnen jetzt erzählen, was vorgeht. Aber ich wiederhole, es ist streng vertraulich.« Er erwog seine Worte sehr sorgfältig. »Die Zollman-Stiftung ist an mich herangetreten. Sie kennen die Bedeutung dieser Stiftung...«
Paul nickte mechanisch. Er kannte sie.
»...die können Dinge zustande bringen, die für die Leute von Rockefeller oder Ford unmöglich sind. Also, ihr Direktorium ist von meiner Arbeit und ihren Ergebnissen sehr beeindruckt. Sie haben mich ausgehorcht, was ich von einer Expansion der Studie hielt. Sie planen, eine neue Akademie an der Ostküste zu gründen, die sich ganz meiner Arbeit widmen würde, nur in einem viel, viel größeren Rahmen.«
Paul kniff die Augen zusammen, so beeindruckend war der Gedanke. »Was für eine Gelegenheit...«, setzte er an.
»Genau«, bestätigte Dr. Chapman entschieden. »Die Arbeit würde in einem Ausmaß fortgeführt werden, von

dem wir bisher nicht einmal träumen konnten. Ich bin sogar schon so weit gegangen, mit ihnen tatsächliche Projekte zu besprechen. Die Akademie würde Dutzende von Studien gleichzeitig vorbereiten und durchführen, eine eigene Schule für die Interviewer einrichten und in der ganzen Welt zahllose Teams an die Arbeit schicken. Zum ersten Mal wären wir in der Lage, vergleichende Untersuchungen über das Sexualverhalten englischer, französischer, italienischer und amerikanischer Frauen zu machen. Das alles würde von einer einzigen Organisation durchgeführt werden. Aber, wie ich den Zollman-Leuten sagte, das wäre nur ein Teil unseres Programms...«
»Nur ein Teil?« wiederholte Paul.
»Oh, ich plane zahllose andere Untersuchungen, die unsere bisherige Arbeit fortführen – internationale Forschungen über Polygamie, eine Untersuchung der Unehelichkeit in Schweden, eine Umfrage darüber, wie sich Kinder auf das Liebesleben ihrer Mütter auswirken, Untersuchungen, die sich ausschließlich mit Negern, Katholiken, Juden und anderen rassischen oder religiösen Gruppen befassen, und so weiter. Es gibt für diese Arbeit keine Grenzen, und es läßt sich kaum ermessen, wieviel Gutes sie zu leisten vermag. Die Zollman-Stiftung denkt an Millionen von Dollars. Die Akademie würde ein Weltwunder, ein Markstein der Zivilisation.«
»Mir fehlen die Worte. Das ist...«
»Ich wußte, es würde Ihnen gefallen. Ich freue mich darüber. Wenn diese Akademie ins Leben gerufen wird, wird man mich zu ihrem Präsidenten machen, ihrem Mentor.« Sein Blick schweifte einen Augenblick ab, dann wandte er sich wieder Paul zu. »Verstehen Sie? Ich wäre zu beschäftigt für das, was ich jetzt tue. Unsere Arbeit wäre dann von nationaler, ja internationaler Bedeutung. Sie würde sich fast schon auf Regierungsebene abspielen.

Meine Position würde mich zwingen, ständig umherzureisen, ins Weiße Haus, nach Stockholm zum Nobelpreiskomitee, nach Afrika zu Albert Schweitzer und so weiter. Ich brauche dann jemand, der die eigentliche Forschungsarbeit für mich leitet, die Umfragen, den Betrieb der Akademie. Diesen Job biete ich Ihnen an.«
Paul spürte, wie ihm das Blut in die Wangen strömte. »Ich ... ich bin überwältigt. Das ist ... von einem solchen Angebot hätte ich nicht einmal zu träumen gewagt.«
»Sie würden doppelt so viel verdienen wie im Augenblick. Und Sie bekommen Autorität und – wie soll ich sagen? – Ansehen ja, Ansehen.«
»Wann geht es los?«
»In einem Jahr – spätestens«, sagte Dr. Chapman. »Wenn diese Untersuchung hier druckreif ist. Natürlich ...«, er stand plötzlich auf, ging zu seinem Mantel am Kleiderständer, holte sich eine Zigarre, biß die Spitze ab, kramte seine Streichhölzer hervor und setzte sich wieder, » ... ist das alles erst realisierbar, wenn ich die endgültige Zusage der Direktoren der Zollman-Stiftung erhalte.«
»Aber sie kennen doch Ihre Arbeit.«
»Ich habe einen ausführlichen Bericht über meine bisherigen Forschungen und meine zukünftigen Pläne verfaßt. Und doch, diese Sache ist von so großer Bedeutung, daß sich jedes Mitglied des Direktoriums ausführlich mit den Unterlagen befassen muß, und wenn sie sich in diesem Herbst treffen, muß eine breite Mehrheit für das Projekt stimmen, wenn etwas daraus werden soll. Ich bin überzeugt, daß die Mehrheit der Direktoren für die Einrichtung der Akademie ist. Aber bis zu der Sitzung im Herbst kann noch viel passieren. Schließlich sind die Stiftungsdirektoren normale Sterbliche, die durch Kritik verunsichert oder gar umgestimmt werden können. Das habe ich schon oft erlebt.«
Paul wußte, daß Dr. Chapman an etwas Bestimmtes

dachte, hatte aber keine Ahnung, worum es sich handelte. »Ich glaube, Sie brauchen sich keine Sorgen zu machen.«

»O doch, Paul, leider. Ich will ganz offen zu Ihnen sein: Ich mache mir Sorgen. Die großartigste Sache, die je in meinem Leben geschehen ist, befindet sich fast in greifbarer Nähe. Doch leider gibt es jemand, der mit seiner dummen, ärgerlichen Kritik den ganzen Plan vereiteln und die Zollman-Leute gegen uns einnehmen könnte.« Er sah Paul aufmerksam an. »Haben Sie schon einmal von Dr. Victor Jonas gehört?«

»Selbstverständlich.«

Jeder, der zu Dr. Chapmans Team gehörte, kannte Dr. Jonas, den bilderstürmerischen unabhängigen Psychologen und Eheberater. Als Dr. Chapmans zweites Buch erschienen war, hatte Dr. Jonas es für mehrere wissenschaftliche Zeitschriften rezensiert und harte Kritik geübt. Seine rhetorische Begabung sorgte dafür, daß er in vielen Zeitungen zitiert wurde.

»Nun, Dr. Jonas ist unser Hindernis, unser Hauptgegenspieler. Er hat gerade eine Studie über unsere Arbeit erstellt...«

»Sind Sie sicher?«

»Natürlich bin ich mir sicher. Wie ich Ihnen bereits gesagt habe, Paul, in meinem Job kann man nicht nur Wissenschaftler sein. Man kann nicht einfach über den Dingen stehen. Ich habe meine Informanten. Dr. Jonas arbeitet an dieser Studie, und ich weiß, daß sie negativ ausfallen wird. Er will sie veröffentlichen, *bevor* das Zollman-Direktorium zusammentritt.«

»Aber warum sollte er das tun? Warum nimmt er das alles auf sich?«

»Weil man ihn dafür bezahlt. Ich habe noch nicht alle Fakten. Es ist alles streng geheim. Aber es gibt da eine

kleine Splittergruppe in der Zollman-Stiftung, den Anthony-Comstock-Flügel; sie sind dagegen, das die Stiftung Geld in meine Akademie steckt. Sie haben andere Pläne für die Verwendung des Geldes. Also suchten sie nach einem Experten, der ihre Meinung teilt, und ihre Wahl fiel auf Jonas. Denn er ist gegen uns – ob aus Neid, Bosheit oder weil er in die Schlagzeilen kommen will, vermag ich nicht zu sagen –, aber jedenfalls machen sie sich seine Einstellung zunutze. Sie haben ihm Geld gegeben, damit er unsere Methoden und Ergebnisse analysiert – und in der Luft zerreißt. Würde seine Studie veröffentlicht, hätte das verheerende Folgen, vor allem auf die Entscheidung der Zollman-Leute. Es wäre das Ende meiner – unserer – Akademie.«
Paul war überrascht. »Sie wissen das alles und haben noch nichts unternommen?«
Dr. Chapman zuckte mit den Achseln. »Was soll ich tun? Es schickt sich einfach nicht, daß ich ... daß ich diesen Mann überhaupt zu Kenntnis nehme.«
»Werben Sie für Ihre Sache stärker in der Öffentlichkeit. Engagieren Sie PR-Leute.«
»Es würde nichts helfen. Nein, ich habe darüber nachgedacht. Es gibt nur eine Möglichkeit. Jonas treffen – er hält sich gerade in Los Angeles auf – und mit ihm sprechen.«
»Ich glaube nicht, daß er sich durch Argumente überzeugen läßt.«
»Keine Argumente.« Dr. Chapman lächelte. »Geld. Er ist ganz offensichtlich käuflich.«
»Wie wollen Sie ihn kaufen?«
»Indem ich ihn als Berater an unserem Projekt beteilige und ihm einen wichtigen Posten in der Akademie verspreche. Wir können ihn nicht besiegen, also werden wir ihn absorbieren. Er kann nicht etwas kritisieren, woran er selbst beteiligt ist.«

Paul schüttelte den Kopf. »Ein Mann Ihres Formats kann doch nicht zu Jonas gehen und ihn bestechen.«
»Bestechen?« Erstaunen zeigte sich auf Dr. Chapmans breitem, ehrlichem Gesicht. »Aber das wäre doch keine Bestechung. Wir könnten diesen Mann wirklich gut in unserem Team gebrauchen. Er könnte uns davon abhalten, selbstgefällig zu werden. Er könnte weiter den Kritiker spielen, aber nicht mehr, um uns zu schaden, sondern um uns anzuspornen und auf Fehler aufmerksam zu machen.«
Paul wollte das glauben. Er versuchte, den Wert von Dr. Jonas zu sehen, wenn dieser sich von der Gemeinschaft der Drachen lossagte und sich den Rittern der Tafelrunde anschloß. Dieser Wert war in der Tat beträchtlich. »Ja«, sagte Paul. »Aber welche Motive Sie auch leiten mögen, es sieht immer noch aus wie Bestechung, wenn Sie zu ihm gehen und...«
»Oh, ich werde nicht zu ihm gehen. Sie haben recht, Paul, das könnte ich nicht.« Er streifte die Asche von seiner Zigarre ab. »Ich bin dafür nicht der Richtige, Paul, aber Sie, Sie sollten es für mich tun. Ich hoffe, daß ich auf Sie zählen kann.« Er lächelte wieder. »Schließlich geht es nicht nur um meine Zukunft, sondern auch um Ihre. Wir haben beide viel zu verlieren.«

»Seht, seht, da kommt der Thronfolger«, sagte Cass, als Paul den Speisewagen betrat und zu dem Tisch ging, an dem die beiden anderen saßen.
»Das hat aber lange gedauert«, nuschelte Cass. »Was hast du mit dem alten Römer für die Iden des März ausgeheckt?«
»Eine neue Untersuchung«, erwiderte Paul freundlich. »Wir werden Männer interviewen, die Frauen interviewen, und herausfinden, was sie so verdammt zynisch macht.«

»Toller Witz«, sagte Cass und kippte geräuschvoll seinen Drink hinunter.
Paul sah Horace an, der mürrisch sein Glas hin und her drehte. »Hat Cass dir auch die Laune verdorben?«
Horace hob den Kopf. »Ich habe nur gerade an Los Angeles gedacht. Ich wünschte, wir könnten es einfach auslassen. Ich mag Los Angeles nicht.«
»Freust du dich denn nicht auf das schöne Wetter?« fragte Paul.
»Vergiß es.«
Paul beugte sich über den Tisch und drückte einen Knopf. Sofort erschien ein weißgekleideter farbiger Kellner. Paul bestellte Nachschub für die beiden anderen und einen Scotch für sich selbst. Als er dem davoneilenden Kellner nachblickte, bemerkte er, daß sich noch drei weitere Personen im Speisewagen aufhielten. Ein älteres Ehepaar, und dann saß am anderen Ende des Wagens noch ein Mädchen. Sie war blond, versteckte sich schüchtern hinter einem Taschenbuch und nippte ab und zu an einem Drink.
Cass drehte sich um und beobachtete die Blonde. »Die ist anscheinend eben erst hereingekommen«, sagte er. »Hübsche Titten.«
»Sei doch still«, bat Horace. »Willst du denn, daß sie dich hört?«
»Richtig. Genau das will ich.« Er grinste Paul an. »Wenn sie schon hübsche Titten haben, sollen sie auch stolz darauf sein. Stimmt's?«
»Stimmt«, sagte Paul.
»Und vielleicht andere an ihrem Reichtum teilhaben lassen.« Er drehte sich erneut um und starrte die Blondine an.
Sie schlug die Beine übereinander, zupfte nervös an ihrer Bluse und konzentrierte sich auf ihr Buch.

Cass drehte sich wieder nach vorn und gab eine langweilige und pornographische Anekdote über eine Blondine zum Besten, mit der er in Ohio einmal etwas gehabt hatte. Inzwischen kamen die Drinks. Paul bezahlte, und alle drei gaben sich dem süßen Vergessen des Alkohols hin.
Cass hatte sein Glas als erster geleert. »Verdammt, ich würde heute nacht zu gerne eine Nummer abziehen.«
»Das kommt vom Zugfahren«, sagte Horace gewichtig. »Ich habe schon oft beobachtet, daß es Leute sexuell stimuliert, wenn sie sich in Zügen, Schiffen oder Flugzeugen aufhalten.«
»Blödsinn«, meinte Cass.
»Du bist betrunken«, sagte Paul. »Warum gehst du nicht ins Bett?«
»Das tu ich; aber nicht allein.« Cass schob seinen Stuhl zurück. »Ich werde etwas Missionsarbeit vollbringen. Ich werde Dr. Chapmans Evangelium predigen und aus dieser kleinen Nutte dort eine statistische . . .«
»Halt den Mund«, fiel ihm Paul wütend ins Wort.
Cass starrte ihn an und lächelte boshaft. »Habe ich Seinen Namen mißbraucht? Vergib mir, Apostel.«
Er stand auf und ging schwankend durch den Speisewagen. Er nahm eine Zeitschrift von einem Stuhl und setzte sich in die Nähe der Blondine. Sie starrte krampfhaft auf ihr Buch. Langsam blätterte Cass in der Zeitschrift.
Paul leerte sein Glas. »Bist du auch hundemüde?« fragte er Horace.
Dieser nickte, machte aber noch keine Anstalten, sich zu erheben, sondern starrte düster auf seinen Drink.
»Etwas nicht in Ordnung?« fragte Paul besorgt.
Horace antwortete nicht sofort. Er rührte sich nicht, mit Ausnahme seiner nervösen Hände. Schließlich rückte er seine Brille zurecht und sah Paul an.
»Ja, ich mache mir Sorgen«, sagte er auf seine professio-

nelle Art, die seltsam gefühllos klang. »Ich weiß, es ist dumm von mir.«
»Möchtest du mit mir darüber sprechen?«
»Nun...« Horace zögerte, dann sagte er: »Du weißt, daß ich schon einmal verheiratet war.«
»Ja, ich habe davon gehört«, antwortete Paul offen. Obwohl er und Horace sich seit drei Jahren kannten, hatte er seinen Freund nie über seine Ehe reden hören. Paul erinnerte sich, daß andere die ehemalige Mrs. van Duesen gelegentlich erwähnt hatten. Aber aus ihren beiläufigen Bemerkungen hatte er nur entnehmen können, daß sie keinen sehr guten Ruf gehabt haben mußte.
»Mein Exfrau wohnt in Los Angeles«, sagte Horace. Und dann fügte er hinzu: »Ich hasse sie. Ich will sie nie wiedersehen.«
»Warum solltest du? Los Angeles ist groß. Himmel noch mal, Horace, du warst doch vor vier Jahren bei der Junggesellen-Untersuchung schon einmal da. Und damals hast du es ja auch überstanden, obwohl sie dort lebte, oder vielleicht nicht?«
»Nein, damals war es anders«, sagte Horace. »Vor vier Jahren lebte sie noch in Burbank. Jetzt lebt sie in den Briars.«
Paul runzelte die Stirn. Er wollte irgend etwas Beruhigendes sagen. »Bist du sicher, daß sie noch dort wohnt?«
»Vor einem Jahr war sie jedenfalls noch dort.«
»Also, davon würde ich mich wirklich nicht ins Bockshorn jagen lassen. Die Chance, ihr zu begegnen, ist doch minimal. In den Briars muß es doch von Frauen nur so wimmeln, und wir interviewen doch bloß eine Handvoll.«
Horace schüttelte resigniert den Kopf. »Es gefällt mir einfach nicht, das ist alles. Es gefällt mir nicht, in ihrer Nähe zu sein. Ich weiß nicht, was ich tun werde, wenn sie mir begegnet.« Er brach ab und warf Paul einen verstohle-

nen Blick zu. »Wenn du wüßtest, was damals geschehen ist, würdest du mich verstehen.« Aber er preßte die Lippen zusammen und gab nicht preis, was geschehen war.
Paul fühlte sich so nutzlos wie ein guter Samariter in einer nebligen Nacht.
»Es wird schon nichts passieren. Schließlich hast du ja auch damals, als ... als ihr euch trenntet, nichts Unüberlegtes getan.«
»Damals konnte ich es nicht«, sagte Horace dunkel. »Aber ich hatte über vier Jahre Zeit, darüber nachzudenken, was sie getan hat.«
Wieder überlegte Paul, was für ein Skandal es wohl gewesen sein mochte, der einen so wenig gefühlsbetonten Mann wie Horace so sehr verbittert hatte. Er hoffte, sein Freund würde mehr sagen, aber er erkannte, daß Horace nicht bereit war, mehr aus seinem Privatleben zu enthüllen.
»Komm, denk einfach nicht mehr daran«, sagte Paul lahm. »Wenn sie dir tatsächlich über den Weg läuft, wirst du die Situation schon meistern. ›Hallo! Auf Wiedersehen.‹ Mehr nicht. Aber ich verwette meinen Wochenlohn, daß du ihr nicht einmal näher als eine Meile kommst.«
Horace hatte überhaupt nicht richtig zugehört. Er schüttelte sorgenvoll den Kopf. »Ich habe Dr. Chapman gebeten, nach San Francisco zu fahren statt nach Los Angeles, aber wenn er sich einmal entschieden hat ...«
Paul erkannte, daß er nichts für seinen Freund tun konnte. Wie so viele Männer, die auf altjüngferliche Weise allein lebten, hatte Horace zu viel Zeit, in der er über unbedeutende und vergangene Dinge nachgrübelte. Seine Befürchtungen waren völlig realitätsfremd, aber davon würde ihn niemand überzeugen können.
Paul stand auf. »Komm, alter Junge. Überschlaf es erst

mal. Morgen wirst du viel zu beschäftigt sein, um dir noch länger Sorgen zu machen.«
Horace nickte und erhob sich ebenfalls. Beim Hinausgehen warf Paul einen Blick auf Cass und die Blondine. Cass sagte gerade etwas, und sie lachte. Sie beugte sich leicht zu ihm hinüber, und er berührte ihren Arm. Cass klingelte nach dem Kellner, um etwas zu trinken zu bestellen.
Die Bewegung des Zugs, dachte Paul. Oder vielleicht seine Arbeit. *Das Sexualverhalten der verheirateten amerikanischen Frau.* War sie eine verheiratete Frau? Wie sah ihr Sexualverhalten aus? Frage: Fühlen Sie eine sexuelle Erregung beim Anblick der männlichen Geschlechtsorgane? Antwort: Vierzehn Prozent fühlen sich dadurch stark erregt.

3

Kathleen Ballard suchte im dichten Vormittagsverkehr des Village Green einen Parkplatz. Sie hatte bis zuletzt gehofft, daß irgend etwas dazwischenkommen und Dr. Chapmans Vortrag nicht stattfinden würde. Doch nun war der ominöse Morgen da, und nichts war geschehen. Als sie die zahlreichen in der Nähe des Gebäudes des Frauenvereins parkenden Autos sah, wußte sie, daß Dr. Chapmans Vortrag auch nicht wegen mangelnden Interesses ausfallen würde, was sie insgeheim gewünscht hatte. Vielleicht würde sie ja keinen Parkplatz finden und deswegen nicht kommen können. Doch dann fuhr direkt vor ihr ein Cadillac weg. Widerwillig manövrierte sie ihren Mercedes in die freigewordene Lücke. Sie würde Dr. Chapmans Vortrag also nicht verpassen.
Als sie vor dem Eingang des Versammlungssaales stand, hörte sie, wie hinter ihr jemand ihren Namen rief. Sie drehte sich um und sah, wie Naomi Stevens ihr zuwinkte und die Straße überquerte. Kathleen wartete. Ein Kabriolet brauste heran.
»Paß auf, Naomi!« rief Kathleen.
Naomi blieb mitten auf der Straße stehen, um den Wagen vorbeizulassen. Der Fahrer, ein braungebrannter junger Mann, stieg in die Bremsen, und das Kabriolet kam quietschend zum Stehen. Naomi lächelte ihm zu, bedankte sich mit einem Kopfnicken und stolzierte vor seinem Wagen her zum Bürgersteig. Der Fahrer blickte ihr anerkennend nach, ehe er den Gang einlegte und weiterfuhr.
Kathleen beobachtete Naomi. Sie versuchte sie so zu

sehen, wie der junge Mann sie gesehen hatte, und wußte sofort, daß Naomi immer jemanden finden würde, der sie über die Straße ließ. Ihr Puppengesicht und ihre außergewöhnlichen Brüste mußten die Männer einfach verrückt machen, fand Kathleen.
Dann war Naomi bei ihr. »Ich bin froh, dich zu treffen, Katie. Ich hätte es scheußlich gefunden, dem Zoo allein gegenübertreten zu müssen.«
Kathleen glaubte durch den Parfümduft hindurch eine Whiskyfahne zu riechen. »Ich freue mich, daß du gekommen bist«, sagte sie. Etwas weniger Banales fiel ihr nicht ein.
»Ich hätte es fast nicht geschafft. Ich hatte heute morgen schreckliche Kopfschmerzen. Aber jetzt fühle ich mich besser.« Sie musterte Kathleen. »Du siehst toll aus. Wie schaffst du das um diese Tageszeit?«
»Ein sauberer Lebenswandel, vermutlich«, sagte Kathleen unüberlegt und bedauerte es sofort, als ihr die Gerüchte über Naomi einfielen.
Aber Naomi schien sie nicht gehört zu haben. »Das muß man sich einmal vorstellen. Ein Vortrag über Sex, vormittags um halb elf!«
»Es wäre wohl passender, ihn abends zu veranstalten.«
»Oh, so habe ich es nicht gemeint. Ich finde Sex am Morgen prima – nach dem Zähneputzen.« Plötzlich lachte sie. »Aber wer will sich schon das Geschwätz von einem alten Knacker anhören, der längst jenseits von Gut und Böse ist?« Sie nahm Kathleens Arm. »Komm, bringen wir es hinter uns.«
Gemeinsam betraten sie den Saal, der dreihundert Personen faßte. Er schien bis auf den letzten Platz gefüllt zu sein. Viele Köpfe drehten sich ihnen zu, und Kathleen lächelte unsicher beim Anblick der vertrauten Gesichter.
»Ich habe Ursula Palmer versprochen ... Ursula sagte, sie

wolle mir einen Platz freihalten«, sagte Kathleen und
blickte suchend umher.
In einer Sitzreihe ziemlich vorne winkte eine Hand mit
einem Notizblock. Kathleen stellte sich auf die Zehenspitzen. Es war Ursula. Jetzt legte sie den Notizblock weg und
hielt zwei Finger hoch.
»Ich glaube, sie hat auch für dich noch einen Platz«, sagte
Kathleen.
»Entweder das, oder sie will zur Toilette«, meinte Naomi.
Sie gingen den Mittelgang hinunter; Naomi stolz und
aufrecht und auf ihre mutmaßlichen Konkurrentinnen
hinabblickend, Kathleen erhitzt und unsicher.
Ursula Palmer saß in der fünften Reihe. Neben ihr waren
zwei Plätze frei. »Hallo, Naomi, Kathleen.«
Sie begrüßten einander und setzten sich.
Naomi zeigte mit spitzem Finger auf den Notizblock und
den Bleistift, die Ursula in den Händen hielt. »Notierst du
dir ein paar Tips?« stichelte sie.
»Ich will einen Artikel schreiben«, erwiderte Ursula beleidigt.
Kathleen fühlte eine Hand auf ihrer Schulter. Sie drehte
sich um. Auf dem Stuhl hinter ihr saß Mary McManus und
lächelte ihr zu. »Bist du nicht aufgeregt, Kathleen?« Ihre
Augen und ihr schmales Gesicht leuchteten.
»Nun, eher neugierig«, sagte Kathleen.
»He, Mary«, rief Naomi. »Wie geht's Clarence Darrow?«
»Du meinst Norman? Oh, großartig. Vater gibt ihm nächste Woche seinen ersten Fall vor Gericht.«
»Bravo«, sagte Naomi.
Ursula hob ihren Notizblock. »Ich glaube, gleich geht der
Vorhang auf.«
Alle blickten erwartungsvoll auf die leere Bühne. Grace
Waterton trug einen Krug und ein Wasserglas zum Rednerpult. Im Saal wurde es still. Grace verschwand wieder.

Kathleen blickte hinauf zu der leeren Bühne und betrachtete unbehaglich das Lesepult sowie den Krug und das Glas und den schimmernden silbernen Kopf des Mikrofons. Sie warf einen Blick auf die Gesichter in ihrer Nähe. Alle Unterhaltungen hatten aufgehört. Die Frauen warteten gespannt – und ängstlich. Oder bildete sie sich das nur ein? Man konnte die Spannung förmlich spüren.
Sie versteifte sich innerlich. Was konnte er ihnen schon Neues erzählen?

Dr. Chapman sprach in seiner legeren Art schon seit zehn Minuten, und die Spannung in der Zuhörerschaft hatte sich merklich vermindert. Bislang, stellten die Frauen fest, gab es in seiner Rede keine Peinlichkeiten, keinen Schock, nichts, was man hätte fürchten müssen. Das war ein sympathischer, *netter* Mann, der sich da mit ihnen unterhielt. Seine Persönlichkeit war so vertraueneinflößend wie die eines freundlichen alten Arztes, der neben dem Bett saß.
Kathleen Ballard hatte verkrampft auf ihrem Stuhl gesessen und kaum etwas von seinen einleitenden Bemerkungen mitbekommen, so sehr war sie von Abneigung und Widerwillen ihm gegenüber erfüllt gewesen. Doch dank Dr. Chapmans ruhigem und freundlichem Auftreten schwand diese Abneigung allmählich. Und nun lehnte sie sich zum ersten Mal entspannt zurück und versuchte zu verstehen, was er sagte.
Dr. Chapman hatte einen Ellbogen auf das Pult gestützt und neigte den Kopf leicht zum Mikrofon hin, während er sprach. »Vor nicht allzu langer Zeit herrschte in diesem Land die Prüderie. Die einzigen Beschwerden zwischen Schultern und Schenkeln, über die Frauen offen sprechen durften, waren Leberbeschwerden. Zwei Weltkriege haben das alles verändert. Sex wurde nicht länger ver-

schwiegen, sondern offen diskutiert. Die Personen, die für diese Revolution verantwortlich waren, hießen Susan B. Anthony, Sigmund Freud, Andrew J. Volstead und General Tojo. Damit meine ich, daß weibliche Emanzipation, psychiatrische Untersuchung der Libido und zwei Kriege, in denen junge Männer und Frauen ins Ausland gingen und die sexuellen Sitten anderer Kulturen kennenlernten, viel dazu beigetragen haben, der Prüderie ein Ende zu machen.
Doch die Prüderie ist längst noch nicht tot, und Sex ist immer noch eine im verborgenen stattfindende, unanständige Sache. Durch die Gleichberechtigung im Beruf, das Recht auf Ehescheidung, den Gebrauch empfängnisverhütender Mittel, die Kontrolle der Geschlechtskrankheiten und den Zuzug in städtische Gebiete, wo das Leben anonymer ist, haben die Frauen eine gewisse Freiheit erlangt. Und doch sind sie noch immer nicht völlig frei. Es besteht noch immer eine ungesunde Einstellung gegenüber dem Sex. Und viel zu viele Frauen leiden unter zu geringem Wissen über eine Sache, die – ob ihnen das gefällt oder nicht – einen großen und entscheidenden Teil ihres Lebens ausmacht.
Meine Kollegen und ich widmen uns der soziologischen Aufgabe, den Sex ins Licht der Öffentlichkeit zu bringen und das Los aller Frauen durch Tatsachenwissen zu verbessern. Das ist unser Kreuzzug. Darum sind wir heute hier in den Briars. Wir möchten Ihnen helfen und brauchen Ihre Hilfe, um zu beweisen, daß Sex eine natürliche biologische Funktion ist, von Gott gegeben und sanktioniert; ein Akt, der es verdient, als ehrbar, sauber, würdig und schön angesehen zu werden.«
Ehrbar, sauber, würdig und schön, dachte Kathleen. Wie willst du das denn beweisen? Indem du mich interviewst? Indem du herausfindest, was ich durchgemacht habe,

wenn ich auf dem Rücken gelegen habe? Willst du mit diesem Tatsachenwissen die anderen befreien? Du Narr! Du dummer wissenschaftlicher Narr! Was weißt du schon darüber, was es heißt eine Frau zu sein – eine Sklavin, ein Gefäß, Boyntons sanktionierte Hure?
Wie stets machte Kathleens Zorn der Vernunft Platz, und mit der Vernunft kamen Zweifel: Oder ist es meine Schuld – nicht die Boyntons? Könnte ein anderer Mann mich normal machen, mir Freude schenken und dafür Freude empfangen? Bin ich – nein, ich will dieses schlimme Wort nicht benutzen, ich werde ein anderes nehmen – bin ich kaltes Hammelfleisch? Wie komme ich auf diesen Ausdruck? Er stammt aus einer Geschichte über Oscar Wilde. Sein Freund Ernest Dowson wollte Wilde wieder normal machen, ihn von seiner Homosexualität abbringen. Er schickte Wilde in ein Bordell in Dieppe. Nachher sagte Wilde: »Es war das erste Mal seit zehn Jahren – und auch das letzte Mal. Es war wie kaltes Hammelfleisch.« Ich bin kaltes Hammelfleisch. Aber ich hasse es, so zu sein. Ich hasse mich. Ich muß einen Mann finden. Ich brauche einen. So wie die arme Deirdre einen Vater braucht. Sie wünscht sich einen Vater. Ich brauche einen Mann. Vielleicht Ted Dyson. Wann treffe ich ihn das nächste Mal?
»1934 und 1935 befragte Lewis M. Terman 792 kalifornische Frauen: ›War ihre Einstellung zum Sex vor Ihrer Ehe gekennzeichnet von Ekel und Abneigung; von Gleichgültigkeit; von Interesse und freudiger Teilnahme; oder von Begierde und Leidenschaft?‹ Vierunddreißig Prozent dieser Frauen, mehr als ein Drittel, gaben offen zu, daß ihre Einstellung zum Sex von Ekel und Abneigung bestimmt war. Ich glaube, man kann sogar noch weiter gehen. Auf Grund der umfangreichen Informationen, die wir inzwischen zusammengetragen haben, würde ich sagen, daß

fünfzig bis sechzig Prozent der Ehen in diesem Land schwer unter sexuellen Mißverständnissen zu leiden haben. Kurz gesagt, etwa die Hälfte der Frauen in diesem Saal ist wahrscheinlich Opfer eines unnatürlichen Schweigens um das Thema Sex. Unsere Forschungen können möglicherweise dazu beitragen, diese Schäden und Leiden zu beseitigen.

Um unsere Arbeit hier beenden zu können, brauchen wir Ihr volles Vertrauen. Vertrauen ist der Stützpfeiler unserer Interviewtechnik. In den vergangenen vierzehn Monaten haben meine Mitarbeiter und ich verheiratete Frauen jeden Typs befragt – von der Hausfrau über die Karrierefrau bis hin zur Prostituierten. Wir haben dabei Kenntnisse über jede nur erdenkliche Form weiblicher sexueller Aktivität erhalten – Masturbation, Homosexualität, Heterosexualität, eheliche Untreue und so weiter. Und jedesmal haben wir unsere Fragen mit wissenschaftlicher Distanz gestellt. Ich möchte das Wort *Distanz* besonders betonen. Wir sammeln Fakten, nicht mehr und nicht weniger. Es ist nicht unsere Aufgabe, zu tadeln, zu kommentieren oder zu korrigieren. Wir loben nicht und verachten auch nicht. Und niemals – niemals versuchen wir, einen Interviewpartner von seinen sexuellen Einstellungen abzubringen. Die Fragen, die wir stellen, sind einfache, und es werden allen Frauen dieselben Fragen gestellt. Sie wurden wissenschaftlich vorbereitet und stehen auf vorgedruckten Bögen. Für die Antworten werden Symbole benutzt, die nur uns vier Interviewern bekannt sind. Wir haben dafür eigens ein System von Zeichen entwickelt, die niemand sonst zu entziffern vermag.

Wenn wir die Briars in zwei Wochen verlassen und nach Reardon zurückkehren, werden wir Ihre verschlüsselten Antworten mitnehmen. Dort werden alle Antworten dann in einen speziell dafür konstruierten Computer

eingespeist, der sie in statistische Werte umrechnet. Ausschließlich dieses statistische Material wird dann veröffentlicht, zum Wohle der Allgemeinheit. Die individuellen Antworten bleiben dabei völlig anonym. Es besteht nicht die geringste Gefahr, daß die Antworten irgendeiner der befragten Frauen jemals öffentlich bekannt werden.«
Sarah Goldsmith, die ziemlich weit hinten saß, weil sie sich verspätet hatte, dachte: Es scheint wirklich ungefährlich zu sein, so, wie er es erklärt. Und es *ist* für eine gute Sache. Wenn es so etwas schon vor Jahren gegeben hätte, wäre mein Leben vielleicht anders verlaufen. Dr. Chapman sieht wie jemand aus, dem man vertrauen kann. Seine Augen sind freundlich. Aber man kann einen Mann erst beurteilen, wenn man ihn kennt. Als ich jung und unerfahren war, hatte ich Sam sehr gern, ich glaubte es jedenfalls. Und Fred, als er mir zum ersten Mal begegnete, ärgerte ich mich über ihn. Er wirkte so selbstsicher und kommandierte alles und jeden herum. Und doch ist niemand auf der Welt anständiger und liebevoller als er. Kann ich es riskieren, offen und ehrlich auf Dr. Chapmans Fragen zu antworten? Was ist, wenn doch etwas herauskommt von der Sache zwischen mir und Fred? Ich könnte Jerry und Debbie nie wieder in die Augen sehen. Wenn sie älter wären, würden sie es vielleicht verstehen, aber sie sind noch zu klein. Und wenn ich mich einfach nicht für ein Interview zur Verfügung stelle? Das wäre noch viel riskanter, denn es würde mich nur bei den anderen verdächtig machen. Im Grunde ist es mir egal, ob es herauskommt. Ich wünschte, alle wüßten es; ich bin so stolz auf Fred. Es wird nie mehr einen anderen in meinem Leben geben. Wie viele andere Frauen in diesem Saal sind wohl wie ich? Mrs. Webb, natürlich, sie hat gerade ihren Mann verlassen. Ich vermute, sie trifft sich noch immer mit diesem Autohändler. Warum heiratet sie ihn nicht?

Und Naomi Shields. Ich weiß, was man über sie erzählt. Aber das ist etwas anderes. Es hat nichts mit Liebe zu tun. Oh, ich bin es so leid, mich immer heimlich davonschleichen zu müssen und ständig Angst zu haben.

Naomi Shields dachte nur an ihren ausgetrockneten Mund. Die Rede dauerte nun schon fast eine Stunde, und sie war durstig. Sie spielte kurz mit dem Gedanken, den Saal zu verlassen und draußen ein Glas Wasser zu trinken. Aber sie saß zu weit vorne, und es wäre unangenehm aufgefallen, wenn sie gegangen wäre. Außerdem wollte sie überhaupt kein Wasser. Sie wollte Gin. Sie hatte zum Frühstück nur zwei Glas getrunken, und das Gefühl des Wohlbefindens war bereits wieder abgeklungen.
Sie suchte in ihrer Handtasche nach Zigaretten und schaute sich dann um, ob andere Frauen rauchten. Aber das war nicht der Fall, und sie schloß daraus, daß es nicht erlaubt war. Sie schloß ihre Handtasche wieder und knetete sie nervös mit ihren Fingern. Sie blickte zur Seite, auf Kathleen und Ursula. Kathleen lauschte gebannt dem Vortrag, und Ursula machte sich eifrig Notizen. Naomi beneidete die beiden. Sie wünschte, sie könnte auch so engagiert, interessiert sein, sich selbst vergessen. Und vor allem wünschte sie, sie wäre an diesem Morgen im Bett geblieben. Warum war sie überhaupt hierhergekommen? Sie hatte beschlossen, sich zu bessern, erinnerte sie sich. Und das hier war ein Teil dieser Besserung. Der Versuch, wie die anderen zu sein, beschäftigt, normalen Tätigkeiten nachgehend. Wenn dieser Vortrag bloß nicht so langweilig gewesen wäre.
Sie versuchte sich auf irgendeine Einzelheit aus Dr. Chapmans Rede zu konzentrieren, aber es war ihr keine im Gedächtnis haften geblieben. Kam das, weil sie das ganze Gerede über Sex so verdammt satt hatte? Männer, die sich

über Sex den Mund fusselig redeten, gingen ihr mehr und mehr auf die Nerven. Dieses ermüdende verbale Vorspiel, diese amtliche Liebeszeremonie. Himmel, beim Sex gab es nur eine einzige Sache zu besprechen: Willst du, oder willst du nicht?
Sie saß gerade, die Brüste angespannt, und starrte nach vorn. Die Kunst, sich zu konzentrieren. Das gehörte dazu, wenn man normalen Tätigkeiten nachgehen wollte. Sie mußte lernen zuzuhören. Grimmig entschlossen hörte sie zu.
»Vielleicht wird es Sie erleichtern«, sagte Dr. Chapman, »wenn Sie genau wissen, was auf Sie zukommt, wenn Sie sich zu einem Interview bereit erklären. Es ist wirklich ganz einfach und problemlos. Wenn Sie gleich diesen Saal verlassen, sehen Sie draußen im Foyer vier Tische. Sie gehen zu dem Tisch, dem der Anfangsbuchstabe Ihres Nachnamens zugeordnet ist, und tragen Ihren Namen und Ihre Adresse in die Meldeliste ein. Am Montag morgen erhalten Sie eine Postkarte, auf der Datum und Uhrzeit Ihres Interviews angegeben sind. An dem betreffenden Termin kommen Sie hierher und begeben sich in die obere Etage. Dort wird meine Sekretärin, Miss Selby, Sie erwarten. Sie wird Sie in eines von drei Büros führen. In dem Büro werden Sie einen bequemen Stuhl vorfinden, und eine große Trennwand, die den Raum unterteilt. Hinter der Trennwand sitzt, nur mit einem Bleistift und dem Fragebogen ausgerüstet, ein Mitglied unseres Teams. Sie werden ihn nicht sehen können, und er kann Sie nicht sehen.
Der Interviewer wird Sie zunächst nach Ihrem Alter, Ihrer Herkunft und Ihrer ehelichen Situation fragen. Das dann folgende eigentliche Interview unterteilt sich in drei Fragenkomplexe:
Der erste Fragenkomplex befaßt sich mit Ihrer sexuellen

Aktivität und Ihrer sexuellen Vergangenheit. Man wird Sie beispielsweise fragen: ›Wie häufig haben Sie gegenwärtig mit Ihrem Ehepartner Geschlechtsverkehr?‹ Oder: ›Wann findet der Geschlechtsverkehr für gewöhnlich statt, nachts, morgens, nachmittags oder am frühen Abend?‹

Die zweite Kategorie untersucht Ihre psychologische Einstellung zum ehelichen Sex. Hier werden Sie zum Beispiel gefragt: ›Haben Sie vor Ihrer Heirat gehofft, Ihr Ehemann sei sexuell völlig unerfahren oder ein erfahrener Liebhaber, oder war es Ihnen gleichgültig?‹

Der dritte Fragenkomplex befaßt sich mit Ihrer Reaktion auf sexuelle Stimuli. Neben Ihrem Stuhl befindet sich ein Lederkästchen, in dem Sie einige Abbildungen oder Textauszüge vorfinden werden. Dann wird man Ihnen Fragen nach Ihrer Reaktion auf diese visuellen Stimuli stellen. In dem Kästchen könnte sich beispielsweise ein Foto einer Nudistenkolonie befinden, oder die Abbildung einer unbekleideten männlichen Statue von Praxiteles. Die Frage würde dann lauten: ›Erregt Sie das, was Sie sehen, erotisch, und wenn ja, wie stark?‹

Es werden Ihnen ungefähr 150 Fragen gestellt, selten mehr. Das Interview wird etwa eineinviertel Stunde dauern.

Zum Abschluß möchte ich noch einmal wiederholen, daß ich inständig hoffe, daß Sie sich für diese gute Sache zur Verfügung stellen werden. In dem Bewußtsein, daß Ihr Leben und das Leben kommender Generationen durch Ihre Bereitschaft zur Wahrheit gesünder, aufgeklärter und glücklicher sein wird. Ich danke Ihnen für Ihre Aufmerksamkeit.«

Während sie sich an dem lauten Applaus beteiligte, der nun folgte, dachte Naomi: Bruder, ich bin dabei, wenn ich dadurch gesünder, aufgeklärter und glücklicher werde. Aber warum dieses kitschige, falsche Schamgefühl? Der

Trennschirm, der Computer, die Geheimniskrämerei? Ich habe nichts getan, dessen ich mich schämen müßte. Ich bin eine Frau, und ich brauche es, und ich tue es gern, und ich wette, es gibt Tausende, die wie ich sind. Wie lange, hat er gesagt, würde es dauern? Eineinviertel Stunden? Bruder, ich könnte dir vierundzwanzig Stunden pausenlos Bericht erstatten.
»Naomi.«
Sie drehte sich hastig um, sah, daß Mary McManus sich über sie beugte, und merkte, daß sie als einzige noch saß.
»Gehn wir zusammen mittagessen?« fragte Mary.
»O ja, gerne!« Naomi stand eilig auf und folgte Kathleen und Ursula durch den überfüllten Mittelgang.
»War es nicht aufregend?« fragte Mary mit leuchtenden Augen.
»Spannend«, sagte Naomi. »Wie die erste Pyjamaparty.«

Hinter der Bühne stand Dr. Chapman neben dem Getränkeautomaten, betupfte sich die erhitzte Stirn und füllte sich einen Pappbecher. »Also, Emil«, sagte er zu Emil Ackerman, »wie war ich?«
»Ich melde mich sofort für ein Interview an«, sagte Ackerman grinsend. »Deine Rede war noch besser als die, die du vor ein paar Jahren vor den Junggesellen gehalten hast.«
Dr. Chapman lächelte. »Das scheint dir nur so, weil ich diesmal über Frauen gesprochen habe. Und du bist ein Mann.«
»Ja, das bin ich wohl immer noch«, pflichtete Ackerman ihm bei.
»Nun, wenn du inzwischen hungrig geworden sein solltest...«
»Ja, das bin ich«, sagte Ackerman. »Aber nicht auf das, was du vermutest.«

Er lachte ein boshaftes Schuljungenlachen. Dr. Chapman nahm den Scherz mit einem leichten Kräuseln seiner Lippen zur Kenntnis; gleichzeitig wanderte sein Blick suchend hin und her, um festzustellen, ob sie jemand gehört hatte. Er wollte nicht in Augenblicken erwischt werden, wo der große Wissenschaftler als gewöhnlicher Sterblicher erschien.
»Nun, ein gutes Steak wird dich sicher wieder beruhigen«, sagte er zu Ackerman. Dann nahm er den dicken Mann beim Arm und ging mit ihm eilig zum Hinterausgang.

Als Kathleen Ballard das Foyer erreichte, sah sie, daß sich vor jedem der vier Tische bereits lange Schlangen gebildet hatten. Sie hatte sich im Gedränge von Ursula, Naomi und Mary entfernt. Und nun war die nächste Tür nicht weiter weg als die Tische. Sie war sicher, die Tür unbemerkt erreichen zu können.
Sie hatte angefangen, sich einen Weg durch die Menge zu bahnen, als jemand laut ihren Namen rief. Sie erstarrte, drehte sich schließlich um. Grace Waterton arbeitete sich mit den Ellbogen zu ihr vor.
»Kathleen, du willst doch nicht etwa schon gehen?«
Kathleen schluckte. Sie spürte, wie sich ein Dutzend Blicke auf sie richteten, und ihre Wangen wurden heiß.
»Nein, ich ... also, ja, ich hatte wirklich vor ... da ist so eine lange Schlange, und ich habe so schrecklich viel zu tun; ich könnte ja in einer halben Stunde noch mal wiederkommen.«
»Unsinn! Komm, das regeln wir schon.« Grace nahm sie bei der Hand und schleifte sie zu dem Tisch ganz links, der mit »A bis G« bezeichnet war. Es standen wenigstens zwanzig Frauen in der Schlange, und weitere sammelten sich an ihrem Ende. »Wenn du in Zeitnot bist, werden die

anderen dafür Verständnis haben«, sagte Grace Waterton mit ihrer blechernen Stimme. »Oh, Sarah...«
Sarah Goldsmith stand am Anfang der Schlange, direkt hinter der beleibten Frau, die sich gerade über den Tisch beugte, um sich einzutragen. Sarah zündete sich eine Zigarette an.
»Sarah, sei so gut. Kathleen hat etwas Dringendes zu erledigen. Erlaubst du ihr, sich vorzudrängeln?«
Sarah Goldsmith winkte mit ihrer Zigarette. »Hallo, Kathleen. Selbstverständlich, geh nur vor.«
»Das ist mir wirklich unangenehm«, sagte Kathleen entschuldigend. Sie wollte protestieren, aber Grace war schon wieder im Gedränge verschwunden. Sarah hatte ihr Platz gemacht und wartete. Kathleen stellte sich vor sie. »Die nächste«, sagte Miss Selby hinter dem Tisch.
Kathleen lächelte unsicher, nahm den dargebotenen Kugelschreiber und trug ihren Namen und ihre Adresse in die lange Liste ein.
»Hat Ihnen der Vortrag gefallen?« fragte Miss Selby.
»Ja«, erwiderte Kathleen. Sie fühlte sich dumpf und konnte sich selbst nicht leiden. »Er war sehr lehrreich.«
Schnell gab sie den Kugelschreiber zurück, trat zur Seite. Dann fiel ihr Sarah wieder ein.
»Danke, Sarah. Was macht die Familie?«
»Status quo. Diese Woche noch keine Besonderheiten, toi toi toi.«
»Wir müssen einmal zusammen mittagessen. Ich rufe dich an.«
»Gern. Bis bald!«
Kathleen ging schnell zum Ausgang, endlich frei (wenn auch nicht mehr so frei wie vorher, denn nun lastete die Angst vor dem Interview auf ihr).
Draußen stand sie einen Moment in der Sonne und überlegte, wo sie ihr Auto abgestellt hatte. Die Straße war

zum Glück noch leer. Sie wollte jetzt niemand sehen und auch mit niemandem über den Vortrag sprechen. Plötzlich fiel ihr wieder ein, wo ihr Auto stand, und sie ging langsam darauf zu.

In einem Büro im zweiten Stock des Gebäudes der Frauenvereinigung sah Paul Radford zu, wie Horace und Cass die Fragebögen sortierten.
Horace arbeitete schweigend. Aber Cass wirkte hoffnungsvoll. »Zum Glück ist *The Briars* die letzte Station«, sagte er. Er schüttelte einen der Fragebögen. »Verdammt, mir steht diese Fragerei bis zum Hals.«
»Wir bringen Licht in ein dunkles Kapitel«, sagte Paul grinsend.
»Vergiß es«, meinte Cass. Er starrte auf den Fragebogen. Voller Hohn las er eine der Fragen vor: »Falls Sie eine außereheliche Affäre hatten oder noch haben, beantworten Sie bitte folgende Zusatzfrage: Als Sie zum ersten Mal mit einem anderen Mann als Ihrem Ehepartner Geschlechtsverkehr hatten, waren Sie da selbst die treibende Kraft, wurden Sie verführt, oder beruhte die Bereitschaft auf Gegenseitigkeit?« Er sah Paul an, sein Blick war zornerfüllt. »Huren«, sagte er schließlich.
»Wer?« fragte Paul und runzelte die Stirn.
»Verheiratete Frauen«, sagte Cass. »Alle verheirateten Frauen.«
Dann fuhr er fort, die Fragebögen für die verheirateten Frauen von *The Briars* zu sortieren.

4

Villa Neapolis war ein Motel, für das Pretonius den Werbetext geschrieben haben könnte. Dem Architekten war eine Mischung aus dem altrömischen Villenstil und moderner mittelmeerischer Bauweise gelungen. Von den Verandas der sechzig Appartements des Motels, die an einem sanften Hügeln lagen, hatte man einen großartigen Ausblick: Im Westen leuchtete der blaue Ozean hinter einem Dunstschleier, im Osten erhob sich grünes Waldland und unterhalb des Motels schlängelte sich das Asphaltband des Sunset Boulevard durch *The Briars*.
Emil Ackerman hatte für sie im Villa Neapolis vorgebucht: eine Suite für Dr. Chapman, ein Doppelzimmer für Horace und Paul, und je ein Einzelzimmer für Cass und Miss Selby. Das Motel war ziemlich neu, und sein Besitzer schuldete Ackerman noch eine Gefälligkeit. Deshalb war er nur zu bereit, den Wissenschaftlern für zwei Wochen einen Vorzugspreis einzuräumen. Dr. Chapman, der sonst stets so beschäftigt war, daß er die Qualität ihrer Hotels nie zur Kenntnis nahm, zeigte sich vom Villa Neapolis sehr beeindruckt und bedankte sich überschwenglich bei seinem politischen Patron.
Am Sonntagmorgen saß Dr. Chapman in Sporthemd und Leinenhose mit Horace und Cass unter einem großen Sonnenschirm bei Frühstück. Dr. Chapman stocherte nachdenklich in seinem Rührei mit Schinken herum, Horace konzentrierte sich auf seinen Pfannkuchen. Cass ignorierte seinen französischen Toast und beobachtete ein linkisches, sechzehnjähriges blondes Mädchen, das hinunter zum Swimmingpool ging.

Dr. Chapman zerteilte seinen Schinken mit dem Messer und sagte: »Ich bin froh, daß wir es jetzt bald hinter uns haben.«
»Wie viele Frauen haben sich denn nun eigentlich zum Interview gemeldet?« fragte Horace.
»Eine erfreulich große Zahl«, erwiderte Dr. Chapman. »Die Frauenvereinigung hat 286 Mitglieder, davon haben sich 201 oder 202 gemeldet. Benita hat die genaue Zahl. Auch wenn sieben bis zehn Prozent kneifen, sind es immer noch genug. Ich habe unseren Ausweichtermin in San Francisco bereits abgesagt.«
Er wandte sich wieder seinem Rührei mit Schinken zu. Cass beobachtete weiterhin die sechzehnjährige Blondine. Sie kniete nieder, um die Wassertemperatur zu prüfen. Dann stellte sie sich auf das Sprungbrett, sprang ins Wasser, schwamm eine Runde und kletterte wieder heraus.
Ihr Haar war naß, von Armen und Beinen tropfte das Wasser. Ihr gelber Badeanzug schmiegte sich eng an ihre kleinen runden Brüste und Hüften. Sie wich Cass' Blicken aus und trottete zurück zu den Umkleidekabinen. Cass stieß Horace an und nickte mit dem Kopf. »Dreh dich mal um«, flüsterte er.
Horace angelte sich eine Zigarette. »Die bringen einen nur ins Gefängnis«, murmelte er. »Ich ziehe es vor, wenn sie erwachsen sind.«
»Jedem das Seine«, meinte Cass. Seine Augen folgten dem Mädchen. »Ich glaube, fast jedes Mädchen unter sechzehn oder siebzehn ist hübsch. Ein paar Jahre später sind viele von ihnen nicht mehr hübsch. Aber in diesem Alter sind sie es. Die Jugend ist die Schönheit selbst. Jede Linie des Körpers ist neu. Danach...«, er drehte sich wieder dem Tisch zu und schüttelte den Kopf, »danach werden sie alle leer und verbraucht. Es ist schade.«

Dr. Chapman hatte nicht zugehört, aber nun hob er den Kopf. »Was bedrückt Sie, Cass?«
»Der Zustand der Menschheit«, entgegnete Cass leichthin, »insbesondere ihres weiblichen Teils.«
Jemand kam die hölzerne Treppe herunter, und alle drehten sich um. Es war Paul Radford in weißem Tennishemd und Shorts, die seine hochgewachsene Gestalt unterstrichen. Er begrüßte seine Kollegen und gab Dr. Chapman fast unmerklich einen Wink. Dieser erhob sich sofort mit einem Grunzen.
Paul und Dr. Chapman schlenderten durch den sonnenbeschienenen Innenhof, bis sie sich außer Hörweite befanden. Paul blieb stehen. »Ich habe gerade mit Dr. Jonas gesprochen«, begann er.
»Persönlich?«
»Ja. Er war zu Hause.«
Dr. Chapmans Gesicht drückte Besorgnis aus.
»Das Gespräch war nur kurz«, fuhr Paul fort. »Ich habe mich vorgestellt. Ich habe ihm erzählt, daß wir unsere Umfrage hier abschließen, daß wir zwei Wochen hier wären und – nun – daß ich mich gerne mit ihm treffen würde.«
»Wie hat er darauf reagiert? War er überrascht?«
Paul überlegte. »Nein, nicht überrascht. Ich glaube sogar, er hat bereits damit gerechnet, von uns etwas zu hören. Er sagte, er wüßte, daß wir in der Stadt seien.«
»Er ist ein gerissener Bursche.«
»Vielleicht«, sagte Paul. »Er war sehr sachlich und angenehm – sehr freundlich.«
»Lassen Sie sich nicht von ihm um den Finger wickeln. Ich weiß alles über ihn. Seien Sie auf der Hut.«
»Natürlich. Ich war sehr vorsichtig.«
»Um sicherzugehen«, forschte Dr. Chapman, »wußte er, warum Sie ihn um ein Treffen baten?«

»Sicher nicht. Er sagte nur, es würde ihn sehr freuen. Ich spürte, daß ich ihm eine Erklärung schuldete. Ich sagte ›Dr. Jonas, wir haben gelesen, was Sie über Dr. Chapmans Arbeit geschrieben haben. Einige Ihrer Äußerungen haben uns beunruhigt, andere haben unser Interesse geweckt und uns beeindruckt.‹ Ich sagte ihm, daß wir alle letzten Endes auf dem gleichen Gebiet arbeiten, auch wenn unsere Ansichten sich unterscheiden. Ich fügte hinzu, daß ein Gespräch von beiderseitigem Nutzen sein könnte. Er war von dieser Idee sehr angetan.«
»Hat er nach mir gefragt?« wollte Chapman wissen.
»Nein. Erst als wir den Termin ausmachten, sagte er: ›Selbstverständlich ist Ihr Boß ebenfalls willkommen, Radford.‹«
»Hat er wirklich ›Ihr Boß‹ gesagt?«
»Es war nicht als Respektlosigkeit gemeint. Er benutzt ein ziemlich legeres Vokabular.«
»Wann treffen Sie sich mit ihm?«
»Morgen abend, nach dem Dinner, gegen acht, in seinem Haus. Er wohnt in Cheviot Hills. Ich glaube, das ist ungefähr eine halbe Stunde von hier.«
Dr. Chapman überlegte krampfhaft und nagte an seiner Unterlippe. »Nun, ich freue mich«, sagte er dann. »Wenn er so freundlich ist, wie Sie sagen, steht er unserem Vorschlag vielleicht aufgeschlossen gegenüber. Ich lasse mir die Sache noch einmal durch den Kopf gehen und gebe Ihnen heute abend nach dem Dinner Bescheid.«
»Gut.«
Paul sah, wie Benita Selby mit einem großen Papierbeutel auf sie zukam. Sie hielt den Beutel triumphierend hoch.
»Alles erledigt«, sagte sie.
Dr. Chapman drehte sich um. »Was gibt's?«
»Ich habe den ganzen Interviewplan erstellt«, erklärte sie

stolz, »und die Postkarten geschrieben.« Sie klopfte auf den Beutel. »Sie sind hier drin.«
»Wie viele Karten sind es?« fragte Dr. Chapman.
»Zweihundertundeins.«
»Mal sehen«, sagte Dr. Chapman und rechnete. »Es sind drei Interviewer – ich scheide diesmal aus, weil ich mich um den Papierkram kümmern will –, jeder von ihnen kann am Tag sechs Frauen schaffen, das macht achtzehn pro Tag. In elf Arbeitstagen könnt ihr also 198 Frauen bewältigen. Mehr werden ohnehin nicht kommen. Wir können also davon ausgehen, daß die ganze Sache in zwei Wochen über die Bühne ist. Und jetzt sollten Sie besser die Karten zur Post bringen, Miss Selby. Wir haben zwei Autos gemietet – einen neuen Ford und einen Dodge. Sie stehen in den Garagen 49 und 50.« Er holte zwei Schlüssel aus der Hosentasche. »Nehmen Sie den Ford.«
»Hat er Servobremsen?« fragte Benita. »Ich werde immer nervös, wenn...«
»Ich werde dich fahren«, erwiderte Paul. »Ich wollte sowieso noch Tabak kaufen.« Er nahm ihr den Beutel ab. »Also, hoffen wir, daß unsere letzte Ernte die beste ist.«
»Keine Sorge«, sagte Dr. Chapman. »Ich habe mir diese Frauen am Freitag genau angesehen. Sie sind die intelligentesten, die mir seit Monaten begegnet sind. Außerdem war Emil voll des Lobes über die Briars. Er sagte, daß dort einige der angesehensten Familien der Stadt leben.«
»Es ist mir egal, ob sie angesehen sind«, meinte Paul. »Hauptsache, sie sind interessant. Schließlich muß ich sechsundsechzig von ihnen zuhören.«
»Bringen Sie jetzt bitte diese Karten zur Post«, beendete Dr. Chapman das Gespräch.

Auf der Postkarte, die an Mrs. Kathleen Ballard adressiert war, stand: »Ihr Interview findet am Dienstag den 28. Mai

von 16 Uhr bis 17.15 Uhr statt.« Die Information war vorgedruckt, lediglich Datum und Uhrzeit waren nachträglich mit Kugelschreiber eingetragen.
Kathleen hatte die Karte, bevor J. Ronald Metzgar zu Besuch gekommen war, in der üblichen unwichtigen Montagmorgenpost entdeckt. Sie war fest entschlossen, die Karte zu zerreißen, nachdem Metzgar gegangen war, und krank zu spielen, wenn jemand anrief. Diese Krankheit würde sich über die ganzen zwei Wochen hinziehen, die Dr. Chapman und sein Team sich in *The Briars* aufhielten. Nun, als sie gewahr wurde, daß Metzgar immer noch redete, wie er das schon seit einer halben Stunde fast ununterbrochen tat, drehte sie ihm das Gesicht zu und heuchelte Interesse. Schon vor langer Zeit war ihr bewußt geworden, daß Metzgar für die Rolle, die er im Leben spielte, eine Idealbesetzung darstellte. Er sah genau wie ein Mann aus, der mit zweiundsechzig immer noch Tennis statt Golf spielte, zum dritten Mal verheiratet war und Präsident von etwas so schrecklich reichem und wichtigem wie der Radcone Aircraft war. Mit seinem welligen Silberhaar, der randlosen Brille, dem schmalen Schnurrbart und dem glattrasierten Bankiersgesicht war er die Verkörperung des hartgesottenen Managers.
Früh am Morgen hatte Metzgar von San Pedro aus angerufen und gesagt, daß er auf dem Weg in die Fabrik kurz bei Kathleen vorbeischauen wolle. Punkt zehn Uhr war seine schwarze, von einem Chauffeur gelenkte Limousine vorgefahren. Und seit einer halben Stunde erzählte er nun schon von einem kürzlichen Urlaub auf Hawaii, von dem ständigen Ärger mit unkompetenten Regierungsleuten und von den neuesten Forschungen über atomgetriebene Flugzeuge. Die ganze Zeit fragte sie sich, ob er etwas Bestimmtes im Schilde führte oder nur einen pflichtschuldigen Besuch abstatten wollte.

Sie sah, daß seine Kaffeetasse leer war, und unterbrach ihn. »Jay, ich sage Albertine Bescheid, daß sie uns noch Kaffee bringt.«
»Nein, danke, Katie. Ich kann sowieso nur noch ein paar Minuten bleiben.«
»Aber du bist doch gerade erst gekommen.« Die üblichen Höflichkeiten.
»Ich weiß, es ist falsch, daß ich mich ständig abhetze. Es gibt immer so viel zu tun. Wahrscheinlich delegiere ich nicht genug Arbeit. Wie Boy immer sagte: ›Mach mal Pause, Jay; du lebst schließlich nur einmal. Laß die Bauern für dich arbeiten.‹ Für ein oder zwei Tage nahm ich mir seinen Rat dann zu Herzen, aber danach verfiel ich wieder in den alten Trott. Dabei hatte er so recht. Er besaß die richtige Philosophie.«
Kathleen sagte nichts.
Metzgar sah sie an und, wie alle anderen, vielleicht noch mehr als die anderen, mißverstand er sie. »Tut mir leid«, sagte er. »Ich glaube, ich werde nie aufhören, von ihm zu reden. Es ist dir gegenüber nicht fair.«
Sie wollte schreien. Aber sie hatte gelernt, sich zu beherrschen. »Es macht mir nichts mehr aus«, erklärte sie fest. »Das Leben geht weiter. Boynton ist tot. Daran ist nichts zu ändern. So etwas kann jedem von uns zustoßen.«
Sie war sicher, daß Metzgar dies nicht gefiel. Er rieb seinen Schnurrbart und starrte auf seine Kaffeetasse. »Nun, sicher, das ist wohl die einzig vernünftige Einstellung«, sagte er schließlich, nicht sehr überzeugt. »Da ist noch etwas, was ich mit dir besprechen möchte. Es betrifft dich und Boynton. Es geht um... um diese Chapman-Sache. Ich habe gehört, daß er die Frauen von den Briars befragen will. Ich hoffe doch, daß du dich an dieser Geschichte nicht beteiligst?«
»Doch«, erwiderte Kathleen, »das habe ich vor. Ich gehöre

einem sehr angesehenen Club an, der für diese Umfrage ausgesucht wurde, und wie alle anderen werde ich mich zur Verfügung stellen.«

»Aber, Katie, begreifst du nicht... du bist nicht wie die anderen; du hast in den Augen der Öffentlichkeit eine besondere Stellung. Du warst mit einem Helden verheiratet. Es wäre für viele Menschen eine große Enttäuschung, wenn du zuläßt, daß man dich zwingt... über gewisse Dinge zwischen dir und Boy zu reden, die eigentlich nur dich und Boy etwas angehen.«

Kathleens Nerven vibrierten. »Großer Gott, Jay, was willst du aus mir und Boynton denn machen? Wir waren verheiratet, Mann und Frau, und wir waren wie jedes andere normale Ehepaar. Für Dr. Chapman ist meine oder Boyntons Person völlig belanglos. Es geht alles völlig anonym und wissenschaftlich vonstatten...«

»Es ist falsch«, unterbrach Metzgar. »Es ist deiner gesellschaftlichen Stellung nicht angemessen. Was die Anonymität angeht: du bist viel zu berühmt, ebenso wie Boynton, und es wird an die Öffentlichkeit kommen.«

»Wenn schon! Jeder Verehrer Boyntons wird bereits wissen, daß ich keine Jungfrau mehr bin und daß Boynton nicht gerade ein Eunuch war...«

»Also wirklich, Katie.«

»Nein, ich meine es ernst. Wir waren verheiratet. Wir haben zusammen geschlafen. Wie sonst sollten wir wohl Deirdre produziert haben?«

»Das ist etwas anderes. Das ist normal und in Ordnung. Aber es werden alle möglichen schmutzigen und anzüglichen Sex-Geschichten mit Dr. Chapmans Umfrage in Verbindung gebracht, weißt du. Sein Report über verheiratete Frauen wird veröffentlicht werden, und jedermann wird wissen, daß du dabei mitgemacht hast.«

»Mit drei- oder viertausend anderen Frauen.«

»Darum geht es nicht. Bitte, Katie, tu es nicht. Es paßt nicht zu dir.«
Sie erkannte, daß dieser Tycoon, was Boynton anging, wie ein ängstliches Kind war, das nicht will, daß man ihm seine Träume zerstört. Es hatte keinen Zweck, mit ihm darüber zu diskutieren. Metzgar war unfähig und hatte auch gar nicht das Verlangen, die Wahrheit über sie und Bynton zu erfahren. Sie wollte jetzt nur noch, daß er sie in Ruhe ließ und verschwand, möglichst weit weg, wie ein alter, böser Traum.
»Nun, wenn dir soviel daran liegt...«, sagte sie.
»Ruf bitte an und sage ab. Ich denke dabei nur an dich und deinen Ruf, Katie.«
»Also gut, Jay. Ich werde nicht hingehen.«
»Braves Mädchen. Ich wußte, daß du vernünftig sein würdest.« Er stand auf und platzte förmlich vor Selbstzufriedenheit. Genauso muß er aussehen und sich fühlen, wenn er gerade wieder eines seiner Millionengeschäfte abgeschlossen hat, dachte sie. »Nun kann ich unbeschwert an die Arbeit gehen. Sollen wir demnächst einmal zusammen zu Abend essen?«
»Gern.«
»Ich sage Irene, sie soll dich anrufen.«
Sie stand in der Haustür und sah zu, wie seine schwarze Limousine davonfuhr. Schließlich ging sie zum Eßtisch und stellte die Kaffeetassen aufs Tablett. Ihr Blick fiel auf die Post, und sie hob die Postkarte auf. Nachdenklich wog sie sie in der Hand, ohne sie noch einmal zu lesen. In der vergangenen Stunde hatte sich die Bedeutung der Karte völlig gewandelt. Kathleen hatte vorgehabt, sie zu zerreißen und wegzuwerfen. Sie hatte Miss Selby anrufen und absagen wollen. Doch wenn sie das tat, das wußte sie nun, würde sie eine Gefangene ihrer Vergangenheit bleiben. Metzgar und die öffentliche Meinung würden wei-

terhin über sie wachen. Die Postkarte war eine Einladung zur Flucht in ein freies Leben, in dem sie nur sich selbst gehörte, und in eine Zukunft, in der ein Leben ohne Boynton möglich war. Die Karte war ein Visum für einen Ort des Widerstands und der Rebellion.
Entschlossen steckte sie die Karte in die Tasche ihres Rocks. Dann nahm sie das Tablett und ging in die Küche.

Ursula Palmer öffnete ihre große Lederhandtasche, nahm die Postkarte heraus und gab sie Bertram Foster.
»Hier ist der Beweis«, sagte sie fröhlich, »ich bin jetzt Mitglied in Dr. Chapmans Sex-Club.«
Foster hielt die Karte in seinen plumpen Fingern und bewegte die Lippen, während er las. Ursula beobachtete ihn aufmerksam und fragte sich, warum er für das bißchen Text so lange brauchte. Seine winzigen Schlitzaugen funkelten beim Lesen. Wäre er irgendein anderer Mann gewesen, hätte Ursula ihn mit Sicherheit abstoßend gefunden. Aber sie verdrängte diesen Gedanken und zwang sich, Foster als brillanten und reichen Cherub zu betrachten. Sein rundes Gesicht wirkte noch runder, weil er fast kahl war. Seine breite, flache Nase und die dicken Lippen ließen ihn feist erscheinen. Er war klein und dick, und selbst der teuerste New Yorker Schneider konnte ihn nicht größer oder schlanker aussehen lassen.
Nun saß er – hockte er, fand sie – ihr im Sessel des Wohnzimmers seiner Hotelsuite gegenüber und schürzte seine aufgestülpten Lippen – ein sinnlicher Amor, oder wohl doch eher ein dekadenter römischer Senator, fand sie »Dienstag, ein Uhr bis Viertel nach zwei. Das ist morgen«, sagte er.
»Ja.«
Er betrachtete die Karte erneut; dann gab er sie Ursula zurück. »Eine Stunde und fünfzehn Minuten«, sagte er.

»Was wollen Sie ihnen denn eineinviertel Stunde erzählen?«
»Ich bin eine erwachsene Frau«, erwiderte Ursula. Sie wußte, daß er das hören wollte, daß es zum Spiel gehörte.
»Sie meinen, Sie haben eine Menge zu erzählen?« scherzte Foster.
»Machen Sie sich keine falschen Vorstellungen über meine Vergangenheit, Mr. Foster. Ich bin eine völlig normale verheiratete Frau.«
»Ich habe eine Menge verheiratete Frauen getroffen, die Anlaß zu solchen Vorstellungen gaben.«
»Das glaube ich Ihnen gern.«
»Wie lange sind Sie verheiratet?«
»Fast zehn Jahre.«
»Also haben Sie davor schon eine Menge erlebt?«
»Nun, ja, das könnte man sagen.«
Es war ihr unangenehm, so tief im Sofa zu sitzen, daß sie ständig ihren Rock über die Knie ziehen und die Schenkel zusammenpressen mußte, während er ihr im Sessel gegenübersaß und Alma Foster im Schönheitssalon war. Aber schließlich war Vormittag, beruhigte sie sich selbst, und morgens machten Männer keine Annäherungsversuche. Außerdem war der Schönheitssalon sicher im Hotel, und Alma konnte jeden Augenblick zurückkommen.
»Hm, ich vermute, Sie sind wie die meisten Frauen«, murmelte er gerade. »Wenn ihnen Fragen gestellt werden, *gibt* es eineinviertel Stunde etwas zu erzählen.«
Er starrte auf ihre Knie, und sie preßte sie zusammen. »Es wird ein großartiger Artikel werden, Mr. Foster«, sagte sie. »Er wird diese Ausgabe von *Houseday* zu einem Verkaufsschlager machen.«
»Man sollte eine Serie daraus machen«, meinte er trübsinnig und nahm den Blick von ihren Knien. »Dann ließe sich die Auflage über mehrere Ausgaben steigern.«

»Oh, Mr. Foster!« Sie klatschte vor Freude in die Hände und vergaß, ihre Knie zusammenzupressen. Sein Blick glitt hinab. Sie ließ die Knie auseinander, denn es war ihr plötzlich gleichgültig. Wenn es ihn glücklich machte. Schließlich stand so viel auf dem Spiel.

»Ursula, ich möchte Ihnen von meinen Plänen erzählen. Am Tag bevor ich aus New York abreiste, hatte ich ein Gespräch mit Irving Pinkert – Sie wissen, wer das ist?«

Ursula nickte aufgeregt. Irving Pinkert war Fosters Partner. Er war die schweigende Macht im Hintergrund. Er überließ es Foster, seinen Namen ins Impressum zu drucken und über den Inhalt zu entscheiden, kontrollierte aber den geschäftlichen Teil, also Druck, Werbung und Vertrieb.

»Ich sagte Irving, daß ich ein Auge auf Sie geworfen habe. Ich denke mir, Sie könnten vielleicht, für den Anfang, Redakteurin bei *Houseday* werden.«

»Mr. Foster, ich bin sprachlos.«

Seine fetten Lippen stülpten sich zufrieden. In Ursulas Augen änderte sich sofort sein ganzes Erscheinungsbild. Er erschien ihr nun als guter und weiser Weihnachtsmann.

»Also«, fuhr er fort, »noch ist nichts entschieden, aber es könnte gelingen. Die Redakteurin, deren Platz Sie einnehmen sollen, wurde vor zwei Jahren von Irving eingestellt. Sie ist nicht gut, eine Lesbierin. Er will sie genauso loswerden, wie ich es will. Aber da ist noch sein Stolz. Er hat sie eingestellt. Er wird seinen Irrtum nicht ohne weiteres zugeben und sie gehen lassen. Da muß schon etwas Besonderes passieren. Mein Argument für Sie ist, daß Sie ein cleverer, findiger Kopf sind und neue Ideen mitbringen. Er ist nicht abgeneigt, aber noch haben Sie sich nicht bewiesen. Es fehlt noch eine Kleinigkeit, um zu beweisen, daß Sie besser sind, und ihn so auf meine Seite

zu bringen. Ich glaube, dieser Sex-Artikel ist genau das Richtige. Er zeigt, daß Sie einen Schritt voraus sind. Und er befaßt sich mit einer Sache, an der jede Frau und jeder Mann interessiert sind – sogar Irving.«
»Mr. Foster, ich könnte Sie küssen!«
»Wer hindert Sie daran?«
Sie stand auf, beugte sich über ihn und wollte seine Stirn küssen. Aber plötzlich waren seine Lippen dort, wo eben noch seine Stirn gewesen war. Sie fühlte, wie sie ihren Mund berührten; sie rochen nach Zigarre und Schinken. Dann fühlte sie seine Hände, von denen eine die Seite ihrer linken Brust umklammerte. Ihr Instinkt verlangte, daß sie sich wütend losmachte, doch Foster wollte doch nur dieses kleine bißchen, wo sie so viel von ihm wollte; es schien ein fairer Handel zu sein. Sie zögerte länger, als sie vorgehabt hatte, dann löste sie ihre Lippen sanft von seinen, und seine Hand ließ ihre Brust los. Sie richtete sich auf und lächelte zu ihm hinab.
»Diese Art Dankeschön mag ich«, sagte er. »Nehmen Sie Platz. Wir haben noch einiges zu besprechen, ehe Alma kommt.«
Unbekümmert setzte sie sich wieder aufs Sofa, die Knie auseinander, der Rock einige Zentimeter hochgerutscht. Sie bemerkte Fosters Blick und hoffte, daß er genauso glücklich und zufrieden war wie sie selbst.
»Also, Schätzchen«, sagte er, »ich habe große Pläne mit Ihnen. Tun Sie, was ich Ihnen sage, und überlassen Sie Irving mir. Im Juli sind Sie in New York – mit eigenem Büro, eigener Sekretärin und Agenten, die mit Ihnen essen gehen, wenn ich es erlaube.«
Sie lachte übermütig. »Morgen«, sagte er, »werden Sie Ihr ganzes Sexleben diesen Männern...«
»Dr. Chapman.«
»Ja, ihm werden Sie es erzählen. Erzählen Sie ihm alles,

verschweigen Sie nichts – hören Sie? Erzählen Sie ihm – nun, was wird man Sie denn fragen?«
»Ich bin mir nicht sicher, aber die Fragen sind wohl dieselben, die er den Männern in seinem letzten Buch gestellt hat.«
»Geben Sie ein Beispiel.«
»Ich nehme an, daß sie etwas über Petting, voreheliche, eheliche und außereheliche Erfahrungen wissen wollen.« Er befeuchtete seine Lippen. »Gut, gut, es wird ein ausgezeichneter Artikel werden. Ein paar Dinge werden Sie natürlich etwas entschärfen müssen – schließlich dürfen wir unsere Anzeigenkunden und die Kirche nicht vergessen – aber geben Sie mir zuerst das nicht entschärfte Manuskript. Ich brauche die Fakten, damit ich... Sie beim Schreiben des Artikels beraten kann.«
»Wie meinen Sie das, Mr. Foster?«
»Passen Sie auf, Schätzchen: Sie gehen zu dem Interview und machen sich Notizen. Dann tippen Sie Ihre Notizen – die Fragen und Ihre Antworten auf Schreibmaschine, in allen Einzelheiten. Morgen fahre ich mit Alma nach Palm Springs. Eigentlich wollten wir dort eine Woche bleiben. Ich werde aber schon früher zurückfliegen. Wir können uns dann Freitag hier treffen und vielleicht gemeinsam zu Abend essen, während wir an dem Artikel arbeiten. Wie gefällt das der zukünftigen Redakteurin?«
»Ich finde, das ist eine großartige Idee.«
»Wenn ich Freitag zurückkomme, werde ich anrufen... Ich glaube, Alma kommt zurück.« Er sprang auf. »Schreiben Sie alles auf. Denken Sie daran, es muß genug Stoff für eine Serie werden.«
»Ich werde es nicht vergessen, Mr. Foster.«

Sarah Goldsmith lag auf dem Rücken, mit geschlossenen Augen, den Arm über die Stirn gelegt. Sie atmete immer

noch stoßweise, und ihr Herz hämmerte. Sie spürte, wie sich neben ihr das Bett bewegte. Und dann spürte sie Freds muskulöses, haariges Bein, das sich verspielt an ihrem eigenen rieb. Seine Zehen berührten ihre Zehen. Sie hielt die Augen geschlossen, und erinnerte sich lächelnd an die vergangenen wunderbaren Minuten.
»Ich liebe dich«, flüsterte sie.
»Du gehörst mir«, sagte er.
»Ganz dir.«
Träge öffnete sie die Augen. Sie blickte nach vorne und sah zuerst die weißen Hügel ihrer Brüste und dann das dünne weiße Laken, das den Rest ihres nackten Körpers verhüllte. Sie drehte den Kopf und betrachtete ihren Geliebten.
Er lag ebenfalls auf dem Rücken, die Arme über dem Kopf verschränkt. Sie genoß den Anblick seines kraftvollen Profils. Er war ein Primitiver, eine Rückkehr zum Cro-Magnon-Menschen. Das krause schwarze Haar, die flache Stirn, die gebrochene Nase, die mächtigen Schultern, der Stiernacken, die dichtbehaarte Brust versprachen etwas, das stets in Erfüllung ging. Sie erinnerte sich, daß dieses Höhlenmenschen-Aussehen sie von Anfang an gefesselt, zunächst aber auch getäuscht hatte. Obwohl sie gehört hatte, daß er ein einflußreicher Mann war, konnte sie sich anfangs nicht vorstellen, daß sich hinter einem solchen Äußeren Sensibilität und hohe Intelligenz verbargen. Später hatten seine leise, melodische, überhaupt nicht zu seinem Äußeren passende Stimme, sein wacher Verstand und seine unglaubliche Belesenheit, die von Shakespeare bis Tennessee Williams reichte, sie überwältigt.
Als ihr Blick auf ihre über einen Stuhl geworfenen Kleider fiel, bemerkte sie in der offenen Tasche ihrer schwarzen Lederjacke mehrere Briefe und eine Postkarte. Sie erinnerte sich: Als sie zum Auto geeilt war, war ihr der

Briefträger entgegengekommen. Weil sie schon eine halbe Stunde zu spät gewesen war, hatte sie die Post eingesteckt und mitgenommen, darunter auch die Karte mit ihrem Interviewtermin: 9 Uhr bis 10.15 Uhr am Donnerstag den 28. Mai. In ihrer Hast hatte sie die Post völlig vergessen und mit in Freds Appartement genommen. Der Gedanke, er könne die Postkarte sehen, beunruhigte sie. Sie hatte beschlossen, ihm nichts von dem Interview zu erzählen, denn sie wußte, er würde dagegen sein. Er war immer so lächerlich besorgt, daß seine Frau, von der er getrennt lebte, etwas von ihrer Beziehung erfahren könnte.
Sie merkte, wie er sich neben ihr bewegte. »Woran denkst du?« fragte er.
Sie sah ihn an. »Daran, wie sehr ich dich liebe. Ich weiß nicht, wie ich es früher ohne dich ausgehalten habe.« Sie schwieg einen Moment. »Ohne dich war ich überhaupt noch nicht lebendig. Ich habe erst begonnen zu leben, als ich dich traf. Manchmal glaube ich, das wäre schon eine Million Jahre her. Weißt du, wie lange es wirklich her ist, Fred?«
»Eine Million Jahre.«
»Nein. Drei Monate und zwei Tage.«
Er drehte sich auf die Seite, so daß seine Brust ihren Arm berührte und sein Kopf auf ihrer Schulter lag. Seine Hand fand ihren Nacken und die Rundung ihrer Schultern. Langsam, sanft massierte er Sarah. Eine Weile lagen sie schweigend nebeneinander.
Sarahs Gedanken glitten drei Monate zurück in die Vergangenheit. Die Frauenvereinigung hatte damals die Aufführung eines Stückes von Oliver Goldsmith zu Wohltätigkeitszwecken vorbereitet. Man hatte den Theaterregisseur Fred Tauber gebeten, die Proben zu leiten. Sarah, die aus ihrer Collegezeit ein wenig Bühnenerfahrung hatte, war für eine kleinere Rolle vorgesehen. Die Sprechproben

fanden im großen Wohnzimmer von Fred Taubers Appartement in Beverly Hills statt. Sarah schien dabei auf den Regisseur großen Eindruck zu machen. Eines Abends bat er sie nach der Probe, doch noch ein wenig zu bleiben, um einige Szenen noch einmal durchzusprechen. Sein Benehmen war so zurückhaltend und vertrauenerweckend, daß sie einwilligte. Sie saßen zusammen, hatten mehrere Drinks und redeten über Sarahs langweilige Ehe und Freds schreckliche Frau, die nicht in die Scheidung einwilligen wollte. Schnell entstand eine freundschaftliche Atmosphäre. Sarah hatte zudem ein bißchen zuviel getrunken. Irgendwann nahm er ihre Hand, und sie konnte sich später nicht mehr erinnern, ob sie ihn oder er sie geküßt hatte. Schließlich gingen sie Arm in Arm in Freds Schlafzimmer.
Am nächsten Morgen beim Frühstück vermied sie es, Sam und den Kindern in die Augen zu sehen. Sie litt unter Schuldgefühlen und einem Kater und war zugleich so aufgeregt und lebendig wie niemals zuvor. Zuerst wollte sie nicht mehr an dem Stück mitwirken, doch dann fing sie an, die Stunden bis zur nächsten Probe zu zählen. Beim nächsten Mal tranken sie nichts und redeten vorher auch kaum, und diesmal war es kein Ausrutscher. Als sie um zwei Uhr morgens nach Hause fuhr, fühlte sie sich unbekümmert und sorglos wie eine Trinkerin.
Schließlich waren die Proben zu Ende. Das Stück wurde aufgeführt und ein ziemlicher Erfolg. Nun konnte es keine gemeinsamen Abende mehr geben, und ihre Affäre wurde zu einem morgendlichen Ritual, vier- oder fünfmal in der Woche.
Seine Hand hatte aufgehört sie zu massieren, und sie öffnete die Augen. »Du bist mein ein und alles«, sagte sie.
»Das hoffe ich«, erwiderte er.
»Wie spät ist es, Fred?«

»Fast Mittag.«
»Dann muß ich gleich gehen. Eine Zigarette noch. Sie sind in meiner Jacke. Bist du so gut?«
Er schlug die Decke zurück, glitt aus dem Bett und streckte sich. Sie starrte auf seinen festen, athletischen Körper, und Besitzerstolz brannte in ihr. Es war einfach zu befriedigend und schön, um falsch zu sein. In all den Wochen, die ihre Beziehung nun schon dauerte, hatte sie nur einen einzigen Augenblick des Zweifels und der Scham erlebt. Das war bei ihrem vierten Beisammensein gewesen, als er sich beim Schrank ausgezogen hatte und nackt durch das Zimmer zu ihr kam und sie plötzlich entdeckte, daß er nicht beschnitten war. Das hatte sie noch nie zuvor bei einem Mann gesehen – ihr Mann, ihr Sohn, ihr Vater waren alle jüdisch. Und darum erschien ihr das, was sie sah, schockierend fremd, und in diesem kurzen Augenblick plagten sie heftige Schuldgefühle. Doch kurz darauf hüllte sie der Schmerz körperlicher Freuden ein. Die Scham verschwand, und sie wußte, daß etwas so Schönes nicht fremd sein konnte.
Fred stand jetzt bei ihrer Jacke. »Welche Tasche?« fragte er.
»Die untere.«
Im selben Augenblick sah sie, daß das die Tasche war, in die sie ihre Post gestopft hatte. Fred zog die Zigarettenschachtel hervor, und dabei fiel die Postkarte auf den Boden. Sarah setzte sich auf, ihr Herz klopfte. Sie beobachtete, wie er die Karte aufhob.
»Postkarten konnte ich noch nie widerstehen«, sagte er und las die Rückseite. »Wer will dich denn am Donnerstag interviewen?«
»Das habe ich ganz vergessen, dir zu erzählen.« Fieberhaft suchte sie nach einer Ausrede. »Ich kann Donnerstag morgen nicht kommen. Eine Frauenpsychologin – eine

Kinderpsychologin – von der Universität hält den ganzen Tag kostenlose Sprechstunden ab.«
»Ich dachte, deine zwei seien normal – so wie ihre Mutter?«
»Oh, das sind sie«, sagte sie schnell. »Aber Debbie ist in letzter Zeit ein bißchen launisch. Wahrscheinlich, weil ich mich neuerdings nicht mehr so viel um sie kümmere wie früher – meine Gedanken sind schließlich ständig bei dir.«
»Und ich werde mich bemühen, daß es so bleibt. Also geh nur zu dieser Kinderpsychologin.«
Er stopfte die Karte zurück in ihre Jackentasche und kehrte mit Zigaretten und Streichhölzern zum Bett zurück. Sie zog die Decke über ihre Brüste, nahm eine Zigarette und dankte Gott, daß Fred nur den Theaterteil der Zeitung las.

5

Dr. Victor Jonas war gerade dabei gewesen, seinen Kindern etwas vorzulesen, als Paul eintraf. Jonas war nur wenig über einssechzig groß, trug sein Haar in die Stirn gekämmt, und sein Gesicht wurde von einer mächtigen Hakennase bestimmt, die einen fröhlichen Mund überschattete. Er rauchte Pfeife, als er Paul an der Tür begrüßte.

Paul hatte sofort darauf bestanden, daß Jonas seinen Kindern doch in Ruhe zu Ende vorlesen möge, und ohne sich großartig zu entschuldigen, bat Jonas seinen Gast, so lange im Wohnzimmer Platz zu nehmen, und verschwand wieder im Kinderzimmer. Als er nach ein paar Minuten ins Wohnzimmer zurückkehrte, kam auch seine Frau Peggy hinzu, eine kleine, freundliche junge Frau mit einem offenen, sommersprossigen irischen Gesicht.

Dann saßen sie alle drei zehn oder fünfzehn Minuten beisammen, redeten über Science-fiction, Comics, die Presse in Los Angeles, den Nebel in Cheviot Hills, die Schönheit der Briars und das Leben in Kalifornien im allgemeinen. Alles war so unbeschwert und natürlich, daß Paul schließlich das Gefühl hatte, schon seit Jahren mit dem Ehepaar Jonas befreundet zu sein.

Schließlich bat Dr. Jonas Paul, ihm in sein Arbeitszimmer zu folgen. Er führte Paul durch den Garten zu einem kleinen Haus, in dem sich ein einziger großer Arbeitsraum befand. Jonas öffnete die Tür und schaltete das Licht ein. Der Raum wurde von einem großen Eichenholz-Schreibtisch beherrscht, auf dem sich Berge von Papier stapelten. Vor einem Drehstuhl stand eine alte Schreibmaschine, an

einer Wand befand sich ein gemauerter Kamin und auf der gegenüberliegenden Seite eine Bücherwand.
»Chartreuse, trockenen Sherry oder Cognac?« fragte Dr. Jonas.
»Ich richte mich ganz nach Ihnen«, erwiderte Paul.
»Dann empfehle ich Ihnen den Chartreuse«, sagte Dr. Jonas.
»In Ordnung.«
Dr. Jonas füllte zwei Gläser und gab Paul eines. Dann stopfte er seine Pfeife, während Paul sich in den Stuhl gegenüber des Schreibtischs setzte.
»Ich vermute, Sie wissen alles über mich«, sagte Dr. Jonas plötzlich.
Paul war überrascht. »Nun, ich versuche, mich über Leute zu informieren, ehe ich sie treffe.«
»Genau wie ich.« Er lächelte. »Ich habe sogar Ihr Buch gelesen.«
»Oh, das ...«
»Es war sehr vielversprechend. Es ist schade, daß Sie nicht mehr geschrieben haben. Aber ich nehme an, dazu fehlt Ihnen jetzt die Zeit.«
Dr. Jonas setzte sich auf den quietschenden Drehstuhl.
»Sie haben Ihrem Boß gesagt, daß er ebenfalls eingeladen war?«
»Natürlich, aber er hatte keine Zeit. Wir beginnen morgen mit der letzten Umfrage, und er ist noch mit den Vorbereitungen beschäftigt.«
»Also müssen Sie die Dreckarbeit allein erledigen?«
Paul runzelte die Stirn. »Ich weiß nicht, wovon Sie reden«, sagte er.
»Ich kann mir einfach nicht vorstellen, daß Sie den weiten Weg hierher ausschließlich aus intellektueller Neugierde gemacht haben. Ich glaube, daß mehr dahintersteckt.« Er sah, wie Paul seine Pfeife hervorholte, und bot ihm seine

Tabaksdose an. »Probieren Sie mal meine Mischung.«
Paul bedankte sich und füllte seine Pfeife mit Dr. Jonas'
Tabak.
»Im Grunde«, fuhr Jonas fort, »freue ich mich, daß Dr.
Chapman nicht gekommen ist. Er ist mir unsympathisch,
im Gegensatz zu Ihnen.«
Paul wollte loyal sein, aber er war auch erfreut über die
angebotene Freundschaft. »Wenn Sie ihn näher kennen
würden, wären Sie sicher überrascht. Er ist intelligent,
freundlich...«
»Unbestritten. Aber er hat auch noch andere Eigenschaften... Ich... nein, vergessen Sie's. Ich möchte Ihnen
gleich sagen, daß mich manche für streitsüchtig und
schroff halten. Aber das bin ich nicht. Ich bin nur ehrlich.
Ich habe vielleicht nicht immer recht, aber ich bin ehrlich.
Wenn ich mit einem intellektuell ebenbürtigen
Gesprächspartner in diesem Zimmer bin, habe ich nicht
die Geduld für Höflichkeitsfloskeln und gesellschaftliche
Wortspiele. Das ist reine Zeitverschwendung. Ich will
über die wirklich wichtigen Dinge reden, einen fruchtbaren Gedankenaustausch mit meinem Gesprächspartner
pflegen. Wenn Ihnen das nichts ausmacht, werden wir
gut miteinander auskommen. Das könnte für uns beide
ein wertvoller Abend werden.«
»Einverstanden«, sagte Paul und lehnte sich zurück.
»Also, Sie wissen, was ich von Dr. Chapmans Forschungen halte. Sie gefallen mir nicht. Sie dagegen, vermute
ich, glauben fest daran.«
»Natürlich.«
»Gut. Damit sind die Fronten abgesteckt.«
Paul dachte daran, was er empfunden hatte, als er zum
erstenmal Jonas' Rezension der Junggesellen-Studie las.
Er hatte die Kritik kurzsichtig und unfair gefunden. Diese
alten Gefühle stiegen nun wieder in ihm hoch. Unsere

Arbeit ist so offensichtlich richtig, dachte Paul. Warum begreift ein so intelligenter Mann das nicht? War Jonas tatsächlich, wie Dr. Chapman behauptet hatte, gerissen und ehrgeizig?
»Sie wissen, was ich von dem Junggesellen-Buch halte«, fuhr Dr. Jonas fort, als habe er Pauls Gedanken erraten. »Einige meiner Ansichten dazu wurden veröffentlicht. Nun, ich will Ihnen nicht verschweigen, daß ich der Studie über die verheirateten Frauen – und der Art und Weise, wie Dr. Chapman sie veröffentlichen wird – noch weitaus skeptischer gegenüberstehe.«
»Aber sie befindet sich doch erst in Vorbereitung«, verteidigte sie Paul. »Wie können Sie etwas kritisieren, was Sie noch gar nicht gelesen haben?«
Jonas' Pfeife war ausgegangen, und er zündete sie wieder an. Dann sah er Paul an. »Da befinden Sie sich im Irrtum. Ich *habe* die Frauen-Umfragen gelesen. Jedenfalls einen großen Teil. Wie Sie wahrscheinlich wissen, wurde ich von einer Gruppe der Zollman-Stiftung damit beauftragt, die Frauen-Umfrage zu analysieren. Nun, Ihr Dr. Chapman will diese Leute für sich gewinnen; er hat ihnen regelmäßig Kopien Ihrer Umfrageergebnisse geschickt.«
»Das ist kaum möglich; die Forschung ist doch noch gar nicht abgeschlossen.«
Darauf war Paul nicht vorbereitet gewesen. Warum hatte Dr. Chapman die noch nicht ausgewerteten Ergebnisse so voreilig an kritische Beobachter verschickt? Und warum hatte Dr. Chapman ihm dies verheimlicht? Jonas war also voll über ihre Arbeit informiert.
»Nun, unter diesen Umständen sind Sie sicher qualifiziert, mit mir über unsere neuesten Forschungen zu sprechen«, gab Paul dem Gespräch eine neue Wendung.
»Entschuldigung. Könnten wir uns, ehe wir weitermachen, nicht darauf einigen, daß wir uns mit Vornamen

anreden? Das nimmt der ganzen Sache ihre steife Förmlichkeit. Schließlich ist das hier ja keine Gerichtsverhandlung oder etwas Ähnliches.«
Paul lachte. »In Ordnung. Also dann, Victor: Ich habe Ihre Aufsätze über den Junggesellen-Report gelesen, und war dabei in vielen Dingen mit Ihnen einer Meinung. Aber es schien mir immer, daß Sie vor lauter Wald die Bäume nicht sehen. Seit der Mayflower haben die Menschen in diesem Land in einem finstern Haus hinter puritanischen Vorhängen gelebt. Sie wuchsen in diesem kalten, von Johann Calvin errichteten Haus auf, an dessen Tür Jonathan Edwards geschrieben hatte: ›Keine Freuden.‹ Den größten Teil ihres Lebens verbrachten sie in diesem finstern, lichtlosen Haus, und wir versuchen doch lediglich, die Vorhänge beiseite zu ziehen und etwas Licht hereinzulassen.« »Und wie haben Sie das angestellt?«
»Wie? Indem wir Daten sammeln, Informationen. Wir sind Faktensammler, wie Dr. Chapman es nennt.«
»Das reicht nicht«, sagte Dr. Jonas. »Sie addieren Ihre Zahlen und spucken sie aus, und Sie sagen, daß das eine gute Sache sei. Das bezweifle ich. Einfach die Sterne zu zählen ist noch keine Astronomie. Und einfach nur zu sammeln, was verheiratete Frauen über ihr Sexualverhalten sagen, verschafft einem noch keine Einsichten in dieses Verhalten.«
»Nun, da bin ich anderer Meinung«, erwiderte Paul freundlich. »Wir machen nur einen ersten, gewaltigen Schritt. Schon allein der Gedanke, den Sex weg vom Gekritzel an Toilettenwänden hin zu einer ehrlichen, vernünftigen und offenen Diskussion zu bringen, wird sich positiv auswirken. Wir müssen einen Feind bekämpfen, gegen den bislang viel zuwenig unternommen wurde: die Unwissenheit. Und die Unwissenheit resultiert aus dem Schweigen über Sex.«

Dr. Jonas klopfte seine Pfeife aus und stopfte sie erneut. »Das ist richtig«, sagte er. »Ich stimme Ihnen zu, daß die Unwissenheit, die Ignoranz, der eigentliche Feind ist. Aber ich glaube, daß Dr. Chapman den Feind auf die falsche Weise bekämpft. Und deshalb schadet seine Arbeit mehr als sie nützt.« Er entzündete ein Streichholz und hielt es an seine Pfeife, dann fuhr er fort: »Außerdem geht es bei dieser Untersuchung um verheiratete Personen, was die Angelegenheit noch erschwert. Ich bin überzeugt, daß der Mensch ursprünglich für ein polygames Leben bestimmt war, aber dann wurde ihm die Monogamie aufgezwungen – so wie Dutzende andere unnatürliche Sitten, zum Beispiel Liebe-deinen-Nächsten, Du-sollst-nicht-töten oder Fair play. Der Mensch ist mit einer Fülle von Zwängen belastet, die seiner wahren Natur zuwiderlaufen. Aber indem er diese Zwänge in Kauf nimmt, erwirbt der Mensch viele Vorteile, und so sind die Zwänge der Preis für Zivilisation und Fortschritt. Der Mensch macht sich seine eigenen Gesetze, und sie sind oft sehr unnatürlich. Der Sex ist ein Teil des menschlichen Verhaltens, der sehr unter dieser Tatsache zu leiden hat.«
»Das bestreite ich nicht.«
»Dafür zu sorgen, daß der Sex im Korsett all dieser Zwänge funktioniert, ist eine schwierige Angelegenheit. Glauben Sie, daß man das einfach nur schaffen kann, indem man Nasen zählt?«
»Das glauben weder ich noch Dr. Chapman. Nein. Aber wir leisten einen wichtigen Beitrag zur Lösung des Problems.«
»Ja, Paul, ja«, ereiferte sich Dr. Jonas, »*Sie selbst* wissen, daß Sie nur Zahlenmaterial liefern und keine Problemlösungen. Aber Ihre Leser wissen das nicht. Die breite Öffentlichkeit glaubt alles, was die Wissenschaft ihr

erzählt. Die Wissenschaft ist für sie eine Art mystische Gemeinschaft mit einem direkten Draht zu Gott, die man zwar nicht begreift, aber der man alles glauben muß. Darum ist Dr. Chapmans Sexreport für die breite Öffentlichkeit das letzte Wort in Sachen Sexualverhalten. Sie weiß nicht, daß die Daten nur sehr oberflächlich zusammengestellt sind. Die Leute halten die Umfrageergebnisse für gebrauchsfertig, und Dr. Chapman läßt sie in diesem Glauben. Also lesen sie den Report und benutzen ihn als Gebrauchsanweisung. Zur Unkenntnis kommt Fehlinformation hinzu, und das Resultat ist äußerst schädlich.«
»Warum sind Sie so sicher, daß wir Fehlinformationen verbreiten?«
»Wegen Ihrer Methoden. Wollen Sie, daß ich Ihnen Details nenne?«
»Ich bitte darum.«
Paul klopfte seine Pfeife aus. Die Unterhaltung wäre unter anderen Umständen für ihn vielleicht interessant und anregend gewesen, doch wie die Dinge lagen, war sie nur ein Vorspiel für einen Bestechungsversuch.
»Zum Beispiel wird nicht strikt kontrolliert, nicht klinisch kontrolliert, und das halte ich für einen Fehler«, sagte Dr. Jonas frei heraus.
Paul konzentrierte sich wieder auf seinen Gesprächspartner.
»Dadurch, daß sie freiwillige Gruppen untersuchen, erhalten Sie keine repräsentativen Versuchspersonen«, fuhr Jonas fort. »Die Frauen, die sich freiwillig melden, *wollen* reden...«
»Gibt es denn ein besseres Verfahren?« unterbrach Paul ihn. »Immerhin wurde unsere Methode sogar vom Federal Research Committee gebilligt.«
Dr. Jonas nickte. »Sie haben Zustimmung erfahren, das ist

richtig. Trotzdem glaube ich, daß es bessere Methoden gibt, die Wahrheit herauszufinden. Dr. Chapman geht zu sehr davon aus, daß Frauenvereine repräsentativ sind. Das bezweifle ich. Meiner Meinung nach gehören die repräsentativsten amerikanischen Frauen keinerlei Clubs oder Vereinen an. Diese Frauen erfassen Sie überhaupt nicht. Sie erfassen noch nicht einmal alle Vereinsmitglieder.«
»In den Briars haben sich immerhin 201 von 220 Frauen gemeldet.«
»Nach meinen Informationen ist diese Zahl ungewöhnlich hoch. Nur bei 9 Prozent der von Ihnen interviewten Vereine haben sich 100 Prozent der Mitglieder gemeldet.«
»Nun, ja...«
»Ich gehe davon aus, daß die Frauen in den Clubs, die sich nicht melden, diejenigen mit sexuellen Vorurteilen und Prüderie sind. Sie interviewen die Exhibitionistinnen – im weitesten Sinne des Wortes – und die psychisch gestörten Frauen, die begierig sind zu reden. Ich fürchte, Dr. Chapman erfaßt zu viele von diesen und von den selbstbewußten, offenherzigen Frauen und zu wenige von den unsicheren und gehemmten. Außerdem besteht die Gefahr, daß falsche Angaben gemacht werden...«
Da Paul das erste Argument auch immer beunruhigt hatte, konzentrierte er sich auf das letztere. »Ich habe da, wie ich glaube, einige Erfahrungen. Zweifellos kommen viele Frauen mit der Absicht, die Wahrheit zu verschweigen, Dinge auszulassen oder zu übertreiben. Aber wenn sie erkennen, wie objektiv wir sind, sind sie in der Regel aufrichtig.«
»Wie können Sie dessen sicher sein?«
»Nun, wir haben in die Interviews Kontrollfragen eingebaut, und wir rechnen potentielle Lügen in die Statistik ein.«
»Also gut«, sagte Jonas. »Gehen wir einmal davon aus,

daß Sie auf diese Weise die meisten bewußten Lügen einkalkulieren können. Aber wie wollen Sie unbewußte Lügen entdecken?«
»Nun ... was meinen Sie genau?«
»Eine verheiratete Frau kommt morgen zu Ihnen. Sie stellen Ihre Fragen. Sie antwortet. Sie will aufrichtig sein und antwortet aufrichtig. Oder jedenfalls glaubt sie das, und Sie glauben es auch. Aber die Erinnerung an Kindheit und Jugend ist verschwommen, fehlerhaft und ungenau. Das berichtete Sexualverhalten entspricht nicht immer dem tatsächlichen Sexualverhalten. Darauf hat schon Freud hingewiesen. Sie kämpfen gegen das Unterbewußtsein der Frau. Sie kann Ihnen nicht erzählen, was vor ihr selbst verborgen ist, was unterdrückt und latent ist. Möglicherweise wird sie über Fantasien als Fakten berichten, weil sie selbst glaubt, sie seien wahr. Möglicherweise erzählt sie Ihnen das, was die Analytiker Schirmerinnerungen nennen. Dabei werden alte Erinnerungen von neueren überlagert und verzerrt.«
»Unsere unterschiedlich formulierten Kontrollfragen tragen dem Rechnung«, sagte Paul.
»Das bezweifle ich. Möglicherweise antwortet sie immer wieder mit der gleichen falschen Antwort. Einfach, weil sie sie selbst für wahr hält. Außerdem besteht die Möglichkeit, daß sie bestimmte Ereignisse einfach verdrängt hat und überzeugt ist, sie hätten nie stattgefunden. Ich will damit sagen, daß die offene, bewußte Antwort nicht genügt. Sie ist oft unvollständig und ungenau.«
»Oft genug *ist* sie genau«, entgegnete Paul unbeirrt. »Was schlagen Sie denn statt dessen vor? Schließlich können wir nicht jeden Interviewpartner einer vollständigen Psychoanalyse unterziehen.«
»Ich würde den Interviewpartnern mehr vertrauen, wenn die Befragung unter amytaler Narkose stattfände.«

Paul schüttelte den Kopf. »Mein Gott, Victor, es ist schon schwierig genug, dreitausend Frauen zu finden, die über ihr Sexualverhalten reden wollen. Wenn Sie außerdem auch noch verlangen, daß sie sich Wahrheitsserum injizieren lassen, bleibt wahrscheinlich nur eine Handvoll übrig!«
»Vielleicht wäre eine Handvoll besser als dreitausend«, sagte Jonas, »wenn Sie sich auf die Richtigkeit der Antworten verlassen können.« Er stand auf, schlenderte zum Fenster und schloß es. »Sehen Sie, ich bin Psychologe. Ich bin nicht einfach nur an der Häufigkeit von Beischlaf und Orgasmus interessiert, sondern mehr an den Gefühlen, die dabei auftreten. Das ist der Punkt, wo wir Psychologen uns am stärksten von Dr. Chapman unterscheiden.«
»Nun, ich denke, das ist klar. Wir sind schließlich Statistiker und keine Eheberater.«
Dr. Jonas runzelte die Stirn. »Da Ihre Publikationen dem Laien zugänglich sind, sind Sie beides. Ihr Dr. Chapman ist in erster Linie Biologe. Er ist an Zahlen interessiert. Das bin ich nicht. Ich bin Psychologe. Ich will etwas über Gefühle und Beziehungen erfahren. All Ihre Diagramme und Tabellen befassen sich ausschließlich mit dem physischen Akt – seine Häufigkeit und Dauer, wie oft, wie lange – aber sie verraten diesen verheirateten Frauen nichts über Liebe und Glück. Der Sex wird von Zuneigung, Wärme und Gefühl getrennt, und das halte ich für falsch. Dr. Chapman behauptet, daß eine normale sexuelle Aktivität Glück und Gesundheit bedeutet. Aber das stimmt nicht, glauben Sie mir. Der Charakter eines Menschen bestimmt sein sexuelles Verhalten. Ihr Sexleben ist Sklave Ihrer Persönlichkeitsstruktur und darf nicht isoliert betrachtet werden. Eine Frau hat vielleicht drei großartige Orgasmen pro Woche. Das ist gut, normal, erstrebenswert, würde Dr. Chapman dazu sagen. Aber diese Frau

kann sich trotzdem elend fühlen und sich nach zärtlicher Liebe und Lebensfreude sehnen.«
Paul richtete sich im Stuhl auf. »Ich will nicht bestreiten, daß wir da an unsere Grenzen stoßen. Aber wie wollen sie Liebe messen? Das ist unmöglich.«
»Warum tun Sie dann so, als ob das Messen von Koitus und Orgasmus zugleich auch ein Maß für Liebe sei?«
»Aber Dr. Chapman sagt nicht, daß...«
»Gerade weil er nicht mehr sagt, glauben die Leute das aber. Wenn aus seiner Statistik ersichtlich wird, daß eine große Zahl von Ehepaaren dreimal in der Woche miteinander schläft, dann erklärt er das für biologisch normal. Angenommen, meine Frau und ich sind physisch und psychologisch mit einem Mal in der Woche zufrieden. Nun lesen wir das Buch und denken, wir seien anormal. Das führt dann zu Schuldgefühlen und Komplexen. Ich glaube einfach nicht, daß etwas, nur weil es weit verbreitet ist, deshalb auch richtig und gesund sein muß.«
»Das ist nur die eine Seite der Medaille«, sagte Paul. »Betrachten Sie auch einmal die andere. Man kann die Sache nämlich auch genau umgekehrt betrachten. Wenn alle Leute erfahren, daß bestimmte Sexpraktiken weit verbreitet sind, verschwinden dadurch Scham und Unsicherheit. Und das halte ich für hilfreich. Es befreit Millionen von sinnlosen Zwängen und Schuldgefühlen.«
Für eine Weile setzten sie ihr Gespräch so fort.
Wenn Paul auch in vielem mit Dr. Jonas nicht einer Meinung war, mußte er doch erkennen, daß Dr. Chapman sich offensichtlich ein falsches Bild von dem Psychologen machte.
Jonas' kritische Einstellung beruhte nicht auf eigennützigen, unlauteren Motiven. Dr. Jonas schien ihm immer mehr als ein Mann mit festen moralischen Prinzipien und großer fachlicher Kompetenz. Um so unbehaglicher fühlte

Paul sich, wenn er an den wahren Grund seines Besuchs dachte.
»Glauben Sie immer noch, daß Dr. Chapman gerne mit mir sprechen würde?« fragte Dr. Jonas unvermittelt.
»Da bin ich sicher.«
»Warum? Bitte keine vorbereiteten Platitüden, Paul. Sagen Sie einfach geradeheraus, warum er mich sehen will und warum er Sie geschickt hat.«
Paul fühlte, wie seine Wangen sich strafften und verfärbten. Er saß regungslos in seinem Stuhl und überlegte fieberhaft, was er antworten sollte. Sollte er Dr. Chapmans Spiel weiterspielen? Dr. Jonas würde mit Sicherheit Verdacht schöpfen. Oder sollte er offen die Wahrheit sagen? Jonas würde in jedem Fall ablehnen. Da war Paul sicher.
Trotz ihrer gegensätzlichen Standpunkte empfand Paul große Achtung vor diesem Mann, und er wünschte sich seinerseits Jonas' Respekt. Deshalb entschloß er sich, aufrichtig zu sein; er war sich sicher, daß Jonas ihn sonst verachtet haben würde.
»Ich werde Ihnen sagen, worüber ich mit Ihnen sprechen sollte. Er will Sie als Ratgeber für sein Team, und er will Ihnen das Anderthalbfache von dem zahlen, was Sie im Augenblick bekommen.«
»Er will mich kaufen?«
Paul zögerte. »Ja.«
»Warum erzählen Sie mir das?«
Paul zuckte die Achseln. »Wenn Sie käuflich sind, werden Sie sich kaufen lassen. Und wenn nicht, erhalte ich mir Ihre Freundschaft.«
Dr. Jonas balancierte auf seinem Drehstuhl. Das einzige Geräusch im Zimmer war das Quietschen des Stuhls. Paul beobachtete ihn und wartete.
Es wurde an die Tür geklopft.

Dr. Jonas blickte auf. »Ja?«
Die Tür öffnete sich ein wenig, und Peggy steckte ihr sommersprossiges Gesicht herein. Sie blickte vom einen zum andern. »Noch keine Beulen oder Stichwunden? Niemand k. o. geschlagen?«
»Nein«, erwiderte Dr. Jonas.
»Ich denke, ihr habt jetzt beide genug. Ich habe euch etwas zu essen gemacht. Victor, bring deinen Gast ins Haus, bevor er vor Unterernährung zusammenbricht.«
»In Ordnung, Schatz.«
Peggys Kopf verschwand. Dr. Jonas und Paul erhoben sich fast gleichzeitig. Sie gingen durch den dunklen Garten hinüber zur hell erleuchteten Küchentür. Als sie die Tür erreichten, nahm Dr. Jonas Paul beim Arm. Paul drehte sich um und sah, daß Jonas lächelte. »Sagen wir einmal so, Paul: Sie haben sich meine Freundschaft erhalten.«
Dann saßen die Jonasens und Paul am Eßtisch, aßen dänische Röllchen und tranken Kaffee. Man sprach über belanglose Dinge, und dann, als Peggy in die Küche gegangen war, fragte Dr. Jonas: »Haben Sie schon von der neuen Klinik gehört, die in Santa Monica gebaut wird?«
»Nein.«
»Eine interessante Sache«, erklärte Jonas. »Was ich Ihnen jetzt sage, ist streng vertraulich, das Projekt ist erst in der Vorbereitung. Dort sollen gestörte und kaputte Ehen kuriert werden, so wie die Menninger Klinik psychische Störungen behandelt. Man hat mich mit der Leitung des Projekts beauftragt. Wir werden einen großen Stab psychiatrisch ausgebildeter Eheberater organisieren. Es ist eine gemeinnützige Einrichtung, die aus Spenden finanziert wird.«
»Das klingt sehr gut. Wann werden Sie anfangen?«
»In vier Monaten. Wenn das Gebäude fertiggestellt ist.

Der Mitarbeiterstab ist schon fast komplett. Aber einige führende Posten sind noch offen.« Er sah Paul aufmerksam an. »Sie haben mir ein Angebot gemacht. Dafür möchte ich mich revanchieren. Allerdings will ich Sie nicht kaufen. Wir könnten Sie wirklich gut gebrauchen.« Paul dachte kurz über diese Vision nach: eine solide, sinnvolle Arbeit in Südkalifornien mit freier Zeit, in der er schreiben konnte. Doch sosehr ihm das Angebot und die Person, die es machte, gefielen, das Stigma von Verrat und Treuebruch haftete daran. Das hier war das feindliche Lager. Er verhandelte hier mit einem Feind seines Führers, einem wohlwollenden und sympathischen Feind, aber einem Feind. Außerdem hatte auch Dr. Chapman eine Vision heraufbeschworen: die großartige Akademie im Osten. Dr. Chapman hatte ihn bislang nicht im Stich gelassen, und er würde Dr. Chapman ebenfalls nicht im Stich lassen.

»Ich fühle mich durch Ihr Angebot wirklich sehr geschmeichelt, Victor«, hörte Paul sich sagen. »Aber es geht leider nicht. Dr. Chapman ist ein guter Freund, und er war sehr großzügig zu mir. Ich verdanke ihm viel. Und, was noch wichtiger ist, ich glaube an ihn.«

6

Etwas erschöpft erreichte Ursula Palmer das Ende der Treppe. Sie lehnte sich gegen die Wand, um Atem zu schöpfen. Ihre goldene Armbanduhr verriet ihr, daß es eine Minute vor eins war.
Sie öffnete ihre Handtasche und entnahm ihr einen Notizblock – zwei Seiten waren schon gefüllt mit den Gefühlen »einer Vorstadthausfrau« am Morgen des Interviews – und einen Bleistift. Hastig schrieb sie: »Trug eine Seidenbluse und einen blauen Rock, weil ich mich weiblich schüchtern fühlte wie ein Schulmädchen beim ersten Rendezvous; verließ das Haus zwanzig vor neun; Gedanken: nie mit jemandem über Sex gesprochen, außer mit Ehemann, und auch mit ihm nicht über alles, weiche Knie, als ich die Treppe hinaufging.« Ihre Knie waren nicht weich, und ihre Gedanken hatten sich nicht mit dem Interview beschäftigt, sondern mit dem beruflichen Erfolg, der für sie daraus resultieren würde. Aber solche Notizen würden die *Houseday*-Leserinnen erwarten.
Sie steckte Block und Bleistift weg und betrat den Raum, in dem Benita Selby hinter einem Schreibtisch wartete.
»Guten Morgen. Bin ich zu spät?«
Benita Selby schüttelte den Kopf. »Nein, die beiden anderen Frauen sind auch eben erst eingetroffen.« Sie warf einen Blick auf die Liste. »Sie sind Mrs. Ursula Palmer?«
»Ja.«
Benita Selby machte ein Kreuz hinter Ursulas Namen. »Folgen Sie mir bitte.«
»Wie heißt mein Interviewer?« fragte Ursula, während

Benita sie in den vorgesehenen Raum führte. Sie wirkte
überrascht. *Das* hatte sie noch niemand gefragt. »Nun, Dr.
Horace van Duesen.«
»Wie lange ist er schon bei Dr. Chapman?«
»Von Anfang an. Er hat schon bei der Junggesellen-
Umfrage mitgearbeitet.«
»Was hat er vorher gemacht?«
»Er war Dozent für Geburtshilfe und Gynäkologie am
Reardon College.«
»Der Himmel steh mir bei«, sagte Ursula, aber Benita
merkte nicht, daß das ein Witz sein sollte.
Sie hatten das Interviewzimmer erreicht. Benita öffnete
die Tür, und Ursula ging hinein. Eine große spanische
Wand unterteilte den Raum. Sie war fast sechs Fuß hoch.
Die obere Hälfte der Segmente bestand aus Korbgeflecht,
die untere aus massivem Walnußholz. Die Segmente
waren auf der ganzen Länge durch Klavierscharniere
verbunden. Offenbar, um jeden Blick durch die Spalten
unmöglich zu machen.
Ursula inspizierte den dunkelbraunen Ledersessel mit
den hölzernen Armlehnen und das Tischchen mit dem
Keramikaschenbecher.
»Nehmen Sie Platz«, sagte Benita und zeigte auf den
Sessel.
Ursula setzte sich, die Handtasche auf dem Schoß. Als sie
das tat, bemerkte sie neben ihren Füßen ein kleines
Lederkästchen.
Sie tippte mit ihrer Sandale dagegen. »Was ist das?«
»Das Kästchen mit den Spezialobjekten«, erklärte Benita.
Sofort fiel Ursula ein, daß Dr. Chapman das Kästchen in
seinem Vortrag erwähnt hatte. »Nun gut«, sagte Ursula,
»solange nichts herausspringt und mich vergewaltigt.«
»Aber ich versichere Ihnen...« Benita merkte den Witz
erst zu spät und lächelte dümmlich. Sie ging hastig zum

Trennschirm und rief: »Mrs. Palmer ist hier, Dr. van Duesen.«

»Guten Morgen, Mrs. Palmer«, sagte die körperlose Stimme hinter dem Schirm.

»Hallo«, antwortete Ursula fröhlich. Sie blickte zu Benita auf und fragte: »Was hat er dort drüben?«

»Mehrere Bleistifte und Fragebögen. Sonst nichts.«

»Keine besonderen Folterinstrumente?«

»Es ist wirklich alles ganz einfach, Mrs. Palmer.«

»Darf ich rauchen?«

»Selbstverständlich«, sagte Benita, und lauter fügte sie hinzu: »So, ich lasse Sie beide jetzt allein.«

Sie verließ den Raum und schloß die Tür leise hinter sich.

»Machen Sie es sich bequem«, sagte Horaces Stimme. »Wenn Sie bereit sind...«

»In ein paar Sekunden. Ich suche noch nach meinen Zigaretten.« Sie nahm eine, zündete sie an und legte Papier und Bleistift einsatzbereit auf das Tischchen. »Okay«, rief sie dann, »es kann losgehen.«

»Sehr gut«, sagte Horace. »Versuchen Sie alle Fragen so genau wie möglich zu beantworten. Lassen Sie sich Zeit zum Nachdenken. Und antworten Sie so ausführlich, wie Sie möchten. Wenn mir etwas unklar ist, lasse ich es Sie wissen. Wenn Ihnen eine Frage unklar ist, sagen Sie mir Bescheid. Ich versichere Ihnen noch einmal nachdrücklich, daß die Antwortsymbole nur von Dr. Chapman und seinen Mitarbeitern gelesen werden.«

»Ich habe ein schlechtes Gedächtnis«, log sie. »Sie werden mir also für die Antworten etwas Zeit geben müssen.« Sie mußte genügend Zeit für ihre Notizen haben. Schnell kritzelte sie etwas zur Person des Interviewers und seinen ersten Äußerungen in ihren Notizblock.

»Natürlich«, erwiderte Horaces Stimme.

»Na dann, schießen Sie los.«

Den Anfang machten belanglose Fragen zu Ursulas Alter, Beruf, Schulbildung, Familienstand. Dann wurde es interessant. »Wir beginnen jetzt mit einer Serie von Fragen über ihre vorpubertäre Phase. Hier werden Sie die größte Mühe haben, sich zu erinnern. Lassen Sie sich bitte Zeit.«
Ursula wartete ungeduldig. Wen interessierte schon die Zeit vor der Pubertät? Foster nicht, die Leser nicht und sie selbst auch nicht. Ursula interessierte nur der provozierende Teil des Interviews, jener Teil, der ihr eine Schlagzeile einbringen würde.
»Können Sie sich erinnern, wann Sie zum ersten Mal bis zum Orgasmus masturbierten?«
Ursula runzelte die Stirn. *Das* war doch nichts für *Houseday*. »Wer tut denn schon so etwas?« sagte sie mit erzwungener Leichtigkeit.
»In der vorpubertären Zeit, zwischen drei und dreizehn, ist es üblich und nachher zumindest nicht ungewöhnlich.«
Das war lächerlich und beleidigend, und sofort fiel ihr ein, *wann*. Vielleicht war es nicht das erste Mal gewesen, aber es war das erste Mal, an das sie sich deutlich erinnerte. Ihre Eltern hatten Besuch gehabt, und sie erinnerte sich an das Licht, das durch den Türspalt in ihr Zimmer fiel. Sie war hellwach gewesen, in ihrem neuen Nachthemdchen. »Ich muß sieben oder acht gewesen sein«, sagte sie schließlich. »Nein, wohl eher acht.«
»Können Sie die Methode beschreiben?«
Die halb vergessene Erinnerung, die nun wieder klar und deutlich vor ihr stand, stieß sie ab. Für wen konnten diese unreifen Trivialitäten schon von Interesse sein? Trotzdem, die körperlose Stimme hatte körperlose Ohren, und diese warteten auf Antwort. Mit fester, geschäftsmäßiger Stimme beschrieb sie, was sie mit acht getan hatte.
Die Fragen über das vorpubertäre Verhalten dauerten

über zehn Minuten, und Ursula fiel es schwer, ihre Ungeduld zu verbergen. Das alles war Zeitverschwendung, von keinerlei Interesse für die Millionen Leser von *Houseday*, und Ursulas Antworten wurden immer gereizter. Schließlich, nachdem sie enthüllt hatte, daß sie mit zwölf angefangen hatte zu menstruieren, wandten sich die Fragen endlich dem vorehelichen Petting zu. Bisher hatte sie sich kaum Notizen gemacht, aber nun war sie sicher, daß sich ihr Notizblock füllen würde.
»Wie würden Sie Petting definieren?« hörte sie Horace fragen.
Das war interessant – es würde Mütter *und* Töchter faszinieren, die *Houseday* lasen – und sie dachte darüber nach. »Nun, ich denke, alles was einen erregt, ohne daß es zum letzten Schritt kommt.«
»Ja, aber vielleicht können wir es etwas genauer bestimmen.«
Er definierte die verschiedenen Arten des Petting und die beteiligten Körperstellen. Das wissenschaftliche Vokabular ließ Ursula diese Dinge, über die sie zuvor nie ernsthaft nachgedacht hatte, vulgär und lieblos erscheinen. Trotzdem machte sie sich eifrig Notizen. Foster mußte zufriedengestellt werden.
Und die Leser.
Aber ihre Schreibmaschine würde die ganze Geschichte abmildern, sie beschönigen, bis das kleine Wort Galateas in jedem Wohnzimmer akzeptabel war.
Er fragte, ob sie Petting je befriedigt habe.
»Sie meinen, das erstemal?«
»Ja.«
»In der Highschool. Ich nehme an, Sie wollen wissen, wie alt ich war? Siebzehn. Heißt das, daß ich spät dran war?«
Kein Kommentar hinter dem Wandschirm. Statt dessen: »Welche Methode?«

Wieder die verdammte Methode. Schroff antwortete sie.
»Wo geschah es?«
»In seinem Auto. Wir parkten in den Hügeln und machten es auf dem Rücksitz. Ich dachte, ich liebe ihn, aber dann änderte ich meine Meinung und – nun, wir beließen es beim Petting.«
Zu den beiden Seiten der spanischen Wand machte man sich eifrig Notizen. Die Fragen und Antworten gingen weiter und erreichten schließlich den Punkt des vorehelichen Koitus.
»Drei Partner«, sagte sie.
»Wo fand es jeweils statt?«
»Bei den ersten beiden in ihrem Appartement. Und mit dem letzten in Motels.«
»Erreichten Sie bei irgendeiner dieser Gelegenheiten einen Orgasmus?«
»Nein«, antwortete sie sofort.
»Waren Sie während dieser sexuellen Handlungen teilweise bekleidet oder nackt?«
»Nackt.«
»Wann fanden diese sexuellen Handlungen in der Regel statt – morgens, nachmittags, abends, nachts?«
»Nun, ich nehme an, Sie würden es abends nennen.«
»Wurden dabei empfängnisverhütende Mittel benutzt?«
»Ja.«
»Welche?«
»Die Männer benutzten Kondome.«
»Wenden wir uns nun wieder dem eigentlichen sexuellen Akt zu. Es geht nun um die Methode, die angewandt wurde...«
Ursulas Oberlippe war feucht: der Himmel schütze das arme Arbeiterkind. Plötzlich wurde ihr bewußt, daß ihre Finger den Bleistift so fest umklammerten, daß sie blutleer wirkten, und daß sie sich seit fünf Minuten keine einzige

Notiz mehr gemacht hatte. Krampfhaft versuchte sie, sich zu beruhigen, sich zu erinnern und zu schreiben.
»... nennen Sie bitte die von Ihnen am häufigsten angewandte Methode.«
Sie nannte sie, mit einer Stimme, die ihr nicht zu gehören schien. Sie schrieb, und während sie schrieb, fragte sie sich, was Bertram Foster wohl denken würde.

Als Ursula Palmer hinaus auf den sonnenbeschienenen Romola Place trat, fühlte sie sich ein wenig allein und unsicher, so wie immer nach dem Sex, aber nie nach dem Schreiben. Ihre ursprüngliche Absicht war gewesen, nach Hause zu eilen und das Abenteuer niederzuschreiben, solange es ihr noch voll im Gedächtnis war. Aber nun hatte sie es damit nicht mehr so eilig. Sie würde bis zum Abend warten – oder bis zum nächsten Morgen. Sie wollte jetzt draußen sein, unter Leuten, nicht allein mit ihren Notizen.
Sie beschloß, hinüber zum Postamt zu gehen und Briefmarken zu kaufen. Vor der Post kam ihr Kathleen Ballard entgegen.
»Hallo, Kathleen.«
»Oh, Ursula...«
»Ich komme gerade von der anderen Straßenseite und habe soeben ausführlich Bericht darüber erstattet, was jedes junge Mädchen weiß.«
Verwirrt schaute Kathleen hinüber auf die andere Straßenseite, dann wieder auf Ursula, und ihre Augen weiteten sich. »Du meinst, du hattest gerade dein Interview?«
»So ist es«, erwiderte Ursula trocken.
»Oh, erzähl mir doch bitte davon; nichts Privates, natürlich. Ich meine, wie es abläuft und was sie fragen...«
»Da bist du bei mir an der richtigen Adresse. Du sprichst mit einer Veteranin des Chapman-Klüngels.«

»Sie interviewen mich Donnerstag nachmittag. Ist es sehr schlimm?«
Ursula wollte nicht darüber sprechen, aber sie wollte auch Kathleen nicht verlieren. »Komm, wir setzen uns irgendwohin. Hast du Zeit?«
»Deirdre ist in der Tanzstunde. Aber ich brauche sie erst in einer Stunde abzuholen.«
»Nun, dann erzähle ich dir die entschärfte Palmer-Version, übergehe pubertäre Sexspiele und konzentriere mich auf den Koitus – ja, mein Schatz, das ist das Wort der Stunde; lerne, es zu lieben – Koitus, ehelich, außerehelich ...«
»Du meinst, sie verlangen wirklich...« Kathleens Neugier hatte sich in Angst verwandelt.
»Sie verlangen gar nichts«, entschärfte Ursula. »Wir sind alle Freiwillige. Vergiß das nicht. Wie Major Reeds Gelbfieber-Meerschweinchen. Komm, laß uns etwas essen gehen. Eine Henkersmahlzeit sozusagen.«

Abends wurde Villa Neapolis von blauen und gelben Lichterketten auf den Terrassendächern beleuchtet und zudem von zwei Scheinwerfern unterhalb des Swimmingpools angestrahlt. Das Ganze wirkte auf Paul Radford wie ein überdimensionaler Weihnachtsbaum, als er aus dem Speisesaal ins Freie trat.
Dr. Chapman wartete draußen und führte Paul in einen entlegenen Winkel hinter dem Swimmingpool, wo zwei Korbstühle neben einem Hibiskusstrauch standen. Dr. Chapman lockerte seinen Gürtel und kaute auf seiner Zigarre. Paul stopfte seine Pfeife und zündete sie an.
»Nun können wir uns endlich in Ruhe über Ihren Besuch bei Victor Jonas unterhalten«, begann Chapman. »War unser Plan erfolgreich?«
»Ich fürchte, nein.«

Dr. Chapman schnaufte. »Ich verstehe«, sagte er bedächtig. »Erzählen Sie mir, was sich abspielte.«
Paul beschrieb Dr. Jonas, seine Frau, seine Söhne, sein Haus. Dann erzählte er, wie sehr es ihn überrascht hatte, daß Jonas bis ins Detail über ihre laufende Arbeit informiert war.
Dr. Chapman hob den Kopf. Seine Augen wurden schmal. »Woher weiß er das?«
»Genau das habe ich ihn auch gefragt. Er sagte, daß Sie der Zollman-Stiftung laufend Kopien unserer bisherigen Ergebnisse schicken...«
Paul wartete auf eine Erklärung. Dr. Chapman sah ihn ungerührt an. »Ja, das stimmt. Sie treffen sich, bevor unser Report fertig ist, und es ist nur zu unserem Besten, wenn wir sie auf dem laufenden halten.«
»Aber die Arbeit ist noch nicht fertig – sie ist noch im Rohzustand.«
»Sie sind keine Kinder. Die Mitglieder der Stiftung sind Wissenschaftler. Sie wissen, wie Sie unvollständige Daten zu bewerten haben. Ich bin sicher, daß das für uns von Nutzen ist.«
»Aber es nützt auch Jonas. Die Minderheit in der Stiftung, die ihn angeheuert hat. Sie schicken ihm die Kopien...«
»Bastarde«, erregte sich Dr. Chapman. »Sie schrecken vor nichts zurück.« Er war bleich geworden. Paul konnte sich nicht erinnern, ihn je zuvor so gesehen zu haben.
»Ich vermute doch, daß alles fair abläuft...«
»Von wegen fair!« empörte sich Chapman. »Was hat er über das neue Material gesagt?«
»Er war sehr offen in diesem Punkt und auch in bezug auf den Junggesellen-Report. Er hat seine Karten offen auf den Tisch gelegt – oder jedenfalls die meisten.«
»Erzählen Sie.«
Paul gab eine kurze Zusammenfassung von Jonas' Ein-

wänden gegen Dr. Chapmans Arbeit. Jonas' Ansicht, daß Chapman mehr Politiker und Publizist als Wissenschaftler sei, erwähnte Paul nicht. Als Paul fertig war, kaute Chapman wütend auf seiner Zigarre.
»Ich hoffe, Sie haben nicht alle diese Lügen einfach hinuntergeschluckt.«
»Es war Geben und Nehmen. Er hat hart zugeschlagen, aber ich habe ihm auch kräftig Kontra gegeben. Ich konnte ihn nicht überzeugen, daß wir recht haben, aber er weiß jetzt wenigstens, daß wir es ehrlich meinen.«
»Was man von diesem Blutsauger nicht behaupten kann. Es gibt eine ganze Horde solcher Leute in diesem Land – in allen Ländern – geistige Krüppel, ohne Vorstellungsvermögen und Grips. Werwölfe, die bereitstehen, das Blut der Pioniere, der Innovateure, der Wissenschaftler mit Ideen zu saugen. Sie selbst haben keine Ideen, mit denen sie etwas aufbauen können, also reißen sie nieder. Auf diese Weise halten sie sich am Leben. Außer den Aasgeier zu spielen hat dieser Jonas doch noch nichts geleistet.«
Paul war anderer Meinung.
Sicher gab es diese Sorte Wissenschaftler, die den Fortschritt hemmten und gegen alles Neue wetterten, weil ihnen selbst nichts einfiel. Doch Dr. Jonas gehörte nicht zu ihnen, da war Paul sicher. Schließlich war da die neue Eheberatungsklinik. Paul war versucht, sie zu erwähnen, aber dann fiel ihm ein, daß die Information vertraulich gewesen war.
»Er sagt, er hätte die gleichen Ziele wie wir«, sagte Paul vorsichtig.
»Blasphemie, wie sie im Buche steht«, schimpfte Dr. Chapman. »Ich hoffe, Sie haben sich das nicht gefallen lassen.«
»Doch, ich habe. Es bestand kein Grund, ihn einen

Lügner zu nennen. Ich glaube, er meint, was er sagt – daß wir ein gemeinsames Ziel haben, aber unterschiedliche Methoden.«
»Welche konstruktive Methode hat dieser hinterhältige Gnom denn zu bieten?«
»Er ist seit Jahren Eheberater...«
»Paul, sind Sie noch bei Trost? Das ist mikroskopische individuelle Arbeit, die Arbeit eines Landarzts, nicht mehr. Im Vergleich zu ihm ist unser Programm die Arbeit eines Herkules. Wir werden *allen* helfen, der Nation, der ganzen Welt, wenn irgendwelche kleinen Judasse wie Jonas uns nicht in den Rücken fallen.« Er betrachtete Paul eine Weile aufmerksam. »Er hat Sie doch nicht um den Finger gewickelt?«
Paul lachte. »Himmel, nein! Er war eindrucksvoll, sicher – er ist geistreich und interessant – aber ich weiß, woran ich glaube, für was ich stehe, da konnte auch er mich nicht umstimmen.«
Dr. Chapman schien erleichtert. »Ich habe nie an Ihrem gesunden Menschenverstand gezweifelt.« Er zündete sich eine neue Zigarre an.
»Was ich zu sagen versuche«, fuhr Paul fort, »ist, daß Jonas vielleicht nicht auf der Seite der Engel steht, aber er ist trotzdem anständig. Niemand ist einfach schwarz oder weiß.«
Dr. Chapman blies eine Rauchwolke aus. »Wenn man im Krieg ist, gibt es nur schwarz oder weiß. Dazwischen gibt es nichts. Wenn man nicht auf der Seite der Engel kämpft, ist man mit dem Teufel im Bunde.«
»Mag sein.« Pauls Interesse an dem Thema schwand.
»Wie haben Sie unser Angebot vorgebracht?« fragte Chapman.
»Geradeheraus«, erwiderte Paul. »Versteckspiel ist bei diesem Mann nicht drin. Ich sagte ihm, daß Sie überzeugt

seien, er könne für uns von Nutzen sein, und daß er einen Job als Berater haben könne.«
»Was sagte er?«
»Er sagte, daß Sie ihn kaufen wollten und daß er nicht käuflich sei. Das war im wesentlichen alles.«
Dr. Chapman lehnte sich zurück und paffte Rauchwolken in den Himmel. Schließlich setzte er sich abrupt auf. »Gut, ich sehe ein, daß wir es hier nicht mit einem gewöhnlichen Gegner zu tun haben.«
»Das ist richtig.«
»Er wird den Zollman-Leuten eine vernichtende Kritik über uns schreiben.«
»Daran zweifle ich nicht.«
»Nun, ich kann ihm nicht die Mafia ins Haus schicken, oder so etwas. Ich muß mich selbst der Auseinandersetzung mit ihm stellen, Punkt für Punkt.« Er sah Paul an. Seine Stimme war wieder leise und kontrolliert. »Ich werde ihn besiegen, das wissen Sie.«
Paul wußte es. »Ja«, sagte er.
»Tippen Sie mir einen ausführlichen Bericht über Ihr Gespräch mit Jonas. Schreiben Sie genau auf, was er gegen unsere Arbeit gesagt hat. Ich brauche es so schnell wie möglich. Fangen Sie am besten gleich an.«
»In Ordnung. Ich hoffe, daß ich noch alles zusammenbekomme.«
»Geben Sie sich Mühe. Sofort wenn wir mit *The Briars* fertig sind, werden wir den Report in der Hälfte der ursprünglichen Zeit fertigstellen und ihn den Zollman-Leuten schicken. Dann werde ich einen Brief schreiben, in dem ich Jonas' Einwände Wort für Wort abschmettere. Ich werde ihn fertigmachen und seinen Ruf ruinieren.« Er stand schwerfällig auf. »Nichts auf der Erde wird mich stoppen. Danke, Paul. Gute Nacht.«

7

Das Interview dauerte schon einige Zeit, und allmählich kehrte Naomi Shields gute Laune zurück. Sie fühlte sich wieder unbekümmert und rücksichtslos. Sie trug den weißen Pullover, der ihre Figur so gut zur Geltung brachte, und den engen schwarzen Rock (leider war niemand da, der sie bewundert hätte, nur dieses dünnlippige Mauerblümchen, das sie hineingeführt hatte). Sie hatte sich mit vier doppelten Scotch gestärkt und war darauf vorbereitet gewesen, sich selbst und den anderen zu beweisen, daß sie wie jede andere Frau in den Briars war.

Diese alberne spanische Wand hatte sie sofort als Beleidigung empfunden. Sie hatte offen bewundert werden wollen. Sie hatte das Gesicht ihres Interviewers beobachten wollen, während sie ihn schockierte und erregte und schließlich sexuell gefügig machte. Diese Gefühle steigerten sich noch, als sie Paul Radfords Stimme hörte, die sie sehr sexy fand.

Aber seine ersten Fragen hatten sie verunsichert. Es war ihr unangenehm, zuzugeben, daß sie schon einunddreißig war, daß sie eine strengkatholische Erziehung genossen hatte, gegen die sie immer rebelliert hatte, und daß sie den Highschoolabschluß nicht geschafft hatte. Und dann all diese ermüdenden, ja geschmacklosen Details über ihre vorpubertären und pubertären Jahre. Warum waren Menschen überhaupt *so* jung? Gott sei Dank lagen ihre frühen Jahre jetzt hinter ihr, denn nun wandte sich der Mann hinter dem Schirm dem vorehelichen Koitus zu. Warum *Koitus*, nach all diesem pompösen Gerede über

Offenheit? Warum nicht klipp und klar übers Ficken reden? Denn darum ging es schließlich. Darum ging es, und darüber konnte sie ihm eine Menge erzählen. Mein Gott, sie war betrunken.
Sie bemerkte, daß eine unangezündete Zigarette zwischen ihren Lippen hing. Sie suchte nach einem Streichholz und hörte, wie die erotische Stimme wieder mit ihr sprach.
Sie zündete die Zigarette an, hustete, schüttelte das Streichholz aus und warf es auf den Boden. Sie kniff die Augen zusammen und versuchte zuzuhören.
». . . jene Phase zwischen Pubertät und Ehe. Praktizierten Sie vor Ihrer Ehe den Koitus?«
»Natürlich.«
»Wieviel Partner hatten Sie: Einen? Zwei bis zehn? Elf bis fünfundzwanzig? Oder mehr?«
»Mehr.«
»Können Sie schätzen, wie viele?«
»Es ist schwer, sich zu erinnern.«
»Vielleicht kann ich helfen. Nach der Pubertät, wann schliefen sie zum ersten Mal mit einem Mann?«
»Mit dreizehn – nein, vierzehn, ich war gerade vierzehn geworden.«
»Und das letzte Mal, vor Ihrer Ehe?«
»Eine Woche vor der Hochzeit.« Sie erinnerte sich. Sie hatte Satin-Pumps für die Hochzeit kaufen wollen. Der Schuhverkäufer mit dem energischen Kinn. Er wollte seine Hand nicht von ihrem Bein nehmen. War eine Erklärung nötig? »Es ging nicht anders«, sagte sie. »Mein Bräutigam wollte erst nach der Trauung.«
»Damals waren Sie fünfundzwanzig?«
»So ungefähr.«
»Also bleiben elf unverheiratete Jahre.«
»Etwa fünfzig«, sagte sie plötzlich.

»Was?«
»Etwa fünfzig Männer. Hauptsächlich, nachdem ich einundzwanzig war.«
Sie lächelte und versuchte, sich sein Gesicht hinter dem Wandschirm auszumalen. Sie blies einen Rauchring in die Luft und fühlte sich überlegen.
Einen Moment herrschte Stille. Dann sprach Paul wieder.
»In diesen Affären – ich muß das fragen – haben Sie da Geschenke angenommen?«
»Was meinen Sie damit?« fragte sie.
»Nun, Geldgeschenke...«
»Augenblick mal, Mister! Sie wollen mir doch wohl nicht unterstellen, ich sei eine Prostituierte...«
»Ich unterstelle gar nichts. Es ist eine Routinefrage.«
»Also, schreiben Sie Folgendes in Ihr kleines schwarzes Buch: Niemand hat mich je berührt, wenn ich es nicht wollte, und ich habe es immer aus Liebe getan – verstehen Sie? –, weil ich es wollte, und aus keinem anderen Grund.«
»Selbstverständlich. Bitte mißverstehen Sie mich nicht...«
»Passen Sie auf, daß *Sie* nichts mißverstehen.«
»Sollen wir weitermachen?«
Sie war wütend und verwirrt und starrte auf die spanische Wand. Der Mann hatte vielleicht Nerven!
»Wo fanden diese Affären in der Regel statt?« fragte Paul.
»Überall. Wer erinnert sich schon an so was?«
»Aber wo am häufigsten?«
»Wo ich gerade wohnte. Ich bin auf mich allein gestellt seit meiner Kindheit.«
»Fanden Sie bei diesen Gelegenheiten sexuelle Befriedigung?«
»Was denken Sie denn?«
Er meinte, daß das wohl nicht der Fall gewesen sei, was sie

entschieden bestritt. Gekränkt fügte sie hinzu, daß sie imstande sei, jeden Mann auf der Welt zufriedenzustellen.
Nach einigen weiteren Fragen sagte Paul, daß nun die ehelichen Beziehungen an die Reihe kämen. Mit zitternden Händen zündete Naomi mit dem Stummel der alten eine neue Zigarette an und wartete.
»Sie waren nur einmal verheiratet?«
»Gott sei Dank!«
»Wie lange?«
»Sechs Jahre.«
»Sind Sie geschieden?«
»Seit fast drei Jahren.«
»Hatten Sie seitdem Kontakt zu Ihrem Ex-Mann?«
»Ich habe ihn danach kein einziges Mal gesehen.«
Paul stellte Fragen über das Zusammenleben mit ihrem Mann. Ihre Antworten waren ziemlich schnippisch und feindselig.
Einmal, nachdem sie eine abfällige Bemerkung über ihren Mann gemacht hatte, schien sie es zu bedauern und bemühte sich, ihre Äußerung abzumildern. »Verstehen Sie mich nicht falsch«, sagte sie. »Er war schon süß. Er war nicht so schlecht, wie ich ihn dargestellt habe. Wir hatten unsere Augenblicke.«
Naomis Laune besserte sich während der nächsten zehn Minuten allmählich, während Paul fortfuhr, ihr Eheleben zu erforschen. Als er das Thema außerehelicher Beziehungen erreichte, war sie in bester Stimmung. Die Benommenheit war verschwunden, und sie fühlte sich wohl, sehnte sich allerdings nach einem Drink.
»Sie waren sechs Jahre verheiratet«, fuhr Paul fort. »Kam es in dieser Zeit zu außerehelichem Petting – nur Petting?«
»Das ist bei den meisten Frauen so. Ich bilde da keine Ausnahme.«

»Können Sie sich erinnern...«
Sie erinnerte sich lebhaft.
Als sie fertig war, fragte Paul nach richtigen Liebesaffären.
»Hatten Sie solche Affären mit anderen Partnern als Ihrem Ehemann?«
Da fing der Ärger an.
»Hören Sie«, sagte sie plötzlich, »vielleicht kann ich uns beiden Zeit sparen. Ich erzähle es Ihnen geradeheraus, und wir können es hinter uns bringen. Er war ein feiner Kerl. Das meine ich ernst. Aber er konnte mich nicht zufriedenstellen. Ich war einfach nicht glücklich. Vielleicht werde ich es nie sein. Ich wollte treu sein, und ich versuchte es – versuchte es wirklich. Aber Sie sind keine Frau. Sie wissen nicht, was es heißt, Liebe zu brauchen und keine zu bekommen, oder jedenfalls nicht genug. Also betrog ich ihn. Nicht im ersten Jahr. Aber ich wurde nervös wie ein Tiger im Käfig, und ich glaubte, verrückt zu werden. Ich fing also an, ihn zu betrügen. Aber ich war vorsichtig. Ich wollte nicht zerstören, was wir hatten. Ich wollte ihn wirklich – aber ich wollte auch alle anderen. Begreifen Sie?«
»Ich denke, ja.«
»Ich war diskret. Ich ging in die Stadt und fand jemanden in einem Kino oder in einer Bar, oder ich fuhr in die nächste Stadt zum Einkaufen. Ich will versuchen, Ihnen ein paar Zahlen zu geben. Ich weiß, Sie lieben Statistik. Nach dem ersten Jahr tat ich es mehrere Jahre lang nur einmal im Monat.«
»Mit demselben Partner oder mit verschiedenen?«
»Mit verschiedenen, natürlich – immer –, sie kannten noch nicht einmal meinen Namen. Es durfte nichts bekannt werden. Aber es wurde immer schlimmer. Bald konnte ich an nichts anderes mehr denken. Ich glaubte, wahnsinnig zu werden. Es geschah nun zwei- und

schließlich dreimal im Monat. Dann jede Woche. Einmal sah mich die Frau eines Freundes in einer anderen Stadt mit einem Mann, und ich war so oft weg – na, jedenfalls wurde mein Mann mißtrauisch. Nein, das stimmt nicht. Er vertraute mir. Er wurde neugierig. Also entschloß ich mich, eine Weile nicht mehr auszugehen. Aber ich hielt es zu Hause nicht aus. Einfach nur herumzusitzen und auf ihn zu warten. Ich hielt es nicht aus. Wenn ich völlig verzweifelt war, versuchte ich es bei Fremden in der Nachbarschaft. Es war nicht leicht. Und es machte mich nervös. Da war dieser Schuljunge – eigentlich kein Junge mehr –, er war zwanzig, und immer wenn er mir begegnete, konnte ich sehen, daß er verrückt nach mir war. Immer starrte er auf meine Brüste. Nun, er gefiel mir ein bißchen, und er sah männlich aus. Ich dachte, wenn ich ihn an mich binden und mit ihm meine Bedürfnisse befriedigen könnte, würde das vielleicht reichen und sicherer sein. Eines Nachmittags, als ich wußte, daß mein Mann abends nicht dasein würde – er arbeitete an einem wissenschaftlichen Projekt, das seine ganze Zeit in Anspruch nahm –, suchte ich den Jungen auf und lud ihn für den Abend zu mir nach Hause ein. Nun, mein Mann ging um sieben, und dieser Junge tauchte kurz danach auf – er hatte draußen gewartet –, und es war einer meiner schlimmen Abende. Ich konnte einfach nicht warten. Sofort als er hereinkam, sagte ich ihm, daß ich nicht an Tee oder Konversation interessiert sei. Sie hätten sein Gesicht sehen sollen, der arme Kerl. Er hatte Angst, es im Haus zu tun, also gingen wir hinters Haus und legten uns einfach ins Gras. Es war naß und verrückt und wunderschön. Er war ein guter Junge. Wir kamen beide zugleich und trieben es wie zwei wilde Tiere. Da ging plötzlich auf der Terrasse das Licht an, und es war mein Mann. Der Junge rannte weg, und ich lag dort. Ich wollte, daß mein Mann mich schlug, daß er mich umbrachte. Ich schämte mich so. Aber er stand einfach da und weinte. Das war das Schlimmste an der ganzen Sache. Ich versuchte, ihn dazu zu bringen, mich zu töten. Ich erzählte ihm von einigen meiner Affären, nicht von allen, nur von ein paar. Und er stand nur da und weinte. Dann ging er weg, und ich habe ihn nie wiedergesehen. So kam ich nach Kalifornien und wurde geschieden – mein alter Herr lebt hier, aber seine Frau ist eine Hure, und ich hielt es bei ihnen nicht aus. Ich hatte noch etwas Geld von meiner Mutter, also kaufte ich mir ein Haus in den Briars. Hier hoffte ich, einen neuen Mann zu finden. Und ich fand nicht nur einen, ich fand jede Menge, alle verheiratet. Sie wollen wissen, wie oft ich es in den letzten drei Jahren gemacht habe? Zweimal pro Woche, ungefähr. Ich halte es auf diesem niedrigen Niveau, indem ich trinke. Das hilft wirklich. Ich meine, wenn man genug trinkt. Jedenfalls...« Atemlos hielt sie einen Moment inne. Sie starrte auf die Trennwand und fragte sich, was er wohl dachte. »... ist es mir egal, was Sie von mir denken. Sie wollen die Wahrheit hören. Ich schäme mich nicht. Wir sind alle unterschiedlich geschaffen. Ich wette, Sie glauben, ich sei eine alte Schachtel. Aber das bin ich nicht. Die Männer glauben, daß es Frauen alt macht. Das stimmt nicht. Schieben Sie diese alberne Trennwand weg, und überzeugen Sie sich selbst. Jedenfalls ist es gesund, wenn es natürlich ist, und für mich ist es natürlich. Sicher...«, sie machte eine Pause und entschied, daß er gut von ihr denken sollte, »... wollen Sie für Ihre Umfrage hören, daß ich mich gebessert habe. Ich habe es schon seit drei Wochen nicht mehr getan. Auch das ist wahr. Und es war gar nicht so schwer. Es ist, wie wenn man mit dem Rauchen aufhört. Einmal habe ich es einen ganzen Monat nicht gemacht. Man bekommt Entzugserscheinungen, aber wenn man sich einmal fest

entschlossen hat, ist alles möglich. Das glauben Sie mir doch, nicht wahr?«
»Ja, ich glaube Ihnen«, sagte Paul leise.
»Ich werde mir einen Job suchen. Ich habe mich entschlossen. Das wird mich beschäftigen, bis ich wieder heirate. Wenn ich nur den richtigen Mann finde – jemanden, der meine Bedürfnisse befriedigt –, ist alles in Ordnung; Sie werden schon sehen.«
»Ich hoffe es aufrichtig.«
Sie lehnte sich zurück und schloß die Augen. Sie fühlte sich jetzt viel besser.
»Nun, Sie müssen zugeben, daß ich den Sex-Durchschnitt von den Briars ein ganzes Stück nach oben aufgebessert habe... Haben Sie noch Fragen?«

Seit Naomi das Gebäude des Frauenvereins verlassen hatte, befand sie sich in unnatürlich aufgeregter Stimmung. Das Interview war eine seltsam stimulierende Erfahrung für sie gewesen und hatte auf eine Weise, die sie nicht verstand, ihr bisheriges Leben sanktioniert. Zölibat und Enthaltsamkeit schienen die geringeren Tugenden zu sein.
Nun war es Abend, und während sie durch die Stadt fuhr, wußte Naomi, daß sie ihre Acht-Uhr-Verabredung mit Kathleen Ballard nicht einhalten würde. Noch am Mittag hatte sie in einem plötzlichen Entschluß Kathleen angerufen und gebeten, sie besuchen zu dürfen. Bereits am Telefon hatte Naomi sie offen um eine Gefälligkeit gebeten. Ob Kathleen ihr nicht vielleicht eine Arbeit bei den Radcone-Werken besorgen könne. Kathleen hatte sofort ihre Hilfe zugesagt, und sie verabredeten, sich nach dem Dinner bei Kathleen zu treffen.
Unterwegs hielt Naomi kurz vor Dr. Schultz' Vierundzwanzig-Stunden-Haustier-Hospital. Sie bat den Ange-

stellten, Colonel zu holen, ihren fünfjährigen Cockerspaniel. Sie hatte ihn damals gekauft, weil er der einzige Cocker war, den sie je gesehen hatte, der keine traurigen Augen hatte. Vor ein paar Monaten hatte sie ihn in Pflege gegeben, weil es ihr zuviel geworden war, ihn zu füttern, zu waschen und mit ihm spazierenzugehen. Als man ihr Colonel brachte, wedelte er bei ihrem Anblick vor Freude wild mit dem Schwanz, und sie schämte sich, weil sie sich so lange nicht um ihn gekümmert hatte.
Mit Colonel, der dankbar ihre freie Hand leckte, auf dem Beifahrersitz fuhr sie hastig nach Hause. Sie brachte Colonel ins Haus und gab ihm Milch zu trinken. Während er beschäftigt war, eilte sie ins Badezimmer, frischte ihr Make-up auf, kehrte in die Küche zurück, goß sich einen doppelten Scotch ein und stürzte ihn mit verzerrtem Gesicht hinunter. Dann fühlte sie sich wieder warm und tatendurstig.
Sie fand die rote Leine, befestigte sie an Colonels Halsband und ging mit ihm zur Haustür.
»Komm, wir gehen spazieren, Poopsie«, sagte sie.
Draußen war es dunkel, und die Straßenlaternen brannten. Mit Colonel an der Leine ging Naomi den Block entlang.
Als sie sich dem fünften Haus hinter ihrem eigenen näherte, dem Agajanian-Haus, ging sie langsamer. Der Plan, der sich während des letzten Teils des Interviews in ihrem Kopf geformt hatte, war, daß sie am Agajanian-Haus vorüberspazieren würde und daß Wash Dillon, der Musiker, sie sehen würde und nach draußen käme. Wenn nicht, würde sie auf dem Rückweg klingeln. Wenn Wash an die Tür kam, würde sie ihm sagen, daß er nach dem Dinner kommen solle. Er würde verstehen und einen Weg finden. Wenn Mrs. Dillon an die Tür kam, oder einer von den Agajanians, würde sie sagen, sie sei eine Nachbarin

und wolle sich Washs Rat wegen einer Schallplattensammlung holen, die sie zu kaufen beabsichtige.
Sie sah, daß das Garagentor offenstand und Licht in die Auffahrt fiel. Ein magerer Junge dribbelte mit einem Basketball und versuchte, den Ring zu treffen, der oben an der Garagenwand hing. Das war Wash Dillons Sohn, erinnerte sie sich, Johnny hieß er. Sie überlegte, was sie tun sollte, aber ihr blieb keine andere Wahl. Sie mußte Wash in dieser Nacht sehen. »Johnny«, rief sie.
Er drehte sich verblüfft um.
»Oh, Mrs. Shields.«
Er kam näher.
»Ist dein Vater zu Hause?«
»Nee. Er ist letzte Nacht ausgezogen.«
»Ausgezogen?«
»Er hat alle seine Sachen mitgenommen. Er hatte Krach mit Ma und schlug sie. Ich glaube nicht, daß er zurückkommt.«
»Wo ist er?«
»Ich weiß nicht. Er ist sicher immer noch im Jorrocks' Jollities, das ist Mr. Agajanians Nachtklub.«
»Ich weiß... Also, tut mir leid, Johnny.«
»Hat sich nichts geändert. Er war sowieso nie zu Hause. Oh, das ist aber ein süßer Hund.«
»Ja. Gute Nacht, Johnny.«
»Gute Nacht, Miss.«
Es hatte keinen Sinn mehr, noch weiter zu gehen. Naomi zog an der Leine und machte sich auf den Rückweg.
In der Küche zog sie den Mantel aus, warf ihn auf einen Stuhl und öffnete den Geschirrschrank. Es waren immer noch drei Dosen Hundefutter drin. Sie öffnete eine, schüttete den Inhalt in eine Schale und lockte Colonel ins Eßzimmer. Dann schloß sie die Tür hinter ihm. Er würde essen und schlafen. Die Frage war: Was sollte sie tun?

Auf der Uhr über dem Herd war es zwanzig nach sieben. Sie verspürte keinen Hunger, außer auf Wash. Sie wußte, es war noch Zeit genug, um zu Kathleen zu fahren. Aber sie wollte Kathleen nicht sehen und auch nicht über einen Job reden. Verdammt, sie wollte keinen blöden, langweiligen Job. Sie wollte ein Heim mit jemand drin – jemand. Die halbvolle Flasche Scotch stand neben der Spüle, und da stand auch das Glas. Sie mußte nachdenken. Sie füllte das Glas bis zum Rand und trank. Sie lehnte sich gegen die Spüle und trank weiter. Der Alkohol strömte durch ihren Körper und kreiste in ihren Leisten. Ihr wurde nicht nur warm, sondern heiß.
Sie dachte an Wash Dillon, aber statt seines Körpers sah sie nur einen riesigen Phallus.
Sie fragte sich, ob andere Frauen wohl auch solche obszönen Visionen hatten. Bestimmt! Reinheit war eine gesellschaftliche Lüge. Dahinter verbargen sich Begierde und Lust. Dr. Chapman hatte in seinem Vortrag gesagt, daß die meisten Frauen alles taten und alles dachten, es nur vor niemandem zugaben, und daß keine Empfindung einzigartig war. Was hatte er genau gesagt? Sie erinnerte sich nicht mehr.
Sie leerte das Glas und goß sich nach. Ihre Hand war unsicher, und sie verschüttete etwas von dem Schnaps. Während sie das volle Glas in der Hand hielt, spürte sie die brennende Flamme in ihrem Körper. Dieser Schmerz mußte ertränkt werden. Eine Sekunde lang spielte sie mit dem Gedanken, in den Nachtklub zu gehen und Wash zu suchen. Aber dann verlosch die verzehrende Flamme, und zurück blieb nur das verbrannte Ödland der Agonie. Sie starrte auf das Glas und wußte, daß kein Mensch, Wash nicht und auch sonst niemand, die Agonie aufhalten konnte und retten konnte, was längst verwüstet war. Es gab nur noch ein Mittel, um dieser Krankheit ein Ende

zu machen, die Fleisch und Seele vergiftet hatte. Sie stellte das Glas ab und taumelte aus der Küche. Im Flur konnte sie den Lichtschalter nicht finden und tastete sich auf unsicheren Füßen ins Badezimmer vor. Dort knipste sie das Licht an und wankte zum Medizinschränkchen. Sie wühlte in den Medikamenten, bis sie das weiße Döschen fand, das sie so verzweifelt suchte. Sie öffnete es und schüttelte ein Häufchen Schlaftabletten in ihre flache Hand. Ihre Sehnsucht nach dem Nirwana, dem Nichts, wo es keinen Schmerz, keine Schuld und keine Sorgen gab, war stärker als jedes Verlangen, das sie je nach irgendeinem Mann verspürt hatte. Sie würde sie alle auf einmal schlucken. Dann fiel ihr ein, daß sie dazu ein Glas Wasser brauchte. Während sie nach einem Glas suchte, dachte sie plötzlich wieder an Wash.
Oh, Wash. Der Nachtklub war eine angenehmere Hölle, ein angenehmerer Tod.
Sie wog die Tabletten in der Hand und warf sie dann ins Klo.
Nein, sie würde noch ein bißchen weiterleben.
Sie taumelte ins Schlafzimmer, ließ sich auf das Bett fallen und schlief ihren Rausch aus.

Es war schon nach Mitternacht, als Paul Radford Dr. Chapman gute Nacht sagte und zu dem Zimmer ging, das er mit Horace van Duesen teilte.
Zu seiner Überraschung brannte das Licht noch. Horace lag im Bett und las.
»Ich dachte, du seist todmüde«, sagte Paul.
»Bin ich auch. Aber ich kann trotzdem nicht einschlafen.«
Paul nahm die Krawatte ab und knöpfte das Hemd auf.
»Junge, bin ich erledigt.«
»Wo warst du?«
»In der Stadt war ein Seminar. Eine Diskussion über

Eheprobleme mit Leuten von der Universität. Dr. Chapman wollte, daß ich ihn begleite. Was für ein Tag.«
Paul legte seinen Schlafanzug heraus und begann, sich auszuziehen.
Horace legte das Buch weg. »Ich bin dir sehr dankbar, daß du es hingebogen hast, daß Dr. Chapman heute meine Interviews übernommen hat.«
»Ich habe einfach gesagt, du hättest die Grippe. Sie grassiert sowieso in der Stadt. Ich hätte dir Tabletten besorgt, und morgen seist du wieder fit.«
»Ich hätte letzte Nacht wirklich nicht so viel trinken sollen.«
»Schon gut. Das kann doch jedem mal passieren.«
»Wie war es heute?«
»Oh, das übliche. Es gibt eigentlich nichts mehr, was mich noch überraschen könnte. Die letzte heute war eine Nymphomanin von der schlimmsten Sorte.«
»Bist du sicher?«
»Keine Frage. Ich habe sie nicht gesehen, aber Benita sagte, sie habe verdammt gut ausgesehen. Es war eine beeindruckende Sitzung. Sie tat mir wirklich leid. Fünfzig Partner vor der Ehe, und dann einmal pro Woche, bis ihr Mann sie erwischte.«
Er hängte seine Hose über einen Kleiderbügel.
»Du meinst, ihr Mann erwischte sie mit einem anderen Mann?« fragte Horace.
»Noch dazu hinter dem Haus auf der Wiese, mit einem Jungen. Ihr Mann verließ sie auf der Stelle – was ich ihm nicht verüble, wenn sie auch sehr krank ist und unbedingt Hilfe braucht. Sie kam nach Kalifornien und machte weiter, schlimmer als vorher, obwohl sie sich jetzt bessern will, aber das wird ihr kaum gelingen.«
Horace hatte aufmerksam zugehört. Plötzlich fragte er: »Wie war ihr Name?«

Paul, der auf dem Weg ins Badezimmer war, blieb stehen. »Der Name? Wart mal – ja –, Naomi Shields.« Er wunderte sich über Horaces angewiderten Gesichtsausdruck. »Kennst du die Dame?«
»Das war keine Dame«, sagte Horace leise, »das war meine Frau.«

8

In dieser Nacht erzählte Horace Paul die Geschichte seiner Ehe, und was er erzählte, deckte sich im wesentlichen mit der Schilderung Naomis, mit Ausnahme der unterschiedlichen Perspektive.
»Jetzt verstehst du sicher, warum ich die Briars so fürchtete. Ich wollte sie nicht wiedersehen. Oder vielleicht wollte ich sie unterbewußt doch wiedersehen und hatte nur Angst vor dieser Begegnung. Und ich *habe* sie gesehen...«
»Du hast sie gesehen?« fragte Paul erstaunt.
»Ja. Deswegen habe ich mich gestern abend so betrunken. Ich war in einem Kino in Westwood und hatte einen Platz ziemlich nah am Mittelgang. Zwanzig Minuten nach Beginn der Vorstellung ging eine junge Frau den Gang hinauf hinaus in die Lobby. Es war Naomi. Ich habe sie sofort erkannt, aber sie sah mich nicht. In diesem kurzen Augenblick wußte ich, daß ich sie immer noch liebte und wiedersehen wollte. Um jeden Preis! Da war sie, dieses verachtenswerte Geschöpf, und ich liebte sie immer noch. Es war schrecklich. Ich sprang auf und ging ihr nach. Aber sie war nicht in der Lobby und auch sonst nirgendwo im Kino. Ich suchte sie draußen auf der Straße, lief um den Häuserblock. Ich konnte sie nicht finden. Ich beschloß, im Telefonbuch ihre Adresse zu suchen und zu ihr zu fahren. Sie stand im Telefonbuch. Doch dann kamen mir Zweifel. Da war diese Fremde, die ich nicht kannte, die mit dem Jungen im Gras gelegen hatte. Ich beschloß, mir erst einmal einen Drink zu genehmigen. Also ging ich in eine Bar namens Pico und betrank mich. Bald war ich nicht

mehr in der Verfassung, sie zu besuchen, und ich kann von Glück sagen, daß ich heil zurück ins Motel gekommen bin. Aber es geht mir einfach nicht aus dem Kopf, wie ich mich benommen habe. Ich dachte, sie sei für mich tot und vergessen. Ich hatte sämtliche Erinnerungen an sie verdrängt. Und jetzt sehe ich sie wieder und gerate völlig aus dem Häuschen. Ich muß verrückt sein. Wie kann man eine Hure lieben?«
»Sie ist keine Hure«, sagte Paul langsam. »Sie ist eine Frau, mit der du einmal verheiratet warst, und sie ist krank und braucht Hilfe. Und du liebst sie.«
»Ja, ich liebe sie. Aber eine neue Beziehung mit ihr wäre für mich die Hölle.«
»Möglich. Ja, du könntest recht haben.«

Cass Miller versteifte sich in seinem Stuhl, als er Sarah Goldsmith' Antwort auf seine Frage hörte und starrte haßerfüllt auf den trennenden Wandschirm. Hure, dachte er, dreckige, betrügende Hure.
Er hatte gesagt: »Nun folgt eine Reihe von Fragen über außereheliche Beziehungen.« Er hatte gefragt: »Haben Sie außer mit Ihrem Mann noch mit einem oder mehreren anderen Männern den Koitus praktiziert?« Er war sich ihrer Antwort so sicher gewesen, daß er das Symbol für »nie« angekreuzt hatte, ohne ihre Antwort abzuwarten.
Sie hatte geantwortet: »Mit einem.«
Cass hatte geglaubt, sich verhört zu haben. »Entschuldigung. Sie meinen, daß Sie während Ihrer Ehe außer mit Ihrem Gatten noch mit einem anderen Mann Verkehr gehabt haben?«
»Ja, mit einem«, hatte sie nervös wiederholt.
Cass war es schwergefallen, zu verhindern, daß seine Stimme einen mißbilligenden Ton annahm. »Wann...

wann bestand diese Beziehung?« Er hatte fest damit gerechnet, daß nun mildernde Umstände folgen würden. Vor langer Zeit bestimmt, als sie dumm, unreif, betrunken gewesen war.
Sie hatte geantwortet: »Sie besteht jetzt im Augenblick.«
Diese Hure. Das Blut pochte in seinen Schläfen. Wütend radierte er aus, was er geschrieben hatte, und riß dabei ein Loch in die Seite.
Er hatte sich von ihr zum Narren halten lassen, und er verachtete sie. Normalerweise war er auf so etwas vorbereitet, aber ihre Vorgeschichte und ihr Äußeres hatten ihn getäuscht.
Das Interview war für neun Uhr angesetzt gewesen, und Cass hatte verschlafen und war spät dran. Als er zu seinem Büro ging, sah er, wie sie von Benita in seine Richtung geführt wurde. Er sah, daß ihr glattes Haar zu einem altmodischen Knoten hochgesteckt war und daß sie eine Brille trug sowie ein ordentliches, konservatives Kleid. Die Brille, die flachen Schuhe, ihre reife Figur, ihr ganzes Erscheinungsbild als konservative Hausfrau hatten ihn getäuscht, vor allem aber die Brille.
Ihre Antworten auf seine ersten Fragen hatten seine vorgefaßte Meinung scheinbar bestätigt. Sie waren nüchtern, vernünftig. Sie war fünfunddreißig, seit zwölf Jahren verheiratet. Ihr Mann hatte anscheinend nicht gerade das Pulver erfunden, wie Cass feststellte, aber wahrscheinlich war das genau das Richtige für sie. Zwölf Jahre verheiratet, zwei Kinder, regelmäßiger Besuch in der Synagoge. Eine gute Ehefrau und Mutter.
»Wann bestand diese Beziehung?« hatte er gefragt.
»Sie besteht jetzt im Augenblick«, hatte sie geantwortet.
Schmutzige Hure! Er hätte es wissen müssen. Diese Sorte waren die Schlimmsten. Scheinheilig backten sie ihr Brot und verrichteten ihre Hausarbeit, und in Wahrheit...

Als er nun die Antwort korrekt in den Fragebogen eintrug, brach die alte Wunde wieder auf, und der Schmerz schoß ihm in den Kopf.
Auch seine Mutter hatte ihr Haar in einem Knoten getragen, außer an dem einen Morgen – *dem* Morgen –, als er unerwartet früher aus der Schule gekommen war, wegen einer schlechten Note, und bei ihr Trost suchte. Ihr Haar hatte lose über ihren Schultern gehangen, er erinnerte sich genau, und ihre großen Brüste, und diese obszöne Stellung, in der dieser dünne Mann auf ihr lag, der nicht sein Vater war. Wenn er an sie dachte, sah er immer nur dieses Bild vor sich, und er verabscheute sie – diese alte Frau mit einem anderen Mann auf dem Bett, diese alte Frau, die seine Mutter war.
Viel später, als er aufs College ging und ihn die Erinnerung noch immer verfolgte, hatte er einmal genau nachgeprüft, wann seine Mutter geboren worden war und wie alt er selbst gewesen war. Verblüfft stellte er fest, daß seine Mutter erst neunundzwanzig gewesen war, als es passierte. Das erschien ihm unglaublich. Das Schlimmste war für ihn immer gewesen, daß sie schon eine alte Frau gewesen war, die Mutter war. Und nun stellte er fest, daß sie damals noch gar nicht alt gewesen war. Trotzdem, für ihn blieb es dabei: Sie war alt gewesen, als sie jung war, und eine Mutter, und eine Hure – eine unmoralische, niederträchtige, liederliche Hure, treulos und teuflisch in ihrer Obszönität.
Auf der anderen Seite des Wandschirmes rutschte Sarah unbehaglich auf ihrem Stuhl hin und her. Der Interviewer schwieg schon lange. Hatte sie das Falsche gesagt? Nein, Dr. Chapman hatte betont, daß sie reine Fakten wollten. Niemand würde sie je zu Gesicht bekommen. Die Geheimschrift, die Safes. Trotzdem, ihre Unruhe wuchs. Warum hatte sie nicht zuerst mit Fred Tauber gesprochen?

Was war, wenn es doch herauskam? Sie wünschte sich mehr als alles andere in der Welt, daß sie die Affäre nicht erwähnt hätte. Doch nun war es zu spät. Warum hatte sie die Wahrheit gesagt? War es, weil sie stolz auf ihr Geheimnis war, auf ihre neugewonnene Freiheit, und weil sie irgend jemandem davon erzählen wollte?
Sie hörte seine Stimme. Sie klang seltsam schroff. »Bitte entschuldigen Sie die Unterbrechung«, sagte er. »Wir haben gezielte Fragen für die einzelnen möglichen Fälle. Da Ihre außereheliche Affäre, wie Sie sagten, gegenwärtig stattfindet, mußte ich den entsprechenden Fragebogen suchen. So, wenn Sie bereit sind...«
Plötzlich hatte sie Angst. »Ich weiß nicht«, platzte sie heraus, »vielleicht sollte ich...«
Sofort wurde die männliche Stimme hinter dem Schirm sanft und besorgt. »Bitte haben Sie keine Angst, Ma'am. Ich weiß, daß es schwer für Sie ist, und Aufrichtigkeit fällt unter diesen Umständen nicht leicht. Aber unser Interesse ist rein wissenschaftlicher Natur. Nichts weiter. Für uns – für mich – sind Sie anonym, eine Frau, die sich bereiterklärt hat, bei dieser guten Sache mitzuwirken. Nach Ihnen werden andere Frauen in diesem Raum sitzen und Dinge enthüllen, über die es nicht leichtfällt zu sprechen. Heute abend werden sie nur noch ein paar Kreuzchen auf einem Bogen Papier sein. Sie brauchen wirklich keine Angst zu haben.«
Die Worte waren beruhigend, und Sarah nickte stumm. »In Ordnung.«
»Bringen wir es schnell hinter uns. Dieser Mann, von dem Sie gesprochen haben – wie lange dauert dieses Verhältnis schon?«
»Drei Monate.«
»Können Sie angeben, wie oft Sie mit ihm pro Monat Geschlechtsverkehr hatten?«

»Pro Monat?«
»Nun, pro Woche, wenn das leichter ist.«
Sie zögerte. Wie würde sie dastehen, wenn sie die Wahrheit sagte? Wäre es erniedrigend oder normal und attraktiv? Sie dachte an Fred, an ihr Erwachen, und entschied, daß sie stolz war. »Viermal pro Woche«, sagte sie.
»Viermal pro Woche«, wiederholte er, und seine Stimme klang seltsam gedämpft. »Ist Ihr Partner alleinstehend oder verheiratet?«
»Er... er ist verheiratet.« Aber sie wollte nicht mißverstanden werden. Sie zerstörte niemandes Ehe. »Er ist verheiratet, lebt aber getrennt. Seine Frau willigt nicht in die Scheidung ein.«
»Ich verstehe.«
Seine Frage beunruhigte sie. Natürlich wollte Fred die Scheidung. Das hatte er ihr schon so oft gesagt. Es lag nur daran, daß seine Frau so schwierig war. Warum würde er sonst wohl auch getrennt von ihr leben?
»Können Sie einen oder mehrere Gründe nennen, warum Sie sich auf eine außereheliche Affäre einließen?«
»Ich weiß nicht.«
»Ich werde die Frage näher erläutern.« Cass zählte verschiedene Beweggründe auf, aus denen verheiratete Frauen Ehebruch begehen. Cass hatte den fünften möglichen Grund genannt, als Sarah ihn unterbrach.
»Ja, dieser Grund«, sagte sie.
»Welcher? Der letzte?«
»Ja.«
»Ihr Mann stellte Sie nicht zufrieden?«
Sie schauderte. Warum ließ *er* sich nicht mit einer Antwort zufriedenstellen? Warum bohrte er weiter? Wie konnte sie es ihm erklären? Er kannte Sam nicht. Er hatte nicht zwölf Jahre mit ihm gelebt. Er hatte nicht die quälende Monotonie jedes neuen Monats und Jahrs ertragen müssen.

Konnte er verstehen, daß eine Frau nur ein einziges kurzes Leben hatte, das nutzlos vertan war, wenn man es nicht auskostete? »Nein, er stellte mich nicht zufrieden«, wiederholte sie schließlich. »Etwas fehlte. Aber ich habe nicht aktiv nach einem Verhältnis gesucht. Es passierte einfach.«
»Wie würden Sie sich im Vergleich zu Ihrem Mann einschätzen: Sind Sie weniger leidenschaftlich, genauso leidenschaftlich oder leidenschaftlicher?«
»Oh, leidenschaftlicher.«
»Gut. Nun eine weitere Multiple-Choice-Frage. Glauben Sie, daß Ihr Mann von Ihrer Liebesaffäre weiß? Mögliche Antworten: Er weiß es, weil es ihm erzählt wurde; er weiß es, weil er es selbst herausgefunden hat; er hat wahrscheinlich einen Verdacht; er weiß es nicht.«
»Er weiß es nicht«, erklärte Sarah entschieden.
Cass kritzelte das entsprechende Symbol. Er weiß es nicht. Weiß es nicht. Der Ärger schnürte ihm die Kehle zu. Das waren die Schlimmsten; nach außen spielten sie die brave Hausfrau, und dann das – viermal die Woche.
Sein Bleistift schwebte über dem Papier. Er versuchte sie sich vorzustellen. So, wie er sie draußen auf dem Korridor kurz gesehen hatte. Das Haar in einem straffen Knoten, die vollen, weiblichen Hüften. Und dann stellte er sich vor, wie er sie wirklich gesehen hatte: ihr Haar lose über den Schultern, schwere, nackte Schenkel – diese alte Frau im Bett mit dem fremden Mann...

Noch lange danach sollte Paul Radford sich an das Interview erinnern, daß an einem schwülwarmen Donnerstagnachmittag zwischen vier Uhr und Viertel nach fünf stattfand.
Ihre weiche, klangvolle Stimme hinter dem trennenden Schirm hatte sein Interesse geweckt. Bei dieser Stimme

drängten sich Assoziationen auf, wie: gelassen... gebildet... damenhaft.
Er fragte sich, ob ihr Äußeres den Verheißungen ihrer Stimme entsprach. Wie auch schon zuvor des öfteren empfand er den Trennschirm als lästig. Er hemmte mehr, als er ermutigte.
Ihre voreheliche Lebensgeschichte lag vor ihm. Mit Ausnahme einiger puritanischer Obertöne und einer gewissen Zurückhaltung war an ihren Antworten nichts Bemerkenswertes gewesen.
»Bevor wir uns jetzt einer Reihe von Fragen zum ehelichen Geschlechtsverkehr zuwenden«, sagte er, »sollten wir vielleicht eine kleine Zigarettenpause einlegen?«
»Ja, sehr gerne.«
»Ich würde mir gerne eine Pfeife anzünden, wenn es Ihnen nichts ausmacht?«
»Nicht im geringsten.«
Sie hieß Kathleen Ballard. Sie war achtundzwanzig Jahre alt. Ihr Geburtsort war Richmond in Virginia. Sie hatte das Roanoke College und die Universität von Richmond besucht, hatte außerdem kurze Zeit an der Sorbonne studiert. Ihr Vater war ein hoher Offizier in der Armee. Wie Paul selbst war sie presbyterianisch erzogen, später aber religiös gleichgültig. Sie war verwitwet. Drei Jahre war sie mit einem Testpiloten verheiratet gewesen, der bei einem Flugzeugabsturz ums Leben kam.
Plötzlich brachte er ihren Namen mit dem kürzlich verunglückten Testpiloten in Verbindung. Ballard. Ihm wurde klar, daß sie möglicherweise die Witwe des berühmten Boy Ballard war, einer legendären Gestalt, die jahrelang die Titelseiten der Zeitungen gefüllt hatte. Natürlich. Sie war die Witwe des großen Boy Ballard, und sofort bekam Paul ein unbehagliches Gefühl dabei, eine solch hochgestellte Person zu interviewen. Aber ein Blick auf den

Fragebogen beruhigte ihn. Sie *war* auch eine ganz normale Frau.
Er legte seine Pfeife in den Keramikaschenbecher und räusperte sich. »So, ich bin bereit. Können wir weitermachen?«
»Ja, in Ordnung.«
»Diese Fragen befassen sich mit den drei Jahren Ihrer Ehe. Zunächst: Wie häufig hatten Sie mit Ihrem Mann Geschlechtsverkehr?«
Auf der anderen Seite des Wandschirms saß Kathleen Ballard kerzengerade und verkrampft in ihrem Stuhl. Sie trug ein kühles, ärmelloses eisblaues Leinenkleid. Sie hatte gerade erst ihre Zigarette ausgedrückt, suchte aber bereits in ihrer Handtasche nach der nächsten.
»Lassen Sie mich überlegen...«, sagte sie.
Diesen Augenblick hatte sie während der letzten Tage gefürchtet, aber sie war vorbereitet. Es war ein großes Glück gewesen, daß sie Dienstagmorgen Ursula Palmer vor der Post getroffen hatte. Sie hatten im Crystal Room Tee getrunken, und Ursula hatte ihr mit der Gründlichkeit der Reporterin Bericht erstattet. Nachher im Auto hatte Kathleen alle Fragen, an die sie sich erinnern konnte, insbesondere die über eheliches Leben, auf ein Blatt Papier gekritzelt. Zuhause hatte sie dann die Fragen, die man ihr stellen würde, wieder und wieder gelesen und über ihr Leben mit Boy nachgedacht. Sie war also gut vorbereitet. Außerdem war es nun zu spät, um es sich noch einmal anders zu überlegen. Sie hielt eine neue Zigarette zwischen ihren nikotinverfärbten Fingern und sagte: »Entschuldigung, könnten Sie die letzte Frage bitte noch einmal wiederholen?«
»Es geht um die Häufigkeit...«
»O ja. Dreimal wöchentlich«, platzte sie heraus.
»War das der Durchschnitt?«

»Ja, wenn er zu Hause war. Er war oft nicht da.«
»Praktizierten Sie Petting vor...«
Auch auf diese Frage war sie vorbereitet. »Ja, natürlich.«
»Können Sie beschreiben...«
Hastig beschrieb sie es.
»Wieviel Zeit verbrachten Sie im Durchschnitt mit Petting?«
Panik stieg in ihr auf. Diese Frage hatte Ursula nicht erwähnt. Seltsam, sie war doch immer so gründlich. Vielleicht war Ursula das nicht gefragt worden. Warum nicht? Und warum wurde sie es gefragt. Wie lange, im Durchschnitt? Was sollte man da antworten? Eine Stunde? Zu phantastisch. »Fünfzig Minuten«, sagte sie.
Kühl, wie sie glaubte, erscheinen zu müssen, beantwortete sie Frage um Frage. Ohne zu zögern, beschrieb sie großartige sexuelle Leistungen, ein Paradebeispiel für strahlende Weiblichkeit.
Sie hatte auf eine heikle Frage geantwortet. Einen Moment herrschte Schweigen. Sie beobachtete den Trennschirm und fragte sich, ob ihr Interviewer ihr glaubte.
»Wenn ich Sie richtig verstanden habe«, sagte Paul, »waren Sie und Ihr Mann dreimal pro Woche intim. Dabei verwendeten Sie auf Petting fünfzig Minuten und auf den Liebesakt eine Stunde. Richtig?«
Die Zigarette verbrannte ihr fast die Finger, und sie drückte sie hastig aus. Nerven vibrierten unter ihrer Haut, und sie hatte Mühe zu schlucken. »Ja«, antwortete sie laut. Zu laut, entschied sie. »Es ist schwer..., sich nachher genau zu erinnern.«
Weitere Fragen, die ihr zu vorsichtig formuliert vorkamen. Sie wunderte sich.
Er fand, daß sie viel zu hastig antwortete. Er wunderte sich.

»Wie gefiel Ihnen der Geschlechtsverkehr mit Ihrem Mann: sehr, ein wenig, nicht sehr, überhaupt nicht?«
»Es hat mir immer sehr gut gefallen. Ist das nicht normal?«

Zehn nach fünf schob Paul Radford geräuschvoll seinen Stuhl zurück, um anzuzeigen, daß das Interview beendet war.
»So, das wär's. Haben Sie vielen Dank.«
»Es war nicht schlimm. Ich danke Ihnen.«
Er hörte, wie sie ihre Handtasche nahm, hörte das Klikkern ihrer hochhackigen Schuhe, hörte, wie sie die Tür hinter sich schloß, und dann war er allein mit dem aufgezeichneten Geschlechtsleben der Witwe Kathleen Ballard.
Er runzelte die Stirn, nahm den ausgefüllten Fragebogen und ging um den Wandschirm herum. Bis zum nächsten Interview waren es noch zwanzig Minuten. Er beschloß, im Konferenzraum eine Tasse Kaffee zu trinken. Er warf einen Blick auf den leeren Stuhl und den Aschenbecher mit seinen sechs oder sieben Zigarettenkippen. Und dann entdeckte er auf dem Boden, neben dem Tischen, ein dunkelgrünes Portemonnaie.
Er bückte sich und hob es auf. Sie mußte es verloren haben. Er überlegte, dann fiel ihm ein, daß ihr ganz am Anfang des Interviews die Handtasche hingefallen war. Sie hatte ihn gebeten, er möge doch einen Augenblick warten, bis sie ihre Sachen wieder aufgelesen habe. Offenbar hatte sie das Portemonnaie dabei übersehen.
Was er nun tat, rechtfertigte er vor sich selbst damit, daß er sich vergewissern mußte, ob es wirklich ihr Portemonnaie war. Er durchsuchte es. Es befanden sich eine Fünf-Dollar-Note, ein Diner's Book und mehrere Benzin-Kreditkarten darin. Die Seitentasche enthielt ihren Führerschein und ein Foto von ihr. Genauer gesagt, von ihr und

einem kleinen Mädchen. Danach hatte er von Anfang an gesucht.
Er betrachtete die Fotografie. Er war kein bißchen überrascht. Sie war genauso, wie er sie sich vorgestellt hatte. Hübscher vielleicht, mit einer Lieblichkeit, die ihm den Atem raubte. Lange studierte er ihr herrliches Gesicht, das kurzgeschnittene dunkle Haar, die orientalischen Augen, die kleine Nase, den sinnlichen Mund.
Schnell klappte er das Portemonnaie wieder zu. Er würde es Benita geben, damit sie es zurückbrächte.
Er steckte das Portemonnaie in die Tasche und merkte, daß er den Fragebogen noch immer in der Hand hielt. Der Fragebogen, dachte er, war weniger real und weniger wahr als das Gesicht mit den scharlachroten Lippen.
Einen Augenblick starrte er noch auf den Bogen Papier in seine Hand. Und dann zerriß er ihn mit einer kurzen, heftigen Bewegung, halb enttäuscht und halb verbittert.
Warum hatte sie gelogen?
Draußen im Vorzimmer saß Benita hinter dem Schreibtisch und schrieb einen Brief.
»Ist noch Kaffee da?« fragte er.
»Auf der Heizplatte.«
Er nickte und ging weiter. Er gab ihr das Portemonnaie nicht.

Kathleen Ballard saß im Wohnzimmer auf der Couch, starrte ins Leere und rauchte eine Zigarette nach der anderen. Das Interview hatte sie zutiefst aufgewühlt. Zweifel plagten sie. Waren ihre Antworten glaubwürdig gewesen? Oder hatte der Interviewer etwas gemerkt? Der Gedanke quälte sie, daß er ihre Lügen bemerkt hatte – und was er dann wohl von ihr dachte.
Sie grübelte über ihr Verhältnis zu Männern. Hatte es überhaupt etwas mit Boynton zu tun gehabt, daß ihre Ehe

so schlecht verlaufen war? Lag es nicht in Wahrheit ausschließlich an ihr selbst? Würden nicht alle ihre Ehen so scheitern, egal, wen sie heiratete?
Sie hatte das Wort *frigide* einmal im Lexikon nachgeschlagen. Es bedeutete: Mangel an Wärme und Gefühl. Es bedeutete noch mehr. Für Kathleen war es das häßlichste Wort der englischen Sprache.
Das Läuten der Türklingel riß sie aus ihren Gedanken. Sie sah auf die Uhr. Es war zwanzig nach acht. Sie zögerte. Wer wollte sie so spät noch besuchen?
Dann stand sie auf, ging in die Diele und öffnete die Haustür.
Ein hochgewachsener, ihr unbekannter Mann stand dort ein wenig schüchtern. Er hielt ein grünes Portemonnaie in der Hand.
Er lächelte. »Es ist mir unangenehm, so hereinzuplatzen, Mrs. Ballard. Aber wir kennen einander, wenn wir uns auch noch nicht gesehen haben.«
»Ich fürchte, ich kenne Sie nicht«, sagte sie ungeduldig.
»Ich bin Paul Radford. Ich bin einer von Dr. Chapmans Mitarbeitern.«
»Dr. Chapman? Ich verstehe nicht.«
»Ich weiß, es ist ungewöhnlich, aber ...«
Plötzlich zeigte sich Verblüffung auf ihrem Gesicht, und dann Entrüstung. »Wir kennen einander? Wollen Sie damit sagen ... Sie haben mich heute nachmittag interviewt?«
Er nickte. »Ja. Das ist nicht üblich, natürlich. Aber ich dachte, Sie würden Ihr Portemonnaie vermissen. Ich fand es auf dem Fußboden, nachdem Sie gegangen waren.«
Er reichte es ihr. Sie errötete, zögerte und nahm es dann. Seinem Blick ausweichend, öffnete sie es. »Ja, es gehört mir«, sagte sie schließlich. »Ich sollte mich jetzt wohl bei Ihnen bedanken, aber das werde ich nicht.«

Das entschuldigende Lächeln verschwand aus seinem Gesicht. »Sind Sie verärgert?«
»Dazu habe ich ja wohl allen Grund«, sagte sie heftig. »Ich habe mich nur zu diesem dummen Interview bereiterklärt, weil man mir versichert hat, es sei völlig anonym. Und was passiert dann? Bei mir zu Hause taucht der Interviewer auf!«
»Nun, das stimmt nicht ganz. Lassen Sie es mich Ihnen erklären. Es ist noch immer völlig anonym. Ich erinnere mich an keine einzige Ihrer...«
»Trotzdem. Ich finde Ihr Verhalten unmöglich und unverzeihlich – geradezu eine Frechheit. Ich kann Ihnen gar nicht sagen, wie unangenehm mir das ist. Daß Sie hier stehen und mich anstarren, nach allem, was Sie gehört haben – ich fühle mich dadurch unrein!«
Paul erschreckte die kalte Wut, die sich auf ihrem schönen Gesicht bemerkbar machte. Für einen Augenblick war er versucht, ihr zu sagen, daß er sich an keine ihrer Antworten mehr erinnerte, nur noch daran, daß sie gelogen hatte. Statt dessen versuchte er zu verstehen, daß auch dies zu ihrem seltsamen Benehmen bei dem Interview paßte. Er sagte:
»Ich bedaure, daß ich Sie verärgert habe. Ich kann Ihnen gar nicht sagen, wie leid es mir tut.«
»Warum sind Sie dann hergekommen?«
Er zögerte und wägte ab zwischen dem, was er gerne sagen wollte, und dem, was er sagen sollte. Plötzlich war es ihm egal. »Ich sah Ihr Bild in dem Portemonnaie«, sagte er. »Ich glaube, ich mußte einfach wissen, ob Sie wirklich existieren. Es war falsch, und ich hoffe, Sie verzeihen mir. Gute Nacht.«
Er machte auf dem Absatz kehrt und ging mit langen, kantigen Schritten schnell davon.
Kathleen rührte sich nicht. Sie sah ihm nach, bis er in der

Dunkelheit verschwunden war, und ihr Zorn sich in Scham verwandelt hatte.

Wieder tauchte das gräßliche Wort in ihren Gedanken auf: *frigide*. Dieses Wort schien zwischen ihr und jedem Mann zu schweben, dem sie begegnete.

Sie schloß die Haustür, ging ins Badezimmer und nahm eine Schlaftablette. So würde sie wenigstens traumlos schlafen.

9

Als Paul das Restaurant »Crystal Room« betrat, sah er sie allein in einer Nische sitzen. Sie rauchte und spielte mit einem Streichholzmäppchen. Einen Augenblick blieb er am Eingang hinter einer Gruppe Neuankömmlinge stehen und beobachtete sie. Sein erstes Urteil war richtig gewesen. Sie war wundervoll.
Er ging zu ihrem Tisch.
»Guten Tag, Mrs. Ballard«, sagte er.
Sie hob schnell den Kopf. »Hallo.« Sie wirkte erleichtert. »Ich war sicher, Sie würden nicht kommen. Und ich hätte es Ihnen wirklich nicht verübeln können.«
»Bestimmt waren Sie sicher, daß ich kommen würde«, sagte er und setzte sich ihr gegenüber.
»Wie dem auch sei, ich freue mich, daß Sie da sind.«
Er lächelte.
»Ich hatte schon geglaubt, ich würde Sie nie wiedersehen.«
Sie errötete. »Verstehen Sie bitte, daß es sonst nicht gerade meine Gewohnheit ist, fremde Männer anzurufen und mich mit ihnen zu verabreden...«
Er war drauf und dran, sie zu frotzeln, aber dann sah er, daß sie zu ängstlich war.
»...aber als ich heute morgen aufwachte, wurde mir klar, wie schlimm ich mich gestern abend benommen hatte. Es ließ mir keine Ruhe – dieser arme Mann, was muß er von mir denken...«
»Er dachte, daß Sie offensichtlich gerne Portemonnaies verlieren und daß Sie sie um keinen Preis zurückhaben wollen.«

169

»Das betrübte mich besonders«, sagte sie. »Sie wollten mir schließlich nur einen Gefallen tun.«

»Das stimmt nicht ganz, Mrs. Ballard.«

Sie sah ihn an, und er bewunderte ihre orientalischen Augen und ihre Seidenwimpern. »Ich verstehe nicht«, sagte sie.

»Ich habe mir selbst einen Gefallen getan. Sehen Sie, Sie hatten recht letzte Nacht. Ich möchte nicht, daß Sie sich unnötig Vorwürfe machen. Es war ungehörig von mir, eine Frau aufzusuchen, die ich interviewt hatte. Normalerweise hätte ich mich anständig verhalten. Ich hätte Miss Selby – unserer Sekretärin –, das Portemonnaie gegeben, sie hätte Sie angerufen, und Sie hätten es selbst abholen können. Es wäre alles sehr sauber und steril gewesen – und anonym. Aber um festzustellen, wem die Geldbörse gehörte, mußte ich sie öffnen und hineinschauen. Ich sah Ihr Bild. Ich mußte Sie aufsuchen. Das sind die Fakten. Ich bin es also, der sich entschuldigen muß.«

Sie runzelte die Brauen, wich seinem Blick aus und starrte hinunter auf die Tischdecke. Sie dachte: Was redet er da? Warum erzählt er mir das? Er hat mich interviewt. Bei dem Interview hat er all diese schlüpfrigen Einzelheiten gehört, und nun hält er mich für eine Sexbesessene, eine leichte Beute.

Er beobachtete sie. Er hatte geglaubt, sie würde seine Offenheit als Flirt-Geplänkel auffassen; aber nun entdeckte er, daß er sie in Verlegenheit gebracht hatte. Was denkt sie jetzt? Glaubt sie, daß ich versuche – mein Gott, dieses idiotische Interview – sie muß ja denken, daß ich es dazu benutze...

Ein Kellner in roter und blauer Uniform mit Messingknöpfen stand vor ihnen. »Soll ich Ihnen vor dem Lunch etwas von der Bar bringen?«

Paul blickte von dem Kellner zu Kathleen. »Möchten Sie etwas trinken?«
»Ich glaube, ja. Martini.«
»Bringen Sie zwei Martini extra dry«, sagte Paul zu dem Kellner, der die Bestellung notierte und verschwand.
Paul wandte seine Aufmerksamkeit wieder Kathleen zu. »Mrs. Ballard«, sagte er schnell; »vielleicht haben Sie mich mißverstanden und fühlen sich nun beleidigt...«
»Nein.«
»Ich versichere Ihnen noch einmal, daß das Interview selbst nichts mit meinem Besuch bei Ihnen zu tun hat. Ich habe schon so viele Leute interviewt, daß ich mich an keine Einzelheiten mehr erinnern kann. Ich erinnere mich nicht mehr, ob Sie die Nymphomanin, die Lesbierin oder die Trinkerin sind.«
Endlich lächelte sie. »Die Trinkerin«, gestand sie.
»Natürlich. Das sieht man sofort – das gerötete Gesicht, die zitternden Hände, und der Anstecker mit den Buchstaben AA.«
»Wo sagten Sie, wohnen Sie – Baker Street?«
Eine Weile redeten sie über belanglose, unpersönliche Dinge, aber als die Martinis kamen, wurde ihr Gespräch gezielter und offener.
»Also«, sagte er und hob sein Glas. »Auf Sie – weil Sie mir eine weitere Begegnung mit Ihnen ermöglicht haben.«
Sie lächelte und hob ihr Glas ebenfalls.
Sie tranken.
»Der ist aber stark«, sagte sie.
»Ein guter Tropfen«, meinte er lächelnd.
Beide wurden sich plötzlich bewußt, daß sie sich nichts zu sagen hatten – oder alles. Sie wußte nichts über ihn persönlich und war unsicher, ob es nicht zu kühn war, ihn zu fragen. Und er wußte mehr über sie und wußte, er konnte sie nicht danach fragen.

»Haben Sie immer schon diesen Beruf ausgeübt?« wollte sie wissen.
»Nein, erst seit ein paar Jahren. Vorher war ich Lehrer – und nebenbei Schriftsteller.«
»Warum haben Sie das aufgegeben?«
»Wenn ich keck wäre, würde ich vermutlich sagen, mein Interesse an Sex und Geld. Aber das stimmt nicht. Ich glaube, mich reizte die Gelegenheit, unter Dr. Chapman arbeiten zu können und an etwas so Bedeutendem teilzuhaben.« Er machte eine Pause und überlegte, was er als nächstes sagen sollte. »Und da ist noch ein anderer Grund, über den ich bisher nie gesprochen habe. Bisher war das wohl eher eine unterbewußte Sache, aber sie drängt an die Oberfläche. Ich glaube, bei dieser Arbeit, indem ich etwas über andere herausfinde, auch etwas über mich selbst herauszufinden.«
»Sind Sie selbst schon einmal interviewt worden – so, wie Sie andere interviewen?«
»Nein. Die Junggesellen-Umfrage war schon beendet, als ich ins Team kam. Einer meiner Kollegen wurde von Dr. Chapman interviewt. Und natürlich hat der Doktor sich selbst interviewt.«
»Ist das denn überhaupt möglich?«
»Ich würde sagen, es ist normalerweise unmöglich – außer für Dr. Chapman. Er ist ein bemerkenswerter Mann.«
»Sein Vortrag war eindrucksvoll.«
»Das sind seine Vorträge immer. Er ist begabt. Er ist sehr zuverlässig und zielstrebig. Pflichtbewußt. Es ist gut, mit einem solchen Menschen zusammenzuarbeiten, wenn alles andere um einen herum unsicher und voller Probleme ist. Er ist ein gutes Vorbild.«
»Es überrascht mich, daß Sie eines brauchen«, sagte Kathleen. »Sie wirken... selbstsicher – ich meine das nicht negativ.«

Paul lächelte. »Fassade«, gestand er. »Wie bei den meisten Menschen. In uns gibt es zu viele Irrpfade und Wegbiegungen. Eines Tages verirren wir uns alle einmal.«
»Ja«, stimmte sie ernst zu.
»Was besagen will, ist – nun, hier sitze ich – fünfunddreißig und immer noch Junggeselle. Es überrascht mich; es ist nicht gerade das, was ich mir immer erträumt habe . . .«
»Vielleicht haben Sie sich nie verliebt.«
»Doch, das habe ich, und jedesmal auf unterschiedliche Art. Mit zunehmendem Alter verliebt man sich auf immer neue Weise. Das ist, wie wenn man das Roulette dreht. Wenn man Glück hat und auf die richtige Zahl setzt, gewinnt man. Jedenfalls dachte ich, daß es mich klüger machen würde, hinter dem Schirm zu sitzen und zuzuhören. Aber da bin ich mir nicht mehr sicher. Manche Dinge werden klarer. Aber die tiefere Verwirrung wird davon nicht berührt.« Er leerte sein Glas. »Vielleicht haben Sie tatsächlich recht. Vielleicht habe ich mich nie wirklich verliebt. Vielleicht hatte ich Angst davor.« Nachdenklich drehte er das leere Glas.
»Ich wußte nicht, daß so etwas auch Männern passiert.«
»Natürlich. Sogar verheirateten Männern.«
»Daran habe ich noch nie gedacht, wissen Sie.«
Er spielte weiter mit dem leeren Glas.
»Ich rede zuviel.«
»Das ist nur recht und billig«, sagte sie. »Schließlich wissen Sie bereits alles über mich.«
»Ich pflege Arbeit und Vergnügen strikt zu trennen.«
»Sie meinen, es bereitet Ihnen kein Vergnügen, mit all den verschiedenen Frauen über Sex zu reden?«
Er merkte, daß sie Spaß machte, aber er blieb ernst. »Nach einer Weile ist es nicht mehr interessant. Es interessiert mich als . . . Forscher. Es ist befriedigend, zu sehen, wie die Statistiken sich entwickeln. Aber als Person . . .« Er

schüttelte den Kopf. »Hinter jedem Schicksal verbirgt sich eine Menge Traurigkeit.«
Sie starrte auf ihren Drink. »Gilt das auch für mich?«
»Und für mich.« Er betrachtete ihr süßes, melancholisches Gesicht. »Ihr Mann – habe ich mich gerade gefragt –, war er der berühmte Boynton Ballard?«
»Ja.«
»Ich habe oft über die Witwen berühmter Männer nachgedacht. Präsidentenwitwen zum Beispiel. Es muß schlimm sein, einen berühmten Mann zu verlieren. Es muß sein, als sei ein ganzer Planet, dicht bevölkert und voller Leben, plötzlich nicht mehr da.«
Er wartete. Ihr Gesicht war ausdruckslos.
Sie dachte, es ist nicht wie ein verschwundener Planet, sondern wie eine Besatzungsarmee, die endlich abzieht.
»So ungefähr ist es wohl«, sagte sie.
»Haben Sie sich daran gewöhnt, allein zu sein?«
»Man muß sehr an sich selbst interessiert sein, um sich an das Alleinsein gewöhnen zu können. Ich bin mir nicht sicher, ob ich so bin.«
Er interessierte sich auf eine Weise für sie, die er nicht begriff, und er konnte gar nicht genug über sie erfahren.
»Wie verbringen Sie Ihre Zeit. Was tun Sie den ganzen Tag?«
»Ich tue, was die meisten Frauen tun, nicht nur Witwen, auch verheiratete.« Sie machte eine Pause. »Ich warte.«
»Auf einen neuen Mann?«
»Darauf, daß das Leben sich mir erklärt.«
Der Kellner kehrte zurück. Kathleen bestellte eine Bouillabaisse und getoastetes französisches Brot. Er bestellte dasselbe, um ihr zu zeigen, daß er mochte, was sie mochte. Später, als sie gingen, beschloß Paul, sich wieder mit ihr zu verabreden. Er fragte sich, ob sie wohl einwilligte.

An allen vorangegangenen Sonntagmorgen, an denen Mary McManus mit ihren Vater Tennis gespielt hatte, schien er stets eine bewundernswerte Jugend auszustrahlen. Auch nach einem anstrengenden Spiel war sein dünnes Haar stets glatt und ordentlich, sein markantes Gesicht schien trocken, und sein Atem war regelmäßig.
Aber heute, als er an der Grundlinie stand und sie ihn durch das Netz beobachtete, fiel ihr zum ersten Mal auf, daß er sich verändert hatte. Er ist alt, dachte sie ungläubig. Sein Haar war zerzaust und naß; sein Gesicht war rot und schweißbedeckt; seine Brust hob und senkte sich heftig unter seinem verschwitzten Hemd; und sein Bauch wölbte sich in einer plumpen, unathletischen Weise vor, die sie zuvor nie bemerkt hatte. Er ist ein alter Mann, dachte sie erneut. Aber warum sollte er das nicht sein? Er ist schließlich mein Vater, nicht mein Geliebter.
Langsam ging sie zurück zu ihrer Grundlinie. Dabei rechnete sie zurück und stellte fest, daß diese sonntäglichen Tennisspiele mit ihrem Vater nun schon einige Jahre stattfanden.
Sie mußte vierzehn oder fünfzehn gewesen sein und hatte gerade ihre ersten Tennisstunden hinter sich, da hatte ihr Vater sie eines Sonntags auf den Tennisplatz mitgenommen, weil der Partner, mit dem er sonst spielte, an diesem Tag krank gewesen war. Sie hatte sich wacker geschlagen, und schon bald konzentrierte sich Harry Ewing ganz auf das morgendliche Match mit seiner Tochter und gab seine anderen Partner auf. Seither war dieses allwöchentliche Spiel zwischen Vater und Tochter in all den Jahren beibehalten worden, außer wenn Harry Ewing gerade auf Geschäftsreise war.
Sogar nach ihrer Heirat mit Norman, als es ihr so wichtig gewesen war, ihren Vater spüren zu lassen, daß sie ihn nicht im Stich ließ, hatte sie an dem Sonntagmorgen-

Match festgehalten. Zunächst hatte Norman sie natürlich begleitet und sich mit ihr im Spiel gegen ihren Vater abgewechselt. Aber so geschickt Norman bei den meisten anderen Sportarten war, beim Tennis mangelte es ihm einfach an Training und Finesse. Er war kein Gegner für Harry Ewing, noch nicht einmal für Mary, und obgleich sie ihm gut zuredete, verzichtete er schließlich aufs Mitspielen. Seither pflegte er Sonntags lange zu schlafen, während sie das traditionelle Ritual mit ihrem Vater vollzog.

»Alles in Ordnung, Mary?« rief Harry Ewing. »Ist etwas?« Mary merkte, daß sie mehrere Sekunden auf der Grundlinie gestanden und auf die beiden Bälle in ihrer Hand gestarrt hatte. »Nein, alles okay!«

»Wenn du müde bist, können wir eine Pause machen.«

»Nun, vielleicht nach diesem Satz, Dad. Wie ist der Punktestand?«

»Fünf : sechs. Null : fünfzehn.«

Sie spielten noch einige Minuten, und ihr Vater gewann diesen Satz. Sie gratulierte ihm erleichtert und ging in den unterirdischen Umkleideraum. Sie genoß die Kühle des Betons, wusch sich Gesicht und Hals und hielt ihre Handgelenke unter den Wasserkran. Nachdem sie sich gekämmt und ihr Make-up aufgefrischt hatte, schloß Mary ihren Tennisschläger weg und stieg die Stufen zur Terrasse hinauf.

Harry Ewing saß, immer noch rotgesichtig und kurzatmig, an einem Tisch und wartete. Pflichtbewußt setzte sie sich neben ihn. Ein Blick auf die Uhr verriet ihr, daß es gleich elf war. Sie fragte sich, ob Norman wohl immer noch schlief.

»Nun, Sie haben mir ganz schön zu schaffen gemacht, junge Dame«, sagte Harry Ewing. »Ich habe mächtigen Hunger.«

»Glaubst du nicht, daß es bei dieser Hitze vernünftiger wäre, Doppel zu spielen?«
»Unsinn! Wenn sie mich in Rente schicken, werde ich wieder Doppel spielen. Vorher auf keinen Fall.« Er winkte dem farbigen Kellner, der gerade den Tisch neben ihnen abräumte. »Franklin...«
»Komme sofort, Mr. Ewing.«
»Ich *habe* Hunger«, wandte sich Harry Ewing an seine Tochter. »Möchtest du auch etwas essen?«
»Mutter wird schimpfen wegen des Mittagessens. Ich nehme nur eine Limonade.«
Der Kellner kehrte mit seinem Notizblock zurück, und Harry Ewing gab ihre Bestellung auf.
Als Mary dem davoneilenden Kellner nachblickte, sah sie, wie Kathleen Ballard die Treppe heraufkam, gefolgt von einem großen, attraktiven Mann.
Sie hielten beide Schläger in der Hand, und Kathleen trug einen kurzen Tennisrock. Mary vermutete, daß sie auf einem der hinteren Plätze gespielt hatten, die sich außer Sichtweite befanden. Ihr Begleiter sagte etwas, und Kathleen lachte.
»Kathleen...«, rief Mary.
Kathleen blieb stehen, sah sich suchend um und entdeckte Mary. Sie winkte, sagte etwas zu ihrem Begleiter, und dann näherten sich die beiden.
»Hallo, Mary.«
Harry Ewing stand auf.
»Du kennst meinen Vater«, sagte Mary.
»Wir sind uns schon begegnet. Hallo, Mr. Ewing.« Sie zeigte auf ihren Begleiter. »Das ist Mr. Radford. Er ist ein Besucher von der Ostküste. Mrs. Ewing...«, sie korrigierte sich sofort, »Entschuldigung, Mrs. *McManus*, sollte ich wohl sagen, und Mr. Ewing.«
Die Männer gaben sich die Hand.

»Wo ist Norman?« wollte Kathleen wissen.
»Er hat wie ein Wilder gearbeitet«, sagte Mary hastig, »darum haben wir beschlossen, ihm heute einen Ruhetag zu gönnen.«
»Das nenne ich eine perfekte Ehefrau«, sagte Paul zu Kathleen.
Nach ein paar weiteren Worten gingen die beiden zu einem freien Tisch in der Nähe, und Mary war wieder mit ihrem Vater allein.
»Wer ist der Mann?« fragte Harry Ewing.
»Ich habe keine Ahnung«, sagte Mary, »aber er ist attraktiv.«
»Den Eindruck hatte ich nicht.«
»Ich meine nicht wie ein Filmstar. Eher wie ein mutiger Cowboy, der aber zugleich auch Bücher am Lagerfeuer liest.«
Ihre Limonade wurde serviert, und dann die heißen Waffeln mit Ahornsirup, die ihr Vater sich bestellt hatte. Während er aß, trank Mary ihre Limonade und beobachtete Kathleen und Mr. Radford. Sie saßen eng beieinander. Er stopfte seine Pfeife und redete, sie hörte aufmerksam zu. Eine Intimität schien zwischen den beiden zu bestehen, die Mary sich plötzlich einsam fühlen ließ. Sie und Norman waren seit ihren kurzen Flitterwochen nicht mehr so zusammengewesen. Sie vermißte Norman in diesem Augenblick. Tennis war ihr auf einmal völlig egal, und sie wünschte, Kathleen hätte sie mit Norman zusammen gesehen.
Harry Ewing hatte seine Waffeln aufgegessen und schob den Teller zur Seite. »Ich vermute«, sagte er, »Norman hat dir von dem Prozeß erzählt.«
»Ja. Freitag abend.«
»Was hat er dir gesagt?«
»Er sagte, die Chancen hätten schlecht für dich gestan-

den. Er habe sein Bestes getan, aber du hättest trotzdem verloren.«
»Du hast ihm geglaubt?«
Mary war überrascht. »Natürlich. Warum denn nicht?«
»Nun, ich will nicht schlecht über deinen Mann reden. Er ist ein großartiger junger Mann, ein vielversprechender Rechtsanwalt; noch ein bißchen grün hinter den Ohren und vorschnell, aber er wird seinen Weg machen. Im Augenblick hat er ein Loyalitätsproblem.«
»Was meinst du damit?«
»Er hat unseren Fall nicht verloren, weil die Chancen so schlecht standen – keiner meiner anderen Anwälte hätte irgendwelche Probleme bei dieser Sache gehabt –, sondern weil er nicht mit Überzeugung dabei war. Er denkt immer noch in Gut-und-Böse-Kategorien – das meine ich mit beruflicher Unreife –, und er ging mit dem Vorurteil in diese Gerichtsverhandlung, daß es dabei um den Kampf zwischen Kapital und Arbeit gehe.«
»War das denn nicht so?« fragte Mary aggressiv.
»Nur auf den ersten Blick. Nein, es war nicht so. Ein Arbeitnehmer ist nicht zwangsläufig immer im Recht, nur weil er ein Arbeitnehmer ist, mit einer millionenschweren Gewerkschaft im Rücken. Auch Arbeitgeber haben ihre gesetzlichen Rechte. Warum wird Reichtum immer automatisch mit Piraterie gleichgesetzt?«
»Weil die Geschichtsbücher voll sind von den Vanderbilts und Goulds und Fisks – und einer Menge Leute wie Krupp oder Farben – und das ist nur der Anfang dieser Liste.«
»Wahrscheinlich gehören in deine Liste dann auch die Bill Haywoods und McNamaras – und Anarchisten wie Sacco und Vanzetti...«
»Oh, Dad...«
»Aber darum geht es nicht. Das Geld, das mein Schwie-

gersohn jeden Monat von mir bekommt, ist ihm gut genug, um es anzunehmen. Deshalb muß er sich dieses Geld auch verdienen. Aber in eine Verhandlung zu gehen, vorzugeben, mich und meine Firma zu vertreten, und sich dann von diesen Gewerkschaftshaien deckeln zu lassen...«
»Wer sagte denn, daß er sich hat deckeln lassen?«
»Ich bin über den Lauf der Dinge informiert. Ich bin schließlich nicht blind.«
»Du meinst, deine Schnüffler sind nicht blind?«
»Mary, was ist denn in dich gefahren? Ich habe nur das Gerichtsprotokoll gelesen. Norman hat nicht seine gesamte Munition verfeuert.«
»Er sagt, das meiste dieser Munition sei ungerechtfertigter Rufmord gewesen.«
»Ich bin derjenige, der entscheidet, was ungerechtfertigt ist und was nicht. Und das ist noch nicht alles. Sein Schlußwort war schwankend und voller Zugeständnisse...«
»Er hat nur versucht, fair zu sein. Er ist schließlich kein skrupelloser Rechtsverdreher!«
Harry Ewing schwieg einen Moment. Er wollte, daß Mary sich wieder beruhigte. Sie war wie ihre Mutter, keinem vernünftigen Argument zugänglich, wenn sie sich aufregte. »Wenn du mit einer solchen Sache vor Gericht gehst, Mary«, sagte er, und seine intelligente Stimme war ganz ruhig, »betrittst du eine Kampfarena; es heißt: kämpf oder stirb, und es ist ein gnadenloser Kampf. Eine Gerichtsverhandlung ist kein Debattierklub irgendwelcher Eierköpfe. Wenn Norman zu viele linke Vorurteile hat, um einen solchen Fall zu übernehmen, sollte er mir das von Anfang an sagen. Ich setze ihn dann weiter am Schreibtisch ein, wo er weitaus Nützlicheres leistet. Aber in meinem Auftrag in eine Verhandlung zu gehen und

insgeheim mit der Gegenseite zu sympathisieren, das ist zuviel.« Er machte eine Pause. »Ich habe ihm den Fall nur übertragen, weil du sagtest, er sei ungeduldig und wolle im Gerichtssaal seine Muskeln spielen lassen. Nun, er hat seine Chance erhalten. Er hat mich enttäuscht, und ich habe ihm nun den Fall wieder weggenommen. Ich glaube, das ist für alle Beteiligten das beste.«

Mary fühlte ein Ziehen in der Magengegend. Sie konnte ihren Vater nicht ansehen. »Tu, was du für richtig hältst«, sagte sie schließlich. »Aber versuche bitte, verständnisvoll und fair zu sein.«

»Du weißt doch, Mary, das ich nur euer Bestes will. Wirklich – ich habe dir doch gesagt, daß ich ihn für begabt halte, das habe ich dir doch schon oft gesagt, nicht wahr?«

»Ja, das hast du.«

»Ich meine das wirklich. Ich will wirklich das Beste aus dem Jungen herausholen, zu unser aller Wohl. Ich will, daß er stolz ist auf das, was er leistet. Ja, ich habe viel über Norman nachgedacht. Ich glaube ich habe ihm etwas wirklich Interessantes anzubieten.«

Mary sah auf. Ihr Vater lächelte, und sie fühlte eine Welle der Erleichterung und die alte Zuneigung. »Was ist es, Dad? Ist es etwas Gutes für Norman?«

»Etwas Wundervolles für einen Jungen in seinem Alter. Du wirst zufrieden sein, das versichere ich dir. Gib mir ein oder zwei Tage Zeit. Dann bin ich mit den Vorbereitungen fertig.«

»Oh, Dad, das wäre schön.« Sie langte über den Tisch und berührte die Hand ihres Vaters, wie sie es so oft getan hatte, als sie ein kleines Mädchen gewesen war. »Versuche, tolerant mit Norman zu sein. Er ist so lieb.«

Harry Ewing drückte die Hand seiner Tochter. »Ich weiß, mein Schatz. Mach dir keine Sorgen. Ich will, daß ihr beide glücklich seid.«

Cass Miller saß hinter dem Steuer des Dodge Sedan, den er in der Nebenstraße geparkt hatte, brütete und wartete. Er fühlte sich nicht wirklich krank, mit Ausnahme jener leichten Benommenheit, wenn er ging. Er litt schon den ganzen Tag unter seiner gewohnten Migräne, hatte im Augenblick aber keine Schmerzen. Vielleicht hatte er sich die Grippe geholt, die gerade in der Stadt grassierte und die er bei Dr. Chapman als Ausrede vorgeschoben hatte. Aber es war wohl eher Erschöpfung. Die Beschwerden hatten nach diesem Interview am Donnerstag morgen eingesetzt. Er hatte sich plötzlich haltlos und voller Abscheu gefühlt, wie damals in Ohio, als der Arzt bei ihm einen Nervenzusammenbruch diagnostiziert hatte und er für fast einen Monat hatte pausieren müssen.

Obwohl die Straße, in der sein Wagen parkte, nur zwei Blocks vom Wilshire Boulevard entfernt lag, war sie unglaublich leer und ruhig. Weit vorne konnte er die Spielzeugautos vorbeibrausen sehen, aber der Verkehrslärm drang nicht bis zu ihm. Ein dicker Briefträger trottete vorbei. Als der Briefträger außer Sicht war, sah Cass ein großes, junges rothaariges Mädchen aus einem Appartement kommen. Er drehte sich um und beobachtete, wie sie auf dem Bürgersteig stehenblieb, um sich ihre Handschuhe anzuziehen.

Sie warf ihm einen kurzen Blick zu und ging dann zielstrebig in Richtung Wilshire Boulevard davon. Er sah ihr nach und grübelte dann über die vergangenen vierzehn Monate.

Im Verlauf dieser mehr als tausend Interviews, die hinter ihm lagen, hatte er sich sein ganz persönliches Bild von der verheirateten amerikanischen Frau gemacht: sie war ein weiblicher Käfer, der auf dem Rücken lag, mit zuckenden, zappelnden Beinen zwar, aber auf dem Rücken – bis man ihn aufspießte.

Wenn er abends allein durch die Straßen der Städte ging, was er oft tat, hatte er die jungen Frauen, die vor ihm hergingen, genau beobachtet. Er führte sie sich wieder vor Augen: ihre vollen Hinterbacken, die unter engen Röcken provozierend kreisten; ihre nylonbestrumpften Waden, die sich nach oben hin zu unsichtbaren Schenkeln fortsetzten; ihre hochhackigen, hurenhaften Pumps, von denen sie vorangetragen wurden, unaufhaltsam voran, zu irgendeiner teuflischen Bestimmung. Manchmal blieben sie stehen, um sich ein Schaufenster anzusehen, und zeigten ihm dabei ihr Profil, und dann hatte er nur Augen für ihre schamlos sich vorwölbenden Brüste. Bei solchen Gelegenheiten blieb er stehen und betrachtete sie mit verzehrendem Haß. Sie waren alle Huren, raffinierte, schleicherische Nutten. Keine von ihnen war anständig, vertrauenswürdig oder treu. Sie rochen nach Moschus und Körperwärme und Sex. Man brauchte sie nur zu berühren, und schon legten sie sich auf den Rücken, weibliche Käfer, zappelnde Huren-Insekten. Er haßte Frauen, und er gierte nach ihnen, und die beiden Gefühle waren eins.
Geistesabwesend rieb er das warme Lenkrad des Dodge, starrte nach vorn und wartete auf sie. Er war sich darüber klar, daß sein Ekel im Grunde unvernünftig und anormal war. Unterbewußt versuchte er, rationale Beweggründe für sein Handeln zu finden. Er war hier, weil sie hier war, und sie war fehlgeleitet und brauchte jemanden, der sie auf den rechten Weg zurückführte. Er war hier, um diese Aufgabe zu übernehmen, und er würde versprechen, sie nicht zu hart zu bestrafen.
Das wenigstens war er seinem Vater schuldig, dem gebrochenen alten Bastard, den das Leben und die Käfer-Lust fertig gemacht hatten.
Er wartete mit erbarmungsloser Geduld.

Er hatte gerade auf die Uhr gesehen – er wartete nun schon fast eine Stunde und fünfzehn Minuten – und gab sich seinem sinnlosen Zorn hin. Als er wieder aufblickte, sah er sie.
Sie kam aus dem Appartement links gegenüber. Sie steckte hastig ihr Haar hoch. Sie blieb am Rinnstein stehen, schaute nach links und rechts und ging dann zu ihrem Kombiwagen, der auf Cass' Straßenseite parkte. Ihre Schritte waren schwer, ihre vollen Schenkel zeichneten sich unter ihrem Kleid ab. Sie stieg in ihr Auto. Er hörte, wie der Motor ansprang, und dann beobachtete er seltsam losgelöst und träumerisch, wie der Kombi davonfuhr. Er wartete, bis sie sich der Kreuzung näherte, dann startete er den Dodge und folgte ihr.
Sarah Goldsmith fiel der Dodge zum ersten Mal auf dem Westwood Boulevard auf. Sein in der Sonne funkelnder Kühlergrill und das finstere Gesicht hinter der Windschutzscheibe füllten von da an für fast zwanzig Minuten ihren Rückspiegel, und löste bei ihr eine bohrende Angst aus. Dieser Wagen hatte vor Freds Appartement geparkt. Als sie ihre Straße erreichte – mit dem beruhigenden Anblick von Kindern, die in einem Vorgarten spielten, und eines Gärtners, der mit dem Motormäher eine Wiese mähte – war ihr Rückspiegel frei von M. Javert (sie hatte den Film im Fernsehen gesehen, nicht aber das Buch gelesen). Die lähmende Furcht verschwand sofort, und sie gelangte zu der Überzeugung, daß es entweder ein Zufall gewesen sein mußte oder ihre Nerven ihr einen Streich gespielt hatten.
Sie parkte den Wagen in der Auffahrt, nahm ihre Handtasche und stieg aus. Sie war auf dem Weg zur Haustür, als sie sah, wie eine Limousine in die Straße einbog. Sie blieb stehen, starrte, und dann kribbelte Panik in Sarahs Beinen und Unterarmen. Der Dodge hielt drei Häuser weiter,

und sein Motor verstummte. Das finstere Gesicht hinter der Scheibe war nur undeutlich zu erkennen, aber es starrte in ihre Richtung.
Sie keuchte. Ihre Beine wurden hölzern, waren wie festgewachsen. Und dann bewegten sie sich. Sie rannte, stolperte zur Tür, suchte in panischer Hast nach dem richtigen Schlüssel, öffnete die Tür, schlug sie hinter sich zu und sperrte die Kette vor.
Ihr erster, unlogischer Instinkt war, Sam anzurufen, den Bewahrer von Haus und Vermögen, und dann die Polizei, und dann ihre Nachbarin, Mrs. Pederson, oder Kathleen Ballard, die um die Ecke wohnte. Doch dann endlich erkannte sie die Absurdität all dieser Überlegungen. Obgleich ihr Körper vor Angst starr war, suchte ihr ach so praktischer Verstand nach einer vernünftigen Erklärung für M. Javert. Sie wußte, es gab nur eine Person, die sie sich anzurufen traute.
Nachdem sie hastig überprüft hatte, ob die Hintertür zugesperrt war, nahm sie in der Küche den Hörer vom Wandtelefon und wählte Fred Taubers Nummer. Nach dem ersten Klingeln betete sie, daß er noch im Bett sein möge, nach dem zweiten Klingeln war sie sicher, daß er im Badezimmer war. Nach dem dritten Klingeln, als ihr das Herz schon in die Hose rutschte, meldete er sich.
»Hallo«, sagte er mit unglaublicher Ruhe.
»Fred!«
»Hallo?«
»Fred – hier ist Sarah!«
»Ja – Sarah – was gibt es denn?«
»Ich werde verfolgt«, sagte sie atemlos. »Jemand verfolgt mich – draußen.«
»Was meinst du, Sarah? Wovon redest du?«
»Ein Mann.«
Freds Stimme klang ruhig, was auch Sarah ein wenig

beruhigte, aber angespannt. »Was für ein Mann? Nimm dich zusammen. Bist du in Gefahr?«
»Nein – ich weiß nicht, aber...«
»Dann beruhige dich erst mal. Erzähl mir schön der Reihe nach, was passiert ist.«
»Als ich dein Appartement verließ, bemerkte ich einen Wagen, der in der Nähe parkte, und dann fuhr ich los, und ich glaube, er fuhr auch los. Nach einer Weile bemerkte ich ihn wieder, im Rückspiegel. Ich beobachtete ihn. Er folgte mir. Und nun parkt er zwei Häuser weiter...«
»Wer fährt ihn? Konntest du ihn erkennen?«
»Nicht sehr gut. Er hat schwarzes Haar und ein grausames Gesicht.«
»Hast du ihn vorher schon einmal irgendwo gesehen?«
»Nein – das heißt, doch. Samstag, jetzt fällt es mir wieder ein. Er parkte gegenüber unserem Haus, das gleiche Auto, aber da habe ich ihm noch keine Beachtung geschenkt. Fred, wer ist es?«
»Ich weiß es nicht«, sagte Fred langsam. »Ist er immer noch draußen?«
»Ich glaube, ja...«
»Geh und sieh nach. Ich warte.«
Sie ließ den Hörer baumeln und ging ins Wohnzimmer. Sie überwand ihre Angst, denn Fred wartete, er war bei ihr. Sie ging zum großen Fenster. Vorsichtig zog sie den Vorhang ein wenig zurück und spähte hinaus.
Die Straße war leer. Der Dodge war verschwunden.
Sie rannte in die Küche zurück.
»Fred...«
»Ja, ich bin da.«
»Er ist verschwunden.«
»Bist du sicher?«
»Er war nirgends zu sehen.«

»Seltsam.«
Ihre Angst wich, und sie begann nachzudenken. »Fred, wer kann das sein? Kann es etwas mit uns zu tun haben?«
»Schon möglich.« Er versuchte nicht, seine Unruhe zu verbergen. »Du bist ganz sicher, daß dieser Wagen dich Samstag und heute verfolgt hat?«
»Ganz sicher. Ich habe den Wagen jetzt so oft gesehen, daß es kein Zufall mehr sein kann ...«
»Dann mußt du vorsichtig sein, Sarah. Und erwähne meinen Namen nicht. Vielleicht wird das Telefon abgehört.«
Sarah war ungeduldig. »Wenn es abgehört wird, haben sie jetzt schon genug erfahren. Wir *müssen* reden. Vielleicht steckt deine Frau dahinter ...«
»Meine Frau?«
»Vielleicht hat sie einen Privatdetektiv angeheuert.«
»Möglich. Aber da ist auch noch eine andere Möglichkeit. Vielleicht hat dein Mann ihn beauftragt.«
Sam? Lächerlich! »Das ist lächerlich«, sagte sie, und noch während sie es sagte, wurde sie unsicher. Warum nicht Sam? Er war schließlich kein Dummkopf. Vielleicht hatte sie sich verdächtig gemacht, war gesehen worden. Möglicherweise gab es Gerede. Es kostete nur fünfzig Dollar pro Tag, einen Privatdetektiv anzuheuern, hatte sie irgendwo gelesen. Es gab sie. Sie boten ihre Dienste sogar in den gelben Seiten des Telefonbuchs an. Aber Sam? Nein! Wenn Sam Verdacht geschöpft hätte, würde es eine Szene geben, mit Krach und Schreien und Weinen. Das hier paßte nicht zu Sam. Es war Freds Frau. Das sah ihr ähnlich. Aber wenn es Mrs. Tauber war, war das so schlimm? Vielleicht würde sie dann endlich in die Scheidung einwilligen? Was dachte sich diese Frau überhaupt?
»... nicht für so lächerlich«, sagte er gerade. »Ich glaube dein Mann wäre dazu genauso fähig wie meine Frau.

Wirklich, Sarah, so, wie ich meine Frau kenne – oder kannte –, wäre sie dazu weniger imstande als dein Mann oder irgend jemand sonst.«
»Warum?«
Er zögerte. »Es wäre wohl keine große Überraschung für sie, daß ich etwas mit einer anderen Frau habe. Deshalb würde sie wohl kaum Geld dafür ausgeben, es bestätigt zu sehen. Nein, ich tippe eher auf deinen Mann. Das beunruhigt mich. Wenn er die Wahrheit über uns beide erfährt, wird er vielleicht durchdrehen und etwas Unüberlegtes tun. Das macht mir Sorgen.«
»Was sollen wir tun, Fred?«
»Zuerst einmal: Achte auf diesen Mann und sein Auto. Wenn er wieder auftaucht, ruf mich sofort an. Und dann sollten wir uns für eine kleine Weile nicht sehen.«
»Fred, nein . . .«
»Ein oder zwei Tage. Warten wir ab, was geschieht. Wenn die Luft rein ist, ruf mich Donnerstag morgen an.«
»Donnerstag morgen. Fred, ich werde sterben.«
»Honey, für mich ist es genauso schwer.«
»Fred, liebst du mich?«
»Das weißt du doch. Leg jetzt auf, tu deine Hausarbeit, als sei nichts geschehen, und halte die Augen auf. Auf Wiedersehn, Sarah.«
»Auf Wiederhören, Liebling.«

Naomi Shields saß benommen am Tisch, zu dem Wash Dillon sie gebracht hatte, nachdem er ihre Nachricht erhalten hatte. Sie hob das Ginglas an die Lippen und leerte es.
Schwankend drehte sie sich auf ihrem Stuhl um und wollte nach dem Kellner rufen, da merkte sie plötzlich, daß alle Tische in Jorrocks' Jollities leer waren. Der Kellner zog seine weiße Weste aus, und ein Mexikaner im Overall

kam mit einem Besen herein. Niemand war mehr da, außer ihr und den Musikern der Kapelle.
Die Gestalten waren seltsam verschwommen, aber sie sah Wash, der sich gerade hinkniete und sein Saxophon weglegte. Die vier anderen Musiker legten ebenfalls ihre Instrumente und Notenblätter beiseite. Sie fühlte, daß diese Männer ihre einzigen Freunde waren, besonders Wash, ganz besonders Wash.
Zweimal war sie an den vergangenen Abenden schon zum Nachtklub Jorrocks' Jollities gefahren, hatte einige Drinks und wollte zu Wash gehen. Aber jedesmal änderte sie ihre Meinung und nahm ein Taxi zurück zu den Briars. Am nächsten Morgen war sie dann jedesmal stolz auf ihre Enthaltsamkeit, ihre Besserung gewesen, doch abends hatte sie sich dann wieder einsam gefühlt und erkannt, daß sie ohne Liebe nicht leben konnte. Heute abend, in der Küche, war ihr übel gewesen, und sie hatte nichts essen können. Sie hatte ein wenig getrunken, um ihren Appetit anzuregen, und dann mehr (um ihre Sehnsucht zu ertränken). Um zehn Uhr schließlich hatte sie sich ein Taxi bestellt und fuhr zum dritten Mal in den Nachtklub. Diesmal hatte sie den Barkeeper, der nun schon ein guter Bekannter war, gebeten, Wash Bescheid zu sagen. Und in einer Pause war Wash erschienen und hatte sie zu diesem Tisch in der Nähe der Kapelle gebracht.
Es gefiel ihr, zur Familie zu gehören. Zweimal, während der Pausen, waren alle Musiker mit Wash an Naomis Tisch gekommen, hatten ihr Komplimente gemacht und Wash aufgezogen (der ihnen dann jedesmal zuzwinkerte). Sie redeten über verrückte Dinge, die sie nicht verstand. Über Musik, dachte sie. Und über Musiker. Sie hießen... nun, Wash... Perowitz... Lavine... Bardelli... Nims... nein, Sims... oder Kims?
Sie kniff die Augen zusammen und versuchte, die Namen

ihrer neuen Freunde mit ihren Gesichtern in Einklang zu bringen. .... das bleiche Gesicht mit der Zigarette im Mundwinkel... das romanische Gesicht mit dem lockigen Haar... das schwarze Negergesicht mit dem Spitzbart und den vielen Ringen an den schlanken Fingern... das lange, knochige Gesicht von Wash Dillon mit den langen, überaus langen Armen und Beinen. Wash, der seinen Arm um sie legte und mit seinen Lippen Naomis Ohrläppchen kitzelte.
Sie sah, wie er auf sie zukam, häßlich, begehrenswert in seinem Smoking, und sie versuchte geradezusitzen.
Er beugte sich über sie. »Wie geht's meinem Baby?«
Sie hob den Kopf. Sie sah sein pockennarbiges Gesicht doppelt.
»Alles in Ordnung, Honey?« fragte er.
»Alles in Ordnung.«
»Die Nacht ist noch jung. Möchtest du noch ein bißchen Spaß haben?«
Gib dem Baby ein Spielzeug, dachte sie, lies ihr eine Gute-Nacht-Geschichte vor, trag sie in ihr Heiabettchen. Ihr Mund war wie Zuckerwatte. »Gerne.«
»Du bist sehr süß, Honey-Schatz, sehr attraktiv.«
»Gefalle ich dir?«
Wash lächelte dünn. »Mir gefallen? Honey, der alte Wash meint, was er sagt. Er macht keine leeren Versprechungen. Ich bin verrückt nach dir.«
Sie nickte. »Ich bin müde«, sagte sie.
Sie versuchte aufzustehen, aber es gelang ihr erst, als er sie stützte.
»Jetzt stehst du wieder«, sagte er. Er grinste. »Aber nicht lange, hoffe ich.« Er legte den Arm um sie. »Komm, Honey. Wir gehen nach Hause.« Sein Arm war stark, und sie fühlte sich besser.
Er ging mit ihr zwischen den leeren Tischen hindurch.

»Hey, Wash!« rief jemand.
Wash blieb stehen und schaute über die Schulter.
»Ziehst du noch eine Nummer ab, heute nacht?«
»Mehr als das«, antwortete Wash. »Wir machen auch noch eine kleine Session.« Er sah hinunter auf Naomi. »Nicht wahr, Honey?«
»Wash, ich möchte mich einfach nur hinlegen.«
»Das wirst du, Süße. Der alte Wash gibt schon acht auf sein Baby.«
Draußen klatschte ihr die kalte Luft ins Gesicht wie ein nasser Lumpen. Doch außer der großen, sich bewegenden Gestalt neben ihr, nahm Naomi nicht viel von ihrer Umgebung wahr. Irgendwo in der Ferne brauste der Verkehr. Hoch über ihr funkelten die Sterne, und Naomis Füße glitten über den Beton des Gehsteigs. Auf den Lederpolstern seines Autos zog er sie zu sich heran, bis sie den Stoff seines Anzugs und den Duft der Blume an seinem Revers roch.
Sie spürte die Bewegungen des fahrenden Autos und Washs Hand, die den Pullover über Naomis Brüsten massierte.
Sie lehnte ihren Kopf im Sitz zurück und schloß die Augen.
»Wie lange ist es her, Honey?«
»Was?«
»Daß dich das letztemal jemand geliebt hat?«
Wenn sie ihm erzählte, daß es eine Ewigkeit her sei, würde er sie für verrückt halten. Außerdem war sie zu müde. Sie sagte nichts.
Das Raumschiff flog weiter und weiter, und dann blieb es stehen, und Naomi öffnete die Augen.
»Wir sind da«, sagte er.
Nach einer Weile öffnete sich die Tür, und er half ihr aus dem Wagen. Den Arm um sie gelegt, führte er sie über

den Gehsteig, und durch die Glastür in das Gebäude. Reihen von Namensschildern und Klingelknöpfen und Briefkästen. Das Treppenhaus. Die Nummer fünf an der Tür.

Das Licht war an, und Naomi stand schwankend neben dem grünen Pokertisch in seinem Wohnzimmer. Er kehrte von irgendwoher mit zwei Gläsern zurück, und sie nahm eines.

»Komm, Honey, trink. Wir haben noch die ganze Nacht für uns.«

»Ich möchte Gin.«

»Das ist Gin.« Er leerte sein Glas in einem Zug. »Trink es aus, Baby. Es ist für die Straße. Wir haben einen langen Weg vor uns.«

Sie trank. Die Flüssigkeit schmeckte nach nichts.

Er stellte die Gläser auf den Pokertisch, nahm sie beim Arm und führte sie durch die offene Tür. Er schaltete das Licht ein. Naomi stand neben der Kommode aus Ahornholz, und hinter dem Stuhl war das Doppelbett. Eine orangenfarbene Überdecke war sorgfältig darüber gebreitet.

»Du bist sehr ordentlich«, sagte sie mühsam, als er hinter ihr die Tür schloß.

»Das macht hier eine schwarze Haushälterin. Sie gehört zum Service.«

Er riß die Überdecke und das Bettzeug vom Bett und warf beides auf den Boden. Dann schob er das Kissen zur Seite.

»Ich habe dabei immer gern viel Platz«, sagte er. »Du nicht auch, Honey?«

»Ich nicht auch?«

Er ging zu ihr und preßte hungrig seinen Mund auf ihre Lippen. Langsam stieg Erregung durch den Nebel des Alkoholrausches. Es war nicht der Kuß, sondern der

Druck auf ihren Brüsten und seine Hand auf ihrer Hüfte.
Er ließ sie los, und sie schnappten beide nach Luft.
»Fangen wir an, Honey.«
Er knöpfte sein Hemd auf. Sie ging langsam auf das Bett zu, in der Absicht, sich auszuziehen, stand dann aber einfach nur da. Der Drang, sich zu lieben, war wieder aus ihr gewichen, und zurück blieb nur eine apathische Leere. In ihren Schläfen pochte es, und das Bett war jetzt weniger einladend. Kein Verlangen regte sich in ihr – kein Verlangen, ihn nackt zu sehen, denn da waren schon so viele vor ihm gewesen; kein Verlangen, sich mit ihm zu vereinigen. Warum war sie hier? Wenn sie versuchte, es ihm zu erklären, gab es vielleicht noch Hoffnung.
»He, Honey . . .«, sagte er.
Sie drehte sich müde, wollte logisch und vernünftig mit ihm reden. Doch als sie sein langes, haarloses Gesicht sah, wußte sie, daß es keinen Sinn hatte. Sie hatte die Maschinerie in Gang gesetzt; nun ließ sie sich nicht mehr stoppen.
»Was hast du? Mach schon.«
Traurig zog sie ihren Pullover langsam, sehr langsam über den Büstenhalter.
»Beeil dich doch ein bißchen, verdammt!«
Er packte den Pullover und zerrte ihn ihr über den Kopf. Seine Hände waren hinter ihr, versuchten den Büstenhalter zu öffnen, und zerrissen ihn schließlich. Als er zu Boden fiel und Naomis große Brüste nackt waren, wollte sie protestieren. Aber seine Hände packten sie schmerzhaft, und sie wurde auf das Bett geworfen.
»Wash, nicht . . .«
»Gottverdammt . . .«
Ihr Nylonhöschen wurde ihr brutal heruntergezogen.
Wash war neben ihr, über ihr.
»Meine Strümpfe . . .«, stöhnte sie.

»Zur Hölle damit!«
»Nein, bitte...«
Sie versuchte sich aufzurichten. Sie stützte sich auf einen Ellbogen. Sie wollte versuchen, es ihm zu erklären. Es gab schließlich bestimmte Anstandsregeln, auch bei der Liebe. Und eine Dame legte sich nicht nackt aufs Bett, solange sie noch ihre Strümpfe anhatte. Die Strümpfe waren unanständig, völlig unmöglich.
Sein Arm fiel wie ein Brecheisen auf ihre Kehle, und ihr Kopf klatschte auf die Matratze. Seine Hände preßten sich auf ihre Brüste, und sie stöhnte wegen der entwürdigenden Strümpfe.
Als sie die Augen öffnete, sah sie ihn und fürchtete sich.
»Tu mir nicht weh«, flehte sie.
Seine Stimme war zornig, ungeduldig, leidenschaftlich. Ein animalischer Gesang drang an ihre Ohren, und sie schloß die Augen, versank in Dunkelheit und bot ihr Fleisch dar, damit der Tod schneller kam und die Schmerzen ein Ende hatten.
Und endlich kam das erwartete Gefühl – Haut unter einem Skalpell, dachte sie –, und sie war dankbar, denn das Gefühl war wohlbekannt, vertraut. Ihr Körper erschauderte unter dem rhythmischen Ansturm, doch der Ansturm hatte kein Ende, und zu ihrer Qual gesellte sich Vergnügen, und Vergnügen und Qual wurden eins, und schließlich umklammerten ihre Hände seinen Rücken, und sie flüsterte: »Ich liebe dich, Horace.«
Und dann war es vorbei, und sie fühlte sich ermattet und siegreich, trotz ihrer Niederlage. Denn bisher hatte sie immer gegeben, so, wie sie es dem Mann hinter dem albernen Trennschirm gesagt hatte, und heute nacht hatte er gegeben, und sie hatte nur genommen. Die Freude darüber war größer als jede andere Freude, die sie je erfahren hatte.

Sie drehte den Kopf und sah hoch. Wash stand neben dem Bett und schnallte seinen Gürtel zu.
Er sah sie und grinste. »Du bist große Klasse, Kleines. Willst du einen Drink?«
Sie schüttelte den Kopf. »Bring mich nach Hause.« Sie wollte sich aufsetzen, aber er kam zu ihr und schob sie sanft zurück aufs Bett. »Nicht so schnell«, sagte er. »Es ist unhöflich, zu essen und dann direkt wieder gehen zu wollen.« Sie lag auf dem Rücken, schwach und groggy und sah zu, wie er zur Tür ging und sie öffnete. Draußen hörte sie Flüstern und gedämpfte Stimmen.
Wash rief: »Okay, Ace – du bist dran.«
Plötzlich kam ein Fremder ins Zimmer – kein Fremder, sondern das romanische Gesicht mit dem lockigen Haar. Erschreckt suchte sie nach einer Möglichkeit, ihre Blöße zu bedecken, aber da war nichts.
»Also dann ...«, sagte das romanische Gesicht.
Wash lächelte sein dünnes Lächeln. »Bardelli, heute nacht bist du ein Mann.«
Bardelli fing an, sich das Hemd auszuziehen. Naomi setzte sich auf. »Für was hältst du mich?« schrie sie Wash an.
Sie wollte aus dem Bett springen, aber Wash packte sie an der Schulter und drückte sie zurück. Sie hämmerte mit ihren Fäusten gegen ihn, bis er sie an den Unterarmen packte und auf den Rücken warf.
»Du hast sie anscheinend nicht glücklich machen können«, sagte Bardelli. »Sie ist noch viel zu kampflustig.«
Naomi wollte schreien, aber Wash hielt ihr den Mund zu. »Na los, du alter Bastard«, sagte er zu Bardelli. »Sie ist eine Tigerin.«
Da sie weder schreien noch die Arme bewegen konnte, strampelte Naomi wild mit den Beinen. Aber auch sie wurden gepackt, und über Washs Arm sah sie das roma-

nische Gesicht mit dem lockigen Haar, und dann spürte sie seinen nach Knoblauch stinkenden Mund auf ihren Lippen. Sie strampelte und wand sich, sah Wash grinsend neben der Tür stehen, und dann sah sie nur noch das romanische Gesicht. Sie trat ihn, und er grunzte und schlug ihr mit der flachen Hand ins Gesicht. Sie schluchzte und versuchte, ihn zu beißen, und er ohrfeigte sie wieder. Nach einer Weile kämpfte sie nicht mehr, und er hörte auf, sie zu schlagen, und sie lag reglos wie eine Spielzeugpuppe.
Wieder war es unerträglich, der stechende Schmerz, die brutale Gewalt. Dabei hörte sie, wie die Tür auf und zu ging, und da waren Stimmen, die Bardelli ermunterten, weiterzumachen, immer weiterzumachen; sein romanisches Gesicht hing über ihr wie eine verzerrte Laterne, die Locken waren fettig und schweißglänzend.
Als es vorüber war, konnte sie sich nicht rühren. Nichts auf der Welt würde sie dazu bringen, ihr gepeinigtes Fleisch zu bewegen.
Und nun war der Triumph des Nichtgebens kein Triumph mehr. Keuchend lag sie da, ihre großen, straffen Brüste hoben und senkten sich, ihre Augen starrten ins Leere und warteten.
Die Tür öffnete und schloß sich, und sie hörte Gelächter, und sie sah eine große Nase und spürte Hände auf ihren Brüsten und Schenkel auf ihren Schenkeln... Lavine, Lavine... und dann der Schwarze, Sims, nicht Nims, jetzt wußte sie es wieder...»Sims, bitte nicht, Sims«, schrie sie heiser... und als sie die Augen wieder öffnete, war da nicht mehr Sims, sondern ein zuckendes, pickliges, bleiches Gesicht... und dann verlor sie das Bewußtsein.
Als sie die Augen aufschlug, saß sie aufrecht zwischen Wash und Sims, der den Wagen steuerte. Beide Fenster

waren heruntergekurbelt, und der Wind war kühl wie ein Bach.
»Bist du okay?« fragte Wash. »Wir bringen dich nach Hause.«
Sie schaute an sich herab und bemerkte, daß sie jemand angezogen hatte. Sie waren Gentlemen, Gentlemen...
»Mach uns jetzt kein Theater«, sagte Wash. »Jeder Knochenflicker wird dir bestätigen, daß fünfmal auch nicht schlimmer ist als einmal. Was kleine Mädchen besitzen, nutzt sich nicht ab. Aber hör zu, Schätzchen – du hast – nun, du mußt ein bißchen vorsichtig sein – einer der Jungs, er – hat dich ein bißchen verletzt – aber es ist nichts Ernstes, wirklich nicht. He, Sims, halt hier an!«
Sie spürte, wie der Wagen bremste und am Straßenrand hielt. Wash öffnete die Tür. »Wir setzen dich hundert Meter vor deinem Haus ab, Honey, falls jemand auf dich warten sollte.«
Er wollte ihr beim Aussteigen helfen, aber sie rührte sich nicht.
»Faß mal mit an, Sims.«
Zu zweit manövrierten sie sie aus dem Auto. Wash lehnte sie gegen einen Baum. Er zeigte in die Richtung, in der sich ihr Haus befand. »Dorthin mußt du gehen, Honey.«
Er lächelte spöttisch und neigte den Kopf. »Vielen Dank für diesen Abend.«
Als der Wagen verschwunden war, lehnte sie sich immer noch gegen den Baum. Schließlich streckte sie ein Bein aus, um zu sehen, ob es sich bewegte. Sie sah, daß ihr Strumpf bis unter das Knie gerutscht war; er war zerrissen und schmutzig.
Sie fing an zu laufen, stolperte vorwärts, rannte und schluchzte.
Als sie ihren Vorgarten erreichte, brach sie auf dem

kühlen, feuchten Gras zusammen und weinte hemmungslos.
Doch dann hörte sie Schritte, die sich langsam näherten, gedämpft durch das Gras. Sie versuchte, ihr Schluchzen zu unterdrücken und hob den Kopf. Sie erwartete, einen Polizisten zu sehen, war aber eigenartigerweise nicht überrascht, daß es Horace war. Er kniete sich neben sie, sagte etwas, das sie nicht verstand, und dann umfing sie die Stille und Dunkelheit einer tiefen Ohnmacht.

10

Um zehn nach acht am Donnerstag morgen stand Kathleen Ballard vor Naomi Shields Haustür und wurde von Paul Radford eingelassen, der sie eine Stunde zuvor angerufen hatte.
Bislang wußte sie nur, was Paul ihr am Telefon gesagt hatte: daß Naomi von einem Rowdy mißhandelt worden sei, daß der Doktor ihr Bettruhe verordnet habe und daß eine Freundin oder Nachbarin gebraucht wurde, die sich ihrer annahm, bis eine Krankenschwester gefunden war. Obwohl Kathleen keine enge Freundin Naomis war und sie nur unregelmäßig sah (das letztemal bei Dr. Chapmans Vortrag vor dem Frauenverein), hatte sie sich sofort bereit erklärt zu helfen. Ihre Gefühle gegenüber Naomi waren immer zwiespältig gewesen: ein Gefühl der Verbundenheit mit einer Frau, die auch verheiratet gewesen war und nun allein lebte, und ein gewisses Unbehagen in der Gegenwart von jemand, dessen zügelloses Liebesleben (wenn all diese schrecklichen Gerüchte stimmten) in den Briars längst zum Stadtklatsch geworden war. Für Kathleen war noch ein neuer Aspekt hinzugekommen. Gestern, beim Lunch mit Paul, hatte sie Horace kennengelernt, und weil ihr Horace gefiel (wie alles, was irgendwie mit Paul zusammenhing) und sie erfuhr, daß er Naomis Ex-Mann war, bezog sie nun auch Naomi in jenen Kreis mit ein, den sie durch Paul kennengelernt hatte.
»Wie geht es ihr?« fragte Kathleen, als sie Naomis attraktiv, aber etwas zu auffällig eingerichtetes Wohnzimmer betrat. Überrascht wurde sie sich bewußt, daß sie sich zum ersten Mal in Naomis Haus aufhielt.

»Sie ist noch sehr schläfrig«, sagte Paul. »Der Arzt hat ihr ein starkes Beruhigungsmittel verabreicht.« Für einen Moment genoß er den Anblick von Kathleens Morgengesicht.

Als sie merkte, daß sein Blick auf ihr ruhte, fuhr sie sich mit den Fingern über die Wange. »Ich muß ja ein schöner Anblick sein. Ich hatte kaum Zeit für mein Make-up.« Sie sah sich besorgt um. »Kann ich irgend etwas für Naomi tun?«

»Im Augenblick nichts, außer einfach da zu sein«, sagte Paul. »Ich kann dir gar nicht sagen, wie dankbar wir sind, Kathleen. Horace und ich kennen Naomis Freunde nicht. Wir wußten nicht, an wen wir uns wenden sollten.«

»Ihr habt das Richtige getan.«

»Was ist mit Deirdre?«

»Ich habe sie auf dem Weg hierher in der Schule abgesetzt und Albertine einen Zettel hinterlassen, daß sie nach der Schule auf sie aufpassen soll, bis ich zurückkomme. Hast du schon gefrühstückt?«

»Nicht daß ich wüßte.«

»Du mußt etwas essen. Wo ist die Küche?«

Im Kühlschrank fand sie weder Eier noch Schinken, und das Brot in dem weißen Brotkasten war mehrere Tage alt. Schmutziges Geschirr stapelte sich in der Spüle. Kathleen legte zwei Scheiben Brot in den Toaster, stellte die Kaffeemaschine an und machte sich daran, das Geschirr zu spülen. Während sie arbeitete, setzte Paul sich müde auf einen Stuhl und berichtete, was geschehen war.

Seit Horace wußte, daß Naomi in *The Briars* lebte, hatte er versucht, sie anzurufen, aber es war nie jemand zu Hause gewesen. Am vergangenen Abend hatte er sich dann entschlossen, sie aufzusuchen. Weil sie wieder nicht da gewesen war, hatte er beschlossen, vor ihrem Haus im Auto auf ihre Rückkehr zu warten. Nach Mitternacht war sie erschienen, betrunken und übel zugerichtet. Horace hatte sie ins Haus getragen und den Arzt angerufen. Der Doktor war sofort gekommen und hatte festgestellt, daß sie, mit Ausnahme einer kleinen Platzwunde, die er sofort nähte, nur seelische Verletzungen davongetragen hatte. Er empfahl, sie zu intensiver psychiatrischer Behandlung in ein Sanatorium zu bringen. Er gab Horace die Adressen mehrerer Psychoanalytiker, und bei Tagesanbruch hatte Horace erschöpft und verwirrt Paul angerufen und ihn um Hilfe gebeten.

»Was sollte ich ihm raten?« sagte Paul zu Kathleen, als sie Kaffee und den mit Butter bestrichenen Toast auf den Tisch stellte. »Wir kennen uns hier draußen nicht aus. Und nach allem, was ich über Naomi weiß, ist hier größte Diskretion vonnöten. Natürlich hat Dr. Chapman ausgezeichnete medizinische Verbindungen, aber Horace und ich waren einer Meinung, daß wir den Doktor nicht mit in diese Sache hineinziehen wollten. Er hätte sich sofort Sorgen wegen der Presse gemacht. Das war Horaces Privatsache, und sie mußte so diskret wie möglich behandelt werden. Dann erinnerte ich mich an Dr. Victor Jonas.«

Auch Kathleen erinnerte sich an Dr. Jonas. Paul hatte mit großer Begeisterung von ihm erzählt, als sie das zweite Mal zusammen ausgegangen waren.

»Ich wußte, daß Naomis Problem in sein Arbeitsgebiet fällt und daß man ihm vertrauen kann. Also rief ich ihn vom Motel aus an und traf mich dann hier mit ihm, und dann rief ich dich an.«

»Ist Dr. Jonas noch hier?«

»Er spricht hinten im anderen Zimmer mit Horace. Ich habe Horace geraten, er soll alles akzeptieren, was Dr. Jonas ihm vorschlägt.«

Mehr gab es nicht zu sagen. Schweigend tranken sie ihren

Kaffee. Dann hörten sie Schritte, und Dr. Victor Jonas erschien in der Küche. Paul stellte ihn und Kathleen einander vor. Dr. Jonas lächelte freundlich. Er goß sich selbst Kaffee ein. Kathleen mußte sich zwingen, ihn nicht anzustarren: sein zerzaustes Haar und der zerknitterte Anzug ließen ihn so unprofessionell und exzentrisch wirken.

»Horace ist zu ihr gegangen«, sagte Dr. Jonas, während er mit dem Kaffee zum Küchentisch ging und sich setzte. »Ich glaube, er begreift, was zu tun ist.«

»Gibt es Hoffnung für sie?« fragte Paul.

»Vielleicht«, sagte Dr. Jonas.

Paul und Kathleen tauschten einen überraschten Blick aus, denn sie hatten beide die übliche Platüde erwartet, so etwas wie »ganz bestimmt« oder »wo Leben ist, ist auch Hoffnung«. An Dr. Jonas' Offenheit mußte man sich erst gewöhnen.

»Was heißt das?« wollte Paul wissen.

»Psychiatrisch gesehen bestehen gute Heilungschancen. Aber vor allen Dingen kommt es auf Naomi selbst an, und noch mehr auf Horace. Damit man ihr helfen kann, muß sie begreifen, daß sie krank ist und daß diese Krankheit das Symptom eines noch tiefer sitzenden Übels ist. Aber da sie von einem Hang zur Selbstzerstörung besessen ist, wird sie jemanden brauchen, der sich um sie kümmert. Das ist Horaces Aufgabe. Er muß lernen, daß sie nicht verdorben, sondern krank ist. Das ist nicht leicht für ihn. Er besitzt Bildung und Verständnis, aber es gibt einen Feind, und das ist seine religiöse Erziehung. Wenn er sich klar macht, daß sie es wert ist, sie für ihn selbst zu retten, wird er es durchstehen. Und mit ihm zur Seite wird auch sie es durchstehen. Und ich habe auch schon den geeigneten Arzt für sie. In Michigan. Das wäre nicht zu weit weg für Horace.«

»Haben Sie wirklich schon Heilungen bei solchen Fällen erlebt?« fragte Paul.
»Selbstverständlich. Wie ich schon sagte, ist Nymphomanie ein Symptom von etwas, das heilbar ist. Packe es an und beschreite den Weg der Therapie, und es gibt keinen Grund mehr für die Nymphomanie.«
Kathleen fühlte, wie sie innerlich unter einem Schock erbebte, und sie hoffte, daß man es ihr nicht anmerkte. Dieses Wort – sonst kam es nur in anzüglichen Witzen vor, aber nun hatte es etwas Erschreckendes, denn es war real, und Naomi, unter Beruhigungsmitteln stehend, war real. Kathleen dachte wieder an die Gerüchte über sie und schauderte. Die Geschichten waren wahr. Wie konnte sich eine Frau nur so benehmen? Aber er hatte gesagt, daß Naomi nichts dafür könne, daß sie hilflos war, krank.
»Was sind die Ursachen für Nymphomanie?« hörte sich Kathleen fragen.
Dr. Jonas trank seinen Kaffee aus. »Sie sind unterschiedlich. Nach dem, was ich bisher erfahren habe, liegt es in diesem Fall daran, daß sie als Kind nicht genug geliebt wurde.« Er suchte in seinen Taschen nach seiner Pfeife und fand sie. »Natürlich ist das stark vereinfacht. Aber diese Hypersexualität könnte ein Versuch sein, diese Liebe nun als Erwachsene zu bekommen. Aber das funktioniert nicht, wissen Sie – kein Mann, keine hundert Männer vermögen ihr zu geben, was ihre Eltern ihr in der Kindheit versagten.« Er stopfte die Pfeife und zündete sie an. »Ich habe versucht, das Horace zu erklären. Ich sagte ihm, daß sie ohne Zärtlichkeit, Sicherheit, Autorität aufgewachsen ist, ohne einen Menschen zu haben, der für sie da war; und so wuchs das Problem mit ihr heran, und dann versuchte sie, dem Problem zu entkommen, indem sie sich in diese endlosen, unbefriedigenden Episoden mit Männern flüchtete. Horace fragte: ›Sie meinen, sie will

nicht einfach Sex; sie meinen, sie will all diese Männer überhaupt nicht?‹ Nein, habe ich geantwortet, sie will sie nicht. In Wahrheit, unterbewußt, ist sie Männern gegenüber zutiefst feindlich eingestellt. Vielleicht hat ihm das ein wenig die Augen geöffnet.« Er sah Kathleen an und schenkte ihr erneut ein zurückhaltendes, aber tröstliches Lächeln. »Eine analytische Behandlung kann ihr ein wenig von dem geben, was ihr bisher gefehlt hat. Sie kann ihr helfen, mit sich selbst ins reine zu kommen und ihre Selbstachtung zurückzugewinnen. Und dann werden diese selbstmörderischen sexuellen Abenteuer von allein aufhören.« Er zuckte die Achseln. »Aber zunächst einmal liegt es an den beiden selbst.«

Nach ein paar Minuten erschien Horace. Mit der Hand, welche seine Brille hielt, fuhr er sich müde über die Augen. Mit leerem Gesicht sah er die drei am Küchentisch an. Kathleen versuchte zu lächeln. Schließlich erkannte Horace sie und begrüßte sie.

»Sie schläft immer noch«, sagte Horace. »Aber sie scheint unruhig zu sein.«

»Das ist ganz natürlich«, sagte Dr. Jonas. »Die letzte Nacht war schließlich nicht gerade ein Picknick.«

Horace sah Kathleen an. »Es ist nett von Ihnen, daß Sie gekommen sind, aber ich werde doch besser hierbleiben, bis die Krankenschwester kommt. Falls Naomi aufwachen sollte. Ich werde Dr. Chapman anrufen und ihn bitten, für mich einzuspringen.«

Horace fand die Nummer in seiner Brieftasche und telefonierte. Benita Selby war am Apparat, und er erkundigte sich, ob Dr. Chapman wohl bis zum Mittag seine Interviews übernehmen könne. Er hörte Benita zu, nickte ins Telefon und wirkte noch trauriger als zuvor. Er legte auf und sagte, daß Paul und er sofort gebraucht würden.

»Leider kommen sie ohne mich nicht aus«, wandte er sich

an Kathleen. »Cass fällt anscheinend wieder wegen Grippe aus, und Dr. Chapman hat bereits seine Interviews übernommen.«
»Machen Sie sich keine Sorgen«, beruhigte ihn Kathleen. »Ich kümmere mich um sie.«
»Wenn sie aufwacht«, sagte Horace, »erklären Sie ihr bitte, daß ich sofort nach der Arbeit, gegen halb sieben, zurückkomme.«
Kathleen nickte. Paul und Dr. Jonas erhoben sich. »Ich denke, sie wird den größten Teil des Tages verschlafen«, sagte Dr. Jonas zu Kathleen. »Es genügt, wenn Sie hin und wieder nach ihr sehen.«
Aus dem Eßzimmer drang ein klagendes Winseln. »Ach ja, der Hund«, sagte Horace. »Den hatte ich ganz vergessen. Wer wird sich um den kümmern?«
»Das übernehme ich«, erklärte Dr. Jonas sofort. »Meine Jungens können sich um den Hund kümmern, bis Mrs. Shields wieder auf den Beinen ist.« Er verschwand im Nebenzimmer und kehrte mit dem dankbaren Cockerspaniel auf dem Arm zurück.
Kathleen begleitete die Männer zur Haustür. Nachdem Horace und Dr. Jonas gegangen waren, zögerte Paul noch einen Augenblick.
»Noch mal vielen Dank, Kathleen. Ich werde heute mittag anrufen und mich vergewissern, daß alles in Ordnung ist. Sehen wir uns heute abend?«
»Gern.«
»Zum Dinner?«
»Ich möchte nicht, daß du pleite bist, wenn ihr abreist. Ein Hamburger in einem Drive-In würde mir genügen.«
Paul lächelte. »Das paßt gar nicht zu dir. Aber meinetwegen.«
»Bist du dir so sicher, was zu mir paßt?«
»Fasan und Kaviar mit Edelweiß.«

»Manchmal, ja. Aber auch Hamburger mit Graswurzeln.«
Sie zog die Nase kraus. »Ich wünsch' dir was.«
Nachdem sie die Haustür geschlossen hatte, schlich sie auf Zehenspitzen zu Naomis Zimmer und spähte hinein. Die Vorhänge waren zugezogen, Halbdunkel füllte den Raum. Naomi lag auf der Seite, den Kopf in der Armbeuge.
Kathleen sah sich im Wohnzimmer um, entdeckte einen Krimi aus der Leihbücherei, machte es sich, mit Zigaretten und Aschenbecher bewaffnet, auf der Couch bequem und versuchte zu lesen. Aber es war schwierig. Ihre Gedanken beschäftigten sich mit Paul Radford.
Während der vergangenen Woche hatte sie ihn fast täglich gesehen. Noch nie zuvor war sie mit einem Mann so schnell warm geworden. Und doch hing die alte Sorge über ihr wie ein drohendes Schwert. Sie wagte nicht an das zu denken, was zwischen ihnen passieren konnte, bevor er Sonntag abreiste. Als sie nun über ihn nachdachte, fühlte sie sich plötzlich unehrlich und unwürdig. Sie dachte an die anderen Frauen, die sie kannte, und brachte sie in Relation zu Paul. Wie würden sie mit ihm umgehen? Wen meinte sie? Naomi? O Gott, nein. Jemand, der so ... so kühl und kontrolliert, so äußerlich war wie sie selbst. Wer war ihr ähnlich? Eigentlich niemand. Doch, da war Ursula Palmer. Sie war Schriftstellerin, Paul Schriftsteller. Eine Gemeinsamkeit. Und mehr noch: Ursula war so selbstsicher, hatte immer alles unter Kontrolle. Solche Eigenschaften waren in ihrer Situation vonnöten. Sie beneidete Ursula darum ...

»Nun«, sagte Bertram Foster endlich, nachdem er das Champagnerglas vor ihr auf den Tisch gestellt hatte, »ich wette, das ist das erste Mal, daß Sie zum Frühstück Bläschen in der Nase hatten.«

»Ja«, erwiderte Ursula pflichtbewußt.
Foster war, anders als geplant, mit seiner Frau aus Palm Springs zurückgekommen. Aber es war ihm gelungen, Alma bis zum Dinner abzuwimmeln (sie besichtigte ein Filmstudio), so daß er den ganzen Vormittag und Nachmittag für die »Arbeit« mit Ursula Zeit hatte. Er hatte vorgeschlagen, daß sie mit dem Frühstück in seiner Hotelsuite beginnen sollten.
Das war Ursula wesentlich angenehmer als das ursprünglich vorgesehene gemeinsame Dinner. Das Frühstück hatte eine unromantische, anti-sexuelle Atmosphäre. Schließlich – wer ließ sich schon durch Müsli zum Geschlechtsverkehr animieren? Aber als sie in Bluse und leichtem Wollrock erschien, hatte sie Foster zu ihrem Entsetzen in Morgenmantel und grauem Seidenpyjama empfangen. Sein rundes Gesicht war frisch rasiert, und er roch nach Rasierwasser und Talkum.
Und hinter ihm stand die geöffnete Flasche im Eiskübel. Er hob sein Glas. »Piper Heidsieck«, sagte er, »das Beste, was es für Geld zu kaufen gibt. Na los, probieren Sie ihn.« Er trank und beobachtete über sein Glas hinweg, wie sie ihr Glas an die Lippen setzte. Ursula mußte sich zwingen, nicht das Gesicht zu verziehen. Es schmeckte wie etwas aus nassem Holz Ausgepreßtes. »Köstlich«, hauchte sie, und spürte, wie ihr der Alkohol zu Kopf stieg.
»Mmmm«, sagte Foster. »Das Frühstück kann warten.« Er kam um den Tisch herum, stellte sein Glas ab und setzte sich neben sie auf die Couch. Eulenhaft starrte er in den Spalt, der in ihrer ausgeschnittenen Bluse sichtbar war. »Also, Frau Redakteurin«, fragte er, »wo haben Sie es?«
Nun war der schreckliche Moment für Ursula gekommen. »Hier«, erwiderte sie und klopfte auf den großen Umschlag, der auf ihren Knien lag. Daß sie die Notizen über ihr Sexleben doch noch rechtzeitig fertigbekommen

hatte, grenzte an ein Wunder. Ständig war sie dabei durch unfreiwillige geistige Irrfahrten in ihre Kindheit und die vergangenen Jahre mit Harold aufgehalten worden. Der Gedanke, daß all diese Dinge bald von jedermann gelesen werden konnten, quälte sie zusehends. Immer öfter fragte sie sich, ob die Schlagzeile und der Job in New York diesen Preis wert waren. Aber schließlich hatte sie die widerliche Arbeit doch noch zu Ende gebracht.
Nun, als sie die getippten Seiten aus dem Umschlag zog, fragte sie sich, ob es nicht weniger demütigend war, einfach mit Foster zu schlafen, als ihn in ihr eheliches Schlafzimmer starren zu lassen.
»Es sind siebenundzwanzig Seiten«, sagte sie und gab sie ihm.
Er hielt die Notizen in der Hand und machte ein ernstes, geschäftsmäßiges Gesicht. »Eine bemerkenswerte Leistung.«
»Sie werden einige Zeit brauchen, um es zu lesen, Mr. Foster. Vielleicht sollte ich währenddessen ein wenig spazierengehen und später wiederkommen?«
»Nein, ich will Sie hierhaben, um Einzelheiten mit Ihnen besprechen zu können.«
Er las bereits gierig. Ursula bemühte sich, sein Gesicht dabei nicht zu beobachten; aber als sie es doch tat, wurde ihr klar, daß es jemandem gehörte, der sich im verdunkelten Wohnzimmer schmutzige Filme ansah und gierig die klassische Erotik John Clelands.
Ursula schluckte den Champagner hinunter und fühlte sich hundeelend. Sie war Belle Boyd, die Harolds Geheimnisse an den Feind auslieferte. Sie war dabei, den einzigen wirklich privaten Teil ihres Lebens zu verraten. (Wenn man selbst das verkaufte, was blieb dann noch?)
Sie merkte, daß er anfing, ungeduldig die Seiten zu überfliegen.

»Stimmt etwas nicht, Mr. Foster?«
»Wen interessiert schon dieser Kinderkram? Wo ist der Teil über Ihr Erwachsenenleben?«
»Sie meinen den vorehelichen Teil?«
»Wie immer Sie es nennen wollen«, erwiderte er ungeduldig.
»Seite achtzehn.«
Er fand die Seite und las. Er befeuchtete sich die Lippen. Nach einer Weile sah er sie an. »Also haben Sie es schon vor der Ehe getan?«
»Ich war damals noch sehr jung, Mr. Foster«, antwortete sie hastig.
Er las weiter und sah sie wieder an. Sie hatte dabei das seltsame Gefühl, daß seine Augen nicht Ursula Palmer anstarrten, sondern ein Stück nacktes Fleisch. »Und dann lebten und lernten Sie«, sagte er.
»Was?«
»Daß es auf die Stellung ankommt.« Er zeigte die Zähne und blinzelte. Ihr fröstelte.
Er las weiter. Er mußte jetzt den Teil über ihr Leben mit Harold erreicht haben. Sie verachtete sich und hätte ihm am liebsten das Manuskript aus der fetten Hand gerissen. Er zeigte mit dem Finger auf eine Stelle und rückte näher an Ursula heran. »Er ist nicht gerade ein Aß«, sagte er.
»Wer?«
»Ihr Mann.«
Sie war tief gekränkt. »Er ist genauso gut wie irgend jemand anders. Genauso gut wie Sie oder jemand anders.«
»Nicht nach dem, was hier steht.«
Sie verlor die Beherrschung und entgegnete: »Warum sind Männer bloß so eingebildet? Sie glauben immer, daß Sie es einer Frau besser besorgen können als ihr Mann.«
»Nichts gegen Ihre Loyalität – aber Fakten sind Fakten.«

Er verzog seinen feisten Mund zu einem Grinsen. »Entschuldigung, vielleicht wird er mit zunehmendem Alter besser.«
Er setzte seine Lektüre fort. Sie zitterte vor Wut. Dieser widerliche alte Lüstling verhöhnte Harold und zog ihre ganze Ehe in den Schmutz.
Er las eine Passage ein zweites Mal, und seine Lippen formten lautlos die Worte. Dann sagte er laut, ohne Sarah anzublicken: »Hier steht ›Frage: Beschreiben Sie...‹« Er wandte ihr sein aufgedunsenes Gesicht zu. »Kommen Sie näher«, befahl er. Sein Finger zeigte auf die Stelle. »Lesen Sie das, und sagen Sie mir, ob ich es richtig verstehe.«
Widerwillig kam sie näher und beugte sich über die Seite. Sie spürte seinen asthmatischen Atem auf ihrer Wange.
»Was bedeutet das?« verlangte er zu wissen.
Sie wich zurück und saß kerzengerade. Er starrte sie an. Sie war kurz davor, in Tränen auszubrechen. Sein Gesichtsausdruck war merkwürdig. Er atmete nur durch den Mund.
»Was bedeutet das?« wiederholte er.
Ihr versagte fast die Stimme. »Das steht doch da.«
»Also ist es das, was ich denke?«
»Ja, aber... es ist anders...«
»Ah«, keuchte er.
Sein Gesicht war dicht vor dem ihren. »Na los, dann tun Sie, was da steht!« befahl er ihr in rauhem Tonfall.
Ihre Schläfen pochten. »Mr. Foster...«
»Ja!« rief er. »Tun Sie's!«
Er griff nach ihr, aber sie riß sich los und versetzte ihm eine schallende Ohrfeige. »Sie Schwein – Sie gemeines Schwein!«
»Sie selbst sind das Schwein«, keuchte er.
Sie sprang auf und riß das Manuskript an sich.
Schwer atmend saß er da, und seine Stimme war nun ein

flehendes Wimmern. »Ursula..., hör doch, Süße... du kannst alles von mir haben... alles...«
Sie rannte zur Tür.
»Du hast es doch vorher schon gemacht!« rief er. »Es gefällt dir doch!«
Sie umklammerte den Türknauf.
»Wenn du gehst, ist es aus mit deinem Job...«
In der offenen Tür wirbelte sie noch einmal herum. »Soll ich Ihnen sagen, was Sie mit Ihrem Job machen können?« schrie sie zurück. Und dann sagte sie es ihm – und floh, vorbei an den Aufzügen, die Treppe hinunter, durch die Hotelhalle. Sie hielt erst inne, als sie ihren Wagen erreichte. Jetzt erst wurde ihr die volle Bedeutung ihres Bruchs mit der Vergangenheit – mit der Vergangenheit, nicht mit der Zukunft – schlagartig bewußt.
Seltsamerweise verspürte sie nicht den Wunsch zu weinen. Durch die Windschutzscheibe hindurch konnte sie zwischen zwei Bürohochhäusern die blaugrünen Berge im Norden sehen. Für kalifornische Verhältnisse war es ein wunderbar klarer Tag, stellte sie erfreut fest.

Seit jener Halloween-Nacht, als das kopflose Skelett plötzlich kreischend hinter dem Gebüsch aufgetaucht war und die kleine Sarah schreiend vor Angst davonrannte, hatte sie sich nicht mehr so gefürchtet.
Vorsichtig zog sie den Vorhang des großen Wohnzimmerfensters zur Seite und spähte hinaus. Der Dodge war immer noch da. Mit weichen Knien ging Sarah hinüber zur Küche. Schon zum dritten Mal an diesem Morgen wählte sie Freds Nummer. Der Dodge war aufgetaucht, kurz nachdem Sam das Haus verlassen hatte. Dienstag und Mittwoch hatte sie, noch unter dem Eindruck des Schreckens vom Montag, Freds Rat befolgt und war im Haus geblieben. Doch an beiden Tagen blieb die Straße

leer. Erst heute parkte der rächende Geist, das lästige Gewissen, das allwissende Auge wieder vor dem Haus.
Auch beim dritten Mal meldete sich Fred nicht. Das Freizeichen tutete in regelmäßigen Abständen, ohne Rücksicht auf Sarahs drängende Panik.
Schließlich legte sie den Hörer wieder auf. Fred war nicht da, und sie war mit ihrer Angst allein. Die Wände des Hauses schlossen Sarah ein, und die einzige Fluchtmöglichkeit befand sich draußen in der Sonne, wo auch die Gefahr lauerte. Aber draußen waren auch belebte Straßen, Freunde, Freds Appartement, wo sie in Sicherheit war. Und überhaupt: Wer war dieser vierrädrige Schatten denn schon? Ein Mann. Ein Auto. Ein Detektiv, der seine Pflicht tat. Ein bezahlter Schatten, angeheuert für fünfzig Dollar die Woche. Von wem? Von Mrs. Tauber? Von Sam? Und was konnte er ihr schon groß antun, wenn sie zu Freds Appartement fuhr? Ihr nachfahren, sich Notizen machen. Dabei mußte er doch eigentlich längst alles wissen, was er brauchte.
Sie fand ihre Lederjacke, ging zur Haustür und öffnete sie. Sie zögerte einen Moment, sah den Gärtner vor dem Nachbarhaus, dann den Dodge, und dann eilte sie entschlossen hinaus in Sonnenschein und Tageslicht. Sie setzte sich in den kühlen Kombi, startete den Motor, setzte zurück auf die Straße und fuhr schnell davon, fort von dem hinter ihr parkenden Gewissen. Als sie sich in den Verkehr auf dem Wilshire Boulevard einreihte, registrierte sie erleichtert, daß sich kein Dodge im Rückspiegel zeigte.
Das blieb während der ganzen Fahrt nach Beverly Hills so. Erst als sie den Santa Monica Boulevard kreuzte, glaubte sie zwei Wagen hinter ihrem eigenen den vertrauten Kühlergrill zu sehen. Sie bog ab und parkte vor Freds Appartement. Sie blickte sich um und stellte erleichtert fest, daß die Straße völlig leer war.

Sie hastete in das Mehrfamilienhaus und durch das Treppenhaus zu Freds Wohnung. Gerade als sie auf die Klingel drücken wollte, sah sie den Zettel, der mit einem Klebestreifen an die Tür geheftet war.
Eine Nachricht, unverkennbar Freds Handschrift, hastig geschrieben, stand darauf: »Reggie« – ein Sarah unbekannter, männlicher Name –, »bin heute morgen beim Anwalt. Werde dort bis zum Lunch zu tun haben. Ich werde die Sache abklären und dich heute nachmittag anrufen. Tut mir leid, Fred.«
Sarahs Enttäuschung über Freds Abwesenheit wurde nun durch eine neue, leuchtende Hoffnung gemildert. Es war völlig klar, was diese Nachricht bedeutete. Fred hatte einen Anwalt aufgesucht, um sich von Mrs. Tauber scheiden zu lassen.
Sie hatte die Brille bereits wieder abgenommen und wollte sich zur Treppe umdrehen, als sie sie noch einmal aufsetzte, um sich zu vergewissern, daß sie sich auch nicht verlesen hatte. Aber die Nachricht war klar und unmißverständlich. Fred war bei seinem Anwalt. Das konnte bedeuten, daß er endlich seine Scheidung vorbereitete. Das war großartig, einfach wunderbar. Aber wer war Reggie? Darüber würde nur Fred sie aufklären können.
Sie öffnete ihre Handtasche, nahm ihren Kugelschreiber heraus und kritzelte unten auf den Zettel, der an Freds Tür klebte, folgende Nachricht: »Fred – muß mit Dir über etwas Geschäftliches reden – rufe später an – S.« Sie betrachtete kurz ihr Werk, strich dann *etwas Geschäftliches* durch und schrieb *den Dodge* darüber. Das war unmißverständlich.
Dann ging sie die Treppe hinunter und zurück zum Auto. Sie blickte nach links und nach rechts. Kein anderer Wagen parkte in der Straße.
Als sie den Kombi erreichte, kam ihr etwas in den Sinn,

213

das sie noch gar nicht in Erwägung gezogen hatte. Warum war Fred gerade jetzt zu seinem Anwalt gegangen, warum jetzt, nach vielen Wochen? Wegen ihres alarmierenden Anrufs am Montag, wegen M. Javert. Fred wollte Mrs. Tauber zuvorkommen. Oder Sam. Das Auftauchen des Privatdetektivs hatte eine Entscheidung herbeigeführt. Warum eine Konfrontation, einen Skandal abwarten? Zuvorkommen. Entschärfen. Arme Mrs. Tauber. Armer Sam.
Sie stieg ins Auto. Sie war stolz auf Fred, ihren Fred. Der Dodge war jetzt nicht mehr wichtig. Dummer, alberner Dodge. All diese überflüssigen Notizen (»Person verließ um 10.32 Uhr das Haus. Betrat Taubers Appartement um 10.57 Uhr. Verließ es um 12.01 Uhr wieder. Blieb stehen, um sich das Haar zu richten«). Sie fragte sich, ob etwas in den Zeitungen stehen würde. Sie fühlte sich beinahe fröhlich.

Kathleen Ballard hatte soeben das erste Kapitel des Kriminalromans hinter sich gebracht. Sie hatte sofort bemerkt, daß es sich um ein englisches Buch handelte, denn das Wort *honor* auf dem Buchdeckel war *honour* geschrieben. Kathleen war inzwischen zu dem Schluß gelangt, daß Peter der Mörder sein mußte. Gerade als Lady Cynthia aus Nepal zurückkehrte, zerriß das Klingeln des Telefons die Stille.
Es war die Krankenschwestern-Vermittlung. Kathleen wurde mitgeteilt, daß Miss Wheatly erst am Nachmittag um sechs kommen könne. Kathleen protestierte, aber es war zwecklos. Schließlich ergab sie sich in ihr Schicksal. Sie war an solche kleinen Enttäuschungen gewöhnt. Nachdem sie sich mit den sechs vor ihr liegenden Stunden abgefunden hatte, nahm sie in der Küche eine Bestandsaufnahme vor. Naomi aß offensichtlich immer auswärts.

Oder, was noch wahrscheinlicher war, angesichts des Inhalts des Geschirrschranks, sie »trank« ihre Mahlzeiten »on the rocks«. Schließlich förderte Kathleens intensive Suche eine Büchse Erbsensuppe und eine große Büchse Rindergulasch zu Tage, außerdem einige Flaschen Seven Up (Überbleibsel eines lange verlorenen Kampfes gegen den Gin). Kathleen beschloß, sich mit dem Rindergulasch als Mittagessen zu begnügen.

Sie hatte gerade die Gulaschkonserve geöffnet, als erneut das Telefon klingelte. Diesmal war Paul am Apparat. Kathleen erzählte ihm, daß die Krankenschwester erst um sechs käme, und versicherte ihm, daß es ihr nichts ausmache, so lange die Stellung zu halten. Paul war erleichtert und erinnerte sie noch einmal an das versprochene gemeinsame Dinner.

Der Gulasch stand auf dem Ofen, als sie Naomi rufen hörte. »Horace!«

Kathleen stellte die Flamme klein und eilte ins Schlafzimmer. Als sie eintrat, fand sie Naomi auf dem Rücken liegend, die Augen starr zur Decke gerichtet.

Kathleen ging zum Bett. »Alles in Ordnung?«

Die Augen richteten sich auf sie. »Was tust du hier?«

»Horace mußte zur Arbeit. Die Krankenschwester ist noch nicht da. Also bin ich eingesprungen.«

»Warum du?«

»Ich ... ich kenne einen Freund von Horace. Sie haben mich angerufen.«

»Ich brauche niemanden. Ich brauche keine Krankenschwester.«

»Nun, der Doktor ...«

»Dieses alte Arschloch.«

Naomi bewegte sich nicht. Sie schloß die Augen, öffnete sie dann wieder. Kathleen trat besorgt näher ans Bett.

»Naomi, kann ich irgend etwas für dich tun?«

»Nein. Ich stehe auf, sobald dieser Kater verflogen ist.«
Naomi drehte sich zur Seite und schwieg wieder. Kathleen wartete neben dem Bett und fühlte sich unbehaglich.
»Weißt du, was letzte Nacht passiert ist?« fragte Naomi.
Kathleen schüttelte schnell den Kopf. »Nein.«
»Diesmal wurde ich gleich von fünf hintereinander auf die Matratze gelegt.«
»Oh, Naomi...«
»Es wäre vielleicht interessant gewesen, wenn ich nüchtern gewesen wäre. Ich werde Dr. Chapman einen ergänzenden Bericht schicken.«
»Du meinst, sie haben dich gezwungen...«
»Ich kann mich nicht genau erinnern. Diese Bastarde.« Sie produzierte den Abklatsch eines Lächelns. »Halte dich von mir fern. Ich bin ansteckend. Ich bin eine Nutte.«
»Sag doch so etwas nicht!«
»So reden die Männer. Ich mag diese Sprache. Sie kennen die Frauen nicht. Aber sie kennen Nutten.«
»Naomi, versuch dich auszuruhen.«
»Wer war heute morgen hier?«
»Dein Arzt. Dann hat Horace noch einen Psychologen gerufen.«
»Einen Analytiker?«
»Nein. Er hat nur geholfen und Horace beraten.«
»Was hat er denn geraten?«
»Ich denke, wir sollten damit besser warten, bis Horace...«
»Nein, sag du's mir.«
»Ich weiß nicht.«
»Spuck es aus, Katie. Ich habe mich von einem Bataillon überrollen lassen und warte nun auf das Urteil des Standgerichts.«
»Sie haben von einer Behandlung gesprochen, von Psychoanalyse.«

»Glaubst du, daß es hilft, wenn ich ein Jahr auf der Couch liege und schmutzige Geschichten erzähle?«
»Ich weiß es nicht. Aber ich nehme an, daß sie das besser beurteilen können.«
»Vergiß es.« Sie drehte sich auf die Seite. »Laß mich schlafen.« Ihre Stimme schwand.
Kathleen betrachtete sie noch einen Moment, hilflos, angesichts von Naomis Krankheit und ihrer krankhaften Vulgarität. Dann ging sie zur Tür. Als sie sie erreicht hatte, hörte sie Naomi rufen: »Was tut Horace hier?«
Kathleen war überrascht. »Ich dachte... Nun, er gehört zu Dr. Chapmans Team.«
»Das wußte ich nicht.« Naomis Stimme wurde undeutlich. »Ist das wahr?« Dann zeigten ihre tiefen Atemzüge an, daß sie eingeschlafen war. Leise zog Kathleen die Tür hinter sich zu und ging in die Küche.
Später, nachdem sie den Gulasch gegessen und etwas von der Limonade getrunken hatte, kehrte sie zum Sofa und dem Kriminalroman zurück. Während sie aß, hatte sie ununterbrochen an Naomi gedacht, hatte versucht, Naomis Schönheit mit ihrer Vulgarität in Einklang zu bringen und ihre Sinnlichkeit von ihrer Krankheit zu trennen. Sie fragte sich, ob Männer, die diesen üppigen Körper nahmen, sich der Fäulnis bewußt waren, die sich darunter verbarg. Würde Paul, wenn er Gelegenheit dazu bekäme, sich mit Naomi einlassen? Würde sie ihn reizen oder abstoßen? Nein, Naomi würde Paul nicht gefallen. Er würde ihr eine normale, ruhige, nicht so zügellose Frau vorziehen. Jemanden, der wie sie selbst war. Nein, nicht wie sie selbst, denn sie war das genaue Gegenteil von Naomi, was ebenfalls krankhaft war, wenn auch nicht so erschreckend und auffällig.

Um viertel nach fünf, als die Sonne nicht mehr durchs

Küchenfenster schien, der Nachmittag aber immer noch hell war, hatte Kathleen den Krimi zur Seite gelegt und war gerade dabei, Tee zu kochen, als das Telefon klingelte.
Sie lief hastig zum Hörer und hob ab, damit Naomi durch das Läuten nicht geweckt wurde.
»Hallo?«
»Naomi?« Es war eine Mädchenstimme.
»Ich bin eine Freundin von Naomi – Mrs. Ballard.«
»Kathleen?«
»Ja?«
»Hier ist Mary McManus. Was tust du denn bei Naomi?«
»Oh, hallo Mary. Ich... nun... Naomi ist... sie hat die Grippe und ich spiele den Babysitter, bis die Krankenschwester kommt.«
»Es ist doch hoffentlich nichts Ernstes?«
»Nein, nein.«
»Tut mir leid für Naomi. Ich hatte ihr versprochen, sie zu treffen, und heute abend gibt Dad für ein paar Leute eine Grillparty. Nun, Norman hat leider keine Zeit, und deshalb ist noch was vom Essen übrig. Darum dachte ich, daß Naomi vielleicht Lust gehabt hätte zu kommen, aber wenn sie krank ist...«
»Ich bin sicher, sie wird sich über deinen Anruf freuen.«
»Sag ihr, daß ich morgen noch einmal anrufe. Wie geht es dir?«
»Danke, gut, Mary. Komm doch dieser Tage einmal nachmittags zum Tee.«
»Gern. Sag Naomi, daß es mir leid tut. Sie verpaßt ein gutes Steak. Also dann, bis bald, Kathleen.«
»Ja, bis bald, Mary.«
Nachdem Kathleen den Tee hatte ziehen lassen, goß sie sich eine Tasse ein und dachte, während sie ihn trank, über Mary McManus nach. Mary war ein Beweis dafür,

daß ein lebensfrohes Wesen mehr zählte als Schönheit. Marys sonnengebräunte Gesundheit, ihr sprudelnder Enthusiasmus ließen Kathleen sich plötzlich alt fühlen. Sie schätzte, daß sie höchstens sechs oder sieben Jahre älter als Mary war, und doch fühlte sie sich tief drinnen müde und ausgebrannt. Nur rein physisch konnte sie Paul einen Körper bieten, der jünger als dreißig Jahre war. Mary dagegen konnte für einen Mann wie ein wundersamer Jungbrunnen sein. War es nicht eigenartig, daß sie am vergangenen Sonntag mit ihrem Vater im Tennisklub gewesen war, und nicht mit ihrem Mann? Nun ja, junge Mädchen und ihre Väter ...

Mary McManus ging auf die Terrasse hinaus, wo ihr Vater noch immer an dem aus Ziegelsteinen gemauerten Grill stand und in der Holzkohle stocherte. Daneben lagen die rohen Steaks, majestätisch aufgeschichtet auf dem fahrbaren Tischchen. Mary sah ihrem Vater einen Augenblick zu und setzte sich dann auf die Kante eines Gartensessels.
»Du kannst ein Steak wieder in die Tiefkühltruhe legen«, sagte sie. »Naomi kann nicht kommen.«
»Bist du sicher, daß Norman nicht herunterkommen will?« fragte Harry, ohne sich umzudrehen.
Mary war ein wenig ärgerlich über die Art der Fragestellung. »Es geht nicht darum, daß er nicht herunterkommen *will*; er kann nicht, er fühlt sich nicht wohl – passiert dir das denn nie?«
Ihr Vater drehte sich um und warf ihr einen Blick zu. »Du nimmst es aber heute abend mit der Wortwahl sehr genau.«
»Ich dachte, du hättest es so gemeint, wie ich es aufgefaßt habe.« Sie zögerte. »Tut mir leid. Aber er hatte schreckliche Kopfschmerzen, als er nach Hause kam, Dad. Das müßtest du doch wissen; du bist schließlich mit ihm

gefahren. Er glaubte, daß es ihm nach einem Nickerchen bessergehen würde, aber er fühlt sich immer noch nicht gut. Er will dir nicht die Party vermiesen.«
»Ich finde, daß er in letzter Zeit ein bißchen oft Kopfschmerzen hat, für einen so gesunden, sportlichen jungen Mann. Warum schickst du ihn nicht einmal zum Arzt?«
»Er sagt, es sei nichts Ernstes. Es würde schon von selbst wieder besser.«
Harry Ewing brummte, wirkte einen Augenblick lang gedankenverloren, wischte sich die Hände an seiner ulkigen Chefkoch-Schürze ab und setzte sich dann in den Sessel Mary gegenüber.
»Hat er dir erzählt, daß wir heute eine Unterredung hatten?«
Mary hob die Brauen. »Nein.«
»Wir sprachen über seine neue Aufgabe.«
»Neue Aufgabe?«
»Erinnerst du dich nicht? Ich habe dir doch am Sonntag erzählt, daß ich etwas Neues für ihn plane.«
Mary nickte neugierig.
»Wir werden uns diese Leute in Essen wegen des Fertighaus-Patentes vorknöpfen. Wir gehen in Deutschland vor Gericht. Ich schicke Norman und Hawkins nächsten Monat nach Europa.«
»Nach Deutschland?« Mary klatschte vor Freude in die Hände. »Da wollte ich schon immer gerne einmal hin...«
»Nein, Mary«, sagte Harry Ewing schnell, »du nicht. Er wird dort bis über beide Ohren in Arbeit stecken. Da ist kein Platz für Ehefrauen. Ich habe Hawkins gesagt, er könne seine Frau nicht mitnehmen, und da kann ich bei Norman keine Ausnahme machen, nur weil er mein Schwiegersohn ist. Das würde einen schlechten Eindruck machen.«

Marys Freude war ernster Besorgnis gewichen. »Für wie lange?« fragte sie.
»Oh, vier Monate ... schlimmstenfalls sechs.«
»Ohne mich?« Ihr Ton war unheilverkündend.
»Sieh mal, Mary ...«
»Was hat Norman gesagt?«
»Nun, ich muß zugeben, daß er keinen sehr begeisterten Eindruck machte. Eigentlich wollte ich es dir ja gar nicht sagen, aber er hat mich sehr enttäuscht. Ich erinnerte ihn daran, daß er – Familie hin, Familie her – schließlich immer noch mein Angestellter ist. Er genießt keine Vorzugsbehandlung. Ich habe ihm gesagt, daß es sich um eine wichtige Sache handelt und ich von ihm erwarte, daß er den Job übernimmt.«
»Aber wird er ihn übernehmen?«
»Das rate ich ihm. Er sagte, er müsse erst mit dir darüber sprechen. ›Das muß Mary entscheiden‹, hat er gesagt. Ich werde aus dem Jungen langsam nicht mehr schlau. Ich bin es allmählich leid, ihn zu verhätscheln.«
Mary saß steif aufgerichtet in ihrem Sessel und starrte ihren Vater auf eine merkwürdig neue Art an.
Harry Ewing bemerkte ihren Blick und atmete heftig aus. »Die Steaks ...«, sagte er und stand auf.
»Du willst uns auseinanderbringen, nicht wahr, Dad?« Ihre Stimme klang nicht hart, nur verstehend.
»Bist du verrückt?«
»Ich glaube, du willst sogar, daß Norman scheitert ...«
»Mary!«
»Ja!« Sie stand auf und ging nach drinnen.
»Wohin gehst du?« rief Harry Ewing ihr nach.
»Ich werde Norman sagen, wie ich mich entschieden habe.«
Langsam stieg sie die Treppe hinauf. Sie ließ sich Zeit, um sich an die soeben gefällte Entscheidung zu gewöhnen,

wie ein Tiefseetaucher, der, wegen des Druckunterschieds, nur sehr langsam zur Wasseroberfläche zurückkehrt.
Oben ging sie ins Schlafzimmer und schloß die Tür hinter sich ab.
Norman, der auf dem Bett lag, die Arme im Nacken gefaltet, beobachtete sie.
Sie ging ans Fußende des Bettes.
»Was machen deine Kopfschmerzen?«
»Ich hatte überhaupt keine.«
Sie nickte. »Das dachte ich mir. Norman, er hat es mir erzählt.«
»*Deutschland über alles?*«
»Nicht *über alles* – das habe ich ihm gesagt.«
»Ach ja?«
»Nicht *über* uns.«
Sie zog die Schuhe aus, kroch auf das Bett und legte sich neben ihn.
»Norman, ich liebe dich.«
»Ich dich auch.«
»Ich liebe nur dich.«
Aufmerksam beobachtete er ihr Gesicht.
»Norman...«
»Mm-mmm?«
»Ich möchte ein Kind von dir.«
Er stützte sich auf einen Ellbogen. »Wann hast du dich entschieden?«
»Ich habe mich soeben entschieden.« Sie versuchte zu lächeln. »Wenn das Baby erwachsen ist, können wir immer noch reisen.«
»Das ist doch dein Ernst, nicht wahr?«
»Von ganzem Herzen.«
Er schloß sie in die Arme, und sie schmiegte sich an seine Brust.

»Wann möchtest du es?« fragte er leise.
»Jetzt, Norman – jetzt gleich.«

Miss Wheatley, eine große, maskuline Frau mit Flaum auf der Oberlippe und in einer gestärkten Schwesterntracht, war um zwanzig nach sechs erschienen. Kathleen war sofort nach Hause geeilt, um Albertine zu helfen, Deirdre zu füttern, und um sich für das Dinner umzuziehen.
Paul hatte sie um acht abgeholt, und statt Hamburger zu essen waren sie zu einem italienischen Restaurant am Stadtrand von Los Angeles gefahren. Der anheimelnde von Kerzen erleuchtete Raum, der mit Chianti-Flaschen dekoriert war, gab ihnen ein Gefühl von Vertrautheit und Nähe. Sie bestellten Minestrone und Lasagne und konsumierten etliche Brotstäbchen und noch mehr Rotwein. Sie sprachen über Paris – sie war im Sommer zwischen High School und College mit ihrer Familie dortgewesen, und er an Wochenenden, während seiner Arbeit in Bern – und erinnerten sich gemeinsam an den wundervollen Blick von Sacré-Coeur hinab auf die Stadt.
Langsam, widerwillig kehrten sie nach den Briars zurück; unterwegs sprachen sie wenig, fühlten sich befangen, weil sie einander so nah waren und doch so weit entfernt. Dann parkten sie in der Dunkelheit von Kathleens Auffahrt.
Er sah sie an: das sehnsuchtsvoll schöne Profil, die vollen scharlachroten Lippen, die Bluse, die sich an ihre Brüste schmiegte, der Seidenrock, unter dem sich ihre Schenkel abzeichneten.
Sie drehte den Kopf und sah ihn an: sein wundersam gefurchtes, von Lebenserfahrung geprägtes Gesicht.
»Kathleen«, sagte er.
»Ja«, erwiderte sie fast unhörbar.
In diesem Augenblick herrschte inniges Einverständnis

zwischen ihnen. Ohne lange nachzudenken, tat er, was er bislang noch nicht getan hatte. Er zog sie an sich, und als sie die Augen schloß und den Mund öffnete, fanden sich ihre Lippen. Der Kuß war endlos und elektrisierend. Für einen Moment waren beide außer Atem. Er ließ sie los, und als er sie ein zweites Mal an sich zog, umschloß seine Hand eine von Kathleens Brüsten. Bevor er sie wegziehen konnte, denn es war unbeabsichtigt geschehen, versteifte Kathleen sich in seinem Arm und machte sich los. Der Augenblick war vorbei.
»Kathleen, das wollte ich nicht.«
»Ist schon gut.«
»Ich wußte nicht – ich war –, ich wollte dich so dicht bei mir fühlen wie möglich.«
Wie schrecklich, dachte sie, daß ich ihn zu einer solchen Entschuldigung zwinge. Sie ärgerte sich über sich selbst. Sie war eine achtundzwanzigjährige, verwitwete Frau, mit einem Mann neben sich, nach dem sie sich in ihren kühnsten Träumen gesehnt hatte, und trotzdem benahm sie sich schlimmer als ein Teenager. Aber schließlich war sie gar keine richtige Frau, und jetzt würde er das endlich begreifen. Sie selbst, noch viel mehr als Naomi, brauchte einen Analytiker. *Frigide*, dieses entsetzliche Wort.
Sein verstörtes Gesicht. Sie schämte sich maßlos. »Paul«, sagte sie mühsam, »ich wollte nicht...«
Das Licht an der Haustür ging an. Die Tür öffnete sich, und sie sahen Albertine, die zu ihnen herüberspähte.
»Mrs. Ballard?« rief sie.
Kathleen kurbelte hastig das Fenster herunter. »Ist etwas nicht in Ordnung?«
»Da waren zwei dringende Anrufe für ihren Bekannten, der letzte erst vor fünf Minuten.«
Paul beugte sich an Kathleen vorbei zum Fenster. »Wer war es?«

Albertine schaute auf den Notizblock in ihrer Hand. »Mr. van Dooten.«
»Horace«, sagte Paul.
»Er bat, Sie möchten bitte sofort im Motel anrufen.«
Paul runzelte die Stirn. »Da ist irgend etwas nicht in Ordnung.«
Sie stiegen aus dem Wagen und eilten ins Haus.
In der Diele wählte Paul die Nummer des Motels und fragte nach Mr. van Duesen.
Horace meldete sich. »Hallo?«
»Hier ist Paul.«
»Gott sei Dank! Hör zu: Naomi ist verschwunden. Wir wissen nicht, wo sie ist.«
»Ich verstehe nicht.«
»Naomi – sie ist weggelaufen. Die Krankenschwester ging ins Badezimmer – und als sie zurückkam, war Naomi weg. Mit dem Auto.«
»Warst du da?«
»Nein, das ist es ja gerade, leider nicht. Ich wurde noch bis halb zehn von Chapman aufgehalten. Wahrscheinlich drehte sie durch, weil ich nicht da war, als sie aufwachte. Sie glaubte sicher, ich hätte sie im Stich gelassen.«
»Du weißt, daß sie im Augenblick nicht klar bei Verstand ist.«
»Deswegen mache ich mir ja solche Sorgen. Ich weiß nicht einmal, wo ich mit der Suche anfangen soll. Vielleicht ist sie zu irgendwelchen Freunden gefahren. Das hoffe ich jedenfalls. Frag Kathleen nach ihren Freunden.«
»Gut.« Aber Paul hatte noch eine andere Idee. »Es gibt noch eine andere Möglichkeit...«
»Was?«
»Das erzähle ich dir nachher. Paß auf: Ich komme sofort zu dir. Dann suchen wir sie gemeinsam. Halt die Ohren steif.«

Nachdem er eingehängt hatte, war Kathleens erster Gedanke, bei den Ewings anzurufen. Harry Ewing war am Apparat. Er klang seltsam weit weg und verschwommen. Er sagte, Mary sei nicht zu sprechen, sie schlafe bereits. Dann fiel Kathleen ein, daß Naomi einmal ihren Vater in Burbank erwähnt hatte. Sie rief die Auskunft an und erfuhr, daß es mehrere Shields in Burbank gab. Beim zweiten Versuch erreichte sie Naomis Vater. Er war sehr schroff und abweisend und sagte, er habe seine Tochter seit Monaten nicht mehr gesehen.
Hilflos sah Kathleen Paul an. »Ich fürchte, jetzt weiß ich keinen Rat mehr«, sagte sie.
Paul nickte grimmig. »Es gibt noch eine andere Möglichkeit.«
»Welche denn?«
»Der Nachtklub, wo sie letzte Nacht aufgelesen wurde, draußen am Sunset Boulevard. Horace weiß, wie er heißt.«
»Warum um alles in der Welt sollte sie dorthin zurückkehren?«
»Wenn sie diese Kerle töten will, wäre das logisch. Aber vielleicht will sie wieder mit ihnen schlafen – und dann sich selbst töten. Das wäre anormal, aber für sie, in ihrem gegenwärtigen Zustand, eine völlig logische Handlungsweise. Begreifst du? Pervertierte Logik. Sie gibt ihrer selbstzerstörerischen Todessehnsucht nach.«
»Das kann ich einfach nicht glauben.«
»Sie verachtet sich selbst, Kathleen«, sagte er. »Und auf diese Weise könnte sie sich selbst rächen. Nun, wir werden es jedenfalls bald wissen.«
Kathleen folgte ihm bis an die Tür.
»Paul...«
Er wartete, die Hand auf der Klinke.
Sie wollte ihm noch etwas wegen dieses Augenblickes

im Auto sagen, wollte sagen, daß sie es nicht so gemeint hatte, daß sie ihn liebte. Aber das alles erschien ihr jetzt seltsam trivial angesichts von Naomis Schicksal. So brachte sie nur heraus: »Paul... ich... ich hoffe, ihr findet sie. Paß auf dich auf.«
Er nickte ernst.
Plötzlich rannte sie einfach zu ihm hin, legte ihre Hände auf seine Wangen und stellte sich auf die Zehenspitzen, um ihn zu küssen. Zwar war es auch verkehrt, ihn jetzt aufzuhalten, das wußte sie. Aber verdammt, verdammt, sie war genauso verloren wie Naomi. Während sie sich küßten, verspürte sie plötzlich einen Impuls, seine Hände auf ihre Brüste zu legen. Mutig wollte sie ihm dadurch beweisen, daß sie genauso gefühlvoll war wie jede andere Frau und daß ihr prüdes Benehmen von vorhin unbeabsichtigt gewesen war. Doch irgend etwas lähmte sie, und dann war der Kuß vorüber, und es war zu spät.
Nun tat es ihr leid, daß sie ihn aufgehalten hatte. »Nun beeile dich aber. Sag mir Bescheid, wenn ihr sie gefunden habt.«
»Ich rufe dich morgen früh an.« Sein Blick ruhte noch eine Weile auf ihr. »Weißt du was? Du bist das schönste Mädchen, das mir je begegnet ist.«
Dann war er verschwunden.

Naomi saß an ihrem Tisch in dem lauten, verräucherten Nachtklub und wunderte sich, warum sie noch nicht betrunken war.
Sie hatte sieben oder acht Gin getrunken, aber sie fühlte sich noch immer klar; sie war sicher, daß sie noch klar war. Sicher, der Schmerz über Horaces Abwesenheit hatte nachgelassen. Aber ihre Absicht hatte sie noch immer klar und deutlich vor Augen: auf einem Kreuz, auf einem Bett zu sterben, zu verbluten, bis sie endlich Frieden fand.

Die Musik hatte aufgehört, sie hörte nur noch das Stimmengewirr von den anderen Tischen. Eine große Gestalt ragte über ihr auf und setzte sich dann ihr gegenüber in einen Stuhl. Der geliebte, pockennarbige Totenkopf. Das dünne Lächeln. Der Sensenmann, der geliebte Sensenmann, er war gekommen, sie in ein Leichentuch zu wickeln.

»Wie geht es meinem Honey-Schatz?« fragte Wash.

»Ich will nicht mehr warten«, sagte Naomi.

»Du willst nicht warten?«

»Nein. Ich will es sofort tun.«

Bewundernd schüttelte er den Kopf. »Du bist mir eine, Honey.«

»Jetzt sofort«, wiederholte sie.

»Du weißt, wie scharf ich auf dich bin. Also meinetwegen. Du willst den alten Wash wirklich, nicht wahr?«

Sie wollte Golgatha, die Reinigung durch den Schmerz – und dann das endgültige Nichts.

»Okay, Honey. Dann komm.« Er stand auf.

»Ich will nicht nur dich«, sagte sie. »Ich will euch alle fünf.«

Wash pfiff durch die Zähne. »Himmel.«

»Euch alle...«, wiederholte sie.

»Okay, Honey, okay. Dann komm! Ziehen wir die Show ab!« Er führte sie zum Ausgang. Als sie an der Band vorbeikamen, wo mehrere Musiker herumsaßen, sich ausruhten, rauchten, hielt er die Hand hoch und formte Daumen und Zeigefinger zu einem Kreis. Er öffnete den Seitenausgang und führte sie zu dem Parkplatz hinter der Küche.

»Mein Wagen steht dort hinten«, sagte er.

»Wohin fahren wir?«

»Nirgendwohin, Honey. Diesmal machen wir's auf meinem Rücksitz.«

Sie hörte einen Motor hinter sich, blieb stehen und schaute hinüber zur hellerleuchteten Straße. Das Auto war ein MG. Der Portier hielt die Tür auf, und ein Mädchen stieg aus. Sie war jung und schön, ihr Begleiter war groß und schlank. Später, wenn er sie nach Hause brachte, würden sie einander küssen, und dann würde sie ein Traumschloß bauen, ein Traumuniversum des Glücks.
»Na, komm schon, Honey. Ich bin scharf auf dich.«
Naomi starrte auf seinen häßlichen Totenkopf und fühlte plötzlich Ekel in sich aufsteigen. Sie war lebendig, ein lebendiges Wesen, und überall um sie herum waren die Lebenden, die frischen, sauberen, gesunden Lebenden. Zu ihnen gehörte sie, zu ihnen, und nicht zu diesem gräßlichen Skelett, das neben ihr stand und wartete.
»Nein«, sagte sie.
»Komm schon.«
»Nein, nicht im Auto. Für was hältst du mich?«
Sie wollte weggehen. Washs Hand packte ihren Arm, und sie zuckte zusammen. Sein dünnes Lächeln war verschwunden. »Du bist mein Mädchen, und du kommst jetzt mit mir. Also mach keinen Ärger.«
Würde, Würde bewahren! »Laß mich gehen«, sagte sie steif.
»Hör mal, Honey, glaubst du, du kannst mich erst scharf machen und nachher einfach kneifen, du kleine Hure? Du kommst jetzt mit dem alten Wash mit, oder es wird dir noch leid tun.«
»Ich bin krank«, entfuhr es ihr plötzlich. »Du kannst dich doch nicht an jemand vergreifen, der krank ist.«
»Du wirst bald noch viel kränker sein, wenn du nicht mit deinem Theater aufhörst.«
Er zerrte sie brutal hinter sich her, hin zum Auto, das in der Dunkelheit hinter der Küche stand. Sie stolperte hinter ihm her, würgte, brachte keinen Ton heraus. Sie fiel

hin. Als er sie hochzerrte, riß sie sich los. Sie wollte schreien, aber er schlug ihr ins Gesicht.
Sie schluchzte. »Nicht, Wash, nicht...«
Er packte sie, umschlang ihre Taille, hob sie hoch und trug sie zum Auto. Sie strampelte, wand sich, trat ihn. Und dann war plötzlich Licht hinter ihnen, eine Tür flog auf, Naomi hörte Schritte.
Wash ließ sie fallen und wirbelte herum, und im selben Augenblick explodierte Horaces Faust in seinem Gesicht. Der Schlag warf Wash rücklings gegen das Auto. Grotesk hing er dort und rutschte langsam zu Boden. Horace stürzte sich auf ihn. Benommen versuchte Wash auf die Beine zu kommen, aber Horace trat ihm mit voller Wucht ins Gesicht.
Als Wash sich mühsam aufgesetzt hatte und gegen den Wagen lehnte, war Horace längst mit Naomi verschwunden. Wash betastete mit der rechten Hand seinen Mund. Er fühlte sich an wie eine fleischige, blutende Masse. Benommen spuckte Wash einen Zahn aus.
Als Horace den Wagen erreichte, ließ Naomis Hysterie allmählich nach. Bis zu diesem Augenblick hatte sie sich verzweifelt an ihn geklammert, laut geweint und kein zusammenhängendes Wort herausgebracht, sehr zur Verwunderung des Portiers und eines vorbeikommenden Paares.
Paul wartete im Auto. Die Tür stand auf.
»Ist sie in Ordnung, Horace?«
»Ich denke, ja. Sie waren hinten auf dem Parkplatz. Ich habe den Kerl übel zugerichtet.«
Horace schob sie auf den Rücksitz und setzte sich neben sie.
»Wir machen uns besser aus dem Staub«, drängte Paul zur Eile, »sonst haben wir gleich die ganze Bande auf dem Hals.«

»Das glaube ich nicht«, widersprach Horace. »Einer von den Musikern hat mir verraten, wo sie war. Für zwanzig Dollar.«
Später, während sie durch Beverly Hills fuhren, nachdem Naomi sich mit Horaces Taschentuch die Augen getrocknet und die Nase geschneuzt hatte, begann sie endlich zu reden.
Sie zeigte auf ihre oberhalb der Knie zerrissenen Strümpfe. »Wie ich aussehe!« sagte sie.
»Du bist unverletzt. Das allein zählt«, beruhigte sie Horace.
»Laß mich nicht allein, Horace – laß mich nicht allein, nie mehr.«
»Nie mehr, das verspreche ich dir.«
»Ich will alles tun, was du sagst. Bring mich in ein Sanatorium, zu einem Analytiker, Horace. Hilf mir, gesund zu werden. Das ist mein einziger Wunsch.«
Er drückte sie an sich. »Alles wird gut werden, Liebling. Ich bin jetzt bei dir, überlaß alles mir.«
Ihre Stimme war undeutlich. »Und du wirst nicht mehr an den anderen denken?«
Horaces Augen waren feucht. Aber er versuchte zu lächeln. »Welcher andere?« fragte er.

Nachdem er Naomi und Horace bei Naomis Haus abgesetzt hatte, fuhr Paul zurück zur Villa Neapolis.
An der Rezeption händigte ihm der Nachtportier, der wie ein pensionierter Jockey aussah, seinen Zimmerschlüssel und einen verschlossenen Brief aus. Verwirrt öffnete Paul das Kuvert und fand eine mit Bleistift geschriebene Notiz darin.
»Paul«, las er, »Ackerman hat gerade angerufen und kommt noch vorbei. Ich sähe es gern, wenn Sie bei diesem Treffen dabei wären. Wenn Sie zurückkehren, kommen

Sie bitte noch auf mein Zimmer. Es ist dringend. G. G. C.«
Auf der Wanduhr war es bereits zehn vor eins. Ob
Chapman ihn tatsächlich zu dieser Stunde noch sehen
wollte?
Paul ging die hölzerne Treppe hinauf. Als er an der Tür
von Dr. Chapmans Suite vorbeikam, blieb er stehen und
lauschte. Da waren Stimmen hinter der Tür zu hören.
Paul klopfte. Die Tür wurde von Dr. Chapman geöffnet,
dessen Gesicht angespannt wirkte.
»Ah, Paul«, begann Dr. Chapman, »ich bin froh, daß Sie
noch gekommen sind. Sie kennen Emil Ackerman...«, er
zeigte auf einen schlanken jungen Mann im Collegealter,
mit Glotzaugen und einem käsigen Gesicht, der in einem
Sessel hockte, »....begleitet von seinem Neffen, Mr.
Sidney Ackerman.«
Paul schüttelte beiden die Hand.
»Nehmen Sie Platz, Paul«, sagte Dr. Chapman. »Wir sind
schon fast fertig.«
Paul zog einen Stuhl heran und setzte sich.
»Ich habe Paul gern bei allem dabei, was ich tue«, wandte
sich Dr. Chapman an Ackerman. »Man kann sich auf sein
Urteil verlassen.«
»Dann klär ihn am besten auf, George«, sagte Ackerman.
Dr. Chapman nickte. Er wandte sich wieder Paul zu. »Sie
wissen natürlich, wie sehr Emil an unserer Arbeit interessiert ist.«
»Ja«, erwiderte Paul, »das weiß ich.«
Ackerman strahlte. Sein Neffe kratzte sich am Kopf und
nagte mit seinen gelben Zähnen an seiner Oberlippe.
»Ich glaube, in gewisser Weise hat er sich selbst zu
meinem Repräsentanten an der Westküste ernannt.«
Ackerman kicherte geschmeichelt.
»Na jedenfalls, Paul, hat Emil ein Auge auf seinen Neffen
Sidney geworfen.«

»Ich habe jeden seiner Schritte gelenkt«, sagte Ackerman.
»Das hast du gewiß, Emil«, pflichtete Dr. Chapman ihm bei, Bewunderung heuchelnd. »Sidney studiert Soziologie an der hiesigen Universität. Er macht in zwei Wochen sein Examen. Der junge Mann möchte gern an unserem Projekt mitarbeiten. Emil glaubt, daß Sidney uns sehr nützlich sein kann.«
»Ganz bestimmt«, unterbrach Ackerman.
»Ich habe Emil zu erklären versucht«, fuhr Dr. Chapman fort, »daß unser Team im Augenblick komplett ist, daß wir uns aber schon sehr bald vergrößern werden. Er weiß, daß wir eine eindrucksvolle Warteliste haben, viele prominente und hochqualifizierte Wissenschaftler. Trotzdem, wie Emil sagt, sollten wir unsere Augen nicht vor begabtem Nachwuchs und neuen, frischen Ideen verschließen.«
»Genau das ist auch meine Meinung«, bekräftigte Ackerman.
»Ich habe Sidney einige Fragen zu seinem Background und zu unserer Arbeit gestellt. Und genau da waren wir stehengeblieben, als Sie kamen, Paul.« Er sah Ackermans Neffen an. »Vielleicht möchten Sie uns ein paar Fragen stellen, Sidney?«
Sidney setzte sich gerade hin und schlug die Beine übereinander. Er fuhr sich nervös durch die Haare. »Ich habe Ihre Bücher gelesen«, begann er.
Dr. Chapman nickte väterlich. »Gut.«
»Ich wüßte gerne... Was ist Ihr nächstes Projekt?«
»Das steht noch nicht fest, Sidney«, antwortete Dr. Chapman. »Wir planen unter anderem eine Untersuchung mit Müttern.«
»Sie meinen, Sie werden eine Menge ältere Frauen befragen?«
»Nicht nur ältere. Es gibt auch Millionen junger Mütter –

sogar einige sehr junge. Danach werden wir uns vielleicht die verheirateten Männer vornehmen.«
»Ich würde gerne bei der Frauen-Umfrage mitmachen«, erklärte Sidney geradeheraus. Er grinste und zeigte dabei seine großen gelben Zähne. »Das ist doch normal, Doktor, nicht wahr?«
Der gelöste Ausdruck auf Dr. Chapmans Gesicht verhärtete sich. Er rutschte in seinem Sessel hin und her. »Ja«, sagte er. »Das ist es wohl.«
Paul beobachtete Sidney und glaubte Gier und Lüsternheit in dessen Glotzaugen zu entdecken. Seine Fragen wiesen ihn als Voyeur aus, nicht als Wissenschaftler. Paul dachte: Für ihn ist unsere Arbeit so etwas wie ein aufregender Pornofilm.
»Onkel Emil kann Ihnen bestätigen«, sagte Sidney, »daß ich mich schon immer wissenschaftlich mit Frauen beschäftigt habe. Ich habe alles über sie gelesen – Geschichte, Biologie, Soziologie.«
»Das stimmt, George«, sagte Ackerman.
»Ich möchte an Ihrer großen Sache mitarbeiten«, fuhr Sidney fort. »Ich glaube, daß es ein großer Fortschritt ist, wenn man Frauen dazu bringen kann, über Geschlechtsverkehr zu sprechen. So, wie in der Studie, die sie gerade zu Ende führen – sie ist wie die Junggesellen-Umfrage, nicht wahr?«
»Ja«, erwiderte Dr. Chapman ruhig.
»Nun, das ist schon eine tolle Sache.« Er kratzte sich am Kopf. »Frauen, die über ... die darüber sprechen, was sie fühlen. Das tun sie doch, nicht wahr?«
»Die meisten«, antwortete Chapman ernst.
Nach zehn weiteren Minuten war das Treffen beendet. Dr. Chapman und Paul begleiteten Ackerman und Sidney hinunter zum Parkplatz, wo Ackermans chromglänzender Cadillac stand.

Ehe er einstieg, blickte Ackerman Dr. Chapman an. »Also, George«, sagte er, »Was hältst du von ihm?«

»Bist du sicher, daß diese Arbeit das Richtige für ihn ist?« fragte Dr. Chapman. »Sie ist sehr mühsam und eintönig, weißt du.«

»Es ist genau, was er möchte. Das ist das Entscheidende, glaube ich. Enthusiasmus.«

»Hm. In Ordnung, Emil. Ich will sehen, was ich für ihn tun kann.«

Nachdem der Cadillac davongefahren war, standen Paul und Chapman allein in der kühlen Nacht.

Paul wollte Dr. Chapman nicht ansehen, tat es dann aber doch. Er wußte, wonach seine Augen suchten: nach dem Riß in der Rüstung. Bisher war sein Mentor ein Ritter ohne Fehl und Tadel gewesen. Würde seine Rüstung nun einen Riß bekommen? Paul wartete gespannt.

»Der hat vielleicht Nerven«, sagte Dr. Chapman wütend, »versucht uns diesen perversen Spanner unterzujubeln. Haben Sie gehört, was dieses kleine Schwein gesagt hat? Er scheint zu glauben, daß wir eine Peep-Show betreiben.«

Er nahm Paul beim Arm und führte ihn zum Motel zurück. »Nein, diese Gefälligkeit werde ich Emil nicht erweisen. Ich würde eher das ganze Projekt abblasen, als seinen perversen Neffen zu engagieren. Ich werde Onkel Emil mit einem Brief abspeisen, der nur so von Allgemeinplätzen strotzt. Ich werde ihm mitteilen, daß wir Sidney in unsere Bewerberliste aufnehmen. Und in dieser Liste kann er dann meinetwegen warten, bis er schwarz wird. Richtig, Paul?«

»Richtig«, sagte Paul, und obgleich die Nacht mondlos war, konnte er sehen, daß Dr. Chapmans Rüstung heller strahlte denn je.

11

Teresa Harnish wollte Geoffrey gerade vor der Kunsthandlung absetzen, als der Wetterbericht im Radio kam.
Geoffrey hatte schon die Tür geöffnet, wartete nun aber noch und lauschte interessiert: »... obwohl der heutige Freitag aller Wahrscheinlichkeit nach zum heißesten fünften Juni seit zwanzig Jahren werden wird, mit Temperaturen über dreißig Grad, bestehen gute Aussichten, daß es sich bereits gegen Abend spürbar abkühlt.«
Teresa schaltete das Radio aus. Die Luft war heiß und trocken, kaum ein Lüftchen regte sich. Geoffrey stieg aus und blinzelte in die Sonne.
Teresa dachte an die Kostümparty, die sie heute abend geben würde. Es war wirklich ein großartiger Einfall gewesen. Die Männer konnten kommen, wie sie wollten, aber die Frauen sollten sich »als die Frau, die du gerne gewesen wärst, als Dr. Chapman dich interviewte« kostümieren. So hatte Teresa es in die Einladung geschrieben. Das war wirklich die tollste Party-Idee seit langem. Sie war überzeugt, daß das Ganze ein Riesenerfolg werden würde.
»Das wird ein verflucht heißer Tag heute«, sagte Geoffrey. »Vielleicht sollten wir Drinks und das Buffet heute abend auf der Terrasse servieren?«
»Ja, du hast recht. So, ich mache mich jetzt gleich an die Vorbereitungen. Bis heute abend.«

Obwohl es noch eine halbe Stunde bis zum Dinner war, stand bereits fest, daß der in Brot gebackene dänische

Schinken, der in der Mitte des Buffets vor dem Blumengebinde stand, der größte Erfolg des Abends sein, würde.
Teresa hatte, am Arm ihres Mannes, schon vier Komplimente deswegen entgegengenommen.
»Clever, von dir, Liebling«, flüsterte Geoffrey voller Stolz. Teresa schmiegte sich an ihn. »Ich liebe dich.« Ihr Zylinder war verrutscht. Sie rückte ihn zurecht und winkte mit ihrer Zigarre Freunden zu. »Oh, seht mal!« rief sie plötzlich und zeigte zur Tür, die Mr. Jefferson, der Butler, gerade geöffnet hatte. »Da kommt Kathleen! Ist sie nicht hinreißend?«
Kathleen Ballard hatte ihre Nerzstola abgelegt, Paul nahm sie entgegen und reichte sie Mr. Jefferson. Kathleen war in Wolken aus hauchzartem Weiß gehüllt, wogend und griechisch und mit einem gewagten Dekolleté. Als das Kostüm fertig gewesen war, hatte sie sich zunächst ein wenig geniert, sich dann aber entschlossen, es mutig zu tragen. Schließlich *war* sie die, die sie gerne gewesen wäre an dem Tag, als Paul sie interviewt hatte. Und vielleicht würde das Paul helfen, ihr unterbewußtes Selbst zu begreifen.
Teresa, gefolgt von Geoffrey, eilte zu ihr. »Kathleen, du siehst himmlisch aus. Als was hast du dich verkleidet – als vestalische Jungfrau?«
»Nein, als Lady Emma Hamilton«, erwiderte Kathleen. »So hat sie sich, glaube ich, gekleidet.«
»Natürlich!« sagte Teresa, trat zurück und zeichnete um Kathleen herum einen Rahmen in die Luft. Sie drehte sich zu Geoffrey um. »Romneys *Lady Hamilton*.«
Geoffrey nickte wissend. »Nationalgalerie. London.«
»Ich glaube, das war das Bild, das ich in dem Buch sah«, sagte Kathleen.
»Das unschuldigste, feenhafteste, schönste Frauenporträt, das je auf Leinwand gebannt wurde«, schwärmte

Geoffrey. »Romney hat sich dabei selbst übertroffen.«
»Gott selbst muß ihm den Pinsel geführt haben«, sagte Teresa zu Geoffrey.
»*Olé*«, sagte Geoffrey befriedigt.
Kathleen hielt Pauls Hand. »Das ist Mr. Paul Radford; unsere Gastgeber, Teresa und Geoffrey Harnish.« Kathleen fiel ein, daß sie und Paul übereingekommen waren, seine Tätigkeit für Dr. Chapman nicht zu erwähnen. »Paul ist Schriftsteller«, ergänzte sie deshalb vage.

Kathleen und Paul, gestärkt durch eine zweite Runde Scotch mit Soda, unterhielten sich mit Mary und Norman McManus. Ursprünglich hatte Mary vorgehabt, als Florence Nightingale zu erscheinen, wie ihr Vater es vorgeschlagen hatte. Aber heute beim Frühstück hatte sie entschieden, daß ihr diese Dame zu süßlich war. Sie fühlte sich so unbekümmert und frei wie eine Pioniersfrau auf dem Trail nach Westen. Nach sorgfältiger Überlegung hatte sie sich für Belle Star entschieden und trug nun Cowboyhut, schwarzes Hemd, Holster mit perlenbesetzten Revolvern und einen Lederrock, alles vom Kostümverleih.
»Tut mir wirklich leid, daß Naomi heute nicht dabei ist«, sagte Mary zu Kathleen. »Aber es geht ihr hoffentlich schon wieder besser?«
»Viel besser«, erwiderte Kathleen. »Du weißt ja, wie sich so eine Grippe hinziehen kann. Ich glaube, sie plant eine Reise in den Osten, wenn sie wieder auf dem Damm ist.«
»Wie schön. Sie ist dort aufgewachsen, nicht wahr?«
»Ja, soviel ich weiß.«
»Nun«, sagte Mary, nahm Normans Hand und strahlte zu ihm auf, »in gewisser Weise haben Norman und ich auch eine Reise vor.«
»Wirklich?« fragte Kathleen.

»Keine richtige Reise«, erklärte Norman. »Aber wir sehen uns nach einem eigenen Haus um.«
»Das ist eine gute Idee«, lobte Kathleen. »Sprecht doch einmal mit Grace Waterton. Sie kennt jeden Makler in den Briars.«
»Danke, Mrs. Ballard«, erwiderte Norman, »aber wir werden wahrscheinlich nicht in den Briars bleiben. Ich mache mich selbständig – das heißt, ich gründe mit einem Freund eine Kanzlei unten in der Stadt.«
»Sind Sie Anwalt?« fragte Paul.
Norman bejahte. »Es wird ein bißchen dauern, bis wir Fuß gefaßt haben.« Er warf einen Blick auf sein Whiskyglas. »Entschuldigen Sie mich, ich brauche Nachschub.«
Er ging hinüber zur Bar. Mary zögerte noch etwas. Sie hielt ihr Gesicht dicht an Kathleens Ohr. »Wir werden ein Baby haben«, flüsterte sie.
»Oh, Mary – wann?«
Mary zwinkerte ihr zu. »Bald. Es ist in Arbeit.« Sie eilte hinter Norman her.

Mary und Norman McManus hatten ihre Gläser von Mr. Jefferson auffüllen lassen und standen nun mit Ursula und Harold Palmer zusammen. Ursula hatte sich nach einiger Überlegung als eine modernisierte Version von Lukrezia Borgia verkleidet. Sie trug eine juwelenbesetzte Kappe, ein knöchellanges Kleid aus smaragdgrünem Satin mit einem silbernen Gürtel und mit falschen Steinen verzierte Sandalen.
»Ich hätte dieses verdammte Magazin keinen Tag länger ertragen können«, erzählte Ursula gerade Mary und Norman. »Dieses widerliche Motto: ›Das kameradschaftliche Magazin, das Ihrem Herd und Ihrem Herzen dient.‹ Das konnte einem schon mächtig auf die Nerven gehen.«
Mary wußte nicht, was sie darauf antworten sollte. Seit

ihrer Heirat hatte sie *Houseday* abonniert und neben Harry Ewing, Hannah und Abraham Stone, dem Neuen Testament und Dr. Norman Vincent Peale als Autorität anerkannt. Nun wagte sie nicht, zuzugeben, daß sie ein regelmäßiger Leser war und beschloß, dieser Zeitschrift von nun an einen geringeren Stellenwert in ihrem Leben einzuräumen, ebenso wie dem unlängst degradierten Harry Ewing.
»Ich kann es dir nicht verübeln, Ursula«, entgegnete sie lahm. Und dann fügte sie mit größerer Sicherheit hinzu: »Menschen ändern sich.«
»Genau«, sagte Ursula, der der Alkohol zu Kopf zu steigen begann. »Der Herausgeber hatte große Pläne mit mir. Ich war für einen leitenden Posten in New York vorgesehen. Aber New York – da hätten Harold und ich uns bestimmt nicht wohl gefühlt. Außerdem ist Harold ja jetzt so erfolgreich mit seinem neuen Geschäft.«
»Ich habe die Buchhaltung für Berrey übernommen«, erklärte Harold Norman. »Er hat Drugstores.«
»O ja«, sagte Norman. »Ich bin sehr daran interessiert, wie es ist, sich selbständig zu machen. Sehen Sie, ein Freund von mir, Chris Shearer – wir haben zusammen Jura studiert –, wir wollen zusammen eine Anwaltskanzlei aufmachen...«
»Es ist kein Zuckerschlecken«, sagte Harold gedehnt. »Man muß sich schon ein wenig auf die Hinterbeine stellen.«
»Oh, darauf bin ich vorbereitet«, erwiderte Norman.
»Aber Sie werden es schon schaffen«, fuhr Harold fort. »Besonders, wenn Sie die richtige Frau an Ihrer Seite haben.« Ursula schenkte ihrem Mann ein strahlendes betrunkenes Lächeln. Harold zeigte mit dem Finger auf Mary. »Stehen Sie ihm immer zur Seite, Mary. Was wären große Männer ohne ihre Frauen! Richelieu!« Er merkte,

daß er Unsinn redete und daß er dem Barmann hätte darauf hinweisen sollen, er solle nur *etwas* Wermut in die Martinis tun. »Mrs. Roosevelt«, korrigierte er sich. »Nach einer Weile läuft dann plötzlich alles wie von selbst.«
Mary nahm Normans Hand. Ihr Zeigefinger kitzelte Normans Handteller. Harold redete immer noch. »Sie brauchen nur etwas Geduld, das ist alles. Wissen Sie, wie lange es gedauert hat, bis ich Berrey an der Angel hatte...«

Ursula und Harold Palmer waren auf der Terrasse in ein Gespräch mit Sarah und Sam Goldsmith verwickelt. Harold starrte leicht beschwipst auf Sarah Goldsmiths nackten Bauch.
Zu Sams Unbehagen hatte Sarah sich als sehr offenherzige Mata Hari verkleidet. Harold und Sam waren in ein für Sarah unendlich langweiliges Gespräch über Sams Bekleidungshaus und geschäftliche Probleme im allgemeinen verwickelt. Ursula, die ziemlich angetrunken war, stand benommen daneben und unterstützte nur gelegentlich etwas, das Harold sagte, mit einem bekräftigenden Nikken. Harold hoffte, auch Sam als Kunden zu gewinnen.
Sarah war froh, als Grace Waterton die Terrasse betrat. Endlich fand sie etwas Ablenkung von Sams langweiligem geschäftlichem Monolog. Grace steuerte in ihrem Tudor-Kleid, das an Anne Boleyn erinnern sollte, sofort auf Sarah zu.
»Sarah, ich suche dich schon überall«, rief sie.
Sarah drehte dem immer noch redenden Sam den Rücken zu.
»Du siehst göttlich aus«, begrüßte sie Grace. »Wie schaffst du es nur, diese Mädchenfigur zu bewahren?«
Sarah fühlte sich geschmeichelt. »Kein Lunch und niemals Nachtisch«, sagte sie einfach.

»Sarah, wir planen, in diesem Sommer ein neues Theaterstück aufzuführen. Das erste war ein Riesenerfolg.«
Sarah blieb fast das Herz stehen. Sie schwieg. Grace fuhr fort: »Du bist damals so gut angekommen. Wir wollen möglichst wieder dieselben Darsteller nehmen. Vielleicht führen wir *Lady Winermeres Fächer* auf. Du wärst die perfekte Lady Winermere, natürlich könntest du auch Mrs. Erlynne spielen, wenn dir das lieber ist.«
»Ich... ich fürchte, ich kann diesmal nicht, Grace. Ich habe so viel zu tun. Die Kinder...«
»Aber es wäre frühestens im August. Dann sind deine Kinder sowieso im Ferienlager.«
»Trotzdem, Grace. Es wird nicht gehen. Sam und ich verreisen vielleicht.«
Grace seufzte. »O je, alles verreist. Das ist nun schon die zweite Absage, und wieder aus demselben Grund.«
»Wer hat denn noch abgesagt?« fragte Sarah.
Grace ließ auf der Suche nach ihrem Gatten den Blick kurz abschweifen, dann sagte sie: »Fred Tauber. Erinnerst du dich noch an ihn?«
»Ja, allerdings.«
»Ich dachte, fang mit dem Regisseur an. Schließlich ist seine Arbeit die wichtigste. Ich habe ihn heute morgen angerufen.«
Sarahs Wangen glühten. Es war seltsam, jemand anders Freds Namen aussprechen zu hören. Sie dachte wieder daran, daß sie Fred gestern spät nachmittags angerufen hatte. Er war seltsam distanziert gewesen. Sie hatte ihn gefragt, wo er denn den ganzen Tag gewesen sei, sie habe schon ein paarmal versucht, ihn anzurufen. Sie sei in großer Sorge wegen des Dodge. Er hatte geantwortet, er sei den ganzen Tag bei seinem Anwalt gewesen. Hoffnungsvoll hatte sie sich erkundigt, was er denn dort gemacht habe, aber er hatte nur ungeduldig geantwortet,

es hätte sich um eine Vertragsangelegenheit gehandelt. Außerdem müsse er nun Schluß machen, er befände sich gerade in einer wichtigen Besprechung. Erleichtert hatte sie daraus geschlossen, daß das der Grund für seine Distanziertheit sein müsse. Dann hatte sie gefragt, wann sie sich sehen könnten. Er hatte kurz angebunden geantwortet, daß er Freitag morgen nicht da sei, aber vielleicht samstags. Er hatte ihr geraten, ihn dann noch einmal anzurufen.
». . . und wir hatten eine kurze Unterredung«, sagte Grace gerade.
»Du hast *heute morgen* mit ihm telefoniert?«
»Natürlich. Warum nicht?«
»Ich . . . ich dachte, er arbeitet.«
»Das wohl kaum, mein Schatz. Nach allem, was ich gehört habe. Na jedenfalls sagte ich ihm, wie sehr wir beim letzten Mal mit seiner Arbeit zufrieden gewesen wären und was für ein Erfolg das Stück geworden sei. Ich dachte, ich hätte ihn in der Tasche, nach allem, was ich über ihn gehört hatte.«
»Was hast du denn gehört, Grace?«
»Er ist am Ende. Kein Produzent würde ihn mehr anheuern. Er spielt den großen Mann, der verächtlich aufs Fernsehen hinabsieht – dabei findet er schon seit zwei Jahren keine Arbeit mehr, nicht mal beim Puppentheater.«
Sarah hätte Grace am liebsten die Augen ausgekratzt. Mühsam beherrschte sie sich. »Ich glaube diesen Klatsch nicht. Er ist ein Genie. Wir alle waren dieser Meinung, als wir mit ihm arbeiteten.«
»Na na, nimm es dir nicht so zu Herzen. Dann ist er eben ein Genie – aber ein Genie, das keine Arbeit findet. Doch zurück zu meinem Telefongespräch. Ich dachte, ich hätte ihn, aber zu unserem Pech *hat* er seit ein paar Tagen einen Job.«

»Wirklich? Was denn?«
»Eine Fernsehserie, die unten in Mexiko und Mittelamerika gedreht werden soll. ›Die Freibeuter‹ heißt sie, glaube ich, jedenfalls hat er das gesagt. Er reist morgen nach Mexico City, um den Pilotfilm zu drehen. So ein verdammtes Pech!«
»Morgen?« wiederholte Sarah dumpf. Ihre Kehle war wie zugeschnürt.
Grace schien sie nicht gehört zu haben. »Aber das tollste kommt erst noch: Sogar dieser Job ist eine Schiebung. Ich habe heute mit Helen Fleming gesprochen, deren Mann in den Studios arbeitet. Ein Freund von ihm, Reggie Hopper, hat die Serie geschrieben. Also, anscheinend hat Fred den Job nur bekommen, weil seine Frau . . . wußtest du, daß er verheiratet ist?«
Sarah schüttelte den Kopf.
»Nun, seine Frau ist die Tochter eines großen Tiers in Hollywood. Tauber hat sie wahrscheinlich nur wegen seiner Karriere geheiratet. Nun, offenbar hat sie ihm auch geholfen, aber anscheinend nicht genug, und er fing an, sich zu langweilen, und trieb es mit Starlets. Als sie dahinter gekommen war, gab es eine laute Vorstellung bei Romanoffs, und er verließ sie.
Also rannte sie zu ihrem Daddy, und der setzte Tauber auf die schwarze Liste, solange er sich weigerte, zurückzukommen. Aber Tauber kam nicht zurück, Job oder nicht, und so saß er einfach nur herum, las Hedda Hopper und trieb es mit Starlets. Und schließlich war es seine Frau, die zu Kreuze kroch.
Sie unterstützte ihn anscheinend mit Geld für ein paar selbständige Produktionen, die allesamt ein Fehlschlag wurden. Und nun hat sie wohl Wind davon bekommen, daß er mit einer anderen Frau etwas Ernsteres angefangen hat, einer Schauspielerin, nehme ich an, und sie beschloß,

dem Flirt ein Ende zu machen. Sie kaufte diesen Fernsehstoff und bot Fred eine Beteiligung an für den Fall, daß er nach Mexiko ginge und Regie führte. Wahrscheinlich will sie ihn auf diese Weise nur von hier weglocken. Und wer ist wieder einmal der Leidtragende? *Wir.* Wir stehen jetzt vor dem Problem, einen anderen Regisseur zu finden...«

Eine unbekannte männliche Stimme meldete sich am Telefon, und Sarah fragte nach Mr. Tauber.
»Einen Augenblick, bitte«, sagte die Stimme.
Sie saß auf der Sesselkante im Studierzimmer, schaukelte vor und zurück und hätte am liebsten laut losgeheult. Die Adern ihrer Schläfen pochten, und ihr Nacken schmerzte. Minuten zuvor hatte sie sich unter einem Vorwand von Grace gelöst, die sich Sam und den Palmers anschloß, und war ins Eßzimmer gestolpert, wo Geoffrey gerade einem Gast das Rezept des überbackenen dänischen Schinkens verriet. Sie hatte Geoffrey zugeflüstert, daß sie dringend ungestört telefonieren müsse, und er hatte fröhlich den Arm um sie gelegt und sie ins Studierzimmer geführt. Hier sei sie ungestört, hatte er versichert, sie brauche nur die Tür abzuschließen. Sichtlich widerstrebend hatte er sie dann allein gelassen, und sie hatte hinter ihm die Tür abgeschlossen.
»Ja?« Das war Freds Stimme.
»Hier ist Sarah.«
»Hör zu, ich bin im Augenblick sehr beschäftigt.«
»Das hat Zeit. Hör mir jetzt gut zu.«
Ihr Tonfall beunruhigte ihn offenbar. »In Ordnung«, sagte er. »Was gibt's?«
»Ich weiß alles über deine verdammte Fernsehserie, und daß du morgen nach Mexiko fliegst. Ich bin auf einer Party, und man hat es hier erzählt. Ich will, daß du mir auf der Stelle sagst, ob das wahr ist. Ich will es von dir hören.«

»Hör mal, laß mich versuchen, es dir zu erklären – eine Sekunde...« Offenbar hatte er die Hand auf die Sprechmuschel gelegt. Sie versuchte sich vorzustellen, was er jetzt tat. Er erklärte den anderen, daß es etwas Privates sei. Dann würde er mit dem Telefon ins Badezimmer gehen.
Er war wieder da. »In Ordnung, jetzt können wir reden. Ich habe nicht gewagt, dich anzurufen, Sarah... Ich wollte dir eine Nachricht hinterlassen...«
»Eine *Nachricht*, einen *Zettel*?« Sie wußte, daß ihre Stimme schrill war, aber es kümmerte sie nicht.
»Einen Brief, in dem ich dir erklären wollte...«
»Du wußtest das schon, als ich dich gestern anrief. Warum hast du mir da nichts gesagt?«
»Es waren Leute im Zimmer.«
»Deine Frau, meinst du wohl.«
»Na schön, ja.«
»Du hättest hören sollen, was hier eben erzählt wurde. Deine Frau weiß über uns beide Bescheid. Sie hat dir diesen Job verschafft, um dich aus der Stadt zu lotsen.«
»Wer hat dir denn diesen Blödsinn erzählt?« Seine Stimme klang wütend. »Niemand bezahlt Fünfzigtausend für einen Pilotfilm, nur um mich aus der Stadt wegzukriegen, nicht einmal meine Frau.«
»Willst du mir etwa weismachen, daß sie ihre Finger nicht im Spiel hat?«
»Das behaupte ich ja nicht. Sie gehört zu den Geldgebern. Sie ist Geschäftsfrau. Sie weiß, wieviel ich wert bin. Aber da sind auch noch andere beteiligt.«
»Sie will uns auseinanderbringen, und du läßt das zu – nur wegen eines lausigen Jobs.«
»Es hat nichts mit ihr zu tun. Sarah, sei doch vernünftig. Ich bin Regisseur. Ich brauche Arbeit. Das ist eine echte Chance, und ich möchte sie nutzen.«

Sie war blind vor Schmerz und hatte nur den Wunsch, ihm weh zu tun. »Dein ganzes verächtliches Gerede über das Fernsehen, und jetzt plötzlich nimmst du den erstbesten Mist an, den sie dir anbieten.«
»Sarah, was ist denn in dich gefahren? Du kennst mich doch. Glaubst du wirklich, ich würde etwas tun, woran ich nicht glaube? Du regst dich jetzt nur so auf, weil du es auf diese Weise erfahren hast.«
»Ja, ich würde am liebsten losheulen.«
»Ich wollte es dir erklären. Ich wollte mir für den Brief viel Zeit nehmen. Du bedeutest mir viel. Du bist die wichtigste Sache in meinem Leben – neben meiner Arbeit –, ich bin ein Mann, ich brauche Arbeit...«
Sie liebte ihn so sehr, sein Gesicht, seine zärtliche Berührung, seine Stimme.
»... und ich werde in sechs Wochen zurück sein«, fuhr er fort. »Dann werden wir wieder genauso zusammensein wie bisher.«
»Ich kann nicht sechs Wochen ohne dich sein. Ich werde sterben.«
»Ich komme wieder, Sarah.«
»Und dann? Weitere Reisen? Nein – nein, Fred. So kann es nicht weitergehen. Ich habe mich entschlossen. Nichts kann meinen Entschluß ändern.« Nur der Gedanke an die Kinder und an den Skandal, der entstehen würde, hatte sie bisher von diesem Schritt abgehalten. Aber, zur Hölle damit! Sie würde die Kinder auch weiterhin sehen können, und Sam hatte sein Bekleidungsgeschäft und seinen Fernsehapparat. »Ich komme mit dir«, hörte sie sich selbst sagen. »Wir treffen uns morgen am Flughafen.«
»Sarah, das ist doch nicht dein Ernst?«
»Doch, es ist mein voller Ernst... ja, ich komme mit dir.«
»Deine Familie...«
»Ist mir egal. Du bist meine Familie.«

»Sarah, ich werde mit einem Team runterfliegen. Es sind keine anderen Frauen dabei. Ich kann nicht...«
»Dann nehme ich die nächste Maschine und komme nach. Wo wirst du wohnen?«
»Im Reforma Hotel«, erwiderte er unglücklich. »Sarah, ich wünschte, du würdest es nicht tun. Überschlaf es noch einmal. Denk in Ruhe darüber nach.«
»Nein.«
»Ich kann dich nicht daran hindern, nach Mexiko zu kommen, natürlich nicht...«
»Du kannst mich daran hindern. Sag mir, daß du mich nicht liebst. Sag mir, daß du mich nie mehr sehen willst. Sag mir das.«
Einen Augenblick herrschte Stille. »Das kann ich nicht sagen, aber...«
Jemand klopfte an die Tür des Studierzimmers.
»Ich muß auflegen«, flüsterte sie. »Wir sehen uns.«
Sie hängte ein, stellte das Telefon an seinen Platz zurück und öffnete die Tür. Es war Geoffrey. Er hielt zwei Gläser in der Hand.
»Scotch oder Bourbon? Du kannst die Waffen wählen.«
»Bourbon.«
Er hielt ihr das Glas in seiner Linken hin, und sie nahm es.
»Ich dachte, du könntest es vielleicht brauchen.«
Sie lächelte matt. »Mata Hari bestimmt nicht«, sagte sie. »Aber ich.«

Die Party war lange vorüber. Paul und Kathleen saßen im Wagen, der in Kathleens Auffahrt parkte. Ein sichelförmiger Mond schimmerte am sternenklaren Himmel. Kathleen legte sich ihre Nerzstola über die Schultern und faltete die Hände im Schoß. »Ich würde dich noch hereinbitten, Paul. Aber es ist schon sehr spät.«
Pauls Blick ruhte auf ihrem Gesicht. »Was hat unser

Gastgeber gesagt? Romney habe das schönste Frauengesicht gemalt. Das glaube ich nicht, Kathleen. Deines ist noch viel schöner.«
»Sag nicht solche Dinge, Paul. Außer wenn du sie wirklich ernst meinst.«
»Ich liebe dich, Kathleen.«
»Paul ... ich ...«
Sie schloß die Augen. Ihre Lippen zitterten. Er nahm sie in den Arm und küßte sie. Nach einer Weile, während er ihr Gesicht und ihr Haar mit Küssen liebkoste, nahm sie seine Hand und legte sie auf ihre Brust und schob sie dann in ihren Ausschnitt. Sanft streichelte er ihren weichen Busen, zog seine Hand dann wieder zurück und berührte ihre Wange mit den Fingerspitzen.
»Kathleen, ich liebe dich, Ich möchte dich heiraten.«
Sie öffnete die Augen, und plötzlich setzte sie sich auf und starrte ihn wortlos an. Ihr Blick war eigenartig, fast erschreckt.
»Eigentlich müßte ich Sonntag abreisen«, sagte er, »aber ich kann Dr. Chapman um Urlaub bitten. Wir könnten nach Las Vegas fliegen – oder in einer Kirche heiraten, wenn du das willst ...«
»Nein«, sagte sie.
Paul verbarg sein Erstaunen nicht. »Ich dachte ... ich versuche dir zu sagen, daß ich dich liebe ... und ich glaubte ... es schien mir, daß du ...«
»Ja, Paul, ja ... aber nicht jetzt.«
»Ich verstehe dich nicht, Kathleen.«
Sie senkte den Kopf und schwieg.
»Kathleen, ich bin lange Junggeselle gewesen. Aber ich wußte, ich würde eines Tages die Richtige finden. Du bist diese Frau, und ich glaube, wir sollten den Rest unseres Lebens gemeinsam verbringen.«
Sie sah ihn an. Ein geheimer Schmerz war in ihrem

Gesicht, wie er ihn noch nie bei ihr gesehen hatte. »Ich kann es jetzt nicht... Ich will dich Paul, aber nicht jetzt... und verlange bitte keine Erklärung.«

»Aber das ergibt keinen Sinn. Ist es wegen deines ersten Mannes?«

»Nein.«

»Aber was ist es dann, Kathleen? Das ist der wichtigste Augenblick in unser beider Leben. Es darf keine Geheimnisse zwischen uns geben. Sag mir, was dich quält – sprich dich aus –, und dann wird nichts mehr zwischen uns stehen.«

»Ich bin zu müde, Paul.« Sie öffnete die Tür, und ehe er etwas sagen konnte, war sie ausgestiegen. »Ich kann dir jetzt einfach nicht antworten. Es geht einfach nicht. Ich bin zu müde... zu müde.«

Sie drehte sich um und ging schnell zur Haustür. Sie verschwand im Haus, ohne sich noch einmal umzudrehen.

Minutenlang saß Paul regungslos hinter dem Lenkrad. Er versuchte zu verstehen. Aber ohne Information, ohne Kommunikation konnte es kein Verstehen geben. Seit endlosen Jahren hatte er diese Frau gesucht, dieses zarte, ätherische Romney-Porträt. Und nach einer endlosen, einsamen Odyssee hatte er sie gefunden. Und doch hatte er keine wirkliche Person gefunden, sondern nur ein Traumbild, das nicht wirklich existierte. Er konnte nicht besitzen, was gar nicht existierte. Die Last der Enttäuschung drückte ihn nieder.

Er drehte den Zündschlüssel und startete den Motor. Niedergeschlagen und traurig fuhr er durch *The Briars* zurück zu jener Zuflucht, wo es keine Geheimnisse und keine Enttäuschungen gab – zurück zu den Statistiken, den kalten, eindeutigen Zahlen, deren Ordnung und Ruhe ihm nun willkommen war.

12

Benita Selby saß bereits am Anmeldungstisch, als Paul Radford hereinkam. Er wirkte erhitzt und unausgeschlafen.
»Guten Morgen, Paul. Heiß heute, nicht wahr?«
»Schrecklich heiß.«
»Aber wenigstens nicht feucht-schwül wie im Osten. Ich würde gerne hier wohnen – vielleicht etwas weiter nördlich, in San Francisco – du nicht auch?«
»Ich habe noch nicht darüber nachgedacht. Bin ich der erste heute?«
»Dr. Chapman ist im Konferenzzimmer. Cass ist beim Arzt, er fühlt sich noch immer nicht wohl, und – oh, Paul, da wartet jemand auf dich.«
Er war schon auf dem Weg zum Konferenzraum, aber nun kam er überrascht zurück an den Tisch.
»Auf mich? Wer?«
»Mrs. Ballard.«
Er warf den Mantel über den anderen Arm. »Wo ist sie?«
»Ich habe sie in dein Büro gebracht. Es dauert noch mindestens eine halbe Stunde bis zum ersten Interview.«
»Ist sie schon lange hier?«
»Zehn, fünfzehn Minuten.«
»Sorg dafür, daß wir nicht gestört werden.«
Er ging in sein Büro. Sie lehnte mit verschränkten Armen an der Wand, saß nicht im Stuhl. Sie rauchte. Sie starrte auf den braunen Trennschirm und lächelte nicht, als er eintrat.
»Kathleen...«
»Guten Morgen, Paul.«

Obwohl sie aus freien Stücken hier war, dachte er noch immer an ihr eigenartiges Benehmen in der letzten Nacht. Er versuchte, die neu in ihm aufkeimende Hoffnung zu unterdrücken.
Während einer schlaflosen Nacht hatte er sich auf eine Zukunft in Einsamkeit innerlich vorbereitet. Denn noch eine solche Enttäuschung würde er nicht verkraften können.
»Wenn ich gewußt hätte, daß du herkommst...«, sagte er.
»Ich habe im Motel angerufen. Du warst schon weg.«
»Ich bin spazierengegangen.«
»Dann rief ich Miss Selby an und kam her.«
Er zeigte auf den Stuhl und bemerkte, daß schon zwei Zigarettenstummel im Aschenbecher lagen. »Warum setzt du dich nicht, Kathleen?«
Sie setzte sich, die Augen auf den Trennschirm gerichtet. »Warum benutzt ihr den Schirm?«
»Dr. Chapman hat es zuerst ohne versucht. Aber er fand heraus, daß die Interviewten sich dann zu gehemmt fühlten. Er glaubt, es sei so besser.«
»Das glaube ich nicht. Wenn dieser Schirm nicht zwischen uns gewesen wäre...«, sie zögerte, »... wäre es vielleicht einfacher gewesen.«
»Hättest du dich denn nicht unbehaglich gefühlt?«
»Zuerst ja. Aber wenn dich jemand ansieht, ist es leichter...«
»Was ist leichter, Kathleen?« fragte er.
Sie sah ihn an. »Ich versuche, dir etwas zu erklären, Paul – etwas furchtbar Wichtiges...«
»Hat es etwas damit zu tun, wie du letzte Nacht reagiert hast?«
»Ja.«
»Als heute morgen die Sonne aufging, war ich zu dem

Schluß gekommen, daß du mich zwar ein wenig magst, aber nicht genug für eine dauerhafte Verbindung. Ich bin da sehr rigoros, Kathleen. Das hast du wahrscheinlich schon bemerkt. Wenn wir eine Verbindung eingehen, dann muß es für immer sein.«
»Wie kann man das vorher wissen? Wie kann man sich da sicher sein?«
»Wenn du so lange gewartet hättest wie ich, wärst du dir sicher.«
»Jetzt bist du unrealistisch, Paul. Ich war schon einmal verheiratet. Man glaubt, jemand sei der Richtige, und man sagt, es sei für immer. Und was wird dann aus dem ›für immer‹? Schnarchen, Mundgeruch am Morgen, Durchfall, Menstruationsbeschwerden, Streitigkeiten über Geld, immer derselbe müde Mensch neben sich im Bett, der voller Fehler ist, immer dasselbe sagt, immer dasselbe tut – auch das ist ›für immer‹.«
»Ich bin kein Kind, Kathleen. Ich habe viele Frauen gehabt...«
»Nicht so – nicht für immer.«
»Ich habe gerade erst dreitausend Frauen zugehört.«
»Auf die Fragen, die ihr stellt, bekommt ihr nicht immer... vollständige Antworten.«
»Ich kann meistens den fehlenden Teil dieser Antworten erschließen.«
»Auch die Enttäuschung am Ende?«
»So weit würde es bei uns beiden nie kommen. Selbst wenn die Leidenschaft zur Gewohnheit wird und mit der Zeit nur Achtung und Zuneigung übrigbleiben, ist nicht trotzdem Verbundenheit, innige Verbundenheit ein ausreichendes Fundament?«
»Ist es das? Ich weiß es nicht.«
»Warum bist du gekommen, Kathleen?«
»Du hast mir gestern einen Heiratsantrag gemacht. Ich

habe nicht nein gesagt. Hätte ich nein gesagt, wäre ich jetzt nicht hier.«

»Aber du hast auch nicht ja gesagt. Und für eine Ehe ist die volle Bereitschaft beider Seiten vonnöten.«

»Ich weiß nicht, ob das auf meiner Seite möglich ist. Ich fürchte, das ist es nicht. Leider.«

»Empfindest du wirklich so?«

Wütend drückte Kathleen ihre Zigarette aus. »Verdammt – ich rede ständig um den heißen Brei herum. Ich bin gekommen, weil du endlich Bescheid wissen sollst.«

Jemand klopfte zaghaft an die Tür. Paul stieß einen Fluch aus, ging zur Tür und riß sie auf.

Benita Selby wich zurück. »Tut ... tut mir wirklich leid, Paul, aber Dr. Chapman will dich sofort sprechen. Er ist über irgend etwas furchtbar aufgeregt. Er sagte, ich sollte dich stören.«

»Kann er denn nicht noch eine Minute warten?«

»Sag ihm das lieber selbst.«

Erbost sagte Paul: »Schon gut. Ich komme sofort.« Er ließ die Tür offenstehen. »Kathleen ...«

»Ich habe mitgehört. Bitte, geh erst zu ihm.«

»Du wartest bitte, ja? Ich will endlich Bescheid wissen.«

»Ich werde hier warten.«

Er nickte dankbar und eilte hinaus.

Dr. Chapman lief aufgeregt im Konferenzraum auf und ab. Paul schloß die Tür und ging zu ihm.

»Wo ist Cass?« fragte Dr. Chapman. »Haben Sie Cass gesehen?«

»Er ist beim Arzt.«

»Behauptet er. Vor drei Tagen schickte ich ihn zu einem Internisten, Perowitz, einem Freund von mir. Draußen in Wilshire. Cass sagt, er sei dort gewesen, und heute morgen ist er angeblich wieder bei diesem Doktor.«

Paul wartete. Dr. Chapman fuhr wütend fort.

»Ich mache mir schon den ganzen Morgen Sorgen wegen ihm. Schließlich reisen wir Sonntag ab. Also rief ich im Motel an. Sie sagten, Cass sei immer noch unterwegs. Also rief ich Perowitz an, um nachzufragen, ob es etwas Ernstes sei. Wissen Sie, was Perowitz mir gesagt hat?«
Paul hatte keine Ahnung. »Er kannte überhaupt keinen Cass Miller. Verstehen Sie, Paul? Cass hat uns etwas vorgemacht. Er war überhaupt nicht beim Arzt. Wahrscheinlich fehlt ihm überhaupt nichts.«
»Aber es muß doch eine logische Erklärung für sein Verhalten geben.«
»Das will ich hoffen. Und wir beide werden das jetzt herausfinden. Wir gehen auf Cass-Jagd, und wenn wir ihn finden, hoffe ich, daß er eine gute Entschuldigung parat hat – andernfalls feuere ich ihn auf der Stelle.«
Paul sah auf die Uhr. »In achtzehn Minuten beginnen die Interviews.«
»Benita kann sie ein bißchen hinhalten. Ich will Cass jetzt sofort finden.«
»Wo sollen wir mit der Suche anfangen?«
»Zunächst einmal fragen wir den Motelportier und den Tankwart, wohin er mit dem Dodge fährt.«
Er ging zur Tür. Paul folgte ihm auf den Flur. »Sind Sie sicher, daß Sie mich brauchen, Doktor?«
Dr. Chapman gab sich keine Mühe, seinen Ärger zu verbergen. »Hören Sie, Paul. Ich denke, wir sollten uns unbedingt persönlich um diese Sache kümmern. Ich habe Cass oder Sie oder Horace nie als Untergebene oder Angestellte betrachtet. Wir sind Partner, und wenn einer von uns Probleme hat und einfach seine Pflichten vernachlässigt, geht das uns alle an.« Er schöpfte Atem. »Natürlich brauche ich Sie. Wer weiß, was ihm zugestoßen ist? Vielleicht ist er betrunken, dann ist es gut, wenn wir zu zweit sind.«

Nun war Paul verärgert über diese Schelte, die er als ungerecht empfand. »Okay«, erwiderte er schroff, »ich hole meinen Mantel.«
Paul ging in sein Büro. Kathleen saß immer noch in ihrem Stuhl, starrte auf den Trennschirm und rauchte. Als er seinen Mantel nahm, sah sie ihn fragend an.
»Kathleen, es tut mir leid. Eine kleine Krise. Ich muß mit Dr. Chapman etwas erledigen. Dann kommen die Interviews...«
»Das ist schon in Ordnung. Aber ich möchte heute noch mit dir sprechen.« Sie zögerte und wirkte plötzlich müde und unsicher. »Natürlich nur, wenn du es auch möchtest.«
»Selbstverständlich. Ich werde hier so gegen sechs fertig sein. Kann ich dann vorbeikommen?«
»Ja.« Sie hielt ihre Zigarette hoch. »Darf ich die noch zu Ende rauchen, bevor ich gehe?«
»Laß dir Zeit. Das Büro ist noch mindestens eine halbe Stunde frei.«
Er bückte sich, küßte sie flüchtig und eilte hinaus, um sich Dr. Chapman anzuschließen.

Kurz nach zehn überflog Sarah Goldsmith noch einmal die endgültige Fassung ihres Abschiedsbriefs. Ihr grauer Reisekoffer stand fertig gepackt in der Diele. Die Kinder waren in der Schule, Sam im Geschäft. Ein Kindermädchen, das die Kinder hereinlassen und das Mittagessen kochen würde, war bestellt (der Schlüssel lag unter der Fußmatte). Ihre Maschine nach New Mexico ging in zwei Stunden, und es war eine lange Fahrt zum Flughafen. Sie hatte geschrieben:
»*Sam. Nach zwölf Jahren ist es schwer, einen solchen Brief zu schreiben. Aber Du weißt, daß wir in den letzten Jahren nicht glücklich waren, und es hat keinen Zweck,*

sich etwas vorzumachen. Ich war unglücklich. Vielleicht lag das mehr an mir selbst als an Dir. Ich bin hauptsächlich wegen der Kinder so lange bei Dir geblieben. Aber es hat einfach keinen Sinn mehr, und ich glaube nicht mehr, daß Menschen dazu geschaffen sind, ihr ganzes Leben gemeinsam zu verbringen. Darum habe ich mich entschlossen, jetzt Schluß zu machen, denn wir sind beide noch jung und können mit unserem Leben noch etwas anfangen. Glaube mir, es tut mir wirklich leid, aber ich brauche einfach eine Veränderung. Darum mache ich jetzt reinen Tisch, um einen klaren Schlußstrich zu ziehen. Ich will Dir nicht weh tun, aber es wird dir helfen zu verstehen, wenn Du erfährst, daß ich einen anderen Mann liebe, einen hochanständigen Gentleman.

Ich reise heute ins Ausland, um dort mit ihm zusammenzuleben. Möglicherweise werden wir heiraten. Ich weiß, daß wird ein Schock für Dich und die Familie sein, aber so ist nun einmal das Leben. Du kannst der Familie und den Leuten hier erzählen, was immer Du möchtest – daß du mich hinausgeworfen hast, daß wir uns beide für eine Trennung entschieden hätten oder irgend etwas anderes. Sei, was Jerry und Debbie angeht, bitte nicht grausam zu mir, denn ich bin immer noch ihre Mutter und habe sie zur Welt gebracht. Gib auf sie acht und sage ihnen, daß ich sie bald besuchen komme. Ich werde Dir in den nächsten Tagen meine Adresse mitteilen, außerdem werde ich einen Anwalt beauftragen.

Ich habe das Geld von meinem Sparkonto abgehoben und das Konto gelöscht. Bitte trage es wie ein Mann, Sam, und hasse mich nicht allzusehr. Es ist nicht zu ändern, und wahrscheinlich ist es so auch für Dich besser.
Sarah . . .

P.S. Engagiere ein Kindermädchen, oder noch besser, schreibe Deiner Cousine Bertha; sie ist alleinstehend und wird bestimmt gern für Dich, Jerry und Debbie sorgen. Leb wohl.«

Sarah suchte in der Schreibtischschublade nach einem Briefumschlag. Sie schrieb »Für Sam – Vertraulich – Wichtig – Von Sarah« auf den Umschlag. Dann überlegte sie, wo sie den Brief deponieren konnte, damit Sam ihn sofort, Jerry aber auf keinen Fall fand. Schließlich heftete sie ihn mit einem Klebestreifen an die Tür des Medizinschränkchens im Badezimmer.

Sie warf einen kurzen Blick in den Spiegel und ging dann, zufrieden mit ihrem Äußeren, ins Schlafzimmer, um sich anzuziehen. In diesem Augenblick läutete es an der Haustür. Das wird der Postbote sein, dachte sie und ging im Morgenmantel zur Tür. Ohne einen Blick durchs Guckloch zu werfen, was sie tagsüber fast nie tat, öffnete sie.

In ihrer Verblüffung darüber, daß es nicht der Postbote in seiner Uniform und mit der großen schwarzen Tasche war, erkannte sie den finsteren, unruhigen jungen Mann nicht sofort.

»Mrs. Goldsmith«, sagte er höflich. Es war keine Frage, sondern eine Feststellung.

Und dann sah sie voller Entsetzen über seine Schulter hinweg den vertrauten Dodge, der unten auf der Straße parkte. Sie wollte die Tür zuschlagen, aber sie hatte ihn viel zu spät erkannt, und nun war er schon im Haus.

»Was wollen Sie?« stieß sie hervor.

»Ich bin Cass Miller, ein Mitarbeiter von Dr. Chapman.« Ihre Furcht machte Erleichterung Platz. Sie hatte geglaubt, er sei ein Detektiv, ein Feind von ihr und Fred, und nun hatte die Enthüllung seiner wahren Identität etwas Erheiterndes.

»Ja«, sagte sie, »was kann ich für Sie tun? Ich bin furchtbar in Eile...«

»Es wird nicht lange dauern.« Seine Stimme klang seltsam erstickt, und er vermied es, Sarah anzusehen. »Ich habe Sie beobachtet.«

Sie bekam eine Gänsehaut. »Ich weiß. Sie haben mir ganz schön Angst eingejagt. Gehört das auch zu Ihrer Forschungsarbeit?«
»Ich weiß über Sie und Mr. Tauber Bescheid«, sagte er. Seine Stimme klang bedrohlich und grausam. »Warum betrügen Sie Ihren Mann?«
»Also, Sie haben vielleicht Nerven...«
»Lügen Sie mich nicht an. Ich weiß alles.« Er intonierte eine Litanei. »Drei Monate, im Durchschnitt viermal pro Woche, Ihr Ehemann ist ahnungslos, Orgasmus, ja, vierzig Minuten auf dem Rücken, verheiratet, zwei Kinder.« Seine Augen weiteten sich plötzlich, und sein Gesicht verzerrte sich. »Hure!«
Sie wich zurück, die Hand vor dem Mund; Furcht schnürte ihr die Kehle zu.
Er schob die Haustür hinter sich zu und kam näher. »Hure«, wiederholte er. »Hure. Ich habe deinen Fragebogen gelesen. Ich habe dich beobachtet. Du hast deinen Mann betrogen, ihn Tag für Tag betrogen.«
»Verschwinden Sie!« schrie sie hysterisch.
»Wenn du schreist, bringe ich dich um.«
Sie atmete stoßweise, wagte angesichts seines irren Blickes nicht, die Stimme zu heben.
»Sie«, würgte sie hervor, »warum... warum sind Sie hier?«
»Ich mag Huren. Ich mag sie sehr. Ich will, was du so freigebig verteilst.«
»Sie sind verrückt.«
»Gib es mir, wie du es ihm gibst – vierzig Minuten –, und ich werde wieder verschwinden. Tust du es nicht, erzähle ich alles deinem Mann, auf der Stelle erzähle ich es ihm.«
»Ich habe es ihm schon erzählt – er weiß es!« Vernünftig sein, vernünftig mit ihm reden. »Es ist kein Geheimnis mehr. Es ist jetzt alles geklärt.«

Er hörte sie überhaupt nicht. »Laß dein Haar herunter – herunter...«
Er wollte nach ihrem Haar greifen. Sie wirbelte mit einem Aufschrei herum, stolperte gegen einen Stuhl und rannte dann in die Küche zur Hintertür.
Sie stürzte in die Küche und rüttelte wild an der Tür. Sie brauchte einige Sekunden, bis sie merkte, daß die Tür von innen verschlossen war. Sie fummelte an dem oberen Riegel, zuckte zusammen, als sie ihn hinter sich hörte, und drehte sich um.
Cass packte ihre Schultern, wollte ihr das angstverzerrte Gesicht zerschlagen, aber sie duckte sich und ging rückwärts zur Spüle. Dort stand sie, in die Enge getrieben, ohne Ausweg.
Für einen Augenblick zögerte er, starrte auf den offenen Morgenmantel, auf die Mutterbrüste, die sich hoben und senkten. Sie keuchte jetzt und starrte ihn an wie ein tödlich verwundetes wildes Tier, während er sich langsam näherte.
Sie beobachtete ihn, hilflos, gelähmt. Der verrückte Sexualverbrecher mit dem vom Irrsinn verzerrten Gesicht, und die Hausfrau. Man las es immer wieder in den Zeitungen. Es geschah in irgendeiner abgelegenen Straße, irgendwo in einer heruntergekommenen Gegend, bei den Armen, die keine teuren, einbruchsicheren Häuser hatten, kein Geld, keine Freunde, keine Polizei, keine Bedeutung, aber doch nicht hier in den Briars. Sie war Sarah Goldsmith aus New York, versehen mit einem reichen Mann, einem Sitz in der Synagoge, einer Mitgliedschaft im Frauenverein.
Nein!
Mit all ihrer Kraft stieß sie sich von der Wand ab, vorbei an seinen ausgestreckten Armen. Dann entglitt ihr der Boden unter den Füßen. Sie schlug der Länge nach hin.

Ihr Kopf krachte mit voller Wucht gegen die Ofenkante. Mit grotesk verrenktem Körper glitt sie zu Boden und rollte auf den Rücken.
Cass stolperte zu ihr und fiel auf die Knie.
»Lauf nicht weg«, keuchte er. »Nie wieder. Nie wieder.« Weich und teigig lag sie unter ihm, endlich reglos und gefügig. Er schob ihre fleischigen Schenkel auseinander und vergewaltigte sie, strafte, strafte.
Während er das tat, blieb sie reglos, reagierte nicht auf seine Bewegungen. Und auch, als er fertig war, lag sie unbeweglich da, nicht böse, nicht befriedigt. Da erst berührte er ihre eiskalten Wangen und Lider, fühlte ihren Puls – und merkte, daß sie tot war, die ganze Zeit tot gewesen war, während er sie vergewaltigt hatte, daß sie sich bei ihrem Sturz gegen den Ofen das Genick gebrochen hatte.
»O Mutter«, schluchzte er, »Mutter.« Er wollte den Trost der großen Mutterbrüste und erkannte, daß sie ihm nun für alle Ewigkeit genommen war ...

Nachdem Cass Miller in die Villa Neapolis zurückgekehrt war, schrieb er einen Brief an Paul und hinterlegte ihn an der Rezeption. Dann fragte er den Tankwart nach einer besonders schönen Route durch die Berge. Der Tankwart empfahl ihm den Topanga Canyon.
Die Straße wand sich in engen Kurven hinauf in die blauen Berge. Weit, weit unter sich sah er die Spielzeughäuser und Miniaturbäume und erinnerte sich an die Modelleisenbahn unter dem Weihnachtsbaum. Dann dachte er an Benita Selby im Badeanzug mit ihrem kaum attraktiven, flachen Arsch, dann an die Blonde im Zug, die überhaupt gar nicht blond gewesen war, und an die süße Polin und all die anderen.
Er sah, daß die Straße enger geworden war und ihn nur

noch eine dünne Leitplanke von dem gähnenden, tausende Fuß tiefen Abgrund trennte.
Er dachte an ein schönes, passendes letztes Wort. Vielleicht die Zeilen von Edgar Allan Poe: »Das Fieber, das sich ›Leben‹ nennt, wird zu guter Letzt überwunden.«
Dann sah er, daß ihm auf der inneren, an den Felsen grenzenden Fahrspur zwei Fahrzeuge entgegenkamen, eine Limousine und ein Lastwagen. Auf der anderen Seite glitt die Leitplanke an seinem Wagen vorbei. Es werden Zeugen vorhanden sein, dachte er und trat das Gaspedal durch. Dann riß er das Steuer nach rechts, das Wagenheck schwenkte herum, und der Wagen schoß auf die Leitplanke zu.
Cass wurde gegen das Lenkrad geworfen, als Stoßstange und Kühler des Dodge auf das Metall und Holz des Geländers prallten. Beim Sturz in die Tiefe war er noch bei Bewußtsein, sah den Boden der Schlucht unter sich und hörte das Brausen des Windes. Der Fahrersitz rutschte nach vorn, und Cass bedauerte, daß es ein Mietwagen war. Dann erzitterte der blecherne Sarkophag, vor Cass lösten sich die Atome auf, etwas Flaches, Schwarzes schoß auf sein Gesicht zu, und er dachte: ein letztes Wort, Worte, an die man sich erinnert, die mich unsterblich machen, schreib mit, Benita: Epitaph: Leckt mich am Arsch, alle miteinander.

Paul ließ den Fahrer vor Kathleens Auffahrt anhalten, bezahlte das Taxi und stieg aus.
Die Suche nach Cass war ergebnislos verlaufen. Er und Dr. Chapman hatten nur in Erfahrung bringen können, daß Cass schon in aller Frühe mit dem Dodge davongefahren sei. Dann waren sie in großer Hast zurückgefahren, und der Rest des Tages war mit Interviews ausgefüllt gewesen. Um halb sechs beendete Paul das letzte Inter-

view. Draußen im Flur traf er Horace. Überrascht stellten sie fest, daß Benita schon gegangen war, offenbar in ziemlicher Hast, denn ihr Schreibtisch war nicht aufgeräumt, und auch Dr. Chapman war unauffindbar. Da auch Horace und Paul in Eile waren, verzichteten sie darauf, in der Villa Neapolis anzurufen und nachzufragen, was vorgefallen sei. Sie gingen gemeinsam zum Village Green und nahmen sich dort jeder ein Taxi. Horace fuhr zu Naomi, um die Krankenschwester abzulösen, Paul zu Kathleen.
Jetzt, als er zu Fuß die Auffahrt hinaufging, sah Paul, daß Kathleens Mercedes vor der Tür stand. Paul klingelte. Albertine erschien sofort, mit Deirdre auf dem Arm.
»Hallo, Albertine.« Er nahm ihr Deirdre ab. »Wie geht es meinem kleinen Kraaken heute?« Als er das Kind das letzte Mal begrüßt hatte, hatte sie ihn würdevoll darauf hingewiesen, daß sie »ein kleiner Kraake« sei. Nun sagte sie, als er sie in den Armen hielt, mit kindlichem Ernst: »Ich bin kein Kraake. Ich bin ich. Willst du mit uns essen?«
»Gerne«, sagte Paul, »aber...«
Deirdre sah die Haushälterin an. »Darf er, Bertine?«
Albertine zuckte die Achseln. »Dann mach' ich halt noch eine Büchse mehr auf.«
Aber schon hatte sich Deirdres Interesse anderen Freuden zugewandt. »Mach mit mir einen Raketenflug«, bat sie Paul.
Er hob sie hoch über den Kopf, wirbelte sie herum und stellte sie dann auf den Teppich. »So«, sagte er. »Jetzt sind wir auf dem Mond.« Er richtete sich auf und sah Albertine an. »Ist Mrs. Ballard da?«
»Sie ist vor ein paar Stunden zu Mrs. Goldsmith gegangen, und sie sollen auch dorthin kommen. Sie schien schrecklich aufgeregt, als wolle sie gleich losheulen.«
»Wie komme ich dorthin?«

Sie erklärte es ihm. Es war nicht weit. Nach links in die Seitenstraße und dann das dritte Haus.
Während er in die beschriebene Richtung ging, fragte er sich, warum Kathleen wohl so aufgeregt gewesen war, und was sie ihm am Morgen hatte sagen wollen.
Der Duft der Blumen in den Vorgärten umgab ihn. Hinter gepflegten Hecken und Zäunen sah er Geranienbeete, orangenfarbenen und rosa Hibiskus, und, unter einem Bananenbaum, purpurrote Astern.
Als er sich dem Haus näherte, das Albertine als das Goldsmithsche beschrieben hatte, kam ihm Kathleen entgegen. Sie hatte eine Strickjacke über die Schultern geworfen, trug Bluse und Rock und flache Schuhe. Er winkte und blieb stehen. Sie reagierte nicht.
Als sie ihn erreichte, bemerkte er die Anspannung in ihrem Gesicht. »Ich war gerade auf dem Weg zu dir, Kathleen.«
»Hast du eine Zigarette? Meine sind mir ausgegangen.«
»Nein.« Gleichsam als Entschuldigung zog er die Pfeife aus der Manteltasche.
»Macht nichts.« Ihre Hände zitterten nervös. »Es ist furchtbar. Hast du es schon gehört?«
»Was?«
Sie ging wieder auf ihr Haus zu und er neben ihr her.
»Sarah Goldsmith«, sagte sie. »Sie ist tot.«
»Wer?«
»Sarah – du bist ihr gestern begegnet, Paul, letzte Nacht, auf der Party. Die Frau, die sich als spanische Tänzerin verkleidet hatte. Mata Hari.«
Sofort erinnerte er sich. Ein romanisches Gesicht, zu dem der jüdische Name nicht zu passen schien.
»Ja, ich erinnere mich. Was ist ihr zugestoßen?«
»Man weiß es noch nicht. Die Polizei sagt, ihr Mann habe sie ermordet.«

Auch an den Mann Mata Haris erinnerte er sich. Ein freundlicher, schwerfälliger Tropf mit kleinlautem Blick und einem Händedruck wie Gelatine. Aaron? Abe? Sam? Ja, Sam.
»Sam Goldsmith«, sagte er. »Warum hat er es getan?«
»Es gibt bisher nur Gerüchte. Ihre Nachbarin, Mrs. Pedersen, rief mich an, als Polizei und Krankenwagen abgerückt waren. Sie fand meinen Namen in Sarahs Telefonkalender. Also ging ich hinüber, um mich um die Kinder zu kümmern. Das Kindermädchen war zu geschockt, um zu bleiben.«
»Haben sie Sam verhaftet?«
»Ich glaube, ja. Nein, sie haben ihn nur zum Verhör mitgenommen. Sie fanden ihren Koffer in der Diele, und einen Abschiedsbrief. Offenbar wollte sie Sam heute morgen verlassen – sich mit einem anderen Mann treffen –, sie hatte ein Verhältnis. Ausgerechnet Sarah, ich kann es einfach nicht glauben.«
»Es passiert immer wieder«, sagte er sanft.
Sie sah ihn verstört an. »Ja. Man hört es ständig. Aber Sarah...«
»Die Polizei? Ich nehme an, sie haben herausgefunden, daß Sam etwas erfahren hatte und versuchte, Sarah aufzuhalten?«
»Genau. Er kam nach Hause, er war heute morgen nicht im Geschäft, wie sich herausstellte. Wahrscheinlich wollte er sie daran hindern zu gehen. Sie kämpften miteinander. Er tötete sie. Ich kann es trotz allem nicht glauben. Er ist so ein guter Mensch.«
»Jemand hat es getan, Kathleen.«
»Vielleicht war es ein Unfall?«
»Wie kommst du darauf?« fragte Paul.
»Das Kindermädchen sollte mittags kommen und auf die Kinder warten. Der Schlüssel lag unter der Fußmatte. Sie

kam ein wenig spät, und niemand schien zu Hause zu sein. Sie ging in die Küche – und fand Sarah auf dem Fußboden. Die Polizei sagt, sie habe sich das Genick gebrochen.«

Sie hatten Kathleens Haustür erreicht.

»Ich nehme an, du bist jetzt nicht in der Stimmung, um mit mir zu reden«, wechselte Paul das Thema.

»Das ist es nicht. Aber ich muß sofort wieder hinüber. Mrs. Pedersen und ich haben versprochen, uns um die Kinder zu kümmern, bis Miss Kalish, Sams Cousine, eintrifft. Sie wird irgendwann gegen eins heute nacht hier sein.« Kathleen schloß die Tür auf. »Ich wollte nur eben kurz nach Deirdre schauen und meinen Mantel holen. Möchtest du ein Sandwich, Paul?«

»Nein, ich rufe mir nur eben ein Taxi.«

»Nimm meinen Wagen. Ich brauche ihn heute sowieso nicht mehr.« Sie gab ihm die Schlüssel. »Bitte.«

»Gut. Ich werde noch etwas essen, dann muß ich packen.« Er winkte mit den Schlüsseln. »Heißt das, daß ich dich morgen sehe?«

Sie sah ihn an.

»Das hoffe ich sehr, wenn du möchtest.«

»Ich werde morgen abend mit den anderen abreisen. Nur eine einzige Sache könnte mich dazu bringen, zu bleiben. Es ist jetzt nicht der richtige Augenblick, um es noch einmal zu diskutieren, aber...«

»Ich kann es dir jetzt nicht erklären, Paul, wirklich nicht. Sei bitte nicht böse.«

»Entweder man liebt einen Menschen, oder man liebt ihn nicht. Was gibt es da groß zu erklären?«

»Paul, bitte, versuche...«

»In Ordnung. Morgen. Wann?«

»Wenn Sarahs – wenn Sams Cousine hier ist, habe ich den ganzen Tag Zeit.«

»Vormittags habe ich keine Zeit. Sagen wir, nach dem Mittagessen, okay?«
»Ich werde warten.«
Er lächelte müde. »Genau wie ich.«

Als Paul in der Villa Neapolis eintraf, war die Rezeption unbesetzt. Paul ging um den Tisch herum, nahm seinen Schlüssel vom Brett und bemerkte einen Brief in seinem Brieffach. In einer Handschrift, die ihm bekannt vorkam, war seine Name darauf geschrieben. Verwirrt öffnete er den Brief und las.
Als er zu Ende gelesen hatte, merkte er, daß seine Hand, die den Brief hielt, zitterte.
»Oh, Mr. Radford.«
Er sah über die Schulter und erkannte den Nachtportier mit dem Aussehen eines alten Jockeys.
»Ich habe gerade den Reportern erzählt – sie warten alle in der Bar –, daß Dr. Chapman immer noch mit der Polizei draußen ist. Es tut mir wirklich leid, Mr. Radford. Dieser Mr. Miller war gewiß ein feiner Kerl. Aber Fremde, die diese Bergstraßen nicht kennen, sollten besser nicht dort oben herumfahren. Immer wieder passieren dort Unfälle. Ich nehme an, Sie sind ziemlich erschüttert.«
»Ja«, sagte Paul.
»Wie ich schon sagte, es tut mir wirklich leid.«
»Danke«, sagte Paul.
Der Portier schaltete das Licht an, und Paul stellte sich unter die große Deckenlampe, um den Brief noch einmal zu lesen.

LIEBER PAUL,
ich habe gerade etwas Verrücktes getan und muß nun dafür bezahlen. Eine von den Frauen, die ich letzte Woche interviewt habe, sie machte mich verrückt, denn sie war eine Sünderin, und

sie hatte Kinder. Ich habe sie beobachtet. Heute morgen ging ich zu ihr. Ich wollte mit ihr ins Bett gehen, aber sie wollte nicht. Sie hat ihren Mann mit einem anderen betrogen. Ich kann mich nicht mehr an Einzelheiten erinnern. Ich versuchte, sie zu vergewaltigen. Sie fiel hin und starb. Es war ein Unfall, aber das werde ich kaum beweisen können. Die Frau heißt Sarah Goldsmith. Ich fahre mit dem Dodge in die Berge, um mich in eine Schlucht zu stürzen. Das ist die beste Lösung, und ich bin froh. Der große Meister kann den Dodge aus meiner GI-Versicherung bezahlen. Ich habe ihn nie gemocht, und es ist mir egal, wenn sein Projekt jetzt zum Teufel geht, denn diese ganze Konzentration auf den Sex ist nicht gut. Sorge dafür, daß sie mich einäschern. Eines Tages sehen wir uns wieder. CASS MILLER, am 7. Juni.

Paul faltete den Brief sorgfältig zusammen. Er blieb am Eingang stehen und starrte hinaus auf den Swimmingpool. Anfangs kam ihm die volle Bedeutung von Cass' Testament nicht zu Bewußtsein. Der Schock über Cass' plötzlichen Selbstmord war zu groß. Und doch gab es keinen Zweifel. Der Portier hatte es bestätigt, und irgendwo in der Stadt identifizierte Dr. Chapman gerade ein Bündel Knochen und zerfetztes Fleisch.
Armer, verbitterter, kranker Cass. Und dann plötzlich traf ihn der Schock der zweiten Erkenntnis: Arme *Sarah!* Armer *Sam!*
In diesem Augenblick, erkannte er, war er der Allmächtige. Im Leichenschauhaus lag Cass Miller. In einem anderen – vielleicht sogar im selben – lag Sarah Goldsmith. Und hinter den Gitterstäben einer Gefängniszelle saß ein korpulenter Geschäftsmann namens Sam, der bald ebenfalls tot sein würde. Und hier auf einem hohen Hügel stand er, Paul Radford, Schriftsteller und Wissenschaftler, mit jenem Brief in Händen, der ein gebrochenes menschliches Wesen vor dem Galgen bewahren würde.

Er bemerkte den Polizeiwagen, der auf dem Parkplatz hielt. Er beobachtete, wie Dr. Chapman ausstieg. Er redete heftig auf einen anderen Mann ein, der nun ebenfalls ausstieg. Beide kamen den Weg zur Terrasse herauf.
Als sie näher kamen, verkrampften sich Pauls Finger um den Brief. Und dann sprach er sein Urteil als Allmächtiger: Ja, ich, Paul Radford, mit der geheiligten Schrift, entscheide, daß dir, Sam Goldsmith, das Leben geschenkt werden soll und daß darum du, George C. Chapman, das schwarze Tuch des Todes empfangen mußt. Auge um Auge, das unbarmherzige hebräische Gesetz. Sarahs Leiche auf dem Küchenboden muß aufgewogen werden durch die Opferung von Dr. Chapmans Report.
Sie waren an Paul vorbeigegangen, ohne ihn zu bemerken. Paul schnappte etwas von dem auf, was der breitschultrige Inspektor zu Chapman sagte:
»... Nichts deutet darauf hin, daß der Unfall auf technisches Versagen zurückzuführen ist. Und doch haben die Zeugen ausgesagt, der Wagen sei plötzlich von der Straße abgekommen. Sind Sie sicher, daß er nicht trank?«
»Nur sehr mäßig. Sehr mäßig. Machen Sie eine Blutprobe, und Sie werden feststellen...«
»Eine Blutprobe, bei dem, was noch von ihm übrig ist?«
Sie waren außerhalb von Pauls Sichtweite, aber sie waren offenbar am Fuß der Treppe stehengeblieben.
»Ich versichere Ihnen«, sagte Dr. Chapman. »Mr. Miller hat nicht getrunken.«
»Haben Sie an ihm irgendwelche Anzeichen von Depression bemerkt?«
»Im Gegenteil. Als ich ihn gestern abend sah, war er gut gelaunt. Er freute sich auf die Rückkehr nach Reardon.«
»Es gab keine Bremsspuren, darum kann ich nicht sagen, ob er die Kontrolle über den Wagen verloren hat, nicht

einmal, ob er zu schnell gefahren ist. Ich vermute, es war ein Unfall.«

»Da bin ich sicher.«

»Diese Straßen sind gefährlich. Manchmal ist plötzlich ein Tier auf der Straße, ein Präriehund zum Beispiel. Instinktiv versucht man auszuweichen, aber es gibt keinen Seitenstreifen, nur den steilen Abgrund. Also, dann bedanke ich mich, Mr. Chapman. Tut mir leid, daß ich Sie mit all diesen Dingen belästigen mußte. Sie waren sehr hilfsbereit.«

»Das bin ich Mr. Miller schuldig.«

»Ja. Ich schicke Ihnen morgen eine Kopie des Unfallberichts.«

»Danke, Sir.«

Als der Polizist gegangen war, ging Paul Dr. Chapman nach, der schon die halbe Treppe erklommen hatte. »Doktor...«

»Da sind Sie ja, Paul.« Er kam sofort wieder die Treppe herunter. »Sie haben es schon gehört, nicht wahr?«

Paul nickte. »Cass hat es mir erzählt.«

»Wie bitte?«

»Es war kein Unfall.«

Er reichte Dr. Chapman den Brief. Chapman überflog den Brief, las ihn ein zweites Mal, und als er schließlich den Kopf hob, war sein Gesicht aschgrau.

»Ich kann es nicht glauben«, sagte er.

»Es ist wahr«, erwiderte Paul. »Eine Frau namens Sarah Goldsmith wurde heute morgen getötet. Die Polizei wird es Ihnen bestätigen.«

»Das heißt noch nicht, daß er es getan hat. Er war psychisch krank. Vielleicht hat er es nur gehört und den Drang verspürt, den Mord auf sich zu nehmen. So etwas kommt vor.«

»Warum hat er dann Selbstmord begangen?«

»Er hat keinen Selbstmord begangen. Er ist einer unserer Mitarbeiter...«

»Doktor, ich bin überzeugt, die Polizei wird sein Geständnis akzeptieren.«

Dr. Chapman starrte Paul mit wachsender Panik an. »Die Polizei...«

»Ich fürchte, ja. Es geht auch noch um ein anderes Menschenleben. Die Polizei beschuldigt Sarah Goldsmith' Ehemann des Mordes, den Cass begangen hat. Sie haben ihn verhaftet.«

Dr. Chapman nickte dumpf.

»Dieser Brief beweist die Unschuld von Mr. Goldsmith«, sagte Paul.

Dr. Chapman nickte wieder. »Ich werde den Brief an die richtige Stelle weiterleiten...«

Paul nahm Dr. Chapman den Brief aus der Hand. »Dieser Brief war an mich adressiert. Ich werde mich also besser selbst darum kümmern.«

»Was haben Sie vor, Paul?«

Paul sah zum Parkplatz hinüber, und Chapman folgte seinem Blick. Der Inspektor hatte den Streifenwagen erreicht und öffnete gerade die Tür. »Ich werde ihnen den Brief übergeben«, sagte Paul.

»Paul, warten Sie... überstürzen Sie nichts... denken Sie an die Folgen...«

Aber Paul war schon losgelaufen, mit großen Schritten eilte er zu dem Streifenwagen. Er drehte sich nicht um. Er wußte jetzt, daß selbst Dr. Chapmans Rüstung einen Riß hatte, und plötzlich funkelte sie für Paul nicht mehr hell und makellos.

13

Der Wecker schrillte, Paul Radfords Hand tastete nach der Uhr, drückte den Knopf und machte dem Lärm ein Ende.
Es war halb zehn, Sonntag morgen.
Eine Weile lag Paul regungslos auf dem Rücken. Die einzigen Anzeichen eines Katers waren ein Druck auf der Stirn und eine pelzig belegte Zunge. Er setzte sich auf und knöpfte seine Pyjamajacke auf.
Er stand auf, nahm das Telefon in die eine und den Hörer in die andere Hand und wählte die Nummer der Rezeption.
»Guten Morgen«, begrüßte ihn eine weibliche Stimme.
»Hier ist Mr. Radford. Zimmer siebenundzwanzig. Haben Sie die Sonntagszeitungen da?«
»Nur noch eine, Sir. Die andere ist ausverkauft.«
»Können Sie sie mir raufbringen?«
»Ja, Sir.«
»Außerdem Tomatensaft, zwei Spiegeleier, schwarzen Kaffee.«
»Kommt sofort.«
Er duschte, und dann, während er sich abtrocknete, rief er sich die Ereignisse des vergangenen Abends ins Gedächtnis zurück.
Er hatte den Streifenwagen abgefangen und dem Polizisten den Brief übergeben. Er mußte ihnen noch ein Dutzend Fragen beantworten. Sie waren sehr aufgeregt wegen des Briefs gewesen und bedankten sich sehr herzlich bei ihm. Als sie davonfuhren, ging Paul ins Motel zurück und mußte feststellen, daß Dr. Chapman ver-

schwunden war. Später erfuhr er von dem Portier, daß Chapman mit dem Ford weggefahren war und der Presse hinterlassen hatte, daß er erst am nächsten Morgen zu einem Interview bereit sei. Paul war daraufhin mit Kathleens Wagen zur Beverly-Wilshire-Bar gefahren. Dort hatte er während eines langen Abends fünf Scotch konsumiert und sich mit einem Engländer über den Mount Everest und über englische Literatur unterhalten. Gegen Mitternacht war er ins Hotel zurückgefahren und hatte sich sofort schlafen gelegt.
Nun, während er sich anzog, fragte Paul sich, ob dieser letzte Tag in den Briars nicht vielleicht das Ende von Dr. Chapmans ganzem Projekt bedeutete. Er malte sich die Konsequenzen von Cass Millers Brief aus, und sah schon die Schlagzeilen der Sonntagszeitungen vor sich: »Dr. Chapmans Protegé wird zum Sexmörder: tötet LA-Hausfrau... Chapmans Mitarbeiter begeht Selbstmord, nachdem er eine Frau tötete, die er zuvor interviewt hatte... Chapman-Sexexperte erwürgt Hausfrau und begeht anschließend Selbstmord.«
Paul vermutete, daß die Katastrophe längst in vollem Gange war. Die Zollman-Stiftung würde das Projekt abblasen, Reardon seine Unterstützung verweigern, der Verleger das Buch stoppen. Telegramme voller Hiobsbotschaften. Die *Sexstudie über die verheiratete amerikanische Frau* würde ungelesen in der Versenkung verschwinden. Dr. Chapman tat Paul leid, und er bemitleidete auch sich selbst. Er hatte die Vernichtung seines Mentors mit herbeigeführt. Judas hatte es für Geld getan, unverzeihlich, all diese Atom-Verräter, Fuchs und die übrigen, hatten es für Liebe und Geld getan, ebenfalls unverzeihlich. Aber er hatte den Verrat wenigstens begangen, um ein unschuldiges Leben zu retten. Er hatte es für Sam Goldsmith getan.
Als es an der Tür klopfte, war er angezogen. Er öffnete.

Ein kahlköpfiger Zimmerkellner brachte das Frühstück und die Zeitung. Paul gab ihm einen halben Dollar Trinkgeld und schloß die Tür wieder.
Dann trank er seinen Tomatensaft und schlug die Zeitung auf.
Die Hauptschlagzeile: Irgend etwas über den Präsidenten und Berlin.
Kleinere Schlagzeile: Erdbeben in Mexiko.
Dann schließlich eine sehr kleine Überschrift: Sex-Forscher Cass Miller bei Autounfall getötet.
Schnell las Paul die halbspaltige Story: »Cass Miller, zweiunddreißig, Mitarbeiter von Dr. George C. Chapman, verlor auf einer Paßstraße im Topanga Canyon die Kontrolle über seinen Wagen und stürzte tausend Fuß in die Tiefe. Wie die Polizei mitteilte, ist das in diesem Jahr schon der sechste Unfall auf dieser Straße...«
Ungläubig lehnte Paul sich zurück. Kein Wort über Cass' Mord an Sarah Goldsmith, kein Wort über den Selbstmord, kein Wort über den Abschiedsbrief.
Paul blätterte weiter. Auf Seite sieben fand er dann endlich die winzige Überschrift: Briarwood-Hausfrau tot aufgefunden.
Paul las weiter. Sarah Goldsmith, fünfunddreißig. In der Küche Genick gebrochen. Polizei ermittelt. Ehemann vorläufig festgenommen. Sarah Goldsmith, geboren in..., Mitglied von..., zwei Kinder.
Wieder kein Hinweis auf Cass' Geständnis, auf Vergewaltigung und Mord.
Zwei Fremde waren in dieser großen Stadt gestorben. Zufall. Unfälle kommen vor. Zwei Fremde, der Mann auf Seite eins, die Frau auf Seite sieben. Kein Zusammenhang. Beide Fälle abgeschlossen – oder fast abgeschlossen. Dr. Chapman? Unversehrt. Sam Goldsmith? Wurde noch verhört. Cass Millers Geständnis? Was für ein Geständnis?

Der Brief, Cass' Brief, war ein Faktum, das wußte Paul. Was auch immer damit geschehen war. Die Polizeibeamten hatten den Brief gesehen. Sie wußten jetzt, daß Sam Goldsmith unschuldig war. Sie mußten ihn freilassen. Aber würden sie das tun? Die gerichtsmedizinische Untersuchung würde ergeben, daß Sarah im Augenblick ihres Todes Geschlechtsverkehr hatte. Das ließ sich feststellen. Aber ob freiwillig oder unfreiwillig, ließ sich im nachhinein nicht mehr feststellen. Wer käme als Partner in Frage? Sarahs anonymer Liebhaber natürlich. Sam hatte sie erwischt und durchgedreht. Aber wenn sie Cass' Geständnis ignorierten, ignorierten sie vielleicht auch den gerichtsmedizinischen Befund. Man würde die Sache vertuschen. Sam war in Sicherheit, Sarahs Tod ein Unfall. Pauls Gedanken rasten. Er erinnerte sich an den Namen des Polizisten, dem er den Brief anvertraut hatte. Cannady. Paul ging zum Telefon und rief bei der Polizei an. Ein Sergeant war am Apparat. Als Paul nach Cannady fragte, wurde er an einen Lieutenant verwiesen. Nein, Cannady war für mindestens eine Woche nicht zu sprechen. Er war zu externen Ermittlungen nach New Mexico gereist. Paul fragte nach Cannadys Partner, dem anderen Kriminalbeamten. Der war in Encino und würde gegen Abend zurück sein. Paul fragte nach dem Brief, merkte aber, daß der Lieutenant ihn wie einen Geisteskranken behandelte. Paul fragte, ob Sam Goldsmith noch in Haft sei. Das wußte der Lieutenant nicht, für solche Informationen müsse Paul in Los Angeles anrufen, aber in der Regel werde darüber am Telefon keine Auskunft erteilt. Nachdem er aufgelegt hatte, überlegte Paul, welche Möglichkeiten in Frage kamen. Und sofort sah er wieder, was er am Vorabend noch nicht so recht hatte wahrhaben wollen. Den Riß in Dr. Chapmans Rüstung, den Fleck auf seiner bislang stets weißen Weste.

Das war die einzige logische Erklärung. Dr. Chapman hatte seine Beziehungen – vielleicht auch Geld? – eingesetzt, um Cass' Verbrechen zu vertuschen, und nahm damit in Kauf, daß Sam Goldsmith weiter unter Mordverdacht blieb. Chapman, an dessen Integrität Paul stets geglaubt hatte, sein leuchtendes Vorbild, stürzte von seinem Sockel. Das Telefon riß ihn aus seinen Überlegungen. Horace war am Apparat.
»Wußtest du, daß Dr. Chapman in einer Stunde ein Fernsehinterview gibt?« fragte Horace ein wenig aufgeregt und unvermittelt.
»Nein, ich habe keine Ahnung.«
»Hier im lokalen Sender. In Borden Bushs ›Der heiße Stuhl‹.«
Horace schlug Paul vor, doch hinüber zu Naomis Haus zu kommen und sich die Sendung dort mit ihm und Naomi zusammen anzusehen. Paul war einverstanden, und nachdem er sein Frühstück beendet hatte, fuhr er sofort los. Den ganzen Weg fragte er sich, was Dr. Chapman wohl im Fernsehen erzählen würde.

Das Interview war eine Farce. Borden Bash stellte Dr. Chapman einige brave Fragen, die Chapman Gelegenheit gaben, seine Arbeit im hellsten Licht erstrahlen lassen. Paul glaubte, seinen Ohren nicht zu trauen, als Dr. Chapman, auf eine entsprechende Frage Bushs am Ende des Interviews in rührseligem Ton »den tragischen Autounfall« seines »hochgeschätzten Mitarbeiters Cass Miller« bedauerte. Paul fühlte heftigen Zorn in sich aufsteigen. So sah also die ›Wahrheit‹ aus: Seite eins und Seite sieben in der Zeitung, und nun Dr. Chapmans Heuchelei vor den Fernsehkameras. Paul fühlte, wie die Zweifel an Dr. Chapman und an ihrer gesamten Arbeit in ihm übermächtig wurden. Ihm fiel wieder ein, was Dr. Jonas bei Pauls

Besuch über Dr. Chapman gesagt hatte. Paul fand nun Jonas' Einwände gegen Chapman bestätigt, denen er damals noch energisch widersprochen hatte. Dr. Jonas hatte recht. Er, Paul, stand auf der falschen Seite. Dr. Chapman verdiente den wissenschaftlichen Heiligenschein nicht, den er sich nur zu bereitwillig hatte aufsetzen lassen.

Es war kurz nach drei, als Paul in das Gebäude der Frauenvereinigung eilte. Er nahm zwei Stufen auf einmal, als er die Treppe hinauflief.
Nach der Fernsehsendung hatte er die ganze Zeit über versucht, Dr. Chapman telefonisch zu erreichen. Wieder und wieder hatte er es versucht, abwechselnd im Motel und im Haus des Frauenvereins. Um halb drei schließlich hatte sich Benita Selby im Konferenzzimmer des Vereinshauses gemeldet. Sie und Dr. Chapman, berichtete sie, seien gerade von dem Essen, das die Fernsehgesellschaft für Chapman gegeben habe, zurückgekommen.
Während der ständigen vergeblichen Telefonate hatte sich Pauls Zorn immer weiter angestaut. Nun, als er vor der Tür des Konferenzzimmers stand, hatte er nur noch den Wunsch, Dr. Chapman wegen des Briefes zur Rede zu stellen. Hundert Gedanken wirbelten ihm durch den Kopf. Er wollte anklopfen, überlegte es sich dann aber anders und öffnete kurzerhand die Tür.
Dr. Chapman war nicht allein. Er war gerade dabei, Benita Selby etwas zu diktieren.
»... war wahrhaft ein Märtyrer der Wissenschaft und des Fortschritts«, diktierte Dr. Chapman. »Vierzehn Monate lang...«
Dr. Chapman registrierte Pauls Erscheinen mit einem Kopfnicken. »Ich diktiere nur noch eben die Pressemitteilung zu Ende. Ich bin gleich soweit, Paul.«

Steif setzte Paul sich auf die Kante eines Klappstuhls.
Dr. Chapman zeigte auf Benitas Notizblock. »Wo waren wir stehengeblieben?«
Benita las: »Vierzehn Monate lang... Dr. Chapman schürzte die Lippen und fuhr fort: ».... schuftete er nicht acht, sondern zehn und zwölf Stunden am Tag, so wichtig war ihm meine Pionierarbeit über Sexualverhalten. Aber Cass Millers selbstloser Einsatz für unsere gute Sache wird nicht umsonst gewesen sein. Mein nächstes Werk, an dem er so tatkräftig mitgewirkt hat, *eine Studie über das Sexualverhalten der verheirateten amerikanischen Frau*, das im kommenden Frühjahr publiziert wird, werde ich seinem Andenken widmen. Durch diese Arbeit, an der er so großen Anteil hatte, werden alle Menschen glücklicher und gesünder werden, das ist meine feste Überzeugung. Die Trauerfeier für Mr. Miller findet in der Kapelle der Universität Reardon statt, wo Freunde und Kollegen seiner gedenken werden. Seine sterblichen Überreste wurden heute morgen von Los Angeles nach Roswell, New Mexico, überführt, wo seine einzige noch lebende Verwandte, seine geliebte Mutter, Mrs. R. M. Johnson, wohnt.«
Dr. Chapman sah Paul an und erwartete einen zustimmenden Blick.
Doch Paul hielt die Augen gesenkt. Paul dachte gerade daran, wie sehr Cass Rainer Maria Rilke bewundert hatte. Paul rief sich etwas ins Gedächtnis, das Rilke einst in einem Brief geschrieben hatte: »All diese großen Männer haben ihre Leben zuwuchern lassen wie einen alten Pfad... Ihr Leben ist gelähmt wie ein Organ, das sie nicht länger gebrauchen.«
»Das wär's, Benita«, sagte Dr. Chapman gerade. »Machen Sie davon sechs Kopien, und schicken Sie sie sofort an die Telexdienste und Zeitungen auf der Liste. Machen Sie sich

sofort an die Arbeit. Die Presse bohrt schon den ganzen Tag.«
Benita trug Block und Bleistift wie zwei heilige Reliquien aus der geweihten Grotte, um Sein Wort zu verbreiten.
Dr. Chapman wandte seine Aufmerksamkeit Paul zu. »Eine unangenehme Pflicht«, sagte er. »Ich bin froh, daß es erledigt ist.« Er schüttelte den Kopf. »Der arme Teufel.« Er ließ einen Augenblick schweigenden Gedenkens verstreichen, ehe er sich wieder der Welt der Lebenden zuwendete. Er seufzte. »Nun, Paul – ich hoffe, Sie haben das Interview gesehen?«
»Ja, das habe ich.«
»Wie fanden Sie es?«
»Wie üblich.«
»Wie meinen Sie das?«
»Der Reporter hat Ihnen ein paar nette Fragen gestellt. Sie haben mit Platitüden geantwortet, ein paar sexuelle Anspielungen gemacht, um das Publikum zu unterhalten, und ansonsten nichts Neues oder Nützliches von sich gegeben.«
Dr. Chapmans Augen wurden schmal, aber er blieb ruhig, denn er hatte damit gerechnet, daß Paul eine Erklärung wegen des Briefes verlangen würde. Er entschied, daß noch kein Grund bestand, beleidigt zu sein. »Es war eine Vormittagssendung. Da schauen alle Altersgruppen zu. Was erwarten Sie denn von mir, das ich denen erzählen soll?«
»Ich erwarte von einem Mann Ihres Ranges und Ihrer Statur, daß er sich zumindest ebenbürtige Gesprächspartner aussucht. Dieser Reporter war doch ein Witz. Er hat Ihnen ja förmlich Honig ums Maul geschmiert. Eine Diskussion mit einem kompetenten Gesprächspartner, beispielsweise Dr. Jonas, scheinen Sie nicht riskieren zu wollen.«

»Woher wissen Sie das?«
»Von Horace. Benita hat ihm heute morgen am Telefon erzählt, daß ursprünglich auch Dr. Jonas zu der Sendung eingeladen war, daß Sie aber mit seiner Teilnahme nicht einverstanden gewesen seien, und Dr. Jonas daraufhin wieder ausgeladen wurde.«
»Dieser Mann ist ein Scharlatan.«
»Da bin ich anderer Ansicht. Immerhin haben Sie mir ja Gelegenheit gegeben, ihn näher kennenzulernen, als Sie mich mit Ihrer netten kleinen Bestechung zu ihm schickten.«
Dr. Chapmans Augen verengten sich wieder. Seine hohe Stimme wurde tiefer. »Ich brauche meine Handlungen nicht vor Ihnen zu rechtfertigen, Paul. Dieser Mann wird dafür bezahlt, mich zu vernichten. Außerdem ist er machthungrig. Er will meinen Platz. Wenn er ein seriöser Wissenschaftler wäre, dem es um die Wahrheit geht, wäre das etwas anderes. Er wäre mir als Diskussionspartner willkommen gewesen. Aber einen Mann, der mich aus niederen Motiven ruinieren will, in *meine* Sendung zu lassen? Ich bin doch nicht verrückt!«
»Ich glaube, der Erfolg ist Ihnen wichtiger als die Wissenschaft. Ich glaube, Sie fürchten einfach nur um Ihre Popularität. Und wenn Ihnen irgend jemand, ob Jonas oder sonst wer, mit sachlicher Kritik entgegentritt, reagieren Sie schon beinahe paranoid.«
»Sich so etwas von jemandem anhören zu müssen, der meine Arbeit kennt und den ich zu meinem Nachfolger ausersehen hatte, ist schmerzlich und enttäuschend. Sie haben doch nicht etwa getrunken? In diesem Fall würde es mir leichter fallen, Ihnen zu vergeben.«
Paul saß aufrecht. »Ich war noch nie nüchterner. Ich bin nicht betrunken, aber enttäuscht.«
»Wir sind alle übermüdet, Paul.«

»Nein, das bin ich nicht. Und Sie scheinen es auch nicht zu sein. Mir scheint, es ist noch genug von der Energie übrig, mit der Sie Cass Miller gestern vom Triebtäter und Mörder zum Märtyrer der Wissenschaft erhoben haben. Eine bemerkenswerte Alchimie. Wie haben Sie das fertiggebracht?«

Dr. Chapman schwieg einen Moment und sah auf eine Hände. »Ich habe mit einer solchen Reaktion gerechnet, nachdem Sie die Zeitungen gelesen haben. Wenn Sie glauben, daß Sie mir einen Augenblick vernünftig zuhören können, will ich versuchen, es Ihnen zu erklären. Sehen Sie, im Grunde kommt es nur auf die richtige Perspektive an. Sie nehmen sich diese Sache zu sehr zu Herzen und denken deshalb nicht weit genug. Aber wenn Sie das Problem etwas weniger emotional angehen, werden Sie meine Beweggründe verstehen. Sie haben bei Cass' Brief nur daran gedacht, daß jemand von der Polizei verdächtigt wurde und daß der Brief ihn vielleicht retten könnte. Darum rannten Sie einfach unüberlegt los, um zu beweisen, daß der Mann unschuldig war, und scherten sich nicht um die Folgen. Ich dagegen habe einen kühlen Kopf bewahrt. Vielleicht, weil ich ein erfahrener Wissenschaftler bin. Sie dagegen benahmen sich wie ein Schriftsteller, ein Laie, ein Romantiker. Ich mache Ihnen das nicht zum Vorwurf. Sie ließen sich zu sehr von Ihren Gefühlen leiten. Sehen Sie, Paul, ich glaube, was die Bewältigung von Krisen angeht, hat der echte Wissenschaftler viel mit dem katholischen Geistlichen gemein. Beide sind schon sehr lange im Geschäft und werden es auch weiterhin bleiben. Beide schauen durch das Teleskop der Geschichte auf die Erdlinge hinab und stellen fest, daß in jedem Jahr, in jeder Dekade, in jedem Zeitalter immer wieder Augenblicke der Krise auftreten. Würde man sich ständig mit jeder einzelnen dieser Krisen befassen, vergäße man darüber womöglich die großen Ziele..."

"Sie sprechen jetzt vom Überleben, nicht von Gerechtigkeit", erwiderte Paul ruhig. "Nicht wahr, Doktor? Ein Unschuldiger soll hängen – er ist schließlich nur ein unbedeutendes kleines Stäubchen in Ihrem großen Teleskop – damit Sie und Ihre geheiligte Forschung verschont bleiben."

"Na schön. Reduzieren wir es auf jenen kleinlichen Maßstab, auf dem Sie offenbar bestehen. Ja, ich gebe zu, daß es notwendig war, Cass Miller von einem Mörder und Triebtäter in einen Märtyrer der Wissenschaft zu verwandeln. Ich wußte, daß die dumme, gedankenlose Masse so reagieren würde, wie Sie reagieren. Wenn Cass' Geständnis bekannt geworden wäre, hätte die breite Masse, genau wie Sie, emotional und vorschnell geurteilt, ohne die nüchternen Fakten anzuerkennen. Und wie sehen diese Fakten aus? Cass hat diese Frau gar nicht ermordet. Der Gerichtsmediziner sagt, sie sei durch einen Sturz gestorben. Es gibt keinen Hinweis darauf, daß sie erschlagen wurde. Außerdem war sie nicht gerade eine charakterfeste Frau. Sie hat ihren Mann betrogen und wollte ihre Kinder im Stich lassen."

"Und Sie meinen, das rechtfertigt eine Vergewaltigung?"

"Nein. Ich zähle nur die Fakten auf. Was die Vergewaltigung angeht: Nehmen wir einmal an, der Brief, den Sie so großzügig der Polizei überlassen haben, wäre heute mit den entsprechenden Schlagzeilen veröffentlicht worden. Welche Konsequenzen hätte das für die arme Frau gehabt, für ihr Andenken, für ihre Kinder und ihre Verwandten? Sie müßten doch glauben, sie habe es freiwillig getan..."

"Was soll denn nun diese miese Anspielung?" verlangte Paul zu wissen.

"Ich weiß, wie untreu sie war, Paul. Benita hat den

betreffenden Fragebogen herausgesucht. Und Cass hat sie interviewt. Vielleicht hat sie Cass animiert...«
»Das hätte er in seinem Abschiedsbrief erwähnt. Statt dessen war er voller Scham und Schuldgefühlen.«
»Wie dem auch sei, wir werden es nie erfahren. Außer ihrem Mann und ganz wenigen Menschen weiß bisher niemand, daß sie ein Verhältnis hatte und ihn verlassen wollte. Wäre der Brief publik geworden, wären ihre Kinder für immer von der Schande gebrandmarkt gewesen. Haben Sie das schon einmal bedacht?«
»Ich habe nur an eines gedacht, Doktor. Und Ihre Spitzfindigkeiten können mich nicht von diesem Gedanken abbringen. Ich habe an Sam Goldsmith in der Gaskammer gedacht – und an seine verwaisten Kinder, wenn ihn niemand rettet.«
Dr. Chapman ignorierte diesen Einwand. »Aber die verhängnisvollste Konsequenz der Veröffentlichung dieses Briefes wäre gewesen, daß ein Mitglied unseres Teams öffentlich als geistesgestörter Selbstmörder bloßgestellt worden wäre. Die Presse und die Leser wären über uns hergefallen. Sie hätten uns gekreuzigt. Wegen eines schwarzen Schafs wären wir alle für immer in Verruf geraten. Stellen Sie sich vor, wenn unsere Feinde davon erfahren hätten – Dr. Jonas...«
»Dr. Jonas weiß es bereits.«
»Er weiß es?« wiederholte Chapman und sprang auf. »Was sagen Sie da?«
»Bevor ich herkam, habe ich es ihm selbst gesagt.«
»Sie verrückter Narr!«
»Ich glaube, Sie sind der einzige, der sich wie ein Narr aufführt, Dr. Chapman. Ich kenne Jonas. Sie nicht. Ich habe ihn angerufen und um Rat gefragt. Dabei hat er mir übrigens auch die Sache mit der abgesagten Sendung bestätigt. Er hat sehr objektiv reagiert. Er sagte sogar, es

gäbe eine gewisse Rechtfertigung dafür, Cass' Brief geheimzuhalten – wegen des Schadens, der für Sams Familie und für Ihr Projekt entstehen würde –, aber nur, wenn sich Sam Goldsmith auf andere Weise retten lasse. Er sagte, wenn Ihr Projekt gestoppt werden sollte, dann durch fundierte wissenschaftliche Kritik, nicht durch einen Skandal.«

Dr. Chapman blieb stehen, das Gesicht gerötet. »Dann ist dieser Jonas also ein Heiliger.«

»Ich bin in diesem Punkt auch mit Jonas nicht einer Meinung. Ich will auf keinen Fall, daß ein Unschuldiger Ihren eigennützigen Zielen geopfert wird.«

»Er wäre nicht geopfert worden«, entgegnete Chapman wütend. »Der Staatsanwalt verbrannte den Brief erst, als er heute mittag den Beweis hatte, daß Goldsmith unschuldig ist.«

Paul fühlte Erleichterung. »Sie meinen, er ist frei?«

»Natürlich. Er war geschäftlich in Pomona und hat endlich Zeugen auftreiben können, die ihm ein Alibi verschafften. Es ist also kein unschuldiges Lamm geopfert worden. Ich bin doch kein skrupelloser Tyrann. Was sagen Sie nun?«

Er setzte sich wieder und verschränkte die Arme vor der Brust.

»Das ändert überhaupt nichts«, entgegnete Paul ruhig. »Dieser Mann ist frei. Darüber bin ich froh. Aber der Eindruck, den ich während dieser Ereignisse von Ihnen gewonnen habe, bleibt der gleiche. In meinen Augen ist Ihre Weste dadurch nicht reingewaschen. Sie waren bereit, alles zu tun, um Ihre Arbeit, Ihre Haut zu retten...«

»Das ist nicht wahr.«

»Ich bin überzeugt, daß es wahr ist. Irgendwie haben Sie es schon gestern abend geschafft, die Wahrheit zu verdrehen. Sie haben das also getan, *bevor* es andere Beweise für Goldsmith' Unschuld gab. Ich weiß nicht, was geschehen wäre, wenn er kein Alibi gehabt hätte. Hätten Sie dann die Veröffentlichung des Briefes erlaubt? Ich weiß es nicht. Und ich will es auch nicht wissen. Vielleicht wissen Sie es selbst nicht. Aber ich muß annehmen, daß diesem Mann, den ich so lange bewundert habe, das Schicksal anderer Menschen völlig gleichgültig ist. Aber vielleicht ist das der entscheidende Fehler unserer Forschung – daß wir die Menschen nicht als lebende Wesen behandeln, sondern als Zahlen in irgendwelchen Tabellen und Statistiken. Vielleicht ist das ein Produkt Ihrer neurotischen Persönlichkeit, vielleicht ist es nicht die ganze Wahrheit, und sie selbst und ich und das ganze Team sind die Opfer Ihrer Neurose – und alle Menschen, die versuchen, nach diesen *un*menschlichen Fakten zu leben...«

Es klopfte an die Tür. Dr. Chapman starrte mit gerötetem Gesicht darauf, ohne zu reagieren. Nach einer Weile bewegte sich die Klinke, und die Tür öffnete sich zaghaft. Es war Benita Selby.

»Tut mir leid«, sagte sie zu Dr. Chapman, »aber Emil Ackerman ist am Telefon...«

»Nicht jetzt«, erwiderte Dr. Chapman brüsk. »Später – ich rufe zurück.«

»Er möchte nur wissen, wann Sidney am Bahnhof sein soll.«

Dr. Chapman wich Pauls stechendem Blick aus. »Der Zug geht heute abend um sechs Uhr fünfundvierzig«, informierte er Benita. »Ich werde ihm die Einzelheiten noch mitteilen.«

Nachdem Benita die Tür wieder geschlossen hatte, saßen die beiden Männer schweigend da. Dr. Chapman betrachtete seine Fingernägel, und Paul stopfte seine Pfeife.

»Ich wollte Sie noch darüber informieren«, kehrte Dr.

Chapman zum Thema zurück, »wir brauchten sofort Ersatz für Cass.«

Paul zündete seine Pfeife an, löschte das Streichholz aus und ließ es fallen. »Nun, wenigstens beantwortet das die Frage, die ich eigentlich schon gar nicht mehr stellen wollte. Ich hatte mich gefragt, wie jemand in einer Demokratie ein wichtiges Dokument zurückhalten kann, nachdem es bereits der Polizei übergeben wurde. Man findet einfach jemand, dem ein Bezirksstaatsanwalt oder ein Polizeiinspektor gehört, und macht mit diesem Jemand ein Geschäft. Also *war* es Ackerman. Das überrascht mich nicht. Sie haben einmal gesagt, er lebt davon, daß ihm alle möglichen Leute etwas schulden. Und nun schulden auch Sie ihm etwas.«

»Diese Praktik ist keineswegs unüblich, Paul, selbst unter allerhöchsten Persönlichkeiten.«

»Da haben Sie recht. Ich kenne mich auch ein wenig in der Geschichte aus. Präsidenten und Monarchen haben solche schmutzigen Geschäfte gemacht. Auch Philosophen. Und Männer der Wissenschaft. Aber man hofft immer, daß irgendwo einmal jemand ist, der...«

»Paul, Sie benehmen sich wie ein kompromißloses Kind gegenüber einem sündigen Vater. Diese unreife Sturheit paßt nicht zu Ihnen. Wir sind schließlich erwachsene Menschen. Ich habe unsere jahrelange Arbeit und unsere Zukunft durch einen völlig harmlosen Kuhhandel gerettet. Für die Hilfe eines Politikers habe ich mich bereit erklärt, seinen Neffen ein oder zwei Jahre zu beschäftigen. Und schließlich *ist* der Junge Soziologe...«

»Er ist ein schmutziger kleiner Voyeur. Das haben Sie selbst gesagt. Sie haben gesagt, Sie würden eher Ihre ganze Arbeit aufgeben, als diesen Perversen zu beschäftigen...«

»Die Dinge ändern sich eben. Sie kennen mich doch.

Glauben Sie wirklich, ich würde ihm einen wichtigen Job geben?«
»Natürlich werden Sie. Wenn Sie ihn nicht mit Frauen füttern, rennt er zu Onkel Emil und beschwert sich.«
»Das würde ich nie tun. Glauben Sie mir, Paul. Niemals.«
Er machte eine Pause. »Sehen Sie, was geschehen ist, ist geschehen. Nach einer Weile werden Sie erkennen, daß das alles letzten Endes im Dienste einer guten Sache geschieht. Ich glaube, Ihre Gefühle sind ein wenig mit Ihnen durchgegangen. Schon morgen werden Sie – werden wir beide – diese Sache in einem anderen Licht sehen. Wir haben beide übertrieben und diese Meinungsverschiedenheit überspitzt. Ich schlage vor, Sie packen jetzt Ihre Sachen, und morgen früh im Zug...«
»Ich werde nicht mit Ihnen fahren.«
»Ich glaube einfach nicht, daß Sie so unvernünftig sind.«
»Das hat nichts mit Vernunft oder Unvernunft zu tun. Es ist mehr eine Glaubensfrage. Ich habe meinen Glauben in Sie verloren – in Sie und Ihre Arbeit. Es gibt jetzt zu viele Gespenster – Sam Goldsmith, Dr. Jonas, Sidney Ackerman. Aber das ist es im Grunde gar nicht. Ich glaube einfach, daß wir beide nicht mehr dieselbe Sprache sprechen. Sie sprechen von Liebe in Zahlen, aber in mir wächst der Verdacht, daß wir allein mit Zahlen den Trennschirm zwischen uns und unseren Versuchspersonen nicht durchdringen können – oder den Trennschirm zwischen ihren Köpfen und ihren Herzen. Ich glaube, ich habe begriffen, daß Menschen keine Zahlen sind, daß sich Zuneigung, Zärtlichkeit, Vertrauen, Mitgefühl, Intimität nicht in Zahlen ausdrücken lassen. Ich glaube, die Liebe braucht eine andere Sprache. Wie diese Sprache aussieht, weiß ich noch nicht, aber ich bin bereit, nach ihr zu suchen.«
»Paul, ich sehe Sie an, aber es ist Dr. Jonas, der aus Ihnen spricht.«

»Ja und nein. Ich glaube, ich bin selbst darauf gekommen. Er hat mir vielleicht dabei geholfen, aber ich bin noch immer unabhängig. Sehen Sie, ich weiß noch nicht, was Jonas will. Ich weiß, wogegen er ist, aber noch nicht, wofür. Aber ich weiß, woran ich glaube und was ich will. Ich glaube, daß die Erforschung der Qualität der Liebe mich tiefer zur Wahrheit vorstoßen läßt als die Erforschung der Quantität der Liebe. Das ist die Quintessenz. Und deshalb glaube ich, daß jeder Romantiker in der Vergangenheit, wenn auch meist unsicher und tastend, näher an dieser Wahrheit war als Sie. Ich glaube, daß alle mittelalterlichen Troubadoure, alle leidenschaftlichen Abaelards, Shakespeare mit seiner Julia und Tolstoi mit seiner Anna Karenina das wahre Wesen der Liebe besser erfaßt haben als Sie mit Ihren Tabellen über Orgasmus und Masturbieren.«

Dr. Chapman schüttelte den Kopf. »Nein, auf keinen Fall. Glauben Sie diesen Schwachsinn, und *Sie* werden derjenige sein, der auf Ignoranz mit Ignoranz antwortet. Ich bin mir der Geschichte ebenso bewußt wie Sie. Sie bietet mehr Aufschlüsse, als Sie vermuten. Über Sexualverhalten – oder Liebe, wenn Sie diesen Ausdruck bevorzugen –, kann man weitaus mehr erfahren, wenn man *weiß*, daß Byron in Calais über ein Zimmermädchen herfiel, noch bevor er sein Gepäck auspackte; wenn man *weiß*, daß Abaelards Liebesbriefe geschrieben wurden, nachdem man ihn kastriert hatte; wenn man *weiß*, daß Madame Pompadour den Liebesakt haßte und Trüffeln und Sellerie aß, um ihre Leidenschaft anzuregen – aus diesen *Fakten* kann man mehr lernen als aus Ihren albernen Gedichten und Erzählungen und sogenannten Liebesbriefen.«

»Ich mag nicht mehr länger mit Ihnen diskutieren«, sagte Paul. »Quantität wird immer sensationeller sein als Qualität. Sie werden auch weiter Ihr Publikum haben, aber ich werde Ihnen nicht mehr länger behilflich sein, es zu unterhalten – oder zu betrügen.«

»Gut, dann verschwinden Sie. Werfen Sie alles weg, und laufen Sie zu Jonas, um unsere Geheimnisse zu verraten. Aber falls Sie das tun, verspreche ich Ihnen eines, Paul – *ich verspreche es Ihnen* –, ich werde dafür sorgen, daß man Sie deswegen als Verräter und Störenfried brandmarkt. Sie werden nie wieder in akademischen Kreisen arbeiten können, denn ich werde Sie ruinieren.«

Paul nickte bedächtig. »Ja, das mag sein. Aber wahrscheinlich werden Sie vorher sich selbst ruinieren. Irgendwie bin ich mir sicher, daß ich Sie überleben werde. Ich glaube, auch Dr. Jonas wird Sie überleben. Und unser Konzept von Liebe als etwas, das mehr ist als ein gefühlloser animalischer Akt – ich glaube, auch das wird Sie überleben.« Er stand auf. »Leben Sie wohl, Doktor.«

Dr. Chapman blieb sitzen. »Paul, überlegen Sie genau, was Sie tun – denn wenn Sie jetzt durch diese Tür gehen, ohne sich zu entschuldigen, werde ich sie Ihnen niemals wieder öffnen.«

»Leben Sie wohl, Doktor.«

Paul hatte die Tür erreicht. Die praktische Ausführung seines Entschlusses fiel ihm am leichtesten. Er öffnete die Tür, schloß sie hinter sich. Er ging durch den Korridor, die Treppe hinunter und war draußen auf der Straße.

Er stand einen Moment auf dem Bürgersteig und betrachtete das Schaufenster des Modelädchens neben dem Postamt auf der anderen Straßenseite. In dem Fenster hing ein Plakat, das ihm vorher nie aufgefallen war. »Erst denken – dann handeln!« stand darauf.

Er erinnerte sich an etwas, das er vor langer Zeit einmal gelesen hatte. Sigmund Freud hatte geschrieben, daß ein Sohn erst an dem Tag endgültig zum Mann wird, an dem er seinen Vater verliert. Es ist traurig, dachte Paul, daß

man erst durch einen großen Verlust zu einem großen Gewinn gelangen kann. Nun, heute war ein Vater gestorben. *Requiescat in pace.*
Amen.
Lange Zeit wanderte er ziellos umher, dachte an seine Zukunft und verschwendete keinen einzigen Gedanken mehr an Dr. Chapman. Wie viele Stunden er so umhergelaufen war, vermochte er später nicht mehr zu sagen. Es ging bereits auf den Abend zu, als er schließlich entschlossen Kathleens Auffahrt hinaufmarschierte.
Sie hatte schon fest geglaubt, daß er sie aufgegeben hätte, denn es wurde Abend, und der Zug fuhr um sieben – er hatte nicht angerufen und war nicht gekommen.
Während sie Deirdre in der Küche fütterte, berichtete er ihr von den Ereignissen des Tages. Das Kind spürte die Bedeutung seiner Worte, fühlte die Sicherheit, die von ihm ausging, aß schweigend und lauschte ihm gespannt, wenn es auch nichts begriff. Kathleen hantierte in der Küche, nervöser, als er sie je gesehen hatte. Er sprach kurz über Cass' Brief, über die Zeitungen, über die Fernsehsendung, über Dr. Jonas, über Sidney Ackerman, über Dr. George C. Chapman. Er sprach über das, was er getan hatte, aber nicht über seine Empfindungen. Solche Details konnte er ihr später noch erzählen, wenn es für sie beide ein Später gab.
Einmal fragte sie: »Was wirst du jetzt machen?«
»Ich weiß es nicht. Du meinst beruflich?«
»Ja.«
»Ich weiß es nicht.«
»Du könntest wieder schreiben.«
»Vielleicht.«
»Rede mit Dr. Jonas.«
»Das werde ich wohl tun. Und was ich sonst anfange...«
»... hängt von mir ab?«

»Ja.«
Sie war mit dem Abwasch fertig, und da sie beide nichts essen wollten, weil noch so vieles ungesagt war, bat sie ihn, Drinks zu machen. Während sie Deirdre zu Bett brachte, ging er ins Wohnzimmer und goß zwei doppelte Scotch mit Wasser ein.
Nun waren sie zu zweit, von Nacht umgeben. Sie stand mit dem Glas in der einen und der Zigarette in der anderen Hand am Fenster und schwieg. Er ging zu ihr und umschloß ihre weichen Brüste mit seinen Armen. Er küßte ihr schwarzes Haar, die warme Ohrmuschel und ihre Wange. »Kathleen«, flüsterte er, »heirate mich.«
Sie drehte sich langsam in seinen Armen, bis sie ihm in die Augen sehen konnte. Ihre roten Lippen lächelten nicht.
»Paul, ich liebe dich.«
»Dann...«
»Aber ich kann dich nicht heiraten, weil ich Angst habe.«
»Aber du liebst mich.«
»Das ist es ja gerade, Darling, begreifst du nicht? Ich wußte, daß ich eines Tages wieder heiraten würde, wegen Deirdre, wegen der Einsamkeit und aus gesellschaftlichen Gründen. Aber ich wußte, daß es niemand sein würde, den ich liebe. Irgendeinen Mann, bei dem es egal war, ein Freund – nun, es würde ein fairer Handel sein. Ich wäre ihm Frau und sogar Bettgefährtin. Aber mehr würde es nie sein können. Ich kann nicht aus Liebe heiraten, denn dann würde viel mehr von mir erwartet werden. Ich würde dann viel mehr von mir selbst erwarten. Und, Paul, versuche bitte zu begreifen – ich bin nicht die Richtige für dich; ich kann dir keine wirkliche Liebe schenken.«
»Wie willst du das wissen?«
»Ich weiß es.« Sie schloß die Augen, preßte die Lippen zusammen und schüttelte den Kopf. »Oder vielleicht weiß ich es auch nicht. Aber ich kann es nicht noch einmal

riskieren. Wenn ich ein zweites Mal versage, wäre das für mich schlimmer als die Hölle. Und das zu ertragen fehlt mir die Kraft. Verstehst du? Es ist, weil ich dich so liebe...«

»Was genau versuchst du mir klarzumachen, Kathleen?«

»Was ich dir schon gestern morgen sagen wollte, als ich in dein Büro kam.«

»Was, Kathleen?«

»Die Wahrheit.«

Sie löste sich von ihm. Er wartete. Sie nahm seine Hand und führte ihn wortlos zurück zum Sofa. Er setzte sich. Sie setzte sich neben ihn.

»Paul, als du mich damals für Dr. Chapman interviewt hast...«

»Ja.«

»Ich habe gelogen. Ich log und log.«

»Ja«, sagte er wieder. »Ich weiß.«

Sie starrte ihn ungläubig an. »Du hast gewußt, daß ich gelogen habe?«

Er nickte. »Das zu erkennen ist Bestandteil unserer Ausbildung.«

»Und trotzdem... wolltest du mich lieben?«

»Natürlich. Das eine hat nichts mit dem anderen zu tun.«

»Doch, Paul.« Sie zögerte. »Ich habe nur bei den Fragen über meine Ehe gelogen.«

»Das stimmt.«

»Und trotzdem...«

»Ich liebe dich, Kathleen.«

»Aber das wirst du nicht, Paul! Das ist es ja gerade. Das wollte ich dir gestern sagen. Ich wollte dir die Wahrheit über meine Ehe erzählen, und das werde ich jetzt tun.«

»Ich will das nicht wissen, Kathleen.«

»Du *mußt!* Paul, ich wollte dich gestern um einen Gefallen bitten. Ich bitte dich jetzt darum...«

Er wartete besorgt.
»Interviewe mich noch einmal!«
»Was?«
»Du kennst die Fragen auswendig. Stell sie noch einmal. Die über die Ehe – über ehelichen Geschlechtsverkehr –, die, bei denen ich gelogen habe. Diesmal werde ich die Wahrheit sagen.«
»Aber das ist ... Kathleen, warum willst du dich dieser Tortur aussetzen?«
»Du mußt es tun. Sonst brauchen wir uns nicht weiter zu unterhalten.« Sie stand auf, setzte sich in die entfernte Ecke des Sofas und sah ihn an. »Fang an.«
»Ich verstehe nicht, was das für einen Sinn haben soll.«
»Du wirst schon sehen. Diesmal ohne Schirm. Die Wahrheit.«
»Nein...«
»Bitte, Paul!«
Er stopfte seine Pfeife. Ihr Blick ruhte auf ihm. Die Pfeife brannte, und er sah ihre Augen.
»Na gut«, sagte er. »Du warst drei Jahre verheiratet?«
»Ja.«
»Wie oft praktiziertet du und dein ... dein Mann den Koitus?«
»In den ersten sechs Monaten zweimal wöchentlich, dann einmal die Woche. In den letzten beiden Jahren einmal im Monat.«
»Einmal im Monat?«
»Ja, Paul.«
»Sexspiele vor dem Koitus?«
»Fast keine. Manchmal eine Minute – manchmal.«
Es ist schon komisch, wie schnell sich hier die Schwäche von Chapmans Methode zeigt. Hier ist eine Zahl, ein statistischer Wert. Eine Minute, hat sie gesagt, manchmal. Himmel noch mal, dachte er, ich habe nichts mehr mit Dr.

Chapman zu schaffen. Die Frage ist nicht, was *er* wissen muß, sondern, was *ich* wissen muß, um ihr helfen zu können.
Er fuhr fort, sie zu befragen. Er gab die feste Ordnung des Fragebogens auf, weil er nicht mehr nach Zahlen suchte, sondern Kathleen verstehen wollte. Er fragte nach Boyntons Einstellung zum Petting, und dann nach ihrer eigenen. Und obwohl sie sehr aufgeregt war, beantwortete sie jede Frage, ohne auszuweichen.
»Übernahmst du selbst dabei jemals die Initiative?«
»Nein.«
»Warum nicht?«
»Weil – ich weiß nicht, warum.«
Gnadenlos, aber immer widerstrebender durchforschte er ihr Liebesleben. Sie antwortete, voller Schmerz. Wieder brach er ab, aber sie verlangte, er solle weitermachen.
»Gut«, sagte er. »Erlebtest du immer, fast immer, manchmal, kaum oder nie körperliche Befriedigung?«
»Nie.«
»Warst du meistens bekleidet, teilweise bekleidet oder nackt?«
»Teilweise bekleidet.«
»Warum?«
»Ich mochte es nicht, daß er mich nackt sah. Ich wollte ihn auch nicht sehen.«
»War das immer so?«
»Ich weiß nicht. Ich erinnere mich nicht.«
»Zu welcher Tageszeit hattet ihr gewöhnlich ...«
»Nach Mitternacht, wenn er betrunken genug war.«
»War der Verkehr jemals physisch schmerzhaft für dich?«
»Manchmal, ja. Er konnte sehr grob sein.«
»Aber normalerweise tat er dir nicht weh?«
»Nein, normalerweise nicht.«
Paul beobachtete sie einen Moment. »Welche Eigenschaf-

ten bei Männern empfindest du als sexuell besonders abstoßend?«

»Ich mag keine dicken Männer«, sagte sie, »oder diese supernordischen Typen.« Sie dachte darüber nach. »Nein, darauf kommt es nicht wirklich an. Ich mag keine Brutalität, keine Vulgarität...«

»Was magst du, Kathleen – was findest du bei Männern sexuell attraktiv?«

»Intelligenz, Einführungsvermögen, eine gewisse Sanftheit.«

»Einen weichlichen Mann?«

»Himmel, nein – ich meine, reife Autorität, Stärke – einen zuverlässigen, erwachsenen Mann, keinen gedankenlosen Akrobaten. Ich wünsche mir einen Mann mit all den Eigenschaften, die Boynton nie hatte.«

»Hatte er überhaupt irgend etwas für dich, Kathleen?«

»Was meinst du?«

»Hat er... nun, kehren wir wieder zu den Chapman-Fragen zurück. Du hattest nie einen Orgasmus mit ihm. Aber sonst...« Er schwieg, fuhr dann fort. »Wieviel Freude bereitete dir der Geschlechtsverkehr mit deinem Mann?«

»Ich haßte ihn. Ich haßte jede verdammte Minute.«

Ihre Hand zitterte, als sie ihre Zigarette ausdrückte und nach einer neuen suchte.

»Mach weiter«, bat sie. »Mach weiter.«

»Nein, Kathleen«, sagte er. »Das ist Unsinn. Du mußt fortfahren. Ich brauche keine Statistiken. Erzähl mir einfach, was wirklich geschehen ist, was du gefühlt hast – das allein zählt –, deine Gefühle.«

Sie starrte auf den Couchtisch und zog an ihrer Zigarette. »Er kam aus Korea, dieser Held – der gutaussehendste Mann auf der Welt –, alle wollten ihn, und er wollte mich. Ich fühlte mich ungeheuer geschmeichelt.« Sie erinnerte sich einen Augenblick und erzählte weiter. »Wir verlobten uns. Es stand in allen Zeitungen. Ich war vorher nie mit einem anderen Mann zusammengewesen. Er hatte hundert Frauen gehabt, aber nie eine Liebesaffäre, da bin ich sicher. Er hatte Prostituierte, Callgirls und einfach leichte Mädchen, die ihn anhimmelten und eine Nacht mit ihm verbringen wollten.« Sie stockte. »Ich versuche nur, sein Verhalten zu erklären. Von der ersten Nacht an nahm er sich, was er für sich selbst wollte und das war alles. Ich wußte nicht, was ich tun sollte, und was er von mir erwartete. Und ich hatte nie eine Chance zu reagieren. Ich reagierte nie. Auf was denn auch? Es gab keine Liebe – nur Geschlechtsverkehr. Er war nicht unzulänglich, ich war es. Ich fing an, den Sex mit ihm zu verachten und ihm auszuweichen. Er sagte, ich sei kalt, frigide.« Sie sah auf. »Kannst du französisch?«

»Ein wenig.«

»Er kannte eine Reihe von Ausdrücken, die er in Bordellen aufgeschnappt hatte. *Femme de glace* nannte er mich einmal – Frau aus Eis.« Sie biß sich auf die Lippe. »Ständig nannte er mich frigide. Er hörte nie auf damit.«

»Warum nannte er dich so?«

»Weil ich frigide war, nehme ich an«, sagte sie hilflos. »Ich nehme es an. Wie soll ich das wissen? Zuerst dachte ich, es sei sein Fehler. Aber ich war nicht sicher. Und er war sich immer sicher. So entschied ich schließlich, daß es meine Schuld war. Das war nach seinem Tod – nein, schon vorher. Ich fühlte nichts, Paul, und ich konnte nichts geben. Nicht nur Orgasmus. Ich meine Leidenschaft, Zärtlichkeit, Begierde – ich konnte einfach nicht lieben. Ich wich ihm aus, gab vor, müde oder krank zu sein. Einmal im Monat vielleicht nahm er mich, oder ich ließ ihn, wenn er betrunken war und ich Schlaftabletten genommen hatte.«

»Und jetzt, nach seinem Tod, glaubst du noch immer, frigide zu sein?«
»Als du versucht hast, mit mir Petting zu machen, hast du selbst gemerkt: Ich gefror wieder. Ich konnte nichts dagegen tun. Ich hatte Angst. Ich habe immer noch Angst. Du sagst Heirat, und ich sage: wie?«
Paul rieb sich mit dem Pfeifenkopf über den Handrücken.
»Kathleen, hast du je einen anderen Mann gehabt?«
»Nein.«
»Wie willst du dann wissen, daß es nur an dir liegt? Wie kannst du sicher sein, daß du – nun, wie du es nennst – frigide bist?«
»Weil ich Angst vor dem Geschlechtsverkehr habe, ich genieße ihn nicht, er erregt mich nicht, er läßt mich kalt.«
»Wolltest du mit mir schlafen?«
»Ja«, sagte sie sofort.
»Das ist ein sehr warmes Gefühl. Das ist nicht kalt.«
»O ja, als wir nicht zusammen waren. Aber wenn ich wüßte, es würde jetzt passieren...«
»Du kannst nicht wissen, wie du dich fühlen würdest. In Wahrheit gibt es, außer bei bestimmten physischen Erkrankungen, überhaupt keine Frigidität.«
»Bitte, Paul. Ich habe diese lächerlichen Bücher gelesen.«
»Trotzdem ist es wahr. Ungefähr fünfunddreißig bis vierzig Prozent aller Frauen empfinden kein Vergnügen beim Geschlechtsverkehr – Anästhesie der Vagina nennt der Analytiker das – die Gründe können Schuld oder Angst vor Schwangerschaft oder ein psychisches Trauma sein. Aber in all diesen Fällen läßt sich diese Kälte überwinden. Es ist ein emotionaler Block, der sich abbauen läßt.«
»Du meinst, es sei ein emotionaler Block?«
»Bei dir? Möglich. Vielleicht aber auch nicht. Es hat vielleicht viel weniger mit dir selbst zu tun, als du glaubst. Es kann auch an deinem Mann liegen, weißt du? Oft liegt

es an der mangelhaften Technik des Mannes, an seiner fehlenden Sensibilität.« Er legte seine Pfeife hin und betrachtete ihr ängstliches Gesicht. »Du hast selbst gesagt, daß du von Anfang an ängstlich und schüchtern warst. Hätte dein Mann das begriffen und dem Rechnung getragen, hättest du vielleicht allmählich begonnen zu reagieren. Aber er konnte dir nicht helfen, denn er selbst war ebenfalls unwissend. Er verwechselte Erfahrung mit Wissen, aber Erfahrung kann auch ein Haufen dummer Fehlinformationen sein. Und so, ins Bett. Du fandest ihn sofort sexuell abstoßend. Du hast deine Gefühle damals weggeschlossen und den Schlüssel weggeworfen. Aber glaube mir, nur weil Leidenschaft und Begierde tief in dir verborgen sind, heißt das nicht, daß sie nicht existieren. Sie sind da, leben, warten darauf, befreit zu werden. Wenn du verstehst, wie sehr ich dich liebe und brauche – wird es dir auch gelingen, meine Liebe zu erwidern.«
»Aber wenn ich es nicht kann?«
»Du kannst es, Kathleen.« Er lächelte. »Ende des Interviews.« Er breitete die Arme aus. »Komm her.«
Sie kam in seine Arme.
»Also«, sagte er, »willst du mich heiraten?«
Ihr Kopf schmiegte sich an seine Schulter. Sie sah ihn an. »Du sollst für mich antworten – nachdem du mit mir geschlafen hast.«
»Du möchtest, daß wir uns erst lieben?«
Sie schloß die Augen, und er küßte sie heftig, fast wütend, und dann mit heftig klopfendem Herzen ganz sanft. Ihre Brüste drängten gegen seine Brust. Ihr Körper preßte sich an ihn, und mit ihrer freien Hand liebkoste sie sein Gesicht.
Es fiel ihm schwer zu sprechen. »Kathleen, ich liebe dich. Aber ich habe eine Erfahrung gemacht – Sex ist nur ein Teil der Liebe.«

»Ich will diesen Teil jetzt.«
»Warum?«
»Weil ich dich jetzt will. Ich will deinen Sex – und deine Liebe – und dich.«
»In Ordnung«, sagte er. »Sofort, Darling, jetzt gleich.«

Als sie tief in der Nacht aufwachte, ein wundervoll getränktes Gefäß, im Einklang mit sich und der Welt, war sie nicht überrascht, ihren Partner schlafend zu finden.
Sie hatten sich geliebt, und es war so anders gewesen als mit Boynton. Anfangs war ihr Körper starr gewesen, kaltes Eis, doch er war in ihr, und dann plötzlich war ihr Körper weich geworden, und zum ersten Mal in ihrem Leben hatte sie reagiert, hatte reagiert und erfahren, was Liebe ist. Und von diesem Augenblick an wußte sie, daß sie auf dieses Gefühl nie mehr würde verzichten können.
Mondlicht fiel durchs Fenster und schimmerte auf ihren Körpern. Leise glitt Kathleen aus dem Bett. Nackt ging sie durchs Mondlicht, wie eine Göttin, die die ewige Gnade empfangen hatte.
Sie blickte hinauf in den tiefblauen Nachthimmel und sah, wie die zahllosen Sterne ihr mit kristallener Klarheit wohlwollend zuzwinkerten. Schweigend dankte sie ihnen für ihr wunderbares Leben, so wie sie es als Kind einmal an einem Weihnachtsabend getan hatte.
Sie dachte: Gute alte Erde, ich liebe dich, liebe dich.
Als sie zum Bett zurückkehrte, wartete er auf sie. Sie kam in seine Arme, freute sich an ihrer alles überwindenden Vertrautheit.
Sie wollte ihm das sagen, und sprach leise an seiner Brust. Er küßte sie sanft, und dann sprach er. So redeten sie leise über das, was gewesen war, und über das, was sein würde. Und nach einer Weile schliefen sie wieder.

14

Der Juni ging in den Juli, der Sommer in den Herbst über, und in der Weihnachtszeit waren die Tage in *The Briars* kurz und die Nächte festlich. Der Winter brachte Sturm und Regen, und bald wurde es Frühling. Die ersten gelben Grasmücken kamen nach den Briars, und dann die eifrigen Finken; die Kolibris schwebten über goldenen Blütenkelchen, die Magnolienbäume öffneten ihre weiße Blütenpracht, und die staubig grauen Stadtrundfahrt-Busse erschienen wieder in großer Zahl. In diesem jungen, sprießenden Frühling gab Kathleen Ballard die *Bon-Voyage-Party* für Teresa Harnish.

Dr. Jonas war heute mit dem Fahren an der Reihe, und Kathleen wartete, bis er Paul abgeholt hatte, um mit ihm den kurzen Weg zur Eheklinik zu fahren. Dann zog sie ihr bestes Umstandskleid an. Später, am Mittag, begrüßte sie im Saal des Frauenvereins jeden einzelnen der vierzig geladenen Gäste mit einem Lächeln. Grace Waterton zeigte eine Postkarte von Naomi van Duesen aus Michigan herum. Naomi verließ das Sanatorium bald und siedelte in das Haus um, das Horace in Reardon gekauft hatte. Ursula Palmer verkündete aufgeregt, daß ihr Mann soeben sein drittes Büro eröffnet habe. Stolz reichte sie eine Broschüre herum, die sie geschrieben hatte. Mary McManus wirkte älter als damals, als sie noch in *The Briars* wohnte. Sie hatte Fotos von ihrem kleinen Sohn mitgebracht und war dankbar, daß man sie nicht vergessen hatte, obwohl sie jetzt in einem Haus unten im Tal lebte. Bertha Kalish hatte zugenommen und sprach von Sams Kindern, als seien es ihre eigenen.

Wenn jemand sie fragte, wann denn Hochzeit sei, wurde sie rot.
Schon bald unterhielten die Frauen sich lebhaft über das kürzlich erschienene Buch *Eine Studie über das Sexualverhalten der verheirateten amerikanischen Frau*.
Dr. Chapmans 600-Seiten-Report war vor fünf Wochen erschienen. Inzwischen führte das Buch die Bestsellerlisten der Sachbuch-Literatur der New York Times, der Herald Tribune, des Time-Magazin, des Publisher's Weekly und des Retail Bookseller an. In fünf Wochen wurden 170 000 Exemplare verkauft, und der Buchladen im Village Green hatte seine dritte Nachbestellung aufgegeben. Dr. Chapmans Foto war überall, und an diesem Morgen hatte eine Broadway-Kolumne das Gerücht abgedruckt, daß Dr. Chapman Reardon College verlasse, um eine eigene Akademie zu gründen, die von der Zollman-Stiftung finanziert werde.
In der kleinen Gruppe von Frauen, die um Teresa Harnish herumstanden, fand Ursula Palmers Beschwerde über Dr. Chapman heftige Zustimmung. Ursula hatte gerade Chapmans Buch zu Ende gelesen und beschwerte sich nun über eine Tabelle, in der siebenundzwanzig reiche Vororte namentlich aufgeführt wurden, darunter auch *The Briars*.
»Ihr könnt es im Anhang nachlesen«, sagte Ursula gerade. »Er behauptet doch tatsächlich, daß in solchen Siedlungen, und damit meint er auch uns, neunundzwanzig Prozent der verheirateten Frauen bis zum zweiunddreißigsten und achtunddreißig Prozent bis zum fünfundvierzigsten Lebensjahr mindestens einmal eine außereheliche Beziehung gehabt haben. Also, wie findet ihr das?«
»Wißt ihr was?« schlug Teresa Harnish vor. »Dieses entsetzliche Buch sollte als Roman eingestuft werden, nicht als Sachbuch. Jawohl, das ist meine Meinung!«
Beinahe jeder der Gruppe stimmte ihr nachdrücklich zu.

Roman

Als Band mit der Bestellnummer 10 262 erschien:

Jorg Hubeck

ALS DER SCHWARZSTORCH SCHRIE...

Die Erinnerungen an die eigene »grausam arme, aber wunderbare Kindheit« haben den Autor zu diesem Buch inspiriert. Entstanden ist ein höchst origineller Ostpreußenroman, der zum Lachen und Schmunzeln anregt, aber gleichzeitig nachdenklich stimmt. Im Mittelpunkt steht das Leben in einem kleinen Dorf am Rande der Johannisburger Heide. Es sind die Jahre vor 1933, und wie überall herrschen auch hier Arbeitslosigkeit, Armut und Not. Dennoch will man sich nicht unterkriegen lassen. Mit Humor und Fröhlichkeit – und manchmal ist unfreiwillige Komik im Spiel – versucht man der Situation Herr zu werden, bis der Einzug der ersten Braunhemden Schatten über das dörfliche Leben wirft...

Roman

Als Band mit der Bestellnummer 10 328 erschien:

Jorg Hubeck

FLAMMEN ÜBER DEM DROSSELBERG

Es sind die Jahre zwischen 1933 und 1945 in einem kleinen Dorf am Rande der Johannisburger Heide. Seit dem Machtwechsel hat sich die Atmosphäre auch hier spürbar verändert. Die Uniformierten bestimmen das Geschehen. Begeisterung, Skepsis und heimliche Ablehnung halten sich im Dorf die Waage. Erst als der Krieg ausbricht und sich die Fronten nach anfänglichen Erfolgen der deutschen Armee der Heimat nähern, beginnt man zu ahnen, daß das Ganze mit einer Katastrophe enden wird...

Roman

Als Band mit der Bestellnummer 10 435 erschien:

Kristin Hunter

ROSALY FLEMINGS

Die Geschichte eines modernen Aschenbrödels. Eine Geschichte voller Lachen und Weinen, voller Licht und Schatten.

Schon als Kind träumt Rosaly Flemings davon, aus den Slums des Farbigenviertels herauszukommen und reich zu werden – sie möchte wie die Weißen leben. Verbissen arbeitet sie auf dieses Ziel hin, tagsüber als Verkäuferin in einem Modegeschäft, nachts als Kellnerin in einer Bar, wo sie sich auf riskante Wettgeschäfte einläßt. Und eines Tages erfüllt sich ihr Traum ...